陕西省社会科学基金项目

"秦岭终南山世界地质公园语言景观的多模态译写研究"（立项号：2022K028）

2023年度陕西省社科著作出版资助项目

"《诗经》草木名物的英语命名研究"（立项号：2023SKZZ028）

陕西省社会科学基金项目

"中国生态美学话语国际传播研究"（立项号：2023K019）

西安翻译学院2023年度校级学术著作出版资助项目

"《诗经》草木名物的英语命名研究"（立项号：23XYZ06）

西安翻译学院科研团队

"新时代语言育人协同创新研究团队"（立项号：XFU21KYTDB01）

西安翻译学院2023年度校级科研项目

"《诗经》中植物汉英命名的'前世今生'科普推广教育"（立项号：23K11）

编译文库

语言学

莫丽娅 张立电 著

《诗经》草木名物的英语命名研究

A Study on Chinese-English Translation of Plant Names in *Shi-Jing* from the Perspective of Naming

图书在版编目（CIP）数据

《诗经》草木名物的英语命名研究 / 莫丽娅，张立电著. —北京：中央编译出版社，2023.10（2025.3 重印）
ISBN 978-7-5117-4495-1

Ⅰ. ①诗… Ⅱ. ①莫… ②张… Ⅲ. ①《诗经》—英语—翻译—研究 Ⅳ. ① I207.222 ② H315.9

中国国家版本馆 CIP 数据核字（2023）第 190020 号

《诗经》草木名物的英语命名研究

责任编辑：郑永杰
责任印制：李　颖
出版发行：中央编译出版社
地　　址：北京海淀区北四环西路69号（100080）
电　　话：（010）55627391（总编室）　　（010）55625174（编辑室）
　　　　　　（010）55627320（发行部）　　（010）55627377（新技术部）
经　　销：全国新华书店
印　　刷：三河市华东印刷有限公司
开　　本：710毫米×1000毫米　1/16
字　　数：359千字
印　　张：20
版　　次：2023年10月第1版
印　　次：2025年3月第2次印刷
定　　价：98.00元

新浪微博：@中央编译出版社　　　　微　信：中央编译出版社（ID: cctphome）
淘宝店铺：中央编译出版社直销店（http://shop108367160.taobao.com）（010）55626985

本社常年法律顾问：北京市吴栾赵阎律师事务所律师　闫军　梁勤
凡有印装质量问题，本社负责调换，电话：（010）55626985

前　言

　　近年来，随着《诗经》文化产业的迅速发展，对于《诗经》名物研究提出了新的要求，特别是在"文化+旅游"的新业态下，立足于新技术新媒体传播的大趋势，以及打造国际竞争力的中国文化品牌传播新需求，《诗经》草木名物的英译研究再次成为关注的课题。2021年秦岭国家公园建设获批准，秦岭区域的《诗经》植物文化资源挖掘、整理、开发、利用提上议事日程。

　　中国文化元典《诗经》诞生在秦岭之麓，收录的诗歌为西周到春秋时代，时间跨度约600年，记录了周代社会生产生活的方方面面，包括西周以来的庙堂祭祀诗、朝会燕享诗、古老的传说以及迄于东周的各国民歌，具有深厚的文化积淀，影响了中华民族的性格形成，也成为了解周代社会生活的百科全书。《诗经》草木名物研究始于孔子"多识"说，孔子非常重视《诗》教学，提出"诗，可以兴，可以观，可以群，可以怨。迩之事父，远之事君。多识于鸟兽草木之名"。自此《诗》名物研究开始受到关注。

　　在两千多年的经学研究中，我国积累了宝贵的名物研究文献和资料，具有重要的语言学、文学、史学、文化学价值，但是其中一些受到封建社会意识形态影响刻意歪曲、附会的注疏，为后世了解、研究《诗经》产生了一定的影响，历代学者付出了巨大的努力正本清源，但这也使得名物研究面临的情况更加复杂，清朝的新汉学虽然没能复兴汉学，但其《诗经》学研究的"文学转向"及出色的考据学研究为当代《诗经》名物研究留下了宝贵的文献资料。

　　在近当代《诗经》翻译研究中，由于诗歌文体翻译的特殊性，加之《诗经》现有译本的权威性，《诗经》翻译研究多集中于文学层面的翻译研究，对于《诗经》草木名物的知识翻译学视角研究重视不够。在现有的《诗经》植物翻译研究文献中，有意无意回避了《诗经》植物名称的专名属性问题，仅就植物名称与词典中英文词或诗歌译本中的对应词讨论，对于植物学名这一关系植物名实指称对应的关键问题避而不谈。

　　当前，《诗经》草木名物的植物学名鉴定及其英译名称存在严重分歧，主要原因是历代注疏及本草学著作释名中缺乏系统的植物特征记载，加上语言文字使用中的指称变化、区域方言差异、相关本草典籍佚失等，留下了很多名物考证的难题和空缺，制约了《诗经》草木名物的翻译研究。

本研究以专名理论为指导，从植物名称的专名属性出发，将《诗经》草木名物汉英翻译过程视为跨语言社区的命名活动过程，以《诗经》对草木名物的文字记载为起点，沿着历代的注疏文献资料追寻名物专名的历史因果传递链条，以现代植物学名为纽带，衔接其在非汉语语言社区的命名活动传播链条，实现《诗经》草木名物汉英名称的"名""实""状"的正确关联，并将其应用从传统的文学翻译领域拓展到与文化产业相关联的博物学领域。

本书共分八个部分。第一章介绍研究背景、意义、方法和内容。第二章介绍《诗经》的成书及其传播。第三章介绍荀子的名称理论、专名的"摹状词说""历史因果命名说"，为草木名物的汉英命名活动情况研究提供理论指导。第四章介绍《国际植物命名法规》中的植物分类系统及植物学名对应的分类群命名规则，帮助理解如何进行植物学名鉴定，以及如何在命名活动中正确识别学名的正名、异名、基名等，这也是目前植物学名在鉴定应用中面临的主要问题。第五章对《诗经》草木名物的汉语名称命名活动情况进行研究，通过调查其植物学名与汉语正名的对应现状，确定植物名称专名术语库，为考察其英语命名活动打下基础。第六章以自建专名术语库为基础，考查《诗经》草木名物基于植物学名的英语命名和基于诗歌翻译传播的英语命名活动。第七章为结论部分。附录部分列出了第五章中《诗经》中名称及学名鉴定状况的相关调查资料，并对鉴定不一致的特定植物名称的学名进行了梳理，提出了自己的意见和看法。

本研究通过对《诗经》草木名物的汉英命名研究，形成汉英双语专名术语库，为《诗经》植物的诗歌意象研究提供植物学意义的指称参照，为《诗经》主题植物园建设及解说系统英译提供参考，同时对于英语以外的其他外语语种的《诗经》植物专名多语术语库建设提供借鉴。

本书共计359千字，其中第二、三、五、六章及附录部分由莫丽娅撰写，共计305千字，第一、四、七章由张立电撰写，共计24千字。由于作者水平有限，难免出现疏漏，恳请专家学者、同行和读者批评指正。

目 录
CONTENTS

第一章 绪 论 …………………………………………………… 1
  第一节 研究背景 ……………………………………………… 1
  第二节 研究意义 ……………………………………………… 3
  第三节 研究方法 ……………………………………………… 4
  第四节 研究内容 ……………………………………………… 5

第二章 《诗经》的成书及其传播 …………………………… 7
  第一节 《诗》的成书 ………………………………………… 7
  第二节 《诗经》在中国的传播 ……………………………… 9
  第三节 《诗经》在欧美国家的传播 ………………………… 13

第三章 命名理论研究 ………………………………………… 16
  第一节 荀子的名称理论 ……………………………………… 17
  第二节 专名的"摹状词说" ………………………………… 25
  第三节 专名的"历史因果命名说" ………………………… 26

第四章 植物学名的命名规则 ………………………………… 30
  第一节 植物学名与《国际植物命名法规》 ………………… 30
  第二节 植物学名与植物分类系统 …………………………… 33
  第三节 分类群的命名规则 …………………………………… 40

第五章 《诗经》草木名物的汉语释名 ……………………… 49
  第一节 《诗经》草木名物的训诂研究 ……………………… 50
  第二节 《诗经》草木名物现代植物学研究的主要著作 …… 53

第三节 《诗经》草木名物的植物学名与汉语正名现状研究 …………… 55

第六章 《诗经》草木名物的英语命名 …………………………………… 73
  第一节 基于植物学名的英语命名 ……………………………………… 73
  第二节 基于诗歌翻译传播的英语命名 ………………………………… 158

第七章 结 语 ……………………………………………………………… 173
  第一节 研究内容回顾与总结 …………………………………………… 173
  第二节 主要发现与研究启示 …………………………………………… 174
  第三节 主要不足之处与后续研究的问题 ……………………………… 176

附 录 ……………………………………………………………………… 177
  附录一 《诗经》篇序对照表 …………………………………………… 178
  附录二 《诗经》中非特定植物名物名称及界定 ……………………… 184
  附录三 《诗经》中名称及学名鉴定一致的特定植物名物 …………… 186
  附录四 《诗经》中名称及学名鉴定不一致的特定植物名物 ………… 190

参考文献 …………………………………………………………………… 302

后 记 ……………………………………………………………………… 311

第一章

绪 论

第一节 研究背景

2021年国家公园管理局正式批复了陕西省人民政府《秦岭国家公园创建方案》。秦岭国家公园是"21世纪中国秦岭观"的重大创新实践。秦岭区域内垂直高差超过3300米,形成动植物垂直分布特征,已发现的种子植物有3839种。秦岭和合南北,连接东西,这里多元文化交汇融合,是中华民族世代传承的生态与文化根脉。

中国文化元典《诗经》就诞生在秦岭之麓,收录的诗歌为西周到春秋时代,时间跨度约600年,记录了周代社会生产生活的方方面面,包括西周以来的庙堂祭祀诗、朝会燕享诗、古老的传说以及迄于东周的各国民歌[1],具有深厚的文化积淀,影响了中华民族的性格形成,也成为了解周代社会生活的百科全书。

根据谭其骧的《中国历史地图集》,"西周时期中心区域图",国风篇中涉及的"周南""召南""邶""鄘""卫""洛邑(王城)""郑""齐""魏""唐""秦""陈""桧""曹""豳"等诸侯封地,基本上位于如今的甘肃、陕西、湖北、山西、河南、山东等省,与今大秦岭的范围基本一致,全长约1600公里,位于黄河流域与长江流域之间,西起甘肃盛临潭县北部的白石山,向东经天水南部麦积山进入陕西,在陕西与河南交界处分为三支,北支为崤山,余脉沿黄河南岸向东延伸,通称邙山;中支为熊耳山;南支为伏牛山。

周朝先民的主要活动范围在"二南",即周南、召南,以秦岭中段为主,即今秦岭陕西段,即北纬31°—37°的区域,是植物种类分布最为丰富的区域,为

---

[1] 夏传才.《诗经》研究史概要[M].中州书画社,1982.35.

早期农业生产和发展提供了充分的条件。中国自古以农业立国，在探索自然和发展生产，以及医药活动实践中，创造了特色鲜明的传统科学和技术，给后人留下了丰富的历史文化遗产。在夏、商、周时期，先民对于植物的利用和栽培已经领先世界，推动了农业技术的对外传播。《诗经》中共计305首，其中涉及植物的有162首，185个草木名物名称，164种具体的植物，分属于60个科114个属，成为研究我国生物学史的重要文献资料。

《诗经》是我国古代优秀的文学遗产，对中国、东南亚乃至欧美的诗歌影响深远。1626年，比利时人今尼阁用拉丁语翻译《诗经》，开启了《诗经》在西方传播的序幕。1871年以后，英国汉学家理雅各（James Leggle）、詹宁斯（William Jennings）、韦理（Arthur Walley）、瑞典汉学家高本汉（Bernhard Karlgren）、美国著名诗人翻译家庞德（Ezra Pound）以及中国的汪榕培、许渊冲等先后出版了《诗经》的英文全译本，为《诗经》在海外的传播做出了重要贡献，成为中国文化"走出去"的典范。

2021年5月，文化和旅游部发布《"十四五"文化产业发展规划》，要求"推动文化产业和旅游产业深度融合发展，推进'文化+'战略""加强对文化遗产资源价值的挖掘""规范发展富有中国文化特色、体现中国文化元素、科技含量高的主题公园""培育一批具有国际竞争力的外向型文化企业，鼓励企业开发具有中国特色、中国风格、中国气派并受国际市场欢迎的文化产品和服务，打造一批有国际影响力的中国文化品牌"。

我国的《诗经》文化产业正在逐步兴起，潘富俊教授主持台北市植物园期间（1994—2004）首开"诗经植物区"展示，开启了《诗经》文化产业实践的先河。2012年湖北省十堰市房县人民政府与湖北房县神农峡生态农业发展有限公司签订了"房县神农农耕文化博物馆"旅游项目建设协议，2016年列为十堰市重点建设项目，目前已经基本完成了"房县神农农耕文化博物馆·雎山《诗经》植物园"的前期研究和规划，即将启动建设；2017年有"中国诗经文化之乡"美称的湖北房县启动"西关印象·诗经文化园"项目，2017年西安西咸新区的沣河生态景区"诗经里小镇"项目启动，2018年新密市"中华诗经文化产业园"项目已经开工建设，2021年房县启动"中国（房县）诗经城"项目，2022年广西药用植物园"诗经植物园区"对外开放、河间"诗经植物园"开园等。

党的二十大报告提出"要增强中华文明传播力影响力，推动中华文化更好走向世界"。《诗经》文化产业正面临着前所未有的机遇，随着秦岭国家公园建设的推进，以秦岭植物文化资源的梳理与利用研究将《诗经》的博物学研究推向新的高地，成为独具魅力的中华文化最具国际竞争力的品牌。

第二节 研究意义

《诗经》草木名物研究始于孔子"多识"说，孔子非常重视"诗"教学，提出"诗，可以兴，可以观，可以群，可以怨。迩之事父，远之事君。多识于鸟兽草木之名"。自此"诗"名物研究开始受到关注。本研究对于《诗经》草木名物的文学翻译有一定的学术理论价值，从《诗经》文化产业角度来讲有一定的社会经济应用价值。

1. 学术价值

在两千多年的经学研究中，我国积累了宝贵的名物研究文献和资料，具有重要的语言学、文学、史学、文化学价值，但是其中受到封建社会意识形态影响刻意歪曲、附会的注疏为后世了解、研究《诗经》产生了不好的影响，历代学者付出了巨大的努力正本清源，但这也使得名物研究面临的情况更加复杂。清朝的新汉学虽然没能复兴汉学，但其《诗经》学研究的"文学转向"及出色的考据学研究为当代《诗经》名物研究留下了宝贵的文献资料。由于中国封建社会末期社会动荡，科举制度日益僵化没落，导致中国的传统科学研究向现代科学研究转型中严重落后于西方，在植物学研究中亦是如此。

在中国近当代社会发展中，翻译成为了解和学习西方思想、文化、科技的有力工具，翻译理论从传统的文学翻译向非文学翻译拓展，语言服务的新翻译理念成为共识。随着中国文化"走出去"战略实施，优秀传统文化和典籍的外译及研究再次成为语言翻译服务的焦点。由于诗歌文体翻译的特殊性，加之《诗经》现有译本的权威性，《诗经》翻译研究多集中于文学层面的翻译研究，对于《诗经》草木名物的研究重视不够。

以"诗经植物英译"为检索词在读秀期刊平台中检索出共有19篇论文，其中有8篇探讨《诗经》植物意象英译，2篇探讨《诗经》植物隐喻英译，1篇探讨《诗经》植物多元化英译策略，1篇探讨动植物英译生态翻译策略，仅有1篇探讨《诗经》植物名称术语英译策略，其余均是关于《诗经》中的诗歌意象英译。以"诗经植物英译"为检索词在读秀学位论文平台中检索出共有6篇硕士论文。所有探讨植物翻译的期刊论文和学位论文不仅涉及的植物种类极其有限，还都有意无意回避了《诗经》植物名称的专名属性问题，仅就植物名称与词典中英文词或诗歌译本中的对应词讨论，对于植物学名这一关系植物名实指称对应的关键问题避而不谈。

通过对国内有关《诗经》草木名物的汉语名称及学名研究文献调查，其中名物名称和数量存在差异，以植物种类为例，陆玑作注的有93种、（清）顾栋高《毛诗类释》注释的有135种、胡相峰认为有134种①、陆文郁认为有132种、潘富俊认为有138种、吴厚炎则以概数近140种等；对于植物名称数量有认为是165种，也有认为是180种。其中涉及汉语名称对应的植物学名鉴定仅有约100种达成共识，其余则分歧较大。

在文学翻译范畴，对《诗经》草木名物认知不同会导致意义解读上的差异。因此，本研究通过对现有《诗经》草木名物释名的调查，建设专名术语库，并提出基于植物学名的《诗经》植物汉英译名建议词表，对于《诗经》草木名物的文学意象等翻译实践和研究有一定的学术参考借鉴价值。

2. 应用价值

近年来随着《诗经》文化产业的迅速发展，对于《诗经》名物研究提出了新的要求，特别是在"文化+旅游"的新业态下，立足于新技术新媒体传播的大趋势，立足打造国际竞争力的中国文化品牌传播新需求，《诗经》草木名物的英译研究再次成为备受关注的课题。2021年秦岭国家公园建设获批准，将秦岭植物文化资源挖掘、整理、开发、利用提上议事日程。因此，本研究对《诗经》文化产业发展及《诗经》植物的博物学领域实践有积极的社会经济应用价值。

第三节　研究方法

本研究以专名理论为指导，从植物名称的专名属性出发，将《诗经》草木名物汉英翻译过程视为跨语言社区的命名活动过程，以《诗经》对草木名物的文字记载为起点，沿着历代的注疏文献资料追寻名物专名的历史因果传递链条，以现代植物学名为纽带，衔接其在非汉语语言社区的命名活动传播链条，实现《诗经》草木名物汉英名称的"名""实""状"的正确关联，并将其应用从传统的文学翻译领域拓展到与文化产业相关联的博物学领域。研究过程中采用文献分析法、对比分析法、语料库方法、系统研究法等方法。

（1）文献分析法　重点收集名称翻译理论、植物学分类学及国际命名规则

---

① 胡相峰，华栋.《诗经》与植物 [J]. 徐州师范大学学报（哲学社会科学版），1985 (2): 63-67.

相关文献，主要包括具有代表性的著作、论文、国际机构工作文件，以及刊载于国内外权威期刊的论文，并对其进行细致的梳理、分类与归纳，明确专名与通名的界定与区分、植物名称使用及传播过程中发生的流变、植物学名的鉴定等。

（2）对比分析法　选取四部最具代表性的《诗经》草木名物研究专著，出版于新中国成立后，代表着不同时期的学名鉴定情况，以历代本草学专著（如《神农本草经》《本草纲目》《植物名实图考》等）以及现代植物学工具书（如《中国植物志》《中国高等植物图鉴》等）为参照，进行对比分析，确定出《诗经》草木名物对应的植物学名或非特定指称植物的类名，建立《诗经》草木名物汉语专名术语库，为进一步展开汉英译名对比分析打下基础。

（3）语料库方法　以四种有代表性的《诗经》英译全译本为基础，自建《诗经》草木名物英语译名语料库，借助自建的草木名物专名术语库，以及国际专业植物命名在线数据库中的英语俗名为参照，分析其在海外传播时的差异，探究其原因及如何在翻译过程中进行调整。

（4）系统研究法　在以上研究方法的基础上采用系统研究法，对《诗经》草木名物所处的文化系统及其植物学分类系统中不同名称之间的相互关系，以传播为视角，指导《诗经》草木名物英文命名在博物学领域语言翻译服务实践的运用。

第四节　研究内容

本研究以博物学的视角，尝试在《诗经》草木名物英译研究中引入《国际植物命名法规》，作为沟通植物汉语名称和英语名称的纽带，以命名理论解释《诗经》草木名物中英语命名活动，涉及以下五个方面：（1）《诗经》草木名物的名称训诂研究；（2）《诗经》草木名物名称与植物今名的对应研究；（3）《诗经》草木名物与植物学名的关联研究；（4）以现代植物学拉丁名为纽带的《诗经》草木名物中文专名与英文专名的对应与关联研究；（5）以植物学名为参照的《诗经》全译英文版本中的草木名物命名研究。

本书的结构安排如下。第一章介绍研究背景、意义、方法和内容。第二章介绍《诗经》的成书及其传播。第三章介绍荀子的名称理论、专名的"摹状词说""历史因果命名说"，为草木名物的汉英命名活动情况研究提供理论指导。第四章介绍《国际植物命名法规》中的植物分类系统及植物学名对应的分类群命名规则，帮助理解如何进行植物学名鉴定，以及如何在命名活动中正确识别学名的正名、异名、基名等，这也是目前植物学名在鉴定应用中面临的主要问题。第五章对《诗经》草木名物的汉语名称命名活动情况进行研究，通过调查其植物学名与汉语正名的对应现状，确定植物名称专名术语库，为考察其英语命名活动打下基础。第六章以自建专名术语库为基础，考查《诗经》草木名物基于植物学名的英语命名和基于诗歌翻译传播的英语命名活动。第七章为结论部分。

　　本研究通过对《诗经》草木名物的汉英命名研究，形成汉英双语专名术语库，为《诗经》植物的诗歌意象研究提供植物学意义的指称参照，为《诗经》主题植物园建设及解说系统英译提供参考，同时对于英语以外的其他外语语种的《诗经》植物专名多语术语库建设提供借鉴。

第二章

《诗经》的成书及其传播

《诗经》是中国古代由口头文学转化为书写文学的第一部诗歌集，所选时代大致从西周初期至春秋中期，即公元前十一世纪至公元前五世纪之间。然而《诗经》并非这部诗集的本名，在先秦典籍中，《左传》《国语》引"诗"，通称"诗曰""诗云"。《论语》中则称"诗"或"诗三百"，如《论语·学而》篇中记载"诗云：'如切如磋，如琢如磨。'"，《论语·为政》篇中记载"诗三百，一言以蔽之，曰：'思无邪'"。战国诸子著作中也以"诗"通称。因此，《诗经》这部诗集的本名应为《诗》或《诗三百》。

第一节 《诗》的成书

据说周朝保留了由上古时代传下来的采诗制度，东汉班固《汉书·艺文志》云："《书》曰：诗言志，歌咏言。故哀乐之心感而歌咏之声发。诵其言谓之诗，咏其声谓之歌。故古有采诗之官，王者所以观风俗，知得失，自考证也。故曰：王者不窥牖户而知天下。"《孔丛子·巡守篇》记载："古者天子命史采诗谣，以观民风。"《国语·鲁语》："正考父校商之名颂十二篇于周太师。"《汉书·食货志》记载："孟春之月，群居者将散，行人振木铎徇于路以采诗，献于太师，比其音律，以闻于天子。"朝廷专门设立了献诗、采诗制度和掌握诗书礼乐的官员，称为太师。

周代还有过公卿列士陈诗进谏的制度。《左传·襄公四年》记载："昔周辛甲为大史也，命百官，官箴王阙。"《诗经·大雅·民劳》："王欲玉女，是用大谏。"《国语·周语上》记载了召公谏弥谤等。周厉王期间暴虐成性，奢侈专横，不听劝谏，后其统治被推翻。周宣王"中兴"图治，恢复了进谏制度。周代这种开放的批评制度，体现在《大雅》《小雅》中的大量针砭时政、言辞激切无忌的政治讽喻和怨刺为内容的诗篇，揭露了周厉王、周幽王时期昏暗动乱的社会政治生活。

据学者考证,《诗》于春秋时代编辑成书,在成书之前的西周时代曾经过昭王时期和宣王时期的两次重要编纂,第一次编集整理始于康王三年的"定乐歌"活动,出现了《雅》(《大雅》)、《颂》(《周颂》)的祭祀仪式相关乐歌文本,经过昭王和穆王时期的补充,以现实的人与事为歌颂对象的诗成为《大雅》的主要内容,《雅》《颂》的文本内容扩大,同时《二南》中的部分诗歌文本形成;第二次编集整理在宣王"中兴"时期。周幽王十一年西周灭亡,后东周平王东迁,沿袭西周政制,在平王时期编集成与今本《诗经》大致相近的传本。

据历史资料和考古发掘文物考证,房陵人士(今湖北房县),西周太师尹吉甫辅佐周宣王46年,奉宣王之命,北伐猃狁,南征蛮夷,助宣王中兴,负责整理编纂乐诗,将文王、武王至宣王末朝廷制作的《风》《雅》《颂》中的作品汇集整理,包括《周颂》的几乎全部,《大雅》的大部,《小雅》和《国风》中的一部分,《二南》中的《汉广》《汝坟》等,使《诗》初具规模,成为《诗》成书过程中重要的编订者之一。

尹吉甫功绩卓著,文治武功超群,《诗经·小雅·六月》赞曰:"文武吉甫,万邦为宪"。《诗经·大雅·烝民》赞颂:"吉甫作诵,穆如清风"。据考证,尹吉甫是《诗经》中《崧高》《烝民》《韩奕》《江汉》《都人士》等名篇的作者。他是《诗经》中所记载的少有的、已知名的作者,其诗作在《诗经》乃至中国哲学、文化、文学等方面影响深远。如《诗经·大雅·烝民》中"天生烝民,有物有则,民之秉彝,好是懿德"即是"天人合一"思想观念的起源[①]。

在平王时代,在美刺的名义下大量讽刺诗文本得以编集,《雅》《颂》分立的结构被打破,但《颂》仍以独立形式流传,《风》《雅》合集。到齐桓公时,对诸国国风进行了集中编辑,《风》《雅》《颂》合集的《诗》文本产生。

《诗》或《诗三百》在春秋时代已经广泛应用在王廷和贵族的各种典礼仪式,如《周颂·有瞽》《商颂·那》描写了祭祀典礼的奏乐状况;《小雅·楚茨》描写了祭祀典礼逐次演奏乐歌的过程;《大雅·崧高》《小雅·出车》是朝会庆功的乐歌;《小雅·鹿鸣》《小雅·白驹》是宴宾的乐歌;《周南·关雎》《周南·桃夭》是婚嫁的乐歌;等等。

《左传·襄公二十六年》记载了晋侯囚禁卫侯,齐侯郑伯前往晋国排解纠纷,其间通过赋诗言志或比喻暗示,表达彼此的立场意见,卫侯得以释放:

秋七月,齐侯、郑伯为卫侯故,如晋,晋侯兼享之。晋侯赋《嘉乐》。

---

① 袁正洪,杨兴炳. 中华诗祖尹吉甫研究[M]. 北京:中国文史出版社,2015. 82-99.

国景子相齐侯，赋《蓼萧》。子展相郑伯，赋《缁衣》。叔向命晋侯拜二君曰："寡君敢拜齐君之安我先君之宗祧也，敢拜郑君之不贰也。"国子使宴平仲私于叔向，曰："晋君宣其明德于诸侯，恤其患而补其阙，正其违而治其烦，所以为盟主也。今为臣执君，若之何？"叔向告赵文子，文子以告晋侯。晋侯言卫侯之罪，使叔向告二君。国子赋《辔之柔矣》，子展赋《将仲子兮》，晋侯乃许归卫侯。

著名历史学家范文澜先生在《中国通史简编》中指出："春秋时期，诗三百篇是各国贵族学习政治的一种必修科目，不懂得诗就无法参加朝聘盟会那种大事。"当时公卿士大夫在谈话中也常常引用诗句，甚至是杂用到人们直接交往的谈话中。《诗》已经作为贵族学习的教材，在贵族公学中传习。《国语·楚语上》中记载了楚庄王聘请士亹做太子太傅，士亹向申叔时请教如何教育太子，申叔时说："教之春秋，而为之耸善而抑恶焉，以戒劝其心；教之世，而为之昭明德而废幽昏焉，以休惧其动；教之诗，而为之导广显德，以耀明其志；教之礼，使知上下之则；教之乐，以疏其秽而镇其浮；教之令，使访物官；教之语，使明其德，而知先王之务用明德于民也；教之故志，使知废兴者而戒惧焉；教之训典，使知族类，行比义焉。"可见《诗》在当时已经是贵族子弟的必修科目。

第二节　《诗经》在中国的传播

春秋时代贵族社会日趋崩溃，社会动荡，《诗》被冷落，孟子说："王者之迹熄而诗亡。"孔子出身于贵族阶级，他的政治理想是恢复西周的"盛世"，重视《诗》《乐》的教化作用，进行了整理、删定和正乐的工作。据司马迁《史记·孔子世家》记载："吾自卫反鲁，然后乐正，雅颂各得其所。"孔子自卫返鲁，年龄已经69岁，当时周室东迁，王室衰微，诸侯兼并，礼坏乐崩。他主张恢复周公制定的政治制度、国家纲纪、伦理关系和社会生活的各种仪礼，以救乱世、治太平、救万民。暮年的孔子致力于办学，为了传授弟子，他整理出《易》《书》《诗》《礼》《乐》《春秋》。

《史记·孔子世家》中还说，"古者诗三千余篇，及至孔子，去其重，取可施于礼义，上采契后稷，中述殷周之盛，至幽厉之缺，始于衽席，故曰关雎之乱以为风始，鹿鸣为小雅始，清庙为颂始。三百零五篇孔子皆弦歌之，以求合韶武雅颂之音。礼乐自此可得而述，以备王道，成六艺"。由此又引发了关于《诗》的篇数争议，形成了一种孔子删诗说的观点，但唐代孔颖提出质疑："书传所引之诗，见在者多，亡逸者少，则孔子所录，不容十分去九。马迁言古诗三千余篇，未可信也。"

据考证，先秦各种史籍引诗，大多仍见于今本《诗经》；据《左传·襄公二十九年》记吴公子季札在鲁国观周乐，演奏十五国风和《雅》《颂》各部分，编次和今本《诗经》大体相同：

> 吴公子札来聘，请观于周乐。
>
> 使工为之歌《周南》《召南》，曰："美哉！始基之矣，犹未也，然勤而不怨矣。"
>
> 为之歌《邶》《鄘》《卫》，曰："美哉，渊乎！忧而不困者也。吾闻卫康叔，武公之德如是，是其《卫风》乎！"
>
> 为之歌《王》，曰："美哉！思而不惧，其周之东乎！"
>
> 为之歌《郑》，曰："美哉！其细已甚，民弗堪也。是其先亡乎！"
>
> 为之歌《齐》，曰："美哉！泱泱乎！大风也哉！表东海者，其大公乎！国未可量也。"
>
> 为之歌《豳》，曰："美哉！荡乎！乐而不淫，其周公之东乎！"
>
> 为之歌《秦》，曰："此之谓夏声。夫能夏则大，大之至也，其周之旧乎！"
>
> 为之歌《魏》，曰："美哉，沨沨乎！大而婉，险而易行，以德辅此，则明主也。"
>
> 为之歌《唐》，曰："思深哉！其有陶唐氏之遗民乎！不然，何忧之远也？非令德之后，谁能若是？"
>
> 为之歌《陈》，曰："国无主，其能久乎？"
>
> 自《郐》，以下无讥焉。
>
> 为之歌《小雅》，曰："美哉！思而不贰，怨而不言，其周德之衰乎！犹有先王之遗民焉！"
>
> 为之歌《大雅》，曰："广哉，熙熙乎！曲而有直体，其文王之德乎！"
>
> 为之歌《颂》，曰："至矣哉！直而不倨，曲而不屈；迩而不逼，远而不携；迁而不淫，复而不厌；哀而不愁，乐而不荒；用而不匮，广而不宣；施而不费，取而不贪；处而不底，行而不流。五声和，八风平，节有度，守有序。盛德之所同也！"

见舞《象箾》《南龠》者，曰："美哉！犹有憾。"

见舞《大武》者，曰："美哉！周之盛也，其若此乎！"

见舞《韶濩》者，曰："圣人之弘也，而犹有惭德，圣人之难也。"

见舞《大夏》者，曰："美哉！勤而不德，非禹，其谁能修之？"

见舞《韶箾》者，曰："德至矣哉，大矣！如天之无不帱也，如地之无不载也。虽甚盛德，其蔑以加于此矣。观止矣！若有他乐，吾不敢请已。"

据《论语·述而》记载，孔子的选录和整理的标准是"述而不作，信而好古""不语怪、力、乱、神"。中国诗经学会会长夏传才教授认为，"孔子按照自己的政治标准和艺术标准，整理和删定了《诗经》……基本上保持了三百篇原来的面貌"。

孔子重视诗教，对诗歌进行了系统的理论总结。《论语·阳货》："子曰：'小子何莫学夫诗？诗可以兴，可以观，可以群，可以怨，迩之事父，远之事君，多识于鸟兽草木之名。'"兴，既是说诗可以启发思想、陶冶情性；观，既通过诗可以认识社会现实、观见风俗民情的盛衰、考察政治的得失（"王者所以观风俗，知得失，自考正也"）；群，指诗能够沟通思想感情、相互启发；怨，是说诗能够讽谏和怨诉。孔子的兴、观、群、怨说，概况了古代诗论，在一定程度上反映了诗歌的本质特征。

孔子传《诗》的另一个目的是作为文学语言和常识的教科书。诗人闻一多说："《诗经》是中国有文化以来的第一本教科书，而且最初是唯一的教科书。"《诗》涉及的内容非常广泛，包括周族开国历史、祭祀、农事、政治、战争、宴饮、爱情、婚姻、伦理、社会生活等方方面面，是一部了解周朝社会的百科全书。孔子更是强调，"不学诗，无以言"。孔子说要"多识鸟兽草木之名"，强调了《诗》有增长博物知识的作用。夏传才教授在《二十世纪诗经学》中指出《诗经》是"中华文化的元典"。

孔子创办私学，创立儒家学派，传六艺于弟子，"通六艺者，七十有二人"，后儒家学派成为战国时期影响最大的学派，六艺所用教本上升为六经。《庄子·天运》记载孔子向老聃问礼："丘治《诗》《书》《礼》《乐》《易》《春秋》六经，自以为久矣，孰知其故矣？"老子曰："夫六经，先王之陈迹也。"战国时期，诸子百家的典籍称"经"是一种普遍的现象，《墨子》称为《墨经》；《国语·吴语》的称兵书为"经"（挟经秉枹），等等。在孔门教学中，《诗》列首位，用作常识和语言课本，是入门教本；《书》用于增长政治知识；《礼》《乐》是实践课程；《易》《春秋》在于传授哲学思想和政治思想，列在科目最后。

孔子弟子中对于《诗》学贡献最大的是子夏和曾子二人。子夏以经学见长，据《经典释文·序录》记载，荀子继承了子夏的学问，对汉代经学影响很大；曾子授学子思，子思的学问为孟子继承，形成思孟学派。孔子去世以后，儒家分为八派，据《韩非子·显学》记载："自孔子之死也，有子张之儒，有子思之儒，有颜氏之儒，有蒙氏之儒，有漆雕氏之儒，有仲良氏之儒，有孙氏之儒，有乐正氏之儒。"其中社会影响最大的是"孟氏之儒"即孟子一派，和"孙氏之儒"即荀子一派，孟子主张"德治"，荀子主张"礼治"，双方学说对立。

秦朝时期，始皇帝嬴政焚书坑儒，"言《诗》《书》者弃市"，《诗三百》遭受浩劫，濒临灭亡。当时，秦国奉行法家学说，认为《诗》《书》是"不中用"之书，颁布"挟书律"予以焚毁。孟子学派儒生几乎全被杀，荀子学派受到严重打击，四处逃亡。秦朝统治残暴，激起各地起义，后土崩瓦解，当时由于秦法严酷，不敢公开谈论《诗》《书》。至汉惠帝四年"挟书律"解除，这一期间《诗》主要靠口耳相传。由于《诗》是韵文，可唱可诵，相对于其他典籍"虽遭秦火，而人所讽诵，不独在竹帛，故最完"。

由于秦统一六国到汉初这一段时间，民间《诗》已被焚，宫中古籍被项羽付之一炬，《诗》的简书已被消灭，其流传线索不明朗，仅凭记忆诵读所得，导致了《诗》出现众多不同版本。汉文帝刘恒于公元前179年即位，开献书策，设立博士，杂用各家学派，其中有鲁、齐、韩三家《诗》博士。景帝时儒学博士董仲舒以宗法思想为中心，提出"三纲五常"学说对儒学进行重大改造，被武帝确立为国家的统治思想，于公元前136年专立儒学五经博士，其中有《鲁诗》博士、《齐诗》博士、《韩诗》博士，及儒家其他经书博士，罢黜非儒学博士，并诏令王官之学、诸子百家之学不得于官学并传，儒学成为国家的指导思想，确立"五经"，将《诗经》从"儒家重要典籍"之"经"，拔高并神化为国之纲常、万世不变的永恒真理。

汉代官学中出现较早的是今文经学，通过口耳相传整理，主要有《鲁诗》《齐诗》《韩诗》三家传本，文句和解释互有差异，其中《鲁诗》《齐诗》以本学派宗师的故国命名，《韩诗》以本学派宗师的姓氏定名，合称"三家诗"。后来出现了一部分战国时代篆文书写的经籍，称作古文经，古文经和今文经不只是书写的文字和读法不同，文字训诂和内容解释也有很大不同。汉代传经重视师法，形成两个对立的学派。古文学派的《诗经》，只有《毛诗》一家。《毛诗》由毛亨、毛苌所传，称大毛公、小毛公。传说荀子诗学承自子夏，毛亨承自荀子，西汉初期开门授徒，著《诗故训传》，后简称《毛传》，传于赵人毛苌。

《毛诗》较多地保持一部分先秦儒学内容，颂赞西周社会政治制度，又很少神学迷信内容。由于它的复古倾向，不完全适合西汉统治者的政治需要，所以不为统治者所重视，只能在私学传授。东汉前期，章帝时期，古文经学地位上升。古文经学的特点是"通训诂，明大义"，简明易学，没有那些穿凿附会的迷信成分，内容也比较今文经学丰富。毛诗兴盛，三家诗衰落。东汉末年古文经学的最后一位大师郑玄，为毛氏《诗故训传》作笺注，名《毛诗传笺》，是汉学《诗经》研究的集大成著作，实现了《诗经》研究中今文经学与古文经学的融合，并成为天下通行的传本。

今本《诗经》共三百零五篇诗，分为《风》《雅》《颂》三个部分，其中：

《国风》：一百六十篇，包括《周南》十一篇、《召南》十四篇、《邶》十九篇、《鄘》十篇、《卫》十篇、《王》十篇、《郑》二十一篇、《齐》十一篇、《魏》七篇、《唐》十二篇、《秦》十篇、《陈》十篇、《桧》四篇、《曹》四篇、《豳》七篇，是十五个国家和地区的地方乐歌，又称"十五国风"。

《雅》：一百零五篇，包括《小雅》七十四篇、《大雅》三十一篇，是朝会和贵族礼仪的乐歌，又称二雅。

《颂》：四十篇，包括《周颂》三十一篇、《鲁颂》四篇、《商颂》五篇，是宗庙祭祀乐歌，合称三颂。

第三节　《诗经》在欧美国家的传播

《诗经》与荷马史诗、莎士比亚戏剧鼎足而立，是世界古代文学史三大杰作之一，在世界文化史上有着重要价值。《诗经》在公元前1世纪就传播到西域，后来通过丝绸之路传播到中东、罗马、波斯，魏晋南北朝时期就传入朝鲜半岛，又经朝鲜半岛传入日本，在欧美国家的传播仅有三四百年的时间[①]。

1626年，比利时人金尼阁（N. Trigault）用拉丁语翻译《诗经》，开启了《诗经》在西方传播的序幕。1728年，法国传教士孙璋（P. Lacharme）来华从事译著工作，1733年开始用拉丁语翻译《诗经》。1830年法籍德裔汉学家儒勒·莫尔（Julius Mohl）对这部拉丁语译著进行注释、编辑并出版，书名为《孔夫子的诗

---

① 夏传才. 诗经讲座［M］. 桂林：广西大学出版社，2019.183-187.

经或民歌》》①。19世纪，随着英法等资本主义国家在中国的势力扩张，欧洲出现了新一轮的"汉学热"，欧洲主要语种都有了《诗经》全译本。

法国是最早翻译《诗经》的国家，但法语全译本《诗经》直到1872年才首次出版，由法国汉学家鲍吉耶（M. P. Pauthiev.）翻译，书名是《诗经：作为正统经典的中国古代诗集》。顾赛芬（S. Couvreur）的法语全译本于1892年出版，该版本为中文、法文、拉丁文对照，由河北河间府出版，该译本多次再版，是最流行的法文译本。

最早的德译本于1833年出版，是从孙璋的拉丁语版本改写而来的，译者是弗里德里希·吕克特（Friedrich Rückert），书名为《诗经：出自孔夫子的中国诗集》。1844年，维克多·斯特劳斯（V. Von Strauss）出版了德译本《诗经：中国经典式的诗集》，书中序言长达60页，译笔精妙，在欧洲影响较大，后多次再版。1880年，史陶思（V. Strauss）出版了《诗经》的德译本，是韵律派的代表作，成为当时翻译文学的巅峰之作。

1736年 R. Brookes、1738年 E. Cave 对法国汉学家杜赫德（Du. Haldle）1735年出版的《中国通志》两度进行英译，该书中将法国人马若瑟（J. H. Marie de Bremare）选译的《诗经》中的8首诗译成英文，成为英语读者最早接触到的英译《诗经》作品。英国著名汉学家德庇时爵士（Sir John F. Daves）在其1829年出版的专著《汉文诗解》中举《诗经》风、雅、颂的例证，论述中国古典诗歌的韵律学。

1871年，英国汉学家理雅各（James Leggle）出版了世界上第一部《诗经》英文全译本 The She-King，是散译派的代表作，具有里程碑式的意义。1891年，英国人詹宁斯（William Jennings）出版了 The Shi King（《〈诗经〉韵译》），阿连璧（Clement F. R. Allen）出版了 The Book of Chinese Poetry: Being the Collection of Ballads, Sagas, Hymns, and Other Pieces Known as the Shih Ching, or Classic of Poetry。

随后《诗经》英文全译本不断涌现，20世纪上半叶最具代表性的有英国汉学家韦理（Arthur Walley）的英译本 The Book of Songs（1937），以及瑞典汉学家高本汉（Bernhard Karlgren）的 Glosses on The Book of Odes（1950）。韦理的译本求"雅"，译文为优美的抒情诗，力求体现原著的思想性和艺术性，附录还探讨了中国和欧洲诗歌的比较研究；高本汉的译本求"信"，在训诂、方言、古韵、古文献考证诸方面颇显功力，对欧美国家产生了积极影响。

---

① 王丽娜.《诗经》在国外.诗经国际学术研讨会论文集［A］.保定：河北大学出版社，1994.66-80.

20世纪下半期，国际诗经学研究中心从欧洲转移到美国，最具代表性的是美国著名诗人翻译家庞德（Ezra Pound）的全译本《诗经：孔夫子的经典》（*Shih-Ching: The Classic Anthology Defined by Confucius*）。其他在美国流行的《诗经》译本的作者有陶玮（J. R. Hightower）、麦克诺顿（W. McNaughton）等，《诗经》选译的主要学者有华裔著名学者陈世骧、王靖献等①。

在中国以许渊冲和汪榕培的英文全译版本最具代表性，此外杨宪益等的《诗经》选译也达到了很高的成就。

由于《诗经》全译本的传播，推动了欧美国家对《诗经》内涵和实质内容的研究。1919年，法国汉学家、社会学家葛兰言（Marchel Granet）出版了专著《中国古代的节日与歌谣》（*Fétes et chansons anciennes de la Chine*），是西方第一部深入研究《诗经》的专著，具有文学、社会学、民俗学、民族学、神话学等综合研究的性质，引发了文化人类学《诗经》研究的热潮。瑞典汉学家高本汉的译本及其姊妹篇《诗经注释》（1946）对《诗经》词汇和音韵进行了系统细致的研究，成为西方运用现代语言学理论研究古汉语的奠基之作。

20世纪后半期，《诗经》的研究中心从欧洲转移至北美。加拿大汉学家多布森1968年出版的专著《诗经的语言》，通过《诗经》字词和语法研究来论证《风》《雅》《颂》的创作年代。美国华裔学者王靖献1990年出版了《钟与鼓》，是运用帕利—劳德理论研究《诗经》的代表作，分析了《诗经》实际存在的"现成词组"（套语）和"现成思路"（套式）的现象。美国学者佐伊伦（S. V. Zoeren）的专著《诗歌与人格：中国传统的解读、注疏和阐释学》（1991）提出：西方学者研究中国的阐释学著作，有助于阅读传统《诗经》文本和了解各诗篇的意义。20世纪90年代以来，《诗经》基本问题和深层次的理论研究受到重视，包括《诗经》语言学、文献学、学史、文艺学、文化人类学、词语训诂、名物考证、韵读、异文、辨伪、辑佚、文献整理与研究等。1993年至2021年，共召开了十四届《诗经》国际学术研讨会，研究者来自美国、韩国、新加坡等，成为现代《诗经》学研究的中心，深化了跨学科、跨领域的研究②。

---

① 王丽娜.《诗经》在国外.诗经国际学术研讨会论文集［A］.保定：河北大学出版社，1994.66-80.

② 梁高燕.《诗经》英译研究［M］.北京：知识产权出版社，2013.29-30.

第三章

命名理论研究

命名理论关注的是语言与事物之间的指称问题,即"名实"问题,这也是语言哲学关注的核心问题之一。先秦时期的荀子在《正名》篇,提出了约定俗成说的命名思想,在中国影响深远。其中关于共名、别名的分类思想领先于古罗马哲学家波菲利600多年。但是,在中国,由于传统儒学关注的是服务于当时封建政治的名学,后来儒家思想占据学术的统治地位,"名学"一直未能在自然科学哲学中得到应有的发展。波菲利提出的从属到种的连续分类思想,成为后来生物学拉丁学名命名法则的基础,并在此基础上推动了现代生物学发展。

19世纪末,西方哲学发生了"语言转向",语义学的起源以及分析哲学运动的兴起,终结了康德和他的《纯粹理性批判》在欧洲长达百年主导地位①。现代逻辑的创始人和分析哲学的奠基者弗雷格提出了涵义指称理论,开辟了语言哲学意义理论研究的新领地,尤其是他关于语言表达式与非语言事物关系的研究,对当代语言哲学的发展有着重要的影响②。罗素在弗雷格的基础上提出了摹状词理论,受到西方哲学界的高度评价,被誉为"哲学分析的典范"③。

弗雷格和罗素把专名看作名称,把通名看作谓词,在专名和通名之间划了一道不可逾越的鸿沟。克里普克提出了因果历史命名理论,与普特南(H. Putnam)一起,打通了专名和通名之间的隔离,建立包括通名在内的名称理论④。

---

① 王策. 分析哲学思想的溯源研究——从康德、波尔查诺到弗雷格 [D]. 西安:陕西师范大学,2017. 4.
② 王喜平,孙馨月. 语言哲学革命与弗雷格涵义指称理论的价值 [J]. 理论探索,2014 (2):24-27.
③ 张力锋. 专名的摹状词理论初探 [J]. 重庆师院学报(哲社版),1999 (2):52-58.
④ 陈晓平. 关于摹状词和专名的指称问题:从语境论的角度看 [J]. 哲学分析,2012 (2):31-49.

第一节　荀子的名称理论

荀子被称为先秦时期的最后一位儒学大师，在对儒家、法家以及其他诸家有关正名思想进行扬弃的基础上，提出了比较系统的、影响深远的正名学说，集中体现在《荀子·正名》篇中。

"正名"是孔子首先提出的，《论语·子路》说：

> 子曰："必也正名乎！"……子曰："名不正，则言不顺；言不顺，则事不成；事不成，则礼乐不兴；礼乐不兴，则刑罚不中；刑罚不中，则民无所错手足。故君子名之必可言也，言之必可行也。"

孔子的正名说偏于守名①。当时社会已经走向分裂，社会管理体制和思想价值体系越来越混乱，儒家的思想体系也受到其他学派的挑战。荀子作为先秦时期的最后一位儒学大师，清晰地看到儒家面临的困境，仅仅是守名已经与社会环境不能相适应，因此提出"制名"。

荀子的"制名"理论的核心是"约定俗成"说。《正名》篇是荀子名称理论的集中体现，内容丰富，见解深刻，涵盖了先秦时期"名"的现状、"制名"的主体、"名"的功能、"名"的语言形式与逻辑分类、"制名"的依据、"制名"和"正名"的关键、"名"的使用中的问题、"名"在辩说体系中的地位和作用以及正名的意义等。

一、先秦时期"名"的现状

荀子指出，先秦时期的"名"分"成名"和"散名"。"成名"，即形成系统体系的"名"；"散名"，即尚未形成系统体系的"名"：

> 后王之成名，刑名从商、爵名从周、文名从《礼》。
> 散名之加于万物者，则从诸夏之成俗，曲期远方异俗之乡，则因之而为通。
> 散名之在人者，生之所以然者谓之性。性之和所生，精合感应，不事而自然，谓之性。性之好、恶、喜、怒、哀、乐，谓之情。情然而心为之择，谓之虑。心虑而能为之动，谓之伪。虑积焉能习焉而后成，谓之伪。

---

① 杨赛. 荀子正名新论［J］. 合肥师范学院学报，2008（3）：58-63.

正利而为，谓之事。正义而为，谓之行。所以知之在人者，谓之知。知有所合，谓之智。智所以能之在人者，谓之能。能有所合，谓之能。性伤谓之病，节遇谓之命。

是散名之在人者也，是后王之成名也。

荀子的"制名"并非凭空产生，应当基于"成名"和"散名"，即是孔子所提倡的"守名"，当时已经形成体系的有"刑名""爵名""文名"等"成名"，以及尚未形成体系的"加于万物"和"在人"的"散名"。"刑名""爵名"是与政治相关的名，"文名"与礼仪和教育相关的名，"散名"则是实物之名与抽象名词①。荀子提出"散名加于万物者"从"约定俗成"。荀子对"散名在人者"进行了创新诠释，"性""情""欲""知""智""伪"等基本上是先秦诸子所关注的理念，荀子进行了新的定义，为儒家所用。特别是对"性"和"伪"这一对概念的阐释，巩固和发展了儒家的学说。

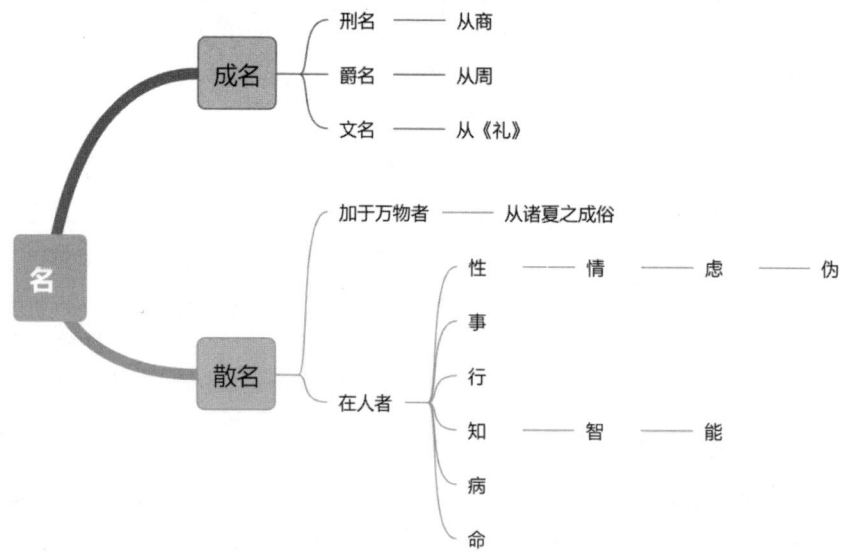

图 3.1　荀子对于"名"的分类

孔子说：

性相近也，习相远也。（《论语·阳货》）

告子说：

---

① 刘子静. 荀子哲学纲要[M]. 北京：商务印书馆，1937. 63.

生之谓性。(《孟子·告子》)

庄子说：

朴素而民性得矣。(《庄子·马蹄篇》)

荀子吸收了孔子、告子、庄子的观点，提出"生之所以然者谓之性"，即是说"性"是一种自然的状态。

荀子进一步说"性之好、恶、喜、怒、哀、乐，谓之情"，并在后文中讨论了"性""情""欲"之间的关系，认为"情"和"欲"是人之本"性"："性者，天之就也；情者，性之质也；欲者，情之应也"。情感的取向，即"虑"；"虑"而有所行动，就是"伪"。

荀子在《性恶》篇中说：

不可学，不可事，而在人者谓之性；可学而能，可事而成之在人者谓之伪；是性伪之分也。

即"性"是先天的，"伪"是后天的。篇中"人之性恶，其善者伪也"，与《儒效》篇的"化性而起伪"相印证。篇中又说，"今之人性恶，必将待师法然后正，得礼仪然后治"，以此来肯定儒家的教化说①。

二、"制名"的主体

荀子认为"制名"的主体是"王者"，但不能解读为"名"都是由王者命名的，因为荀子说：

后王之成名，刑名从商、爵名从周、文名从《礼》。

散名之加于万物者，则从诸夏之成俗……

"王者之制名"是将前代流传下来的、现在社会上通行的各种"名"，通过增减损益，加以圈定，以官方认可后宣布通行，即：

若有王者起，必将有循与旧名，有作于新名。

三、"名"的功能

荀子提出了名称具有认知功能：制名以指实、辨同异、喻情志，具有社会政治功能、道德教化功能。

---

① 杨赛. 荀子正名新论 [J]. 合肥师范学院学报，2008 (3)：58-63.

(一) 认知功能

《正名》篇说：

> 故知者为之分别制名以指实，上以明贵贱，下以辨同异。

(二) 社会政治功能

儒家学说的根本出发点是服务于国家的政治，教化于民。荀子说：

> 故王者之制名，名定而实辨，道行而志通，则慎率民而一焉。故析辞擅作名，以乱正名，使民疑惑，人多辨讼，则谓之大奸，其罪犹为符节度量之罪也。故其民莫敢讬为奇辞以乱正名。故其民悫，悫则易使，易使则公。其民莫敢讬为奇辞以乱正名，故壹于道法而谨于循令矣。如是，则其迹长矣。迹长功成，治之极也，是谨于守名约之功也。

荀子指出"制名"可以"名定而实辨"（名实相通）、"道行而志通"（礼法通畅），达到"慎率民而一"（有序的社会管理）的社会治理理想效果，这些都是"守名约"的功绩。孔子提出"正名"，实际上是"正政"，为政之道首推"正名"。在儒家思想中，社会角色的名称具有规定性，对应于相应的社会地位、权利、义务与规范，因此"名正"才能"言顺""事成""礼兴""刑罚中"，社会角色各就其位，各行其是，各得其所，社会就能等级分明、众生和谐。

(三) 道德教化功能

荀子认为，"正名"不仅能够"明贵贱"，还可以正"心"。《正名》篇说：

> 辞让之节得矣，长少之理顺矣。忌讳不称，袄辞不出。以仁心说，以学心听，以公心辨。不动乎众人之非誉，不治观者之耳目，不赂贵者之权执，不利便辟者之辞。故能处道而不贰，吐而不夺，利而不流，贵公正而贱鄙争，是士君子之辨说也。

荀子在刻画了理想的君子形象之后，又用了大的篇幅阐述"欲""心""道"三者之间的关系①。在《正名》篇尾告诫君子：

> 无稽之言，不见不行，不闻不谋，君子慎之。

---

① 陈波. 荀子的名称理论——诠释与比较 [J]. 社会科学战线，2008 (12)：27-37.

四、"名"的语言形式与逻辑分类

荀子提出要依循一定的语言形式进行命名,论述"名""状"与"实"的关系:

> 然后随而命之:同则同之,异则异之,单足以喻则单,单不足以喻则兼,单与兼无所相避则共,虽共,不为害矣。知异实者之异名也,故使异实者莫不异名也,不可乱也,犹使异实者莫不同名也。

> ……………

> 物有同状而异所者,有异状而同所者,可别也。状同而为异所者,虽可合,谓之二实。状变而实无别而为异者,谓之化。有化而无别,谓之一实。

文中提出对于同类事物,取同样的名,对异类事物,取不同的名。伍非百先生认为,"名"是借以称谓事物的一种符号,其表现形式就是当今用一个字或多个字表示的"名词"①。"制名"的关键就是"名"与"实"的问题:

(1)"实"不同,"名"不同;
(2)"实"相同,"名"相同;
(3)"状"相同,"实"不同,"名"不同;
(4)"状"相同,"实"相同,"名"相同②。

从汉字的发展演变来看,"文"通过客观事物的特征描摹来表意,依据人类、动物、植物等客观世界的物象创造而来,成为先出现的"独体字"。东汉许慎曾说:"仓颉之初作书,盖依类象形,故谓之文。其后形声相益,即谓之字。文者物象之本,字者言孳乳而寖多也。""字"则是根据"初文"而衍生的"孩子",形成一批会意、指事、形声"合体字"。单个的"初文",在后来的字典中,大多成立部首(如"草"字、"木"字),统摄由"初文"而衍生的意义相关的"合体字"(如"荇""萎""苦""艾""荠""芹"等字;"松""柏""桧""椅""桐""梓"等字)。它们所表示的事物或现象,在古人看来,实质上便是客观世界的一个"类"③。这便是荀子提出的"单名"和"兼名"问题。"单名"实际上相当于单个的字,表达一个基本的概念。"兼名"则是指由多个

---

① 余维发.伍非百正名思想研究[D].长沙:湘潭大学,2007.10.
② 刘子静.荀子哲学纲要[M].北京:商务印书馆,1937.75-76.
③ 夏南强.类书通论——论类书的性质起源发展演变和影响[D].华中师范大学.2001.15.

字集合在一起表达一个相对复杂的概念，相当于多个"单名"的叠加组合。

《正名》篇中还探讨了名的外延和内涵，即逻辑层级分类结构：

> 故万物虽众，有时而欲遍举之，故谓之物。物也者，大共名也。推而共之，共则有共，至于无共然后止。有时而欲遍举之，而谓之鸟兽。鸟兽也者，大别名也。推而别之，别则有别，至于无别然后止。

荀子从逻辑层面划分出"共名"和"别名"。在《诗》成书的时代，当时社会对于植物的认识还是非常有限的，就人们接触的植物而言，分为"草""木"两类，可以看作荀子所谓"大共名"，类似于现代植物学中的"属"概念。例如"木"又有"乔木"（"南有乔木，不可休思"，《周南·汉广》）、"灌木"（"黄鸟于飞，集于灌木"，《周南·葛覃》）之分。这里的"乔木""灌木"之分从构造来讲属于"兼名"，从层级关系可以看作"木"之下一级分类的"共名"。这种分类概念的出现早于古希腊亚里士多德（Aristoteles，公元前384—公元前322年）将植物分为草、灌木和乔木之认知。在《诗经》中记录了"楚""杻""榛""舜""杞""檴""郁""椐"等50多种树木，这些可以看作是"木"的"别名"，类似于现代植物学中的"种"概念。类似分类如"草"分为"谷""麻"等，"谷"又分为"稻""黍""稷""麦""菽"等，"菽"又细分为"荏菽""菽"，"麻"又细分为"麻""苎"。就当时的认知，如果不再对"麻""苎"这一类名称继续细分，则可以看作"大别名"，示意图如下：

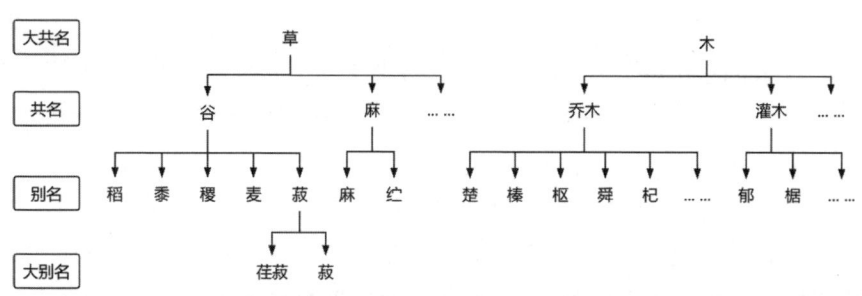

图3.2 《诗经》草木名物的"共名""别名"关系示意图

这种树型图，也被称为"波菲利树"，以纪念古罗马哲学家波菲利（Porphyry，公元232年—公元304年），他在为亚里士多德《范畴篇》写的"导论"中论述了属种关系：

> 让我们借助一个范畴来说明这里的意思。实体本身是属，其下是物体；

物体下是有生命的物体；其下是动物；动物下面是理性的动物；其下是人；人下面是苏格拉底、柏拉图和单个的人。在这些概念中实体是最高的属并且只是属，而人是最低的种并且只是种。物体是实体的种，却是有生命的物体的属。有生命的物体是物体的种，却是动物的属……属于中间的类将是前面的种，后面类的属①。

荀子在《正名》篇所提出的"共名""别名"分类思想，比波菲利提出的属种关系论述要早6个世纪。但是，波菲利的阐述比荀子的论述更为系统、完善和深入。从最高的属到个体名称中间进行了连续的分类，即属、种、亚种……个体②。

五、"制名"的依据

(一)"制名"缘以"同异"

> 异形离心交喻，异物名实玄纽，贵贱不明，同异不别；如是，则志必有不喻之患，而事必有困废之祸。故知者为之分别制名以指实，上以明贵贱，下以辨同异。贵贱明，同异别，如是则志无不喻之患，事无困废之祸，此所为有名也。

(二)"制名"的认知途径是"缘天官"

荀子认为在完善语言的指示功能基础上才能"正名"，即通过感觉和思维能够认识事物，即是"缘天官"：

> 然则何缘而以同异？曰：缘天官。凡同类同情者，其天官之意物也同。故比方之疑似而通，是所以共其约名以相期也。形体、色理以目异；声音清浊、调竽、奇声以耳异；甘、苦、咸、淡、辛、酸、奇味以口异；香、臭、芬、郁、腥、臊、漏、庮、奇臭以鼻异；疾、痒、沧、热、滑、铍、轻、重以形体异；说、故、喜、怒、哀、乐、爱、恶、欲以心异。心有征知。征知，则缘耳而知声可也，缘目而知形可也。然而征知必将待天官之当簿其类，然后可也。五官簿之而不知，心征知而无说，则人莫不然谓之不知。

---

① 波菲利.《范畴篇》导论[J].王路译,哲学译丛,1994(6):74-80.
② 陈波.荀子的名称理论——诠释与比较[J].社会科学战线,2008(12):27-37.

"天官",即人的感觉器官,指"目""耳""口""鼻""体""心"。语言体系的建立,从最初始的状态来看,是通过人的感官对世界的反应,在"体认"的基础上,追求语言逻辑的建构。"缘天官"则是借助观察实物来观察各实体的主要性质,确认语言符号与世界的对应关系。

荀子也认识道天官所获得的主体对客体的感觉可能会出现错觉,他在《解蔽》中提出十种知觉错误,即"十蔽":

> 故为蔽:欲为蔽,恶为蔽,始为蔽,终为蔽,远为蔽,近为蔽,博为蔽,浅为蔽,古为蔽,今为蔽。凡万物异则莫不相为蔽,此心术之公患也。

即是说客观因素和主观因素都会对知觉产生限制,要消除错觉,必须从心入手。荀子在《天论》篇中提出天官之上还有天君:

> 耳、目、鼻、口、形能各有接而不相能也,夫是之谓天官。心居中虚,以治五官,夫是之谓天君。

荀子在《解蔽》篇中说:

> 心不使焉,则白黑在前而目不见,雷鼓在侧而耳不闻。
> …………
> 心者,形之君也,而神明之主也,出令而无所受令。自禁也,自使也,自夺也,自取也,自行也,自止也。故口可劫而使墨云,形可劫而使诎申,心不可劫而使易意,是之则受,非之则辞。故曰:心容其择也,无禁必自见,其物也杂博,其情之至也不贰。诗云:"采采卷耳,不盈倾筐。嗟我怀人,寘彼周行。"倾筐易满也,卷耳易得也,然而不可以贰周行。故曰:心枝则无知,倾则不精,贰则疑惑。以赞稽之,万物可兼知也。身尽其故则美。类不可两也,故知者择一而壹焉。

荀子在《非相》篇中说:

> 相形不如论心,论心不如择术。形不胜心,心不胜术。

荀子正名的第二个层次是论心,终极目标则是论道:

> 心知道,然后可道;可道然后守道以禁非道。以其可道之心取人,则合于道人,而不合于不道之人矣。以其可道之心与道人论非道,治之要也。何患不知?故治之要在于知道。(《荀子·解蔽》篇)

法家、道家、墨家、名辨家论道,众说纷纭。道,是老子提出的一个哲学范畴。道家论道,以自然为人类立法,追求的是超越与睿智,人是自然的一部分。儒家论道，以人伦为自然立法，追求一种秩序与伦理，是自然的人化。因此，荀子在《儒效》篇中说：

> 道者，非天之道，非地之道，人之所以道也，君子之所道也。

在孔子的正名观中，注重行知结合，政治实践，提出了"名正—言顺—事行"的三层次体系。荀子则形成了"心合于道，说合于心，辞合于说"的正名体系，构成了"道—心—说—辞—实"的多层次体系，令后来学者难以超越。宋学在《大学》中，对荀子正名思想进行了完整的诠释：

> 物格而后知至，知至而后意诚，意诚而后心正，心正而后身修，身修而后家齐，家齐而后国治，国治而后天下平①。

六、"乱名"之惑

荀子对"邪说辟言之离正道而擅作者"分为三类，称为"三惑"：

> "见侮不辱"，"圣人不爱己"，"杀盗非杀人也"，此惑于用名以乱名者也。验之所为有名，而观其孰行，则能禁之矣。"山渊平"，"情欲寡"，"刍豢不加甘，大钟不加乐"，此惑于用实，以乱名者也。验之所缘以同异，而观其孰调，则能禁之矣。"非而谒楹"，"有牛马非马也，"此惑于用名以乱实者也。

荀子批评当时的辩者和墨家的三类"乱名"：

(1) 用名以乱名；
(2) 用实以乱名；
(3) 用名以乱实。

第二节　专名的"摹状词说"

摹状词理论（description theory）是关于专名的两大核心理论之一。其代表人物是哲学家弗雷格（G. Frege），他认为专名不仅具有指称而且具有涵义，专名是通过自身的涵义来确定指称的，即"涵义决定指称"。

弗雷格认为，专名的涵义是与其有同一指称的摹状词提供的，即这种摹状

---

① 杨赛. 荀子正名新论［J］. 合肥师范学院学报, 2008 (3): 58-63.

词式的涵义是专名指称的依据。弗雷格把摹状词混同于专名，罗素则对专名和摹状词进行了严格的区分，弥补了这一理论缺陷。罗素则认为，专名的指称是根据摹状词的描述来确定的，专名就是缩写的或伪装的摹状词①。摹状词理论的缺陷是，无论涵义、指称与专名三者之间是什么关系，涵义都不是唯一的。

塞尔和维特根斯坦将弗雷格的摹状词发展成簇摹状词理论：一个专名的意义并不是由某个摹状词给出的，而是由一簇或一群摹状词给出的。这一理论的发展在一定程度上弥补了摹状词理论的缺陷，但是，这一理论认为使用专名进行指称时符合对该专名的大多数摹状词的描述是一个无法界定的范围，仍然可能存在交流双方使用同一专名但是据以指称的涵义并不相同的情况②。

第三节　专名的"历史因果命名说"

20世纪60年代末至70年代初，克里普克和普特南等一批哲学家对传统的摹状词理论展开了批判，其中最具影响力的是克里普克提出的历史因果命名理论。

克里普克提出专名是严格的指示词（rigid designator），即一个指示词在每一个可能的世界中都指示同一个对象；摹状词是非严格的指示词。他还认为，一个专名为了保持其指称的严格性，就必须没有涵义，专名的所指是通过社会团体中的历史的因果的链条来确定的，即名称是通过一个最初的命名仪式和一条因果链指称对象的。

克里普克还指出，他对专名问题的看法同样适用于自然种类的名称，即通名。通名也是固定的指示记号，它在一切可能世界里都指称同一个对象。与专名一样，通名一旦被确定下来之后，也可以沿着传递链条一环一环地传递下去，它的指称对象也是由历史的、因果的传递链条决定的③。

克里普克的历史因果理论解释了摹状词理论难以解释的专名指称的确立过程（reference fixing）和借用过程（reference borrowing）中如何确保专名指称的一致性问题。但是，历史因果理论也面临在同一段对话中两条历史的因果链条

---

① 程本学，何智美，梁豪. 论专名的内涵 [J]. 复旦学报（社会科学版），1998（4）：83-86.
② 骆传伟. 专名的涵义与指称 [D]. 上海：上海外国语大学，2011. 2-3.
③ 程本学. 专名意义的两种理论及其融合 [J]. 华南师范大学学报（社会科学版），2006（6）：14-18.

交叉情况下，如何判断所具有的不同指称问题，这又回到了摹状词理论的解释范围，即使用者仍然需要借用不同的涵义区分不同的指称。这一现象就是所谓的"指称的转移"问题。

埃文斯在《关于名称的因果理论》（1973）一文中明确指出，所谓"指称的转移"，是指一个名称在首次使用时是指某特定对象的，在这个专名的使用过程中，形成了一个传递链条；但是在这个历史的传递链条的某处却丢失了其最初的所指对象，取而代之的是一个新的指称对象，而指称对象的替换不是因为处在该链条上的人想改变该名称的指称。埃文斯的这一研究说明命名仪式和历史因果链不能保证专名的指称不变，也不能保证专名的严格性。

普特南（Hilary Putnam）也是历史因果理论的拥护者，他侧重与研究通名，特别是自然种类的名称的意义问题。他认为自然种类的名称和专名起作用的方式是相同的，自然种类的名称的指称不是通过与这些名称相联系的摹状词来确定的。他反对名称具有意义，反对把名称还原为其所指称事物的一系列性质的合取。他指出，自然种类名称的指称不是由一组"语义学规则"确定的，这些规则只能确定一种事物的范例或典范，但不能确定它的指称，在确定通名的指称时，"因果链"起着十分重要的作用。

在历史因果理论遭受到埃文斯、达米特等人的严厉批判后，萨蒙和索姆斯等人则将克里普克的工作精致化和完善化，并相继提出了反传统摹状词理论三大论证，即模态论证（modal argument）、语义论证（semantic argument）以及认知论证（epistemic argument）。

早期的命名论认为，由词形和词义构成的词，是用来指称客观事物或者给客观事物起名的，词与客观事物之间存在着指称与被指称、命名与被命名的关系，词义实质上就是把词与客观事物联结起来的所指关系和命名关系。

古希腊哲学家柏拉图认为，所"讨论的一切名称，都是用于说明事物的本性"。在这个意义上，命名不过是模仿的艺术，应该按照自然的本性来给事物命名，不能随心所欲。事物的本性是一个模糊的概念，对于名称是如何于自然的本性相关的，柏拉图没有给予更深入的解释。

英国哲学家密尔认为，"专名的主要功能就是给一个对象命名，它与对象之间的关系就是命名的关系"。专名仅有指称而无涵义。

克里普克提出，在专名指称的获得过程中，最初有一个"初始命名"，继而传递至今。在历史因果理论看来，无论是向命名接受者谈论这个专名还是命名接受者看见过被命名的对象，名称都会在这个链条上传递，从而使处于这个链条上任意一环的人都具备使用该专名指称这个对象的能力。

命名实际上是一个对专名与所指对象之间的联系为社会所接受的过程。完整的命名过程应包含命名者、命名对象和命名接受者（传递者）三个要素和命名者与命名接受者的交流过程。根据命名过程中，命名对象是否在场，可以将命名形式分为亲知命名和描述命名两种。

专名的传递有两种形式：亲知传递和描述传递①。

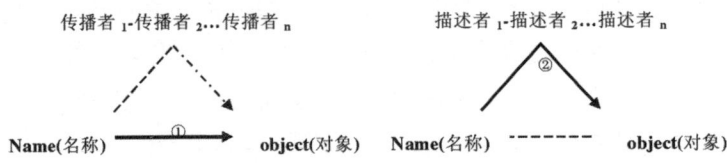

图 3.3　专名的亲知传递（左）和描述传递（右）

程本学指出，历史因果理论从整个人类社会历史的大环境考察名称的命名与指称，是巨大的进步，解释了命名活动的社会历史性；但是，把专名看成贴在对象上的固定标签，是无任何意义的纯粹的指示记号，只有外延而无内涵，又是非常令人费解的。

从认识论的角度，可以看出摹状词理论关于专名内涵的解释是合理的：专名作为对象的名称，总是与对象联系在一起的，而对象本身总是具有借以把自身与其他事物区别开来的属性特征，随着这些属性特征被专名使用者所理解、所认识，它们便反映到专名中来，并逐渐在该专名中积淀下来，成了该专名的内涵。

克里普克等人强调专名不具有内涵而只是一个固定的指示记号，是为了避免传统指称理论中指称的不确定性，希望达到指称的绝对确定性。实际上，指称的绝对确定性是难以实现的。承认专名有内涵并不等于说专名的内涵是一个绝对确定的东西，也不等于说通过专名的内涵可以达到指称的绝对确定性。事物是在不断发展变化的，因此专名的涵义只能是一个相对的东西，会随着它所指称的事物的变化而发生变化。

专名的涵义是随着可能世界的不同而有所不同，专名与摹状词的对立是可以统一起来的。专名在其所指对象存在的某一可能世界中的涵义等同于描述该对象在这一世界中的属性特征的摹状词的总和。同一专名，随着其所指对象所在的可能世界的不同，专名的涵义也会有所不同。专名涵义发生变化的往往只是那些描述专名所指对象偶然性的摹状词，而那些描述对象本质属性的摹状词

---

① 骆传伟. 专名的涵义与指称［D］. 上海：上海外国语大学，2011. 76.

在对象存在的所有可能世界中都是不变的。

关于专名的所指与摹状词之间的关系，塞尔认为，一个专名总是同一组摹状词相联系，由这些摹状词构成的析取决定相应专名的指称物。决定一个专名指称的，可以是这簇摹状词的总和，也可以是其中的一部分甚至一个。只要这些摹状词能够在这个世界中把该对象与别的对象区分开来就够了，其他的描述都是可以忽略的。

将摹状词理论与历史因果理论结合起来，可以解决专名涵义的起源问题：专名的涵义是在历史因果链条中获得的。一个对象被命名之后，名字与对象便联系在一起了。随后传递活动的展开，名字进入传递链条，对象的某些性质也将随着名字一起进入传递链条。因为在传递过程中，名字的传递者必须结组摹状词对对象性质的描述才能使名字的接受者将名字与对象联系起来，否则传递将会中断，因为一个孤立的名字、一个毫无意义的符号是不可能传递下去的。因此，在传递过程中，摹状词起着不可替代的作用，这些随着名字一起传递的摹状词，渐渐与名字固定在一起，成了这个名字涵义的一部分。专名涵义的获得并不是一次完成的，有一个历史的积淀过程[①]。

---

① 程本学. 专名意义的两种理论及其融合 [J]. 华南师范大学学报（社会科学版），2006（6）：14—18.

第四章

植物学名的命名规则

几千年来，所有语言中已经有对植物的命名，这种名称称为普通名（*common name*）或俗名（*vernacular name*），这些名称反映了植物的一些实质特征或用途，其中一些符合生物分类知识的名称保留下来并在生物学命名中继续沿用，如栎属（*Quercus*）的乔木和灌木的普通名 oak，以此派生出 durmast oak（*Quercus petraea*）、holm oak（*Quercus ilex*）、white oak（*Quercus pubescens*），但是生长于北美西部的 poison oak（*Toxicodendron diversilobum*）与栎属没有关系。普通名由于涵义模糊，常常出现一物多名或多物一名的情况，例如在英国有 10 个科的 17 个物种都叫 cuckoo-flower[①]，很容易引起交流中的信息错误。

为了确保世界范围内植物名称交流过程的畅通，需要建立一个统一的植物命名体系。植物拉丁学名的体系应运而生，给全世界范围内的植物学研究、交流和实际应用提供了极大的方便。由于拉丁语随着罗马的衰亡，失去了维系拉丁民族团结统一的文化纽带地位和作用，在欧洲文艺复兴时期以后，各民族语言代替了拉丁语，拉丁语更是通常被认为是一种已死亡的语言，但目前在生物学、医药等领域以及罗马天主教会仍有它不可替代的地位[②]。

第一节　植物学名与《国际植物命名法规》

植物学名是指用拉丁字母书写，用拉丁或拉丁化的词构成，按拉丁语音拼读，符合国际植物学专门会议讨论通过的命名法规，在国际学术界得到承认并广泛应用的植物名称。一种植物，原则上只有一个全世界通用的正规拉丁学名，

---

① （美）特兰德（Turland, N.）. 解译法规《国际藻类、菌物和植物命名法规》读者指南[M]. 北京：高等教育出版社，2014. 1-2.
② 尚德君. 不可不知的古罗马文明史[M]. 武汉：华中科技大学出版社，2020. 142.

即植物学名。

1753年，近代植物分类学奠基人、瑞典植物学家林奈（Carolus Linnaeus）出版了《植物种志》，首次提倡用拉丁文的两个单词给植物命名的"双命名法"。

1867年8月，在法国巴黎召开的第一届国际植物学大会通过了由瑞士植物学家阿·德堪多（Alphonse de Candolle）起草的《植物命名规则》，首次在国际范围内确认了拉丁文"双命名法"给植物统一命名。以后的历次国际植物学大会继续对这种命名方法进行完善，形成了一套详细而精确的《国际植物命名法规》（International Code of Botanical Nomenclature）。

截至2018年，《国际植物命名法规》已经出版了17个不同的版本，即维也纳规则（Vienna, 1905）、布鲁塞尔法规（Brussels, 1912）、剑桥法规（Cambridge, 1935）、阿姆斯特丹法规（Amsterdam, 1947）、斯德哥尔摩法规（Stockholm, 1952）、巴黎法规（Paris, 1956）、蒙特利尔法规（Montreal, 1961）、爱丁堡法规（Edinburgh, 1966）、西雅图法规（Seattle, 1972）、列宁格勒法规（Leningrad, 1978）、悉尼法规（Sydney, 1981）、柏林法规（Berlin, 1987）、东京法规（Tokyo, 1993）、圣路易斯法规（St. Louis, 1999）、维也纳法规（Vienna, 2005）、墨尔本法规（Melbourne, 2011）、深圳法规（Shenzhen, 2018）。

2011年，墨尔本第十八届国际植物学大会上，《国际植物命名法规》（International Code of Botanical Nomenclature）改名为《国际藻类、菌物和植物命名法规》（International Code of Nomenclature for Algae, Fungi, and Plants），与《国际栽培植物命名法规》（International Code of Nomenclature for Cultivated Plants）、《国际动物命名法规》（International Code of Zoological Nomenclature）、《国际原核生物命名法规》（International Code of Nomenclature of Prokaryotes）和《国际病毒分类与命名法规》（International Code of Virus Classification and Nomenclature），一起形成了相对完善的国际生物命名法规系统。

随着命名法规的不断发展，相互之间的术语和规则出现了一些冲突和问题，于是有学者试图将现行不同的生物法规整合成一套单独的生物命名规则，起草并网络发布了《生物法规草案2011》（Draft Biocode 2011）。这一法规相对现行的《国际植物命名法规》简单，仅仅处理现在和将来的名称，而不管理过去约260年的命名，并没有得到植物学家和动物学家的广泛支持，2012年国际生物命名委员会已经不再推动该法规的实施。但是关于《国际植物命名法规》的相关批评还是在继续，近年来一个应用于所有生物分支名称的《国际谱系命名法规》（International Code of Phylogenetic Nomenclature，也称为 Phylocode）正在酝酿之中①。

1867 年在巴黎召开的第一届国际植物学会上，阿·德堪多起草的命名法则"巴黎法规"（Lois）共有 3 章 68 条，涉及基本的指导原则"优先律""合格发表"、名称的接受和废弃，确定了林奈作为植物命名的起点，但是没有明确规定以林奈的哪一部著作和日期作为起点，植物学家对某些条款解说各行其是，导致这版法规很快失去了国际性。

反对巴黎法规的主要是一些英美国家的植物学家，他们坚持邱规则（Kew② Rule）。1892 年，美国科学促进会提出了罗契斯特法规（Rochester Code），确立了命名模式（nomenclature type）思想，严格遵循优先律。直到 1905 年在维也纳召开第三届国际植物学会，才制定出"第一版法规"（First edition of the Rules），即维也纳法规（Vienna Rules），主要有五个方面的突破：

（1）以 1753 年林奈的第 1 版 Species Plantarum 作为维管束植物命名的起点日期，其 1754 年第 5 版 Genera Plantarum 中的属的描写，虽晚于 Species Plantarum，但仍作为属的合格发表；

（2）建立保留属名表（nomina generica conservanda），保留一些发表较晚而常用的属名；

（3）确定发表新分类群需有拉丁文特征集要（Latin diagnosis）；

（4）不允许有重词名称；

（5）优先律只限于出版物的年、月、日，不承认页码优先律。

1907 年，罗契斯特法规的拥护者在维也纳法规的基础上制定了美国法规（American Code），不接受"保留属名"和发表新分类群需要伴有拉丁文特征集要的条款。这一分歧一直到 1930 年在英国剑桥召开第五届国际植物学会才得到和解，制定出"第三版规则"（Third edition of the Rules），即剑桥规则（Cambridge Rules），此法则成为全世界植物学家接受的国际植物命名法规。

《国际植物命名法规》经过不断完善，正文的基本组织形式为：详细的规定（provision）分为规则（rule）和辅则（recommendation），规则以条款（article）的形式表述，例子（example）用来说明规则和辅则。其中规则是强制性的，不符合的名称不能使用；辅则是推荐性的，不符合的名称不能被废弃，但不应作为范例来效仿。《法规》通常分为四个部分：原则、规则和辅则、管理法规以及

---

① （美）特兰德（Turland, N.）. 解译法规《国际藻类、菌物和植物命名法规》读者指南 [M]. 北京：高等教育出版社，2014. 3-6.

② 英国皇家植物园称为 Kew Garden，即邱园。

附录，附录部分通常包括：杂种的名称、保留和废弃科名、保留和废弃属名、保留和废弃种名、必须废弃的名称、禁止书目、术语表、索引等。

第二节　植物学名与植物分类系统

植物学名的命名与植物学分类有着密切的关系。在《国际植物命名法规》中第二部分"规则和辅则"的第一章就是"分类群及其等级"。任何一个植物个体均属于具有连续从属等级的、数目无限的分类群（taxa）。

一、分类群的三个等级

分类群可以分为三个等级：

（1）基本等级是种（species）；

（2）主要等级（principal rank）自上而下依次为：界（kingdom；*regnum*）、门（division；*divisio*，*phylum*）、纲（class；*classis*）、目（order；*ordo*）、科（family；*familia*）、属（genus；*genus*）和种（species；*species*）；

（3）次要等级（secondary rank）自上而下依次为：科与属之间的族（tribe；*tribus*）、属与种之间的组（section：*sectio*）和系（series；*series*）以及种以下的变种（variety；*varietas*）和变型（form；*forma*）。

如果需要更多的分类等级，可以在主要等级和次要等级的术语前加前缀"亚（sub-）"构成。植物个体归属的自上而下排列的等级分类群如下①：

表 4.1　植物的主要分类群等级

序号	分类群	拉丁文	英文
1	界	*regnum*	kingdom
2	亚界	*subregnum*	subkingdom
3	门	*divisio* or *phylum*	division or phylum
4	亚门	*subdivisio* or *subphylum*	subdivision or sub phylum
5	纲	*classis*	class
6	亚纲	*subclassis*	subclass

---

① 张丽兵译. 国际植物命名法规 维也纳法规 中文版 Vienna code [M]. 北京：科学出版社，2007.4.

续表

序号	分类群	拉丁文	英文
7	目	*ordo*	order
8	亚目	*subordo*	suborder
9	科	*familia*	family
10	亚科	*subfamilia*	subfamily
11	族	*tribus*	tribe
12	亚族	*subtribes*	subtribe
13	属	*genus*	genus
14	亚属	*subgenus*	subgenus
15	组	*section*	section
16	亚组	*subsection*	subsection
17	系	*series*	series
18	种	*species*	species
19	亚种	*subspecies*	subspecies
20	变种	*varietas*	variety
21	亚变种	*subvarietas*	subvariety
22	变型	*forma*	form
23	亚变型	*subforma*	subform

根据《国际植物命名法规》，植物学名即植物的种分类群名称，基本结构是双名法（binomial），即"属名"+"种加词"+"作者引证"。例如，《诗经》中的"菲"，在植物中的汉语正名是"萝卜"，其植物学名为 *Raphanus sativus* L.。其中第一个拉丁词 *Raphanus* 源自希腊语 *rephanos*，意思是"容易种植的"，是指"萝卜属"，属于"十字花科"（*Cruciferae*）；第二个拉丁词 *sativus* 是形容词，意为"栽培的"；第三个拉丁词 L. 是林奈（Linnaeus）的第一个字母及缩写，也可以写作 Linn.。这里的 *Raphanus sativus* L. 是十字花科萝卜属萝卜种植物。

据普遍的分类，萝卜属（*Raphanus*）分为三个种：普通萝卜 *Raphanus sativus* L.、长角萝卜 *Raphanus caudatus* L. 和野生萝卜 *Raphanus raphanistrum* L.。普通萝卜根据栽培区域和性状又分为两个主要变种：中国萝卜（亚洲，尤其是东亚国家）*Raphanus sativus* L. var. *Longipinnatus* Bailey 和四季萝卜（欧洲、美洲国

家）*Raphanus sativus* L. var. *Radiculus* Pers.①，这种在种名之下还有种下等级（变种等）的名称，则称为"三名法（trinomial）"。

二、被子植物的分类系统

以 1987 年科学出版社出版的《中国植物志》（第 33 卷）、2003 年科学出版社出版的《中国植物志》（第 1 卷）、1995 年周世权等编著的《植物分类学》、1985 年汪劲武等编著的《种子植物分类学》为例，根据学者对植物科属之间和之内的系统进化认识不同，采用的植物学分类系统不同，"萝卜"所属的科及以上分类群呈现出差异：

表 4.2 "萝卜"所属的科及以上分类群在不同植物分类系统中的差异

分类群等级	《中国植物志》(第33卷) 1978		《中国植物志》(第1卷) 2004		《植物分类学》周世权 1995		《种子植物分类学》汪劲武 1985	
	中文	拉丁文	中文	拉丁文	中文	拉丁文	中文	拉丁文
界	植物界	Regnum vegetabile	植物界	Regnum vegetabile	植物界	Regnum vegetabile	植物界	Regnum vegetabile
门	被子植物门	Angiospermae	被子植物	Angiospermae	种子植物门	Spermatophyta	被子植物	Angiospermae
亚门					被子植物亚门	Angiospermae		
纲	双子叶植物纲	Dicotyledoneae	蔷薇纲	Rosopsida	双子叶植物纲	Dicotyledoneae	双子叶植物纲	Dicotyledoneae
亚纲			五桠果亚纲	Dillenidae				
支							草本支	Herbaceae
目					罂粟目	Rhoeadales	十字花目	Cruciales
科	十字花科	Cruciferae	十字花科	Cruciferae (Brassicaceae)	十字花科	Cruciferae	十字花科	Cruciferae, Mustard Family
被子植物分类系统	恩格勒（A. Engler）系统（1936）		"多系—多期—多域"新分类系统（简称八纲系统，吴征镒等于2002年提出）		恩格勒（A. Engler）系统（1964）		英国哈钦松（J. Hutchinson)系统（1959）	

从表中可以看出，萝卜属属于十字花科，再往上的分类系统就出现了差异，这与当前世界上还没有对被子植物分类系统形成统一有关系。目前世界上运用比较广泛的被子植物分类系统有十余个，影响较大和使用较广泛的主要有：恩格勒系统、哈钦松系统、克朗奎斯特系统和塔赫他间系统，以及中国的吴征镒院士等提出的八纲系统等。

（一）恩格勒系统

恩格勒系统以假花学说（pseudanthium theory）为基础，由德国植物分类学家恩格勒（A. Engler）和勃兰特（K. Prantl）在 1897 年提出的，发表于《植物

---

① 刘莉主编. 蔬菜营养学［M］. 天津：天津大学出版社，2014. 188.

自然分科志》(*Die natuelichen pflanzenfamilien*)，是植物分类史上第一个比较完整的自然分类系统，把植物界分为 13 门，被子植物是第 13 门种子植物门的一个亚门，共 45 目，280 科，分类如下：

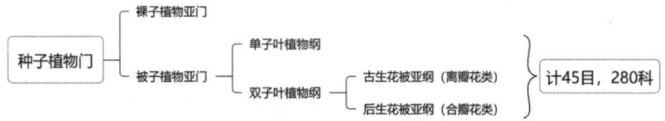

图 4.1　恩格勒系统，《植物分科志要》(*Die naturilichen Pflanzenfamilien*)（第 11 版）(1936)

后该系统经过修订，1964 年出版的《植物分科志要》第 12 版中，把植物界分为 17 门，其中被子植物独立成被子植物门，共包括 2 纲，62 目，344 科，分类如下：

图 4.2　恩格勒系统，《植物分科志要》(*Die naturilichen Pflanzenfamilien*)（第 12 版）(1964)

恩格勒系统包括了全世界植物的纲、目、科、属，在世界范围内广泛使用，但是该系统依据的假花学说受到越来越多的植物分类学家的质疑。

（二）哈钦松系统

哈钦松系统以真花学说（euanthium theory）为理论基础，英国植物学家哈钦松（J. Hutchinson）于 1926 年、1934 年在《有花植物科志》(*The Families of Flowering Plants*) 发表了被子植物分类系统，1973 年对系统进行了修订，计 111 目，411 科，分类如下：

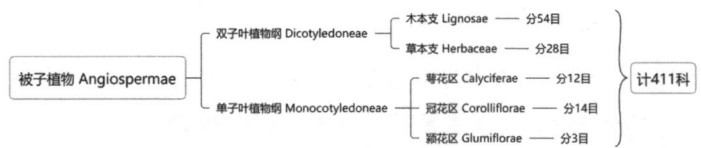

图 4.3　哈钦松系统，《有花植物科志》(*The Families of Flowering Plants*)（1973）

哈钦松系统发表后在世界上甚少采用，主要是因为所建立的双子叶植物的木本支和草木支两大类不符合双子叶植物演化的情况，从本质上讲这种分类仍然是人为分类，而非自然分类。这一系统在我国受到了相当的重视，我国南方的一些植物研究所的被子植物标本馆及《广州植物志》《广西植物志》《云南植物志》《中国树木志》等分类学著作都采用了这个系统。

（三）塔赫他间系统

苏联的塔赫他间（A. Takhtajan）系统（1980）是当代著名的系统，称被子植物为木兰植物（Magnoliophyta），认为裸子植物的种子蕨可能是被子植物祖先，将双子叶植物分为7亚纲，将单子叶植物分为3亚纲，在亚纲和目之间插入了"超目 Superorder"，1980年修改的系统共包括10亚纲，28超目，92目，410科。

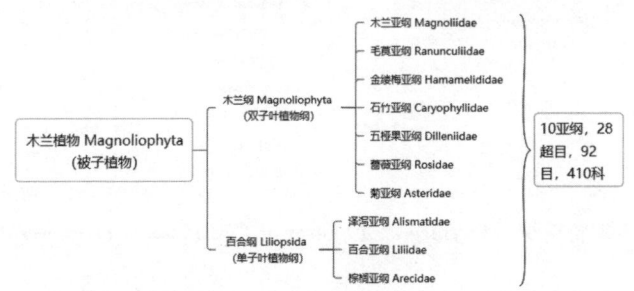

图 4.4　塔赫他间系统，《有花植物（木兰植物）分类大纲》
Outine of the Classification of Flowering Plants（Magnoliophyta）1980

1987年新修改的系统包括12亚纲，53超目，166目，533科[①]，主要内容如下：

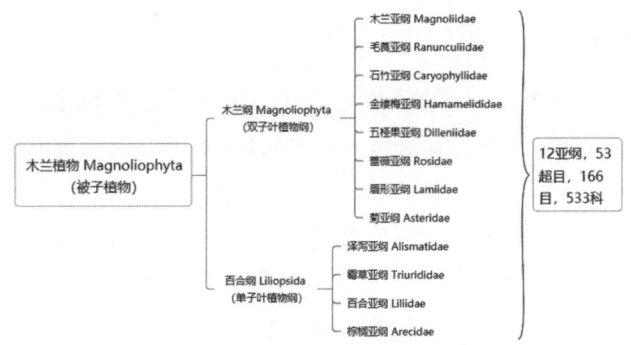

图 4.5　塔赫他间系统，*Flowering Plant Origin and Dispersal*：
the Cradle of the Angiosperms Revisited，1987

（四）克朗奎斯特系统

克朗奎斯特（A. Cronquist）系统最早发表于1968年出版的《有花植物的演

---

① 王文采. 当代四被子植物分类系统简介（一）[J]. 植物学通报，1990（2）：1-17.

化和分类》(*The Evolution and Classification of Flowering Plants*)，后又于 1980 年在《有花植物——综合分类系统》(*An Integrated System of Classification of Flowering Plants*) 中对系统进行了修正，将被子植物也称为木兰植物，分为 11 亚纲，81 目，378 科：

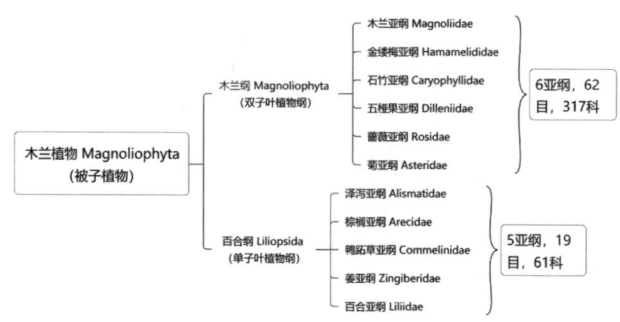

图 4.6　克朗奎斯特系统，*An Integrated System of Classification of Flowering Plants*，1981

克朗奎斯特系统与塔赫他间系统比较接近，都是以真花学说为理论基础，认为有花植物起源于已经灭绝的种子蕨，取消了"超目"一级分类，科的划分少于塔赫他间系统。该系统发表后受到学者重视，在美国高等院校的植物分类教学上普遍采用，在我国的华东师范大学等高校植物学教科书和植物标本室也采用了这一系统。

（五）吴征镒系统

虽然，塔赫他间系统、克朗奎斯特系统、佐恩（R. F. Thorne）系统、诺·达格瑞（R. Dahlgren）系统、买希尔（H. Melchior）系统等主要的被子植物系统都把被子植物门（纲）分为单子叶植物纲（亚纲）和双子叶植物纲（亚纲），这种传统二歧分类不断受到植物学家的挑战和质疑，吴征镒、汤彦承、路安民、陈之瑞（1998）综合植物比较形态学、化学分类学、古植物学、分支系统学和分子系统学研究结果，提出木兰植物门的八纲系统：

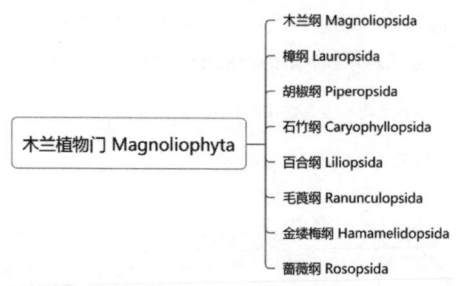

图 4.7　木兰植物门八纲系统，1998

2002年，吴征镒等在《植物分类学报》发表了《被子植物的一个"多系—多期—多域"新分类系统总览》；2003年，出版了《中国被子植物科属综论》，提出了完整被子植物分类的吴征镒系统，简称"八纲系统"：

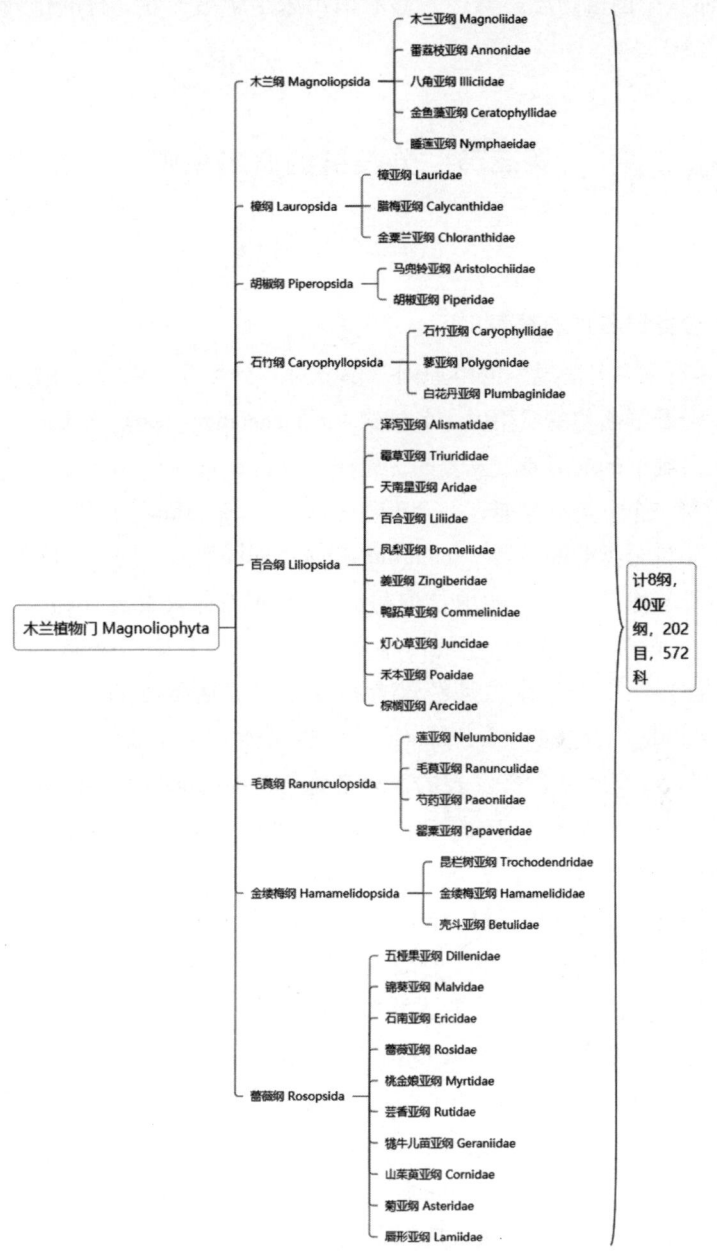

图 4.8　吴征镒系统（八纲系统），《试论木兰植物门的一级分类——一个被子植物八纲系统的新方案》，2002

2014年，总计126卷册的《中国植物志》最后一卷《中国植物志》（第一卷）出版，其中第四章"中国被子植物区系"采用的是吴征镒等提出的"八纲系统"，而《中国植物志》其他各卷册因出版早于第一卷，科的排列采用的是"恩格勒系统"。

第三节　分类群的命名规则

一、分类群名称的发表

《国际植物命名法规》的"原则"部分对"分类群"进行了规定：

（1）分类群名称的应用由命名模式（nomenclature type）来决定；

（2）分类群的命名基于发表的优先权（priority of publication）；

（3）每一个分类群只能有一个正确名称（correct name）；

（4）不论分类群的学名（scientific name）词源如何，均作为拉丁文处理。

分类群名称（name）的地位取得必须通过"有效发表（effective publication）"。在《国际植物命名法规》中严格区分了"名称（name）"和"名字（designation）"："名称"是经过合格发表的，通常称为"validly published name"，可以是"合法的（legitimate）"，也可能是"非法的（illegitimate）"；"名字"则是没有经过合格发表的，通常称为"designation invalidly published"，有可能是因为缺少描述（description）或特征集要（diagnosis），且未引用先前发表的描述或特征集要。

名称要获得发表的优先权（priority），不仅要"有效发表"，还必须"合格发表（validly publication）"。"有效发表"，首先是要在《国际植物命名法规》认可的某些特定出版物发表，要求相应印刷品向一般公众发行，或者至少分送给具有普通植物学家可使用的图书馆的植物学研究机构。但是1953年1月1日或之后发行的商业目录（trade catalogue）或非学术性报纸，以及1973年1月1日或之后发行的种子交换目录（seed-exchange list），均不构成有效发表。建议不要在通俗刊物（popular periodicals）、文摘杂志（abstracting journals）或勘误表（correction slip）等上发表，应尽量选择经常发表分类学文章的期刊发表。

2012年以后，电子出版物在一定条件下也可有效发表：

（1）印刷版和电子版有相同的内容和页码；

(2) 电子版的格式与电脑操作系统无关,且可打印;

(3) 电子版应公开在互联网或其继承者上;

(4) 应在相关著作中显著地指明命名新材料的存在。"合格发表"的条件是:

①必须是"有效发表"的;

②名称是拉丁文构成的,并符合不同等级相应的规则;

③属级以下分类群名称所归属的属或种必须在之前或同时合格发表;

④属级以下分类群名称原文中必须包含由拉丁文(1935年以后)、英文(2012年以后)或者其他语言(1935年之前)书写的描述或特征集要;

⑤属级或以下分类群名称,必须在原白中注明命名的模式;

⑥种或种下分类群名称,必须指定一份标本作为主模式①。

二、分类群的命名模式

模式(type)是分类群名称所永久依附的一份标本或一幅插图,一个名称总有一个模式与之对应,一个模式总属于一个分类群,分类群本身没有模式,但包含模式。1958年1月1日及以后,发表的一个属或属的次级划分新分类群的名称时必须指定模式。根据《国际植物命名法规》中"模式指定(Typification)"的规定,"模式"分为"主模式(holotype)""后选模式(lectotype)""新模式(neotype)""等模式(isotype)""副模式(paratype)""合模式(syntype)""等合模式(isosyntype)""附加模式(epitype)""保留模式(conserved type)""衍生模式(ex-type, *ex typo*,真菌或藻类)""衍生主模式(ex-holotype, *ex holotypo*,真菌或藻类)""衍生等模式(ex-isotype, *ex isotypo*,真菌或藻类)"等。

三、分类群的命名

在《国际植物命名法规》中专设一章"各等级分类群的命名法",具体又分为若干节进行规定,通常包括:

(一) 科级以上分类群的名称

科级以上分类等级通常有固定的拉丁词缀对应相应的分类等级:

---

① 姜在民,贺学礼. 植物学 [M]. 咸阳:西北农林科技大学出版社,2016. 236.

表4.3　科以上等级分类拉丁学名构词词缀

分类群	拉丁词（缩写）	拉丁词尾	示例
界	regnum	无	*Plantae* 植物界
门	division/phylum	-phyta -mycota	*Spermatophyta* 种子植物门 *Eumycota* 真菌门
亚门	subdivision（subdiv.）	-phytina -mycotina（真菌） -spermae	*Phaeophytina* 褐藻亚门 *Gymuospermae* 裸子植物门 *Angiospermae* 被子植物门
纲	classis	-phyceae（藻类） -mycetes（真菌） -opsida（其他） -doneae ……	*Rhodophyceae* 红藻纲 *Ascomycetes* 子囊菌纲 *Cycadopisida* 苏铁纲 *Ginkgopisida* 银杏纲 *Dicotiledoneae* 双子叶植物纲 *Monocotyledoneae* 单子叶植物纲 ……
亚纲	subclassis	-phycidae（藻类） -mycetidae（真菌） -idae（其他） ……	*Euascomycetidae* 真子囊菌亚纲 *Liliidae* 百合亚纲 ……
目	ordo（ord.）	-ales	*Rosales* 蔷薇目 *Liliales* 百合目
亚目	subordo（subord.）	-ineae	*Rosineae* 蔷薇亚目

（二）科和亚科、族和亚族的名称

科和亚科、族和亚族通常有固定的拉丁词缀如下：

表4.4　科和族分类群拉丁学名构词词组

分类群	拉丁词（缩写）	拉丁词尾	示例
科	familia（fam.）	-aceae -ae（保留科名）	*Rosaceae* 蔷薇科 *Iridaceae* 鸢尾科 *Labiatae* 唇形科 *Cruciferae* 十字花科
亚科	subfamilia（subfam.）	-oideae	*Rosoideae* 蔷薇亚科 *Arecoideae* 槟榔亚科
族	tribus（trib.）	-eae	*Sophoreae* 槐树族 *Primuleae* 报春花族

续表

分类群	拉丁词（缩写）	拉丁词尾	示例
亚族	subtribus (subtrib.)	-inae	*Tritieinae* 小麦亚族 *Barlerinae* 假杜鹃亚族

在《国际植物命名法规》实施以前，有一些科的名称在植物分类中广泛使用，但是与法规中约定的拉丁词尾-aceae 不一致，法规将 8 个非-aceae 结尾的科名作为合法科名予以保留，同时给出按模式属加词尾-aceae 构成的标准科名，对照如下：

表 4.5 《国际植物命名法规》中的保留科名和标准科名对照表

分类群	保留科名	标准科名	来源模式属名
菊科	*Compositae*	*Asteraceae*	*Aster* L. 紫菀属
豆科	*Leguminosae*	*Fabaceae*	*Faba* Mill. 蚕豆属
十字花科	*Cruciferae*	*Brassicaceae*	*Brassica* L. 芸苔属
禾本科	*Gramineae*	*Poaceae*	*Poa* L. 早熟禾属
伞形科	*Umbelliferae*	*Apiaceae*	*Apium* L. 芹属
唇形科	*Labiatae*	*Lamiaceae*	*Lamium* L. 野芝麻属
棕榈科	*Polmae*	*Arecaceae*	*Areca* L. 槟榔属
藤黄科	*Guttiferae*	*Clusiaceae*	*Clusia* L. 克鲁希亚木属（中国不产）

特别注意在不同的分类系统中，科的涵盖范围不同，需要仔细查明或说明是哪一分类系统①。

（三）属和属的次级划分分类群的名称

属名是一个单数主格名词，第一个字母须大写，不能由两个独立的单词组成，必须复合为一个词或者由连字符连接起来。属名的来源不受限制，可以任意构成，但是有以下限制：

（1）不能以-*virus* 结尾；

（2）不能与当时使用的形态学拉丁专业术语相同，1921 年 1 月 1 日以前发表的不受此限制；

---

① 郑一帆，郑瑾华. 植物拉丁学名及其读音［M］. 广州：广东科技出版社，2008.3-6.

（3）不能由两个词组成，以连字符（hyphen）相连的除外；

（4）无意作为名称的词；

（5）不能是种的单名（unitary designation）。

属名来源大致包括：植物的古代传统拉丁名称、人名、源自希腊语或拉丁语的词、其他属名经过字母颠倒构成、对现有属名加前缀或后缀构成、源自拉丁语或其他语言的拉丁化词汇的植物方言或土语名称等。

属的次级划分亚属或组的名称，一般选用表示该亚属或组植物的典型形态学特征名词或形容词，形容词通常用复数，例如：

亚属：*Fragariastrum*，*Ulmaria*，*Pes-leonis*

组：*Macrocalyx*，*Pes-gallinaceus*，*Latifoliae*

系的名称通常采用该系中模式种的种加词，形容词用复数形式，例如：*Diversifolii*，*Grandiflorae* 等；也可选用表示该系植物地理分布区域或生态学特性的词，例如：*Asiatici*（亚洲的），*Montanae*（生于山地的）等①。

（四）种名

种名是属名后加上一个种加词所构成的双名组合（binary combination）。种加词可以是一个形容词、所有格名词或同位词或几个词，但不能是由一个或多个描述性名词和相关的多个形容词组成的短语名称，也不能是其他不规则构成的名字。如果种加词由两个或多个词构成时，必须合为一个词或以连字符相接。例如：*Cornus sanguinea*、*Atropa bella-donna*、*Adiantum capillus-veneris* 等。

种加词不能与其属名完全相同，否则构成重名（tautonym）；还应避免将同一个词的所有格和形容词形式命名同属的两个不同的种。种加词（epitheton specificum）大多用形容词，少数使用同位名词。

（五）种下分类群的名称

在林奈"双命名法"中，如果出现了种下级亚种（subspecies，缩写为 subsp. 或 ssp.）、变种（varietas，缩写为 var.）、变形（forma，缩写为 f.）等，植物的拉丁名在不带亚种或变种的缩写词的情况下，则为 3 个词：即"属名"+"种加词"+"亚种或变种加词"，即三名法②。

---

① （美）A. 巴郎诺夫. 植物分类学基础拉丁语［M］. 赵能译. 成都：四川科学技术出版社，1988.3-7.

② 汪劲武. 种子植物分类学［M］. 北京：高等教育出版社，1985.19-20.

种下分类群的名称，是种名和种下分类群加词所构成的组合，其间用一个连接术语（connecting term）表示其等级。种下分类群加词的构成与种加词相同，不用作名词的形容词形式的加词，在语法上与其属名一致。双名组合不能作为种下分类群的加词。不同种的种下分类群的名称可具有相同的最终加词。连接术语有 var.（变种）、subsp.（亚种）、f.（变型）、subf.（亚型）四种，连接术语不是名称的组成部分。

种是植物分类鉴定的基本单位，传统上植物的种的划分主要是根据植物的形态，特别是花和果实的形态差异，选择其中比较稳定的、可靠的差异作为分类标准。但是，在选择形态差别方面学者并没有形成统一标准，这就导致对某一种植物的界定是种级水平、种下级水平，还是比种级还高的水平出现分歧，这种情况在植物分类文献中非常普遍。

以杜布赞斯基（T. Dobzhansky）为代表的生物学家提出以种的"生殖隔离"作为判断标准的"种"的分类办法，得到生物学界的广泛承认。这种观点以遗传学为基础，认为同一物种的个体间可以进行交配，交换基因，产生能生育的后代，这种同一物种的全部个体就形成了一个能自己交配繁育的群落；在不同的种之间，个体是不能交配或交配了也只产生不能再繁殖的下一代，这即是不同的种之间的生殖隔离。要观察植物的种是否存在"生殖隔离"，需要通过实验分类研究才能证实，通常需要较长的时间观察，但这是对传统的"形态分类"方法局限性的重要补充，可以帮助更好地了解"种"的实质。

根据生物学或遗传学的解释，新种的产生与隔离（isolation）有关，地理隔离和生殖隔离在物种形成中起重要作用。当同一物种的不同种群之间出现水域、沙漠、高山等地理阻隔，种群与种群之间就无法进行接触，无法进行交配，也就无法交换基因，在自然选择的作用下，这些种群会各自定向变化演化，发生变异，久而久之就形成两个不同种群的地理宗（geographical race），即亚种。如果再进一步变化，当两个亚种相遇而不能进行基因交换，不能进行有性杂交时，就出现了生殖隔离，这意味着新种的产生。

从遗传学的角度，新种的产生还有一种可能的原因是由于多倍体形成的，同源多倍体（一个种的染色体组加倍）和异源多倍体（不同种的染色体组组合）都有可能，这种情况特别是在被子植物中相当多，如蔷薇科、景天科、蓼科等中多倍体种特别多。

一般认为，在一个种内的类群在形态上有区别，分布上、生态上或季节上有隔离，这样的类群即为亚种（subspecies）；如果一个种在形态上发生了比较稳定的变异，但分布范围或地区比起亚种小得多，则认为是一个种的地方宗

(local race)即变种（variety，拉丁文 *varietas*）；如果一个种的某些植物个体发生了形态变异，但是看不出有一定的分布区，呈零星分布的情况，这样的个体被称为变型（form，拉丁文 *forma*）。

（六）作者引证

根据《国际植物命名法规》，对植物名称作者的引证不是强制性的，省略作者引证不会影响名称的合格发表、合法性、正确性及其使用，与分类和命名相关的科学出版物等正式场合应该使用作者引证，可以增加名称的精确性，最大程度避免同名混淆。

特别是在学术研究中，不同的植物学家可能在不同的时间发表同一个名称，这就需要将作者引证出来，最好加上发表日期，便于其他学者参考、查证。例如，对于 *Aster angustifolius*，N. J. von Jacquin［Jacquin, Nicolaus（Nicolaas）Joseph von（1727—1817），缩写形式为 Jacq.］于 1798 年发表了现分布于南非的一个种，C. C. Chang［Chang, Chao Chien（1900-1972），缩写形式为 Chang］于 1935 年以相同的植物名称发表了中国的一个种。通过在 The World Flora Online 官方网站进行检索，*Aster angustifolius* Jacq. 是 *Felicia hyssopifolia subsp. hyssopifolia*（P. J. Bergius）Nees 的同名表述；*Aster angustifolius* Chang 被认为是非法名称，已经由 2011 年发表的名称 *Aster sinoangustifolius* Brouillet, Semple & Y. L. Chen 取代。

属以上分类阶元的名称通常很少进行作者引证，只在引证基名时，为了讨论某个名称的合格发表出处，例如在正式的专著中，才会进行作者引证。

在《国际植物命名法规》中将"一个人或多个人名与新名称或与分类群的描述或特征集要直接联系在一起"定义为"归属（ascription）"，并规定出现在异名录的作者引证、基名或被替代异名的引证（不管文献的精确性）、同名的引证或形式错误均不能构成归属。有关作者引证的相关规则是随着植物学家不断遇到棘手情形才逐渐发展起来的，通过创造新的规则来消除歧义，这就导致法规中关于作者引证的规定变得非常复杂。在语言翻译过程中，对植物名称命名活动进行考察，通常情况下是为了通过植物学名建立起不同语言之间的植物的种分类群对应关系，从这个角度来看，重点要关注作者引证的语言形式。

1. 作者引证的标准形式

作者的人名有长有短，有的非常复杂，通常采用人名的缩写形式，最初对作者人名的缩写主要参照《植物名称作者》（*Authors Of Plant Names*，Brummit & Powell, 1992）制定。随着互联网络使用的普及，基于《植物名称作者》的网络数据库项目在网络发布，称为国际植物名称索引（International Plant Names

Index，IPNI），访问网址为 https：//www.ipni.org/，该网络数据库由英国皇家植物园邱园发起，收录了 1433000 个植物名称，18500 种发表文献，55100 个作者人名，是当前国际上最具影响力的权威植物名称索引数据库之一，是作者引证的重要参考工具之一。

早期著作中，作者引证通常会缺失，例如在林奈 1753 年的《植物种志》中，植物名称后面没有加"L.""Linn.""Linne"或"Linnaeus"，在这本著作中唯一的作者就是林奈，无需标示。作者引证一般以合法发表中的现代原白为准，通常取人名姓氏置于种加词后，一般超过一个音节时要缩写，例如：Bunge 缩写为 Bge. 等；特殊情况下，缩写从第 2 个元音前切开；特别著名的植物分类学家可以只写第一个字母：例如：Linnaeus（林奈）缩写为 L.；人名最好拉丁化，中国人名可用汉语拼音法。如果作者有两人，在两人名中加"et"（"和"），如：*Linguisticum jeholense* Nakai et Kitagawa（辽藁本）；

如果多于两人，可用"et al."，例如 *Arrojadoa eriocaulis* var. *albicoronata* Van Heek & R. J. Paul et al. 。

2. 作者引证中"ex"的使用

在原白中，如果出现一个名称的作者引证中没有一个人与包含该名称原白的出版物的作者相同的情况，正确的作者引证不是出现在出版物中的那个引证，而是用"ex"连接起来的一组作者引证："出版物中名称后的作者"加上"ex"，再加上"出版物作者"，在这种引证中"ex"之前的部分可有可无，例如 Berthold Carl Seemann 在其作为唯一作者的著作 *Flora Vitiensis*（1865）中发表了一个新种的名称 *Gossypium tomentosum*，并将它归于 Thomas Nuttall，正确的作者引证是 *Gossypium tomentosum* Nutt. ex Seem. 或者 *Gossypium tomentosum* Seem.，但不是 *Gossypium tomentosum* Nutt. 。

在上面这个例子中，Nutt. 可以看作"荣誉"作者，Seem. 是合格发表这一名称的实际作者。出版物作者引用这些荣誉作者，是认为荣誉作者对新名称有某一方面的贡献，比如是有效发表的作者等。要注意不要把同一作者同时放在"ex"引证的两边，也没有必要这样表述。

3. 作者引证中"in"的使用

当名称由一个作者提供特征描述或特征集要（或引注特征描述或特征集要），发表在其他作者的著作中或者与其他作者共同完成的著作中，需要用"in"标示出文献引证，其中出现的著作作者人名是文献引证的一部分；"in"之后的文献如果是连续出版物（如期刊等）可以不出现著作作者人名，但必须出现完整的文献出处，通常"in"之后的部分可以省略。例如：

在 *Firmbristylis diphylloides* Makino in Makino & Nemoto, Fl. Japan: 1389, 1925 中，Makino 是名称的唯一作者，Makino 和 Nemoto 是 Fl. Japan 即 *Flora of Japan* 的共同作者，这一名称发表在 *Flora of Japan* 这一著作中，"Makino & Nemoto, Fl. Japan: 1389, 1925" 一起构成完整的文献引证，即编著者是 Makino & Nemoto，文献名称是 *Flora of Japan*，名称出现在该文献的第 1389 页，该文献出版于 1925 年；

在 *Ulmus racemosa* Thomas in Amer. J. Sci. Arts 19: 170. 1831, non Borkh. 1800 中，David Thomas 是名称作者，这一名称发表在 1831 年出版的 *American Journal of Science, and Arts* 的第 19 卷第 170 页，该文献是连续出版物即期刊，无需提供出版物作者，但这是一条关于 *Ulmus racemosa* 的晚出同名引证，用 "non" 加以标示，后面的 Moritz (Moriz) Balthasar Borkhausen，即 Borkh. 是该名称的早出同名作者，Borkh. 在 1800 年出版的 *Theoretisches-praktisches Handbuch der Forstbotanik und Forsttechnologie*，即 Theor. Prakt. Handb. Forstbot. 第 1 卷第 851 页进行了该名称的发表。

4. 括号作者（基名作者）的引证

对于一个新组合（combinatio nova，缩写为 comb. nov.）或新等级名称，其基名（Basionym）的作者引证放在新名称的作者之前的括号内。如："桃"的拉丁名由林奈 1753 年命名为 *Amygdalus persica* L.，1801 年 August Johann Georg Karl Batsch 即 Batsch. 将其新组合入李属（*Prunus*）内，命名为 *Prunus persica* (L.) Batsch.，林奈的拉丁名 *Amygdalus persica* L. 成为该新组合名称 *Prunus persica* (L.) Batsch. 的基名（Basionym），基名作者林奈即 L. 置于新组合名称的括号内①。

（七）学名使用中需要注意的名称

植物拉丁学名的初衷是确保一种植物对应一个拉丁学名，但在实际使用中，由于客观原因导致信息公开程度不够，或在植物分类上发生变化，等等原因，导致学名发生修正或废弃，在使用者无法查询或分辨的情况下导致学名使用错误。特别是一些传统出版文献，其中的学名可能出现印刷排版错误、引用了未经正式发表的学名或已经修改废弃的学名等情况，应当根据权威工具书或国际专业在线数据库进行检索确认。

---

① （美）特兰德（Turland, N.）. 解译法规《国际藻类、菌物和植物命名法规》读者指南[M]. 北京：高等教育出版社，2014. 76-79.

第五章

《诗经》草木名物的汉语释名

　　《诗》文本在西周产生之初，主要用作祭祀、宴享、朝会等仪式乐歌，后广泛用于劝谏、外交等场合，以"赋《诗》言志"，春秋时期已经在言谈中广泛引《诗》章句立论，战国时期发展到诸子典籍竞相引《诗》，在孔子"《诗》教"倡导下，《诗》的地位日益显赫，到战国末期成为儒家典籍的六"经"之首。赋《诗》比较委婉含蓄，不需要解释，但引《诗》立论说教，需要随文诠释字词，解说句意、章旨，就出现了对《诗》的训诂。

　　从形式上看，《诗》在古代的训诂主要有正文体、专著体和传注体三种。古籍引《诗》后在正文中进行片段训诂的称为正文体；以专著形式通释语义的为专著体，如《尔雅》《说文解字》等；以《诗》为底本，随文释义的系统训释、注疏称为传注体，如《毛诗故训传》《诗集传》等。

　　秦朝焚书之后，《诗经》以口头形式流传，汉初统治者逐步开始重视整理经籍，以巩固封建统治。汉文帝时，出现了三位《诗经》训诂学者，鲁人申培、燕人韩婴和齐人辕固，所传《诗》分别称为《鲁诗》《韩诗》《齐诗》，后人称为"三家诗"。《鲁诗》的训诂著作有《鲁故》《鲁说》等，常以诗句印证周代的礼乐、典制，谨守师法，疑者阙而不传。《韩诗》的训诂著作有《韩故》《韩内传》《韩外传》和《韩说》等，继承了赋《诗》引《诗》的断章传统，割裂诗句，为自己的文章作注脚。《齐诗》的训诂著作有《齐后氏故》《齐孙氏故》《齐后氏传》《齐孙氏传》《齐杂记》等，好讲阴阳灾异，谶纬杂说。均属"今文经"派。

　　西汉时期，由大毛公毛亨整理的《诗经》称为《毛诗》，训诂著作有《毛诗故训传》，采用先秦学者的见解，保存先秦时期古义，在首篇之前有概论全书要旨的"大序"，每篇诗前又各有"小序"，称为引领后世学者训释《诗经》的《毛诗序》，属"古文经"派，较"三家诗"稍晚，主要在民间传习，受到河间献王重视。到了东汉时期，《毛诗》异军突起，众多经学家转向《毛诗》，郑玄为《毛诗故训传》作笺注《毛诗传笺》，以毛诗为本，兼收三家诗说，实现了今文经学与古文经学的融合，三家诗日益衰落，毛诗完成了《诗经》从文学向经学转变。

《毛诗故训传》特别关注《诗经》中的名物，用简明扼要的言语对其中的名物逐一加以训释，启发了后代名物考辨之风。两汉时期《诗经》的训诂研究已经相当完备，形成了系统体系，出现了一批专著体训诂著作，如我国第一部通释语义的训诂专著《尔雅》、第一部以"六书"解说字义的字典《说文解字》等。以《诗经》名物为主体的训诂学的发展为《诗经》名物学的独立奠定了基础。

第一节 《诗经》草木名物的训诂研究

由于两汉时期"四家诗"的研究盛极一时，特别是《尔雅》《方言》《说文》《释名》等训诂专著的出现，为《诗经》名物训诂专著的产生奠定了基础。

据学者考证认为《尔雅》成书于西汉初期，全书共19篇，除"释诂""释言""释训"3篇外，其余16篇都是名物训诂，分别是"释亲""释宫""释器""释乐""释天""释地""释丘""释山""释水""释草""释木""释虫""释鱼""释鸟""释兽""释畜"，均以《诗经》名物为主，可谓《诗经》名物研究的发端。其中"释草"名物200条，"释木"名物86条。

"名物"一词最早出现在《周礼》，《周礼·天官·庖人》："庖人掌共六畜六兽六禽，辨其名物。"在《周礼·地官·大司徒》中，有"辨其山林、川泽、丘陵、坟衍、原隰之名物"的记载。名物早期狭义说法是指草木鸟兽虫鱼等生物的名称，后来逐步扩大到车马、宫室、冠服、星宿、山川、郡国、职官、人的命名等，简而言之名物属于专名范畴。《诗经》中的名物，总体上可分为自然名物和人工名物两大类。自然名物包括草木鸟兽虫鱼、山川风雨、江河湖泽、日月星辰等，人工名物包括服饰、车旗、饮食器具、乐器、建筑等。

东汉末期刘熙的《释名》是一部专门解释名物的专著，全书共分27篇，依次是释天、释地、释山、释水、释丘、释道、释州国、释形体、释姿容、释长幼、释亲属、释言语、释饮食、释采帛、释首饰、释衣服、释宫室、释床帐、释书契、释典艺、释用器、释乐器、释兵、释车、释船、释疾病、释丧制，其中有21篇是名物训诂。《释名》序中写道："夫名之于实，各有义类，百姓称而不知其所以之意，故撰天地、阴阳、四时、邦国、都鄙、车服、丧纪，下及民庶应用之器，论叙指归，谓之《释名》，凡二十七篇。"刘江涛（2020）在

《〈释名〉的思想内容》一文中分析《释名》与《尔雅》的传承关系，将27篇整合为8个大类：天文地理、人体、人伦、语言、衣食起居、文书、器具、病丧，其中新增的篇目为："人体"相关的"形体""姿容"两篇，"人伦"相关的"长幼"篇，"衣食起居"相关的"采帛"篇，"文书"相关的"书契""典艺"两篇，"器具"相关的"船"篇，"病丧"相关的"丧制"篇，总词条数达1436个①。

三国时期，第一部《诗经》名物研究专著诞生了，吴人陆玑著《毛诗草木鸟兽虫鱼疏》，原本已亡佚，现传本是从孔颖达的《毛诗正义》等书辑录出来的，分上、下两卷，上卷释草木，下卷释鸟兽虫鱼，总计草名五十二、木名三十六、鸟名二十三、兽名九、鱼名十、虫名二十。后世学者对原辑本进行订正补苴，其中比较重要的三个版本是：毛晋撰《毛诗草木鸟兽虫鱼疏广要》四卷本，明崇祯年间刻入《津逮秘书》中；赵佑撰《草木疏校正》二卷本，有清乾隆年间白鹭洲书院刻本；丁晏撰《毛诗草木鸟兽虫鱼疏校正》二卷本，咸丰中刻入《颐志斋丛书》中。据明代姚士粦记载，陆疏有草类八十、木类三十四、鸟类二十三、兽类九、鱼类十八；但据周中孚《郑堂读书记》记载，有草类四十八、木类三十一、鸟类二十二、兽类七、鱼类八、虫类十六，计一百四十二则；据丁晏校本，草木类九十一、鸟类二十三、兽类十、水族类十、虫类二十，计一百五十四种。其内容首先列举诗句，然后解释其中的名物，不但注释《诗经》中动植物名称，还进行分类并详细记载每一种动植物的今名及方言的差异、形态、产地以及使用价值。对这些名物的古今命名和变迁进行考证训诂，具有历史学、考古学和博物学的重要价值。

陆玑的《毛诗草木鸟兽虫鱼疏》并不能把《诗经》中的名物全部疏释，已经疏释的也不完全准确。在他以后，历代的学者继续这个工作，不断地丰富和修正。专门补充和校正陆疏的有：宋代蔡卞《毛诗名物解》、明代毛晋《毛诗陆疏广要》、清代毛奇龄《续诗传鸟名》、焦循《毛诗陆玑疏考证》、日本冈公翼《毛诗品物图考》等。

《毛诗名物解》以王安石的《字说》为宗，仿照"雅书"体例归类，按释天、释百谷、释草、释木、释鸟、释兽、释虫、释鱼、释马、杂释、杂解十一类详细疏解《诗经》名物。此书的训诂考据，资料宏富，征引发明，有不少是孔颖达《毛诗正义》和陆疏中所没有的，在《诗经》训诂史上有一定地位。

北宋期间另一位名物训诂学者陆佃也深受王安石学术影响，精于《诗经》

---

① 刘江涛，任继昉.《释名》的思想内容［J］.语文学刊，2020（2）：56-61.

的鸟兽草木虫鱼考证，曾向宋神宗献上研究《诗经》名物的《说鱼》《说木》两篇，颇受皇帝赏识。他著成《物性门类》一书，又作《尔雅注》，在此基础上著成《埤雅》。《物性门类》和《尔雅注》后亡佚。《埤雅》训释动物、植物及天文气象等名物，颇据古义，其中援引的资料，许多是后世所未见的，其对名理的推阐，也往往精凿可据，成为"雅学"名著之一。①

宋代的《诗经》名物训诂著作，还有钱文子的《诗训诂》、杨泰之的《诗名物编》等。邢昺的《尔雅注疏》和罗愿的《尔雅翼》等"雅学"名著也包含大量的《诗经》名物。

元朝许谦受学于朱熹的三传弟子王柏，著《诗集传名物钞》，在名物的声训方面颇具特色，书中广采陆德明《经典释文》及孔颖达《毛诗正义》等诸家材料，所考订的名物声训，多有所据，足以补《诗集传》名物诠解之阙遗。

明朝的《诗经》名物训诂，最有影响的是冯应京的《六家诗名物疏》和毛晋的《毛诗陆疏广要》。

冯应京在蔡卞《毛诗名物解》的基础上著成《六家诗名物疏》五十四卷。"六家诗"是他臆创的，指六家《诗经》训诂，即申培的《鲁诗》、韩婴的《韩诗》、辕固的《齐诗》、毛亨毛苌的《毛诗》、郑玄的《郑笺》和朱熹的《诗集传》。《六家诗名物疏》资料浩繁，征引赅博，每条末尾，间附考证，推本穷源，议论皆有根柢，颇具学术价值。毛晋的《毛诗陆疏广要》，是陆玑《毛诗草木鸟兽虫鱼疏》的详注本。

明朝还有杨瑮的《诗传名物类考》、黄洪宪的《学诗多识》、林兆珂的《毛诗多识编》、吴雨的《毛诗鸟兽草木考》和沈万钶的《诗经类考》等。其中《毛诗鸟兽草木考》分《诗经》名物为鸟、兽、虫、鳞、介、草、谷、木及天文九类。

清朝是古代训诂学发展的高峰时期，清朝的儒者反对宋儒的朱子理学，注重考据，倡导"汉学"，在文字、英韵、训诂方面研究著述颇丰。

清初研究《诗经》的名著，如钱澄之的《田间诗学》、王夫之的《诗经稗疏》和陈启源的《毛诗稽古篇》等，其中都有专门的名物训诂。《田间诗学》中的名物包括了草木、鸟兽、山川、地理、器用、礼制等。《诗经稗疏》注重辩正名物，以补充《毛传》《郑笺》及诸家《诗》说之阙遗，对鸟兽、草木、虫鱼、地理、器用、礼制等方面的旧注均有订正。《毛诗稽古篇》崇尚古义，其中

---

① 余家骥.《诗经》名物训诂史述略. 内蒙古师大学报（哲学社会科学版）1992（4）：81.

"辨物"一篇，以陆玑书为主要依据，旁征博引，相加疏正，堪称征实之学。

清朝比较突出的名物训诂研究著作有毛奇龄的《续诗传鸟名》、姚炳的《诗识名解》、陈大章的《诗传名物集览》和顾栋高的《毛诗类释》。

《续诗传鸟名》原书名《毛诗续传》，包括各种名物，后因毛奇龄遭乱避仇书稿遗失，仅寻得末尾《鸟名》一卷，重加增补编辑，写成《续诗传鸟名》三卷。该书意在续《毛诗》正朱熹《诗集传》，每个条目先列《诗集传》释文，然后一一辨正其得失。

姚炳的《诗识名解》根据孔子所说"多识于鸟兽草木之名"来定名物，只释鸟兽草木，而不涉及虫鱼。与其他著作不同，书中注意从考释名物入手来推究《诗经》文意。

陈大章所著《诗传名物集览》，原有一百卷，摘录后印刷了十二卷，分为鸟、兽、虫豸、鳞介、草、木等六类。各条释文先录朱熹《诗集传》的铨解，然后罗列各种传注及《尔雅》《说文》《释名》《方言》等训释文字，并证以历代研究的相关资料，详加辨正，释《诗经》鸟兽虫鱼草木训诂研究的集大成者。

顾栋高的《毛诗类释》，分《诗经》名物为二十一类，其中有地理、时令、祭祀、官职、兵器、宫室等类，在《诗经》名物著作中门类最为丰富，对旧说考正严谨，颇有独到见解。

此外还有其他《诗经》名物著作，如牟应震的《毛诗名物考》、俞樾的《诗名物证古》、黄春魁的《诗经鸟兽草木考》等，以及专门考证、校勘陆玑《毛诗草木鸟兽虫鱼疏》的，有焦循的《毛诗陆玑疏考证》和丁晏的《校正陆玑毛诗草木鸟兽虫鱼疏》等。

清代还有对《诗经》的名物图说。唐朝杨嗣复的《毛诗草木虫鱼图》是《诗经》最早的专门名物图解，但早已亡佚。清代徐鼎著《毛诗名物图说》，绘图详解《诗经》名物，以便直观了解各种名物的具体形状和特征。此外，康熙末年成书的《钦定诗经传说汇纂》，其中有《诗经》的宫室、冠服、衣裳、佩用、礼器、乐器、杂器、兵器等名物的绘图解说。

第二节 《诗经》草木名物现代植物学研究的主要著作

现代学者在继承前人研究成果的基础上，用现代科学去考释《诗经》名物，出版了一些新的《诗经》植物名物研究著作，如李尊义《毛诗草名今释》、陆文郁《诗草木今释》、吴厚炎《〈诗经〉草木汇考》、高明乾等的《诗经植物释诂》、潘富俊的《诗经植物图鉴》等。关于《诗经》的名物研究还有向熹的《诗经词典》和夏传才的《诗经学大辞典》。

与草木名物相关的论文有：薛蜇龙《毛诗动植物今释》、黄侃《稷通释》、齐思和《毛诗谷名考》、孙作云《〈诗经〉中的动植物》、郑树文《〈诗经〉黍稷辨》、胡相峰《〈诗经〉与植物》等等。

从现代植物学的视角研究《诗经》草木名物，以《诗草木今释》《〈诗经〉草木汇考》《诗经植物图鉴》《诗经学大辞典》四部著作最具代表性。

陆文郁所著《诗草木今释》出版于1957年，其目录体例沿用陆玑《毛诗草木鸟兽虫鱼疏》中的四字诗句形式，按照《诗经》篇目顺序依次罗列。书中运用现代植物学的观点对《诗经》中的132种植物逐条做出科学的解释，说明它的种类、学名、别名、形态、产地和用途等。书前有作者所绘图版12幅，包括131种植物，是一部具有重要学术价值的《诗经》草木考释著作。①

吴厚炎所著《〈诗经〉草木汇考》出版于1992年，该书将草木名物研究中颇有争议的117种草木名梳理成49个专篇，从每个专名的历代文献诂释出发，结合当代植物学专著中辑录的形状描述，综合各方观点，循名责实，考辨定名。另外以附录形式对53种没有争议的草木名进行了简述，给出了植物通名、学名、科属、形状、用途等简述，资料翔实，分析透彻，是当代《诗经》草木名物研究的重要参考文献之一。

夏传才主编的《诗经学大辞典》出版于2014年，是目前中国最系统、全面、权威的诗经学辞书。全书分为上、下两册，涵盖了基本理论、三百篇题解、诗体艺术、出土文献、历代诗经学史、世界诗经学、诗经文化学、现代诗经著述目录、诗经词语、诗经成语、诗经名物、诗经语言学、中国历代诗经存佚书目十三个方面的内容，通过分门别类、简明化、条目化梳理，便于学习和研究者检阅参考。在其下册诗经名物卷中分列草木鸟兽虫鱼部分和器物部分，在草木鸟兽虫鱼部分供列出167种草木名物及23种总称类草木名物，开创了以汉语拼音排序的《诗经》草木名物体例结构。每个专名下分列诗句、释诂、解说三个细目，提供了植物通名、拉丁学名、别名、科属种及形状描述、用途等内容。

台湾学者潘富俊的《诗经植物图鉴》2003年由上海书店出版社首次出版，2014年由北京九州出版社再版，2018年进行了再次修订出版。全书将《诗经》草木分为12个大类：野菜类、栽培蔬菜类、栽培谷物类、药材植物类、果树

---

① 余家骥.《诗经》名物训诂史述略. 内蒙古师大学报（哲学社会科学版）1992（4）：84.

类、纤维植物类、染料植物类、用材植物类、器用植物类、观赏植物类、祭祀植物类、象征植物类。每类植物限进行总体概述，再分植物进行详述，包括今名、学名、科别、别称、诗句、植物形状及文化意象解读、植物小档案等，并提供了手绘简图和彩色照片，将植物学知识与古典文学阅读融为一体，首开以植物功能效用分类的《诗经》草木名物体例结构，对于《诗经》植物的博物学研究颇具启发性。

第三节　《诗经》草木名物的植物学名与汉语正名现状研究

通过对《诗草木今释》（以下简称《今释》）、《〈诗经〉草木汇考》（以下简称《汇考》）、《诗经学大辞典》（以下简称《辞典》）、《诗经植物图鉴》（以下简称"图鉴"）四部专著中草木名物的通名、学名、别名、科别进行现状调查，涉及《诗经》的162首诗，计515句，22个非特定植物名称，174个特定植物名称，其中11个名称同时出现在非特定名称和特定植物名称（包括字同音同和字同音不同两种情况）中，实际涉及草木名物名称185个。

一、非特定植物的名物名称界定

荀子"正名"思想中提出了"共名"和"别名"，这一部分名称大致相当于"共名"的范畴。关于非特定植物的名物名称在《今释》《汇考》中几乎没有涉及；《辞典》中单列条目注解，计22条；《图鉴》在"延伸阅读"部分进行了整理，计10类非指特定植物之名称，其对应情况如下表：

表5.1　《诗经》中指非特定植物的名物名称

序号	《辞典》名物名称	《图鉴》非指特定植物之名称
A-001	草	蔓草
A-002	苴[1]	/
A-003	芑	/
A-004	重	/
A-005	穊	/
A-006	谷	谷
A-007	禾	禾

续表

序号	《辞典》名物名称	《图鉴》非指特定植物之名称
A-008	黄茂	/
A-009	卉^1	卉
A-010	卉^2	/
A-011	藿	/
A-012	棘^2	/
A-013	稼	/
A-014	苴^2	/
A-015	穋（稑）	/
A-016	茅	/
A-017	木	木
A-018	荻	/
A-019	筍（笋）	笋
A-020	杨	/
A-021	穉（稚）	/
A-022	稙	/
A-023	/	刍
A-024	/	华
A-025	/	瓜

其中 A-003"鬯"实际上指香酒，而非植物，故应排除在外。A-023"刍"指喂牲口的草；A024"华"释为花；A025"瓜"当释为"葫芦"。剩余的 21 个名称可大致分为两类："卉"类和"谷"类，"卉"（包括草木植物）可分为"草（卉）"和"木"，"苴（枯草）"和"茅"可归入"草（卉）"，"棘"和"杨"可归入"木"，其实《诗》中"乔木""樛木"也应归入"木"，但在《辞典》和《图鉴》中均未提及，另与"茅"和"杨"类似的涵盖同属或分属多科但外部形态类似的有"柏"（柏科常见乔木）、"葍"（打碗花科常见植物）、"蒿"（青蒿组植物）、"蓝"（用于制染料蓝的植物）、"麦"（大麦小麦）、"女萝"（常见松萝类植物）、"苕""薇"（野豌豆属及其类似植物）、"桐"（常见泡桐属植物）、"萧"（茵陈基源植物）、"蕦"（泽泻基源植物）、"谖草"（萱草

基源植物)、"葽"(远志基源植物)、"藻"(常见大叶或小叶水草)、"蓫"(酸模基源植物)等,也可归入;"谷"(庄稼和粮食总称),下义分类包括"禾"(庄稼,黍稷稻粱作物总称)、"菽""麦""筍(笋)"等。当时农耕已经有了相当发展,对农事活动观察也比较深入,区分了早播、晚播作物,以及早播晚熟和晚播早熟作物等,义类关系如下:

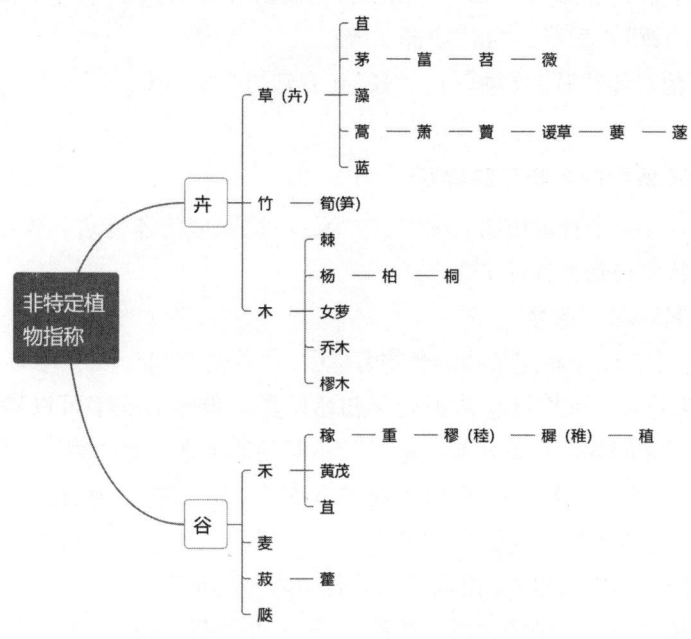

图 5.1 《诗经》中用于非特定植物指称的名物名称义类关系

从四专著关于《诗经》草木名物之"共名"研究现状可以看出,这一范畴的草木名物无论从广度和深度来讲,相关研究未受到应有的重视,所涵盖的范畴如何定义尚无系统研究,其对于了解中国古代植物学及农学的发展状况有重要价值,就四专著中已出现的相关条目及今后研究中可以涉及的范围而言,大致包括:

(1)植物或农业作物分类名称,相当于"通名",如,"葛"(泛指草质藤本)、"藟"(泛指木质藤本)、"草"(泛指草本植物)、"木"(泛指木本植物)、"麻"(麻类作物)、"菽"(豆类作物)、"禾""稼"等;

(2)农业生产繁育相关名称,如,"重""穋(稑)""穉""稙""黄茂"(良种禾谷作物)、"苴"(雌麻),这一类名称大致相当于植物育种学术语;

(3)植物的部位名称,如"筍"(植物初生的嫩茎芽)、"藿"(豆类植物的

苗)、"条"(树枝条)、"华"(花)、"苴"(麻实)等;

(4) 植物在不同生长时期的名称,如,"苇"之初生者"葭"、未秀者"芦"、已秀者"苇";"荻"之初生者"菼""蒹""萑"等;

(5) 植物形态的描述,如"乔木"(高大的树)、"樛木"(弯曲的树)等;

(6) 指称同属或多科不同属的植物名称,如"茅"(禾本科中用于苫盖屋顶或编织的茅草类植物)、"杨"(杨柳科杨属落叶乔木)、"苕""薇""蒿""萧""蒌""蕢""谖草""蓄""藻"等;

(7) 其他,如"苴"(枯草)、"棘"(有刺的草木)等。

二、特定植物的名物名称界定

在调查的174个特定植物名称中,"庐""蓑"应为器物名,故予以排除,实际讨论的特定植物名称计172个。

1. "单名"与"兼名"

《诗经》中172个特定植物的名物名称中,"单名"147个,"兼名"25个。"单名"意味着对于事物概念认识处于初始阶段,单个的汉字可以满足"实"的区分,为了别同异,音读相似"单名"不断创造出来,如"黍""粟""菽"等,逐步演化到"单名"的叠加形成"兼名",如"黍"为黄米,则"黍""黄"互训,进而制名"黄茂";"菽"为豆,制名"荏菽"以别其大等。随着"名"之互训的发展,同时也出现了"异名同物"的情况,如"扶苏""朴樕"互训同指槲树、"瓜""瓞""瓠""壶""匏"同指葫芦等。"名"之互训也成为"乱名"的重要原因,如"朴(枹栎)"与"朴樕(槲树)"互训、"葛(葛)"与"葛(草本藤本)藟(木本藤本)"互解等。

兼名共有25个,分别是白华、白茅、苌楚、常棣、苤苢、扶苏、甘棠、果臝、菡萏、荷华、卷耳、木瓜、木李、木桃、女萝、朴樕、荏菽、茹藘、芍药、唐棣、芄兰、梧桐、荇菜、谖草、杨柳。

正是在"正名"的过程中,"名"之"实"不断扩大,出现了同名异类的"乱名"情况,如"穀"既指楮树(构树)又指"谷类"、"萠"既指佩兰又指莲花等;还出现了一名指同类多种,即由"别名"派生出"大别名"的情况,如菊科蒿属植物分布极广,种类繁多,首先以茎叶颜色别为青蒿、白蒿,"蒿"则从别名下降为大别名专指青色蒿类、"艾"则专指白色蒿类,后"艾"又专指陆生白蒿、"蒌"则专指水生白蒿;再则以蒿之释放气味差异别为"艾"和"蒿(青蒿)",入药蒿类进一步根据形状颜色别为"艾(艾)""萧(茵陈)""蘩(大籽蒿)""蔚(牡蒿)",因其形态不同的薪用老蒿别为"蘜(似蒿之香青）""萧（茵陈）""荻（牛尾蒿）"等。

2. "共名"与"别名"

先秦时期人们对于植物的认识不断深入，原有的"别名"开始涵指越来越多的相类植物，上升为"共名"，在"共名"之下新增了越来越多的"别名"，最为典型的代表是《诗经》中作为粮食作物的草木名物名称相互指称，导致在"正名"过程中出现分歧、谬解。

根据《辞典》"穀（谷）"条注解，《诗经》中涉及的粮食作物及相关称谓有："麦、黍、稷、麻、禾、稻、粱、菽、苴、稼、重、穆、藿、粟、穉、荏菽、黄茂、秬、秠、穈、芑、来、牟、秾、稙"。从草本植物农作物的认知来看，大致可分为"苗""禾""实"的三种不同存在阶段，"苗"为"初生者""禾"为"已秀者"。从"名"的理据来看，以颜色区分为"穈"和"芑"；以籽实多少区分为"秬"和"秠"；以种植和收获的早晚分为"重""穆（稑）""穉（稚）""稙"；从食用者身份等级从低到高区分为"稷""黍"，又因北方"稻粱"相对"黍稷"少有，而成为饭之珍品；"禾"之已秀称"稼"；从食用的实分离程度区分，"嘉穀（谷）连稿"称"禾"、穀（谷）之粒称"粟"、粟去皮称"米"；从其驯化程度区分，穀（谷）之野生为"莠"、家生为"禾""禾"之嘉者有"稷"，随着"稷"的普及，"稷"与"禾"互训而不并举等等①。"名"在使用过程中，"实"发生了改变，需要详加分辨，随着时间的推移，后来者必须依靠不断地"释名"以期能够"正名"，力图追溯到命名活动中的"历史因果链条"。

从荀子的名称理论来看，其所谓"共名"大致相当于现代植物学的"属名"，"大共名"大致相当于"科名"，"别名"大致相当于"种名""大别名"大致相当于"亚种、变种、变型"。《诗经》所记载的植物名称在当时已经出现了从别名向共名发展的趋势，如"茅""杨"等。根据《中国植物志》中科、属名的检索不完全统计，《诗经》中的植物名称中，现代植物学科名部分或完全引用或沿用至今的有15个、属名有42个：

表5.2 在《中国植物志》中科、属名沿用的《诗经》名物名称

序号	《诗经》	《中国植物志》	
	名物名称	科名	属名
1	艾		艾组（菊科蒿属蒿亚组）

---

① 齐思和. 毛诗谷名考 [J]. 农业考古，2001（1）：202-224.

续表

序号	《诗经》名物名称	《中国植物志》科名	《中国植物志》属名
2	白茅		白茅属（禾本科黍亚科高粱族甘蔗亚族）
3	柏	柏科	
4	稻		稻属（禾本科稻亚科稻族稻亚族）
5	葛		葛属（豆科蝶形花亚科菜豆族大豆亚族）
6	蒿		蒿属（菊科）
7	禾		禾本科
8	荠		荠属（十字花科独行菜族）
9	菅		菅属（禾本科黍亚科高粱族菅亚族）
10	椒		花椒属（芸香科芸香亚科）
11	卷耳		卷耳属（石竹科繁缕亚科繁缕族繁缕亚族）
12	蕨	蕨科	蕨属（蕨科）
13	葵	锦葵科	锦葵属（锦葵科锦葵族）
14	栗		栗属（壳斗科）
15	栎		栎属（壳斗科）
16	李	李亚科	李属
17	蓼	蓼科	蓼属（蓼科蓼亚科蓼族）
18	柳	杨柳科	柳属（杨柳科）
19	麦		大麦属、小麦属（禾本科早熟禾亚科小麦族）
20	木瓜		木瓜属（蔷薇科苹果亚科）
21	蓬		飞蓬属（菊科管状花亚科紫菀族）
22	苹	苹科	苹属（苹科）
23	朴		朴属（榆科）
24	漆	漆树科	漆属（漆树科漆树族）
25	芹		芹属（伞形科）
26	桑	桑科	桑属（桑科桑亚科桑族）
27	芍药	芍药亚科	芍药属（毛茛科芍药亚科）
28	蓍		蓍属（菊科管状花亚科春黄菊族春黄菊亚族）
29	黍		黍属（禾本科）

续表

序号	《诗经》名物名称	《中国植物志》科名	《中国植物志》属名
30	松	松科	松属（松科松亚科）
31	檀		青檀属（榆科）
32	唐棣		唐棣属（蔷薇科苹果亚科）
33	桃		桃属
34	桐		泡桐属（玄参科）
35	苇		芦苇属（禾本科芦竹亚科芦苇属）
36	梧桐	梧桐科	梧桐属（梧桐科）
37	荇菜		荇菜属（龙胆科睡菜亚科）
38	杨柳	杨柳科	
39	杨		杨属（杨柳科）
40	榆	榆科	榆属（榆科）
41	枣		枣属（鼠李科枣族）
42	柘		柘属（桑科波罗蜜亚科波罗蜜族）
43	榛		榛属（桦木科榛族）
44	竹	竹亚科（禾本科）	
45	梓		梓属（紫葳科硬骨凌霄族）

《诗经》特定植物学名的鉴定必须以其名物名称的界定为基础，根据古今本草专著文献的考证，确定《诗经》草木名物之"状"，以"状"索"实"，以"实"为纽带，将《诗经》之草木"名"与其现代植物学汉语正"名"相匹配，形成名物名称与植物学名的"历史因果链条"，是其进一步英文翻译命名的先决条件。

3."正名"

根据对四专著的调查考证，《诗经》草木名物名称与现代植物学汉语正名一致的有101个（篇序出处见附录三），不一致的有71个（见附录四），古今同名有29个，异名同种22个，同名异种8个，一名指同属多种有15个，误将器物名释作植物名有2个。

61

(1) 释名一致

表5.3 四部专著中植物汉语正名一致《诗经》草木名物

序号	拼音	名物名称	学名	科	属	正名
B-001	ài	艾	*Artemisia argyi* Lévl. et Van.	菊科	蒿属	艾
B-002	bái máo	白茅	*Imperata cylindrica*（L.）Beauv.	禾本科	白茅属	白茅
B-003	cháng chǔ	苌楚	*Actinidia chinensis* Planch.	猕猴桃科	猕猴桃属	猕猴桃
B-004	chēng	柽	*Tamarix chinensis* Lour.	柽柳科	柽柳属	柽柳
B-005	chū	樗	*Ailanthus altissima*（Mill.）Swingle	苦木科	臭椿属	臭椿
B-006	cí	茨	*Tribulus terrestris* L.	蒺藜科	蒺藜属	蒺藜
B-007	dào	稻	*Oryza sativa* L.	禾本科	稻属	稻
B-008	dù	杜	*Pyrus betulaefolia* Bunge.	蔷薇科	梨属	杜梨
B-009	é	莪	*Descurainia sophia*（L.）Webb ex Prantl	十字花科	播娘蒿属	播娘蒿
B-010	fěi	菲	*Raphanus sativus* L.	十字花科	萝卜属	萝卜
B-011	fén	枌	*Ulmus pumila* L.	榆科	榆属	榆
B-012	fēng	葑	*Brassica rapa* L.	十字花科	芸薹属	芜青
B-013	fóu yǐ	芣苢	*Plantago asiatica* L.	车前草科	车前草属	车前
B-014	gé	葛	*Pueraria lobata*（Willd.）Ohwi	豆科	葛属	葛
B-015	gǔ	穀	*Broussonetia papyrifera*（L.）L'Hér. ex Vent.	桑科	构属	构树
B-016	guì	桧	*Juniperus chinensis* Linn.	柏科	圆柏属	圆柏
B-017	guǒ luǒ	果臝	*Trichosanthes kirilowii* Maxim.	葫芦科	栝楼属	栝楼
B-018	hàn dàn	菡萏	*Nelumbo nucifera* Gaertn.	睡莲科	莲属	莲
B-019	hāo	蒿	*Artemisia annua* Linn.	菊科	蒿属	黄花蒿
			Artemisia apiacea Hance	菊科	蒿属	青蒿
B-020	hé	禾	*Setaria italica*（L.）Beauv.	禾本科	狗尾草属	粱
B-021	hé (huá)	荷（华）	*Nelumbo nucifera* Gaertn.	睡莲科	莲属	莲
B-022	hú	壶	*Lagenaria siceraria*（Molina）Standly	葫芦科	葫芦属	葫芦

续表

序号	拼音	名物名称	学名	科	属	正名
B-023	hù	瓠	*Lagenaria siceraria*（Molina）Standly	葫芦科	葫芦属	葫芦
B-024	huán	萑	*Miscanthus sacchariflorus*（Maximowicz）Hackel	禾本科	芒属	荻
B-025	jí	棘[1]	*Zizyphus jujuba* Mill. var. *spinosa*（Bunge）Hu ex H. F. Chow	鼠李科	枣属	酸枣
B-026	jì	荠	*Capsella bursa - pastoris*（L.）Medic.	十字花科	荠属	荠
B-027	jiā	葭	*Phragmites australis*（Cav.）Trin. ex Steud.	禾本科	芦苇属	芦苇
B-028	jiān	蒹	*Miscanthus sacchariflorus*（Maximowicz）Hackel	禾本科	芒属	荻
B-029	jiāo	椒	*Zanthoxylum bungeanum* Maxim.	芸香科	花椒属	花椒
B-030	jǐn	堇	*Viola philippica* Cav.	堇菜科	堇菜属	紫花地丁
B-031	jiǔ	韭	*Allium tuberosum* Rottler ex Sprengel	石蒜科	葱属	韭
B-032	jù	秬	*Panicum miliaceum* L.	禾本科	黍属	黍
B-033	jǔ	枸	*Hovenia acerba* Lindl.	鼠李科	枳椇属	枳椇
B-034	jué	蕨	*Pteridium aquilinum* var. *latiusculum*（Desv.）Underw. ex Heller	蕨科	蕨属	蕨
B-035	kuí	葵	*Malva verticillata* L.	锦葵科	锦葵属	野葵
B-036	lái	莱	*Chenopodium album* L.	藜科	藜属	藜
B-037	lái	来	*Triticum aestivum* L.	禾本科	小麦属	小麦
B-038	lán	蓝	*Persicaria tinctoria*（Aiton）Spach	蓼科	萹蓄属	蓼蓝
			Isatis indigotica Fortune	十字花科	菘蓝属	菘蓝
B-039	láng	稂	*Pennisetum alopecuroides*（L.）Spreng.	禾本科	狼尾草属	狼尾草
B-040	léi	蘲	*Vitis flexuosa* Thunb.	葡萄科	葡萄属	葛藟葡萄
B-041	lì	栗	*Castanea mollissima* Bl.	壳斗科	栗属	栗

续表

序号	拼音	名物名称	学名	科	属	正名
B-042	lǐ	李	*Prunus salicina* Lindl.	蔷薇科	梅属	李
B-043	liǎn	蔹	*Causonis japonica* (Thunb.) Raf.	葡萄科	乌蔹莓属	乌蔹莓
B-044	liáng	粱	*Setaria italica* (L.) Beauv.	禾本科	狗尾草属	粱
B-045	liǎo	蓼	*Polygonum Hydropiper* L.	蓼科	蓼属	水蓼
B-046	liǔ	柳	*Salix babylonica* L.	杨柳科	柳属	垂柳
B-047	lóng	龙	*Polygonum orientale* L.	蓼科	蓼属	红蓼
B-048	lóu	蒌	*Artemisia selengensis* Turcz. ex Bess.	菊科	蒿属	蒌蒿
B-049	lù	绿	*Arthraxon hispidus* (Thunb) Makino	禾本科	荩草属	荩草
B-050	má	麻	*Cannabis sativa* Linn.	桑科	大麻属	大麻
B-051	máo	茅	*Imperata cylindrica* (L.) Beauv.	禾本科	白茅属	白茅
B-052	mǎo	茆	*Brasenia schreberi* J. F. Gmel.	睡莲科	莼属	莼菜
B-053	móu	牟	*Hordeum vulgare* L.	禾本科	大麦属	大麦
B-054	mù	莫	*Rumex acetosa* L.	蓼科	酸模属	酸模
B-055	páo	匏	*Lagenaria siceraria* (Molina) Standly	葫芦科	葫芦属	葫芦
B-056	pī	秠	*Panicummiliaceum* L.	禾本科	黍属	黍
B-057	píng	苹	*Marsilea quadrifolia* L.	苹科	苹属	苹
B-058	pǔ sù	朴樕	*Quercus dentata* Thunb.	壳斗科	栎属	槲树
B-059	qǐ	杞[1]	*Salix matsudana* Koidz.	杨柳科	柳属	杞柳
B-060	qǐ	杞[2]	*Lycium chinense* Miller	茄科	枸杞属	枸杞
B-061	qī	漆	*Rhus verniciflua* Stokes.	漆树科	漆树属	漆树
B-062	qiáo	荍	*Malva cathayensis* M. G. Gilbert, Y. Tang & Dorr	锦葵科	锦葵属	锦葵
B-063	qín	芹	*Oenanthe javanica* (Bl.) DC.	伞形科	水芹属	水芹
B-064	rěn shū	荏菽	*Glycine max* (L.) Merr.	豆科	大豆属	大豆
B-065	rú lú	茹藘	*Rubia cordifolia* L.	茜草科	茜草属	茜草

<<< 第五章 《诗经》草木名物的汉语释名

续表

序号	拼音	名物名称	学名	科	属	正名
B-066	sāng	桑	Morus alba L.	桑科	桑属	桑
B-067	sháo yào	芍药	Paeonia lactiflora Pall.	毛茛科	芍药属	芍药
B-068	shī	蓍	Achillea alpina L.	菊科	蓍属	高山蓍
B-069	shǔ	黍	Panicum miliaceum L.	禾本科	黍属	黍
B-070	shū	枢	Hemiptelea davidii (Hance) Planch	榆科	刺榆属	刺榆
B-071	shū	菽	Glycine max (L.) Merr.	豆科	大豆属	大豆
B-072	shùn	舜	Hibiscus syriacus L.	锦葵科	木槿属	木槿
B-073	sōng	松	Pinus tabulaeformis Carr.	松科	松属	油松
B-074	suì	檖	Pyrus calleryana Dcne.	蔷薇科	梨属	豆梨
B-075	tán	檀	Pteroceltis tatarinowii Maxim.	榆科	翼朴属	青檀
B-076	tǎn	菼	Miscanthus sacchariflorus (Maximowicz) Hackel	禾本科	芒属	荻
B-077	táng	唐	Cuscuta chinensis Lam.	旋花科	菟丝子属	菟丝子
B-078	táo	桃	Prunus persica (L.) Batsch.	蔷薇科	梅属	桃
B-079	tiáo	苕1	Astragalus sinicus L.	豆科	黄蓍属	紫云英
B-079	tiáo	苕1	Vicia sepium L.	豆科	野豌豆属	野豌豆
B-080	tiáo	苕2	Campsis grandiflora (Thunb.) Schum.	紫葳科	凌霄属	凌霄
B-081	tóng	桐	Paulownia fortunei (seem.) Hemsl	玄参科	泡桐属	白桐
B-081	tóng	桐	Paulownia tomentosa (Thunb) Steud.	玄参科	泡桐属	紫花泡桐
B-082	tú	稌	Oryza sativa L.	禾本科	稻属	稻
B-083	wán lán	芄兰	Metaplexis japonica (Thunb.) Makino	萝藦科	萝藦属	萝藦
B-084	wèi	蔚	Artemisia japonica Thunb.	菊科	蒿属	牡蒿
B-085	wěi	苇	Phragmites australis (Cav.) Trin. ex Steud.	禾本科	芦苇属	芦苇

65

续表

序号	拼音	名物名称	学名	科	属	正名
B-086	wēi	薇	*Vicia gigantea* Bunge	豆科	野豌豆属	大野豌豆
			Vicia sativa L.	豆科	野豌豆属	救荒野豌豆
			Vicia sepium Linn.	豆科	野豌豆属	野豌豆
B-087	wú tóng	梧桐	*Firmiana simplex*（L.）W. Wight	梧桐科	梧桐属	梧桐
B-088	xìng cài	荇菜	*Nymphoides peltata*（S. G. Gmel.）Kuntze	睡菜科	莕菜属	荇菜
B-089	xù	蕢	*Alisma orientale*（Samuel.）Juz.	泽泻科	泽泻属	东方泽泻
			Alisma plantago-aqutica L.	泽泻科	泽泻属	泽泻
B-090	xuān cǎo	谖草	*Hemerocallis lilio-asphodelus* L.	百合科	萱草属	北黄花菜
			Hemerocallis citrina Baroni	百合科	萱草属	黄花菜
			Hemerocallis fulva（L.）L.	百合科	萱草属	萱草
B-091	yǎn	檿	*Morus mongolica* Schneid.	桑科	桑属	蒙桑
B-092	yí	栲	*Castanopsis sclerophylla*（Lindl.）Schott.	壳斗科	锥属	苦槠
B-093	yì	鹝	*Spiranthes sinensis*（Pers.）Ames	兰科	绶草属	绶草
B-094	yǒu	莠	*Setaria Viridis*（L.）Beanv.	禾本科	狗尾草属	狗尾草
B-095	yú	榆	*Ulmus pumila* L.	榆科	榆属	榆
B-096	yù	薁	*Vitis bryoniaefolia* Bunge	葡萄科	葡萄属	蘡薁
B-097	zǎo	枣	*Ziziphus jujuba* Mill.	鼠李科	枣属	枣
B-098	zhě	柘	*Maclura tricuspidata* Carriere	桑科	橙桑属	柘
B-099	zhēn	榛	*Corylus heterophylla* Fisch. ex Trautrv.	桦木科	榛属	榛
B-100	zhù	纻	*Boehmeria nivea*（L.）Gaud.	荨麻科	苎麻属	苎麻
B-101	zǐ	梓	*Catalpa ovata* G. Don	紫葳科	梓树属	梓

(2) 古今同名

《诗经》中出现的草木名物名称沿用至今未发生变化的共 29 个。

表 5.4 四部专著中植物汉语正名古今一致的《诗经》草木名物

序号	拼音	定名	学名	科	属	今名
B-001	ài	艾	*Artemisia argyi* Lévl. et Van.	菊科	蒿属	艾
B-002	bái máo	白茅	*Imperata cylindrica* (L.) Beauv.	禾本科	白茅属	白茅
B-007	dào	稻	*Oryza sativa* L.	禾本科	稻属	稻
B-014	gé	葛	*Pueraria lobata* (Willd.) Ohwi	豆科	葛属	葛
B-026	jì	荠	*Capsella bursa - pastoris* (L.) Medic.	十字花科	荠属	荠
C-018	jiān	菅	*Themeda villosa* (Poir.) A. Camus	禾本科	菅属	菅
B-031	jiǔ	韭	*Allium tuberosum* Rottler ex Sprengel	石蒜科	葱属	韭
B-034	jué	蕨	*Pteridium aquilinum* var. *latiusculum* (Desv.) Underw. ex Heller	蕨科	蕨属	蕨
B-041	lì	栗	*Castanea mollissima* Bl.	壳斗科	栗属	栗
B-042	lǐ	李	*Prunus salicina* Lindl.	蔷薇科	梅属	李
B-044	liáng	粱	*Setaria italica* (L.) Beauv.	禾本科	狗尾草属	粱
C-031	méi	梅[1]	*Armeniaca mume* Sieb.	蔷薇科	李属	梅
B-057	pín	苹	*Marsilea quadrifolia* L.	苹科	苹属	苹
B-061	qī	漆	*Rhus verniciflua* Stokes.	漆树科	漆树属	漆树
B-066	sāng	桑	*Morus alba* L.	桑科	桑属	桑
B-067	sháo yào	芍药	*Paeonia lactiflora* Pall.	毛茛科	芍药属	芍药
B-068	shī	蓍	*Achillea alpina* L.	菊科	蓍属	高山蓍
B-069	shǔ	黍	*Panicum miliaceum* L.	禾本科	黍属	黍
C-050	sù	粟	*Setaria italica* var. *germanica* (Mill.) Schred.	禾本科	狗尾草属	粟
B-075	tán	檀	*Pteroceltis tatarinowii* Maxim.	榆科	翼朴属	青檀

续表

序号	拼音	定名	学名	科	属	今名
C-054	táng dì	唐棣	*Amelanchier sinica* (Schneid) Chun.	蔷薇科	唐棣属	唐棣
B-078	táo	桃	*Prunus persica* (L.) Batsch.	蔷薇科	梅属	桃
B-087	wú tóng	梧桐	*Firmiana simplex* (L.) W. Wight	梧桐科	梧桐属	梧桐
B-088	xìng cài	荇菜	*Nymphoides peltata* (S. G. Gmel.) Kuntze	睡菜科	莕菜属	荇菜
B-095	yú	榆	*Ulmus pumila* L.	榆科	榆属	榆
B-097	zǎo	枣	*Ziziphus jujuba* Mill.	鼠李科	枣属	枣
B-098	zhè	柘	*Maclura tricuspidata* Carriere	桑科	橙桑属	柘
B-099	zhēn	榛	*Corylus heterophylla* Fisch. ex Trautrv.	桦木科	榛属	榛
B-101	zǐ	梓	*Catalpa ovata* G. Don	紫葳科	梓树属	梓

（3）异名同种

《诗经》中出现的多个名物名称指称同一种植物，计23组。

表5.5 四总专著中植物汉语正名异名同种的《诗经》草木名物

序号	诗经名物名称	学名	科	属	今名
1	白茅、茅、荑	*Imperata cylindrica* (L.) Beauv.	禾本科	白茅属	白茅
2	柳、杨柳	*Salix babylonica* L.	杨柳科	柳属	垂柳
3	荏菽、菽	*Glycine max* (L.) Merr.	豆科	大豆属	大豆
4	麦、牟	*Hordeumvulgare* L.	禾本科	大麦属	大麦
5	萑、蒹、菼	*Miscanthus sacchariflorus* (Maximowicz) Hackel	禾本科	芒属	荻
6	纪、杞	*Lycium chinense* Miller	茄科	枸杞属	枸杞
7	瓜、壶、瓠、匏	*Lagenaria siceraria* (Molina) Standly	葫芦科	葫芦属	葫芦
8	扶苏、朴樕	*Quercus dentata* Thunb.	壳斗科	栎属	槲树
9	白华、菅	*Themeda villosa* (Poir.) A. Camus	禾本科	菅属	菅

续表

序号	诗经名物名称	学名	科	属	今名
10	栎、枥、柞	*Quercus baronii* Skan	壳斗科	栎属	橿子栎
11	菡萏、荷（华）、茄（蕑）	*Nelumbo nucifera* Gaertn.	睡莲科	莲属	莲
12	禾、稷、粱、糜、芑	*Setaria italica*（L.）Beauv.	禾本科	狗尾草属	粱
13	葭、苇	*Phragmites australis*（Cav.）Trin. ex Steud.	禾本科	芦苇属	芦苇
14	甘棠、棠	*Pyrus xerophila* Yü	蔷薇科	梨属	木梨
15	苦、荼	*Ixeris chinensis*（Thunb.）Nakai	菊科	苦荬菜属	山苦荬
16	秬、秠、黍	*Panicum miliaceum* L.	禾本科	黍属	黍
17	葽、蓫	*Rumex acetosa* L.	蓼科	酸模属	酸模
18	棘、梅	*Ziziphus jujuba* Mill. var. *spinosa*（Bunge）Hu ex H. F. Chow	鼠李科	枣属	酸枣
19	常、常棣、棣、唐棣	*Amelanchier sinica*（Schneid）Chun.	蔷薇科	唐棣属	唐棣
20	来、麦	*Triticum aestivum* L.	禾本科	小麦属	小麦
21	苕、薇	*Vicia sepium* L.	豆科	野豌豆属	野豌豆
22	枌、榆	*Ulmus pumila* L.	榆科	榆属	榆
23	稌、稻	*Oryza sativa* L.	禾本科	稻属	稻

（4）同名异种

《诗经》中出现在不同诗篇中的同一字形汉字，用于指称种属分类不同的植物，即多种植物其汉语命名相同的情况，计8组。

图5.6 四部专著中植物汉语正名同名异种的《诗经》草木名物

序号	诗经名物名称	学名	科	属	今名
1	茄（蕑）	*Eupatorium fortunei* Turcz	菊科	泽兰属	佩兰
		Nelumbo nucifera Gaertn	睡莲科	莲属	莲

续表

序号	诗经名物名称	学名	科	属	今名
2	梅	*Armeniaca mume* Sieb.	蔷薇科	李属	梅
		Phoebe zhennan S. Lee et F. N. Wei	樟科	楠属	楠木
		Zizyphus jujuba Mill. var. *spinosa*（Bunge）Hu ex H. F. Chow	鼠李科	枣属	酸枣
3	蓬	*Erigeron canadensis* L.	菊科	飞蓬属	小蓬草
		Erigeron acris L.	菊科	飞蓬属	飞蓬
4	苣	*Lactuca sativa* var. *ramosa* Hort.	菊科	莴苣属	生菜
		Setaria italica（L.）Beauv.	禾本科	狗尾草属	粱
5	杞	*Salix matsudana* Koidz.	杨柳科	柳属	杞柳
		Lycium chinense Miller	茄科	枸杞属	枸杞
6	苕	*Vicia sepium* L.	豆科	野豌豆属	野豌豆
		Astragalus sinicus L.	豆科	黄耆属	紫云英
		Campsis grandiflora（Thunb.）Schum.	紫葳科	凌霄属	凌霄
7	荼	*Ixeris chinensis*（Thunb.）Nakai	菊科	苦荬菜属	山苦荬
		Pteroxygonum giraldii Dammer et. Diels.	蓼科	翼蓼属	翼蓼
8	竹	*Phyllostachys bambusoides* Sieb. et Zucc.	禾本科	刚竹属	桂竹
		Phyllostachys nidularia Munro	禾本科	刚竹属	篌竹
		Phyllostachys nigra Var. henonis（Mitford）Stapf ex Rendle	禾本科	刚竹属	毛金竹

（5）一名指同属多种

《诗经》中某一诗篇中的一个草木名物名称，其可能指称同属（类）的多种植物，特别是指称某些药用植物的基源植物时会出现这种情况，体现了"名""实"变化过程中某些指称某种具体植物的名称因生产生活中认知的相类植物日益丰富，该种具体植物名称上升为"别名"，相"类"植物成为其下位义的"大别名"的情况，计15组。

表5.7 四部专著中植物汉语正名一名可能为同属多种的《诗经》草木名称

序号	诗经名物名称	学名	科	属	今名
1	柏	Cupressus funebris Endl.	柏科	柏木属	柏木
		Platycladus orientalis (L.) Franco	柏科	侧柏属	侧柏
2	葍	Calystegia hederacea Wall. ex. Roxb.	旋花科	打碗花属	打碗花
		Calystegia sepiumsubsp. spectabilis Brummitt	旋花科	打碗花属	毛打碗花
		Calystegia pellita (Ledeb.) G. Don	旋花科	打碗花属	藤长苗
		Calystegia sepium (Linn.) Prodr.	旋花科	打碗花属	旋花
3	蒿	Artemisia annua Linn.	菊科	蒿属	黄花蒿
		Anaphalis sinica Hance	菊科	蒿属	青蒿
4	蓝	Persicaria tinctoria (Aiton) Spach	蓼科	萹蓄属	蓼蓝
		Isatis indigotica Fortune	十字花科	菘蓝属	菘蓝
5	麦	Hordeumvulgare L.	禾本科	大麦属	大麦
		Triticum aestivum L.	禾本科	小麦属	小麦
6	女萝	Usnea diffracta Vain.	松萝科	松萝属	松萝
		Usnea longissima Ach.	松萝科	松萝属	长松萝
7	苕	Vicia sepium L.	豆科	野豌豆属	野豌豆
		Astragalus sinicus L.	豆科	黄耆属	紫云英
8	桐	Paulownia fortunei (seem.) Hemsl	玄参科	泡桐属	白桐
		Paulownia tomentosa (Thunb) Steud.	玄参科	泡桐属	紫花泡桐

续表

序号	诗经名物名称	学名	科	属	今名
9	薇	*Vicia gigantea* Bunge	豆科	野豌豆属	大野豌豆
		Vicia sativa L.	豆科	野豌豆属	救荒野豌豆
		Vicia sepium Linn.	豆科	野豌豆属	野豌豆
10	萧	*Artemisia capillaris* Thunb.	菊科	蒿属	茵陈蒿
		Artemisia scoparia Waldst. et Kit.	菊科	蒿属	猪毛蒿
11	蕢	*Alisma orientale*（Samuel.）Juz.	泽泻科	泽泻属	东方泽泻
		Alisma plantago-aqutica L.	泽泻科	泽泻属	泽泻
12	谖草	*Hemerocallis lilio-asphodelus* L.	百合科	萱草属	北黄花菜
		Hemerocallis citrina Baroni	百合科	萱草属	黄花菜
		Hemerocallis fulva（L.）L.	百合科	萱草属	萱草
13	葽	*Polygala sibirica* L.	远志科	远志属	西伯利亚远志
		Polygala tenuifolia Willd.	远志科	远志属	细叶远志
14	藻	*Potamogeton Lucens* L.	眼子菜科	眼子菜属	光叶眼子菜
		Ceratophyllum demersum L.	金鱼藻科	金鱼藻属	金鱼藻
		Hippuris vulgaris L.	杉叶藻科	杉叶藻属	杉叶藻
		Myriophyllum spicatum L.	小二仙草科	狐尾藻属	穗状狐尾藻
		Potamogeton crispus Linn.	眼子菜科	眼子菜属	菹草
15	蓫	*Rumex dentatus* L.	蓼科	酸模属	齿果酸模
		Rumex acetosa L.	蓼科	酸模属	酸模
		Rumex japonicus Houtt.	蓼科	酸模属	羊蹄
		Rumex crispus L.	蓼科	酸模属	皱叶酸模

（6）误将器物名释作植物名

《小雅·信南山》之"庐"为田中棚屋，被误释为"萝卜"，《小雅·无羊》之"蓑"为雨披蓑衣，被误释为编织用禾本科植物拟金茅。

第六章

《诗经》草木名物的英语命名

第一节 基于植物学名的英语命名

根据对《今释》《汇考》《辞典》《图鉴》中关于《诗经》草木名物的鉴定情况统计与整理，185个名称中涉及164种特定植物，分布于60个科114个属，具体可分四类情况：

一、一种名称可能指称同属或相类似的多种植物

表6.1 可能为多种植物的《诗经》草木名物

序号	名称	学名	科	属	种
C-001	柏	*Cupressus funebris* Endl.	柏科	柏木属	柏木
C-001	柏	*Platycladus orientalis*（L.）Franco	柏科	侧柏属	侧柏
C-009	葍	*Calystegia hederacea* Wall. ex. Roxb.	旋花科	打碗花属	打碗花
C-009	葍	*Calystegia sepium*subsp. *spectabilis* Brummitt	旋花科	打碗花属	毛打碗花
C-009	葍	*Calystegia pellita*（Ledeb.）G. Don	旋花科	打碗花属	藤长苗
C-009	葍	*Calystegia sepium*（Linn.）Prodr.	旋花科	打碗花属	旋花
B-019	蒿	*Artemisia annua* Linn.	菊科	蒿属	黄花蒿
B-019	蒿	*Artemisia apiacea* Hance	菊科	蒿属	青蒿
B-038	蓝	*Persicaria tinctoria*（Aiton）Spach	蓼科	萹蓄属	蓼蓝
B-038	蓝	*Isatis indigotica* Fortune	十字花科	菘蓝属	菘蓝

续表

序号	名称	学名	科	属	种
C-030	麦	*Hordeum vulgare* L.	禾本科	大麦属	大麦
C-030	麦	*Triticum aestivum* L.	禾本科	小麦属	小麦
B-051	茅	*Imperata cylindrica*（L.）Beauv.	禾本科	白茅属	白茅
A-016-1	茅	*Heteropogon contortus*（L.）P. Beauv. ex Roem. et Schult.	禾本科	黄茅属	黄茅
A-016-2	茅	*Miscanthus sinensis* Anderss.	禾本科	芒属	芒
C-041	女萝	*Usnea diffracta* Vain.	松萝科	松萝属	松萝
C-041	女萝	*Usnea longissima* Ach.	松萝科	松萝属	长松萝
B-079	苕[1]	*Vicia sepium* L.	豆科	野豌豆属	野豌豆
B-079	苕[1]	*Astragalus sinicus* L.	豆科	黄耆属	紫云英
B-081	桐	*Paulownia fortunei*（seem.）Hemsl	玄参科	泡桐属	白桐
B-081	桐	*Paulownia tomentosa*（Thunb）Steud.	玄参科	泡桐属	紫花泡桐
B-086	薇	*Vicia gigantea* Bunge	豆科	野豌豆属	大野豌豆
B-086	薇	*Vicia sativa* L.	豆科	野豌豆属	救荒野豌豆
B-086	薇	*Vicia sepium* Linn.	豆科	野豌豆属	野豌豆
C-060	萧	*Artemisia capillaris* Thunb.	菊科	蒿属	茵陈蒿
C-060	萧	*Artemisia scoparia* Waldst. et Kit.	菊科	蒿属	猪毛蒿
B-089	蕢	*Alisma orientale*（Samuel.）Juz.	泽泻科	泽泻属	东方泽泻
B-089	蕢	*Alisma plantago-aqutica* L.	泽泻科	泽泻属	泽泻
B-090	谖草	*Hemerocallis lilio-asphodelus* L.	百合科	萱草属	北黄花菜
B-090	谖草	*Hemerocallis citrina* Baroni	百合科	萱草属	黄花菜
B-090	谖草	*Hemerocallis fulva*（L.）L.	百合科	萱草属	萱草
A-020-4	杨	*Populus hopeiensis*	杨柳科	杨属	河北杨
A-020-1	杨	*Populus tomentosa* Carr.	杨柳科	杨属	毛白杨
A-020-2	杨	*Populus cathayana*	杨柳科	杨属	青杨
A-020-3	杨	*Populus simonii* Carr.	杨柳科	杨属	小叶杨
C-063	葽	*Polygala sibirica* L.	远志科	远志属	西伯利亚远志
C-063	葽	*Polygala tenuifolia* Willd.	远志科	远志属	细叶远志
C-068	藻	*Potamogeton Lucens* L.	眼子菜科	眼子菜属	光叶眼子菜

续表

序号	名称	学名	科	属	种
C-068	藻	*Ceratophyllum demersum* L.	金鱼藻科	金鱼藻属	金鱼藻
C-068	藻	*Hippuris vulgaris* L.	杉叶藻科	杉叶藻属	杉叶藻
C-068	藻	*Myriophyllum spicatum* L.	小二仙草科	狐尾藻属	穗状狐尾藻
C-068	藻	*Potamogeton crispus* Linn.	眼子菜科	眼子菜属	菹草
C-072	蓫	*Rumex dentatus* L.	蓼科	酸模属	齿果酸模
C-072	蓫	*Rumex acetosa* L.	蓼科	酸模属	酸模
C-072	蓫	*Rumex japonicus* Houtt.	蓼科	酸模属	羊蹄
C-072	蓫	*Rumex crispus* L.	蓼科	酸模属	皱叶酸模

C-001 柏 cypress, arborvitae

根据 GBIF 网站的检索，*Cupressus funebris* Endl. 的英语俗名（vernacular name）有 Chinese weeping chamaecyparis、Chinese weeping cypress、Mourning cypress。其中"chamaecyparis"为扁柏属的属名①，根据大英百科（Britannica）在线检索，扁柏属树木的英文名称为 false cypress 或 white cedar，柏属树木英文名称为 cypress；*Platycladus orientalis* (L.) Franco 的英语俗名有 Chinese thuja、Chinese-arborvitae、Oriental-arborvitae。其中"thuja"为"崖柏属"的属名，根据大英百科（Britannica）在线检索，崖柏属树木均可称为 arborvitae，其中记载了侧柏属侧柏 *Thuja orientalis* 的英文俗名为 oriental 或 Chinese arborvitae，据《中国植物志》在线数据库检索，侧柏的学名 *Thuja orientalis* 已修订为 *Platycladus orientalis* (L.) Franco。由此，《诗》之"柏"基于植物学名的英文名称可为 cypress 或 arborvitae。

C-009 葍 bellbine, hedge bindweed, bindweed

根据 GBIF 在线数据库检索，*Calystegia hederacea* Wall. ex. Roxb.（44.6%）有 3 个广泛使用的同名，分别是 *Calystegia hederacea* Wall.（54.6%）、*Convolvulus calystegioides* Choisy（0.1%）、*Convolvulus wallichianus* Spreng.（0.7%）。在 *Calystegia hederacea* Wall. 名下提供了英文俗名 Japanese false bindweed、Ivy-leaved false bindweed；在 *Convolvulus wallichianus* Spreng. 名下提供了英文俗名 Walich's bind-

---

① 根据《中国植物志》第 7 卷（1978）第 287 页，柏科 Cupressaceae 柏木亚科 Cupressoideae Pilger 下分三个属，分别是扁柏属 *Chamaecyparis*、柏木属 *Cupressus*、福建柏属 *Fokienia*。

weed。

以 *Calystegia sepium* subsp. spectabilis Brummitt 进行检索，未提供英语俗名。以 *Calystegia sepium*（L.）R. Br. 进行检索，英语俗名有 Bearbind、Bindweed、Devil's Guts、Granny-Pop-Out-Of-Bed、Greater Bindweed、Hedge False Bindweed、Hedgebell、Large Bindweed、Old Man's Night Cap。

以 *Calystegia pellita*（Ledeb.）G. Don 进行检索，有英文俗名 Hairy false bindweed、hairy bindweed、pubescent bindweed。

根据大英百科在线检索，bindweed 兼指旋花科中旋花属和打碗花属的植物，其中旋花 *Calystegia sepium*（L.）R. Br. 的英文俗名为 bellbine 或 hedge bindweed，肾叶打碗花 *Calystegia soldanella* 的英文俗名为 seashore false bindweed。

综上，"蔷"的英文名称可为 bellbine、hedge bindweed、bindweed。

B-019 蒿 annual mugwort，sweet wormwood，mugwort，wormwood

根据 GBIF 在线数据库检索，*Artemisia annua* L. 的英文俗名有 annual mugwort、annual wormwood、sweet sagewort、sweet wormwood；

Artemisia apiacea Hance 名下未提供英文俗名。

根据大英百科（Britannica）在线检索，wormwood 为菊科蒿属植物的俗名，其中列举的蒿属植物英文俗名如下：

表 6.2 Britannica 网络版列举的部分蒿属植物英文俗名

序号	中文名称	拉丁学名	英文俗名
1	中亚苦蒿	*Artemisia absinthium*	common wormwood
2	黄花蒿	*Artemisia annua*	annual mugwort，sweet wormwood
3	北艾	*Artemisia vulgaris*	common mugwort，wild wormwood

《诗经》中"蒿"包括"黄花蒿"和"青蒿"，两种"蒿"从植株外观形态上看差异很小，仅有叶片颜色的细微差异，故可以黄花蒿的英文名称作为"蒿"的名称，即 annual mugwort、sweet wormwood 或 mugwort、wormwood。

B-038 蓝 indigo，woad，dyer's woad，glastum

根据 GBIF 在线数据库检索，蓼科萹蓄属蓼蓝 *Persicaria tinctoria*（Aiton）Spach 的英文俗名为 Chinese-indigo、polygonum-indigo；十字花科菘蓝属菘蓝 *Isatis indigotica* Fortune 的学名正名为 *Isatis tinctoria* L.，其名下提供的英文俗名为 dyer's woad、woad 或 Asp-Of-Jerusalem。

根据 Britannica 在线检索，豆科木蓝属（*Indigofera*）植物的英文俗名为 indigo，其中木蓝 *Indigofera tinctoria* 的英文俗名为 true indigo；豆科菘蓝属菘蓝 *Isatis tinctoria* 英文俗名为 woad，或 *dyer's woad*，或 *glastum*。

综上，"蓝"的英文名称可为 indigo、woad、dyer's woad、glastum。

C-030 麦 barley，wheat

根据 GBIF 在线数据库检索，禾本科大麦属大麦 *Hordeum vulgare* L. 的英文俗名为 barley、cereal barley、common barley、six-rowed barley；禾本科小麦属小麦 *Triticum aestivum* L. 的英文俗名为 bread wheat、common wheat。

综上，"麦"的英文名称可为 barley、wheat。

B-051 A-016 茅（B-002 白茅 C-018 菅 C-002 白华）
cogongrass, spear grass, silvergrass, eulalia, kangaroo grass

根据 GBIF 在线数据库检索，禾本科白茅属白茅 *Imperata cylindrica*（L.）P. Beauv. 的英文俗名有 Japan blood grass、alang-alang、blady grass、cogon、cogongrass、cotton-wool grass、imperata、kunai grass、kura-kura；禾本科黄茅属黄茅 *Heteropogon contortus*（L.）P. Beauv. ex Roem. et Schult. 的英文俗名有 black spear grass、bunch spear grass、bunched spear grass、spear grass、tangle grass、tanglehead；禾本科芒属芒（即芭茅）*Miscanthus sinensis* Anderss. 的英文俗名有 Chinese silvergrass、eulalia、miscanthus、zebra grass；禾本科菅属菅（即菅茅）*Themeda villosa*（Poir.）A. Camus① 的英文俗名有 lyon's grass、silky kangaroo grass。

根据 Britannica 在线检索，禾本科白茅属白茅 *Imperata cylindrica* 的英文俗名有 cogon grass，又称 Japanese blood grass 或 blady grass。芒属（genus *Miscanthus*）植物的英语俗名为 silvergrass 或 silver grass，其中禾本科芒属芒（即芭茅）*Miscanthus sinensis* 称为 Chinese silvergrass 或 eulalia。

据"植物智"在线数据库（www.iPlant.cn）记载，日本血草的学名为 *Imperata cylindrica* 'Rubra'，其分类为禾本科白茅属白茅的一个亚种，在植物形态上与白茅 *Imperata cylindrica*（L.）P. Beauv. 的叶片颜色差异明显，为血红色。据美国农业部网站（https：//www.invasivespeciesinfo.gov/terrestrial/plants/cogongrass），cogongrass 的学名为 *Imperata cylindrica*（L.）Raeusch.，从展示的图片看，与白茅 *Imperata cylindrica*（L.）P. Beauv. 几无差异，故白茅的英文名称可为 cogongrass。

---

① 根据 GBIF 在线数据库检索，接受名为 *Themeda villosa*（Lam.）A. Camus，与《中国植物志》记载的学名略有差异。

据澳大利亚国家植物园网站记载，背黄草 *Themeda triandra* Forssk. 的英文俗名为 kangaroo grass，从展示的图片看其植物形态与禾本科菅属菅（即菅茅）*Themeda villosa*（Poir.）A. Camus 非常相似，故菅，即菅茅，英文俗名可借背黄草俗名，即 kangaroo grass。

根据 Britannica 在线检索，在 "Australian grasslands" 条记载了黄茅属 *Heteropogon* 植物为 "tall spear grass"，菅属 *Themeda* 植物为 "the shoorter kangaroo grass"，这即是对 spear grass 和 kangaroo grass 进行了总体描述，前者相对较高，后者相对矮一些，故禾本科黄茅属黄茅的英文俗名可为 spear grass。

C-041 女萝 beard lichen，hanging moss

据 GBIF 在线数据库检索，松萝科松萝属松萝 *Usnea diffracta* Vain 为接受名 *Dolichousnea diffracta*（Vain.）Articus 的基名，未提供英文俗名；松萝科松萝属长松萝 *Usnea longissima* Ach. 为接受名 *Dolichousnea longissima*（Ach.）Articus 的基名，英文俗名为 Methuselah'S Beard Lichen。

根据 Britannica 在线检索，松萝属的黄色或绿色地衣植物的英文名称为 beard lichen，其中长松萝（*U. longissima*）的英文俗名也可以叫 hanging moss。

综上，"女萝" 的英文名称可为 beard lichen 或 hanging moss。

B-079 苕 vetch，tare，milk-vetch，locoweed

据 GBIF 在线数据库检索，豆科野豌豆属野豌豆 *Vicia sepium* L. 的英文俗名有 bush vetch、hedge vetch；豆科黄耆属紫云英 *Astragalus sinicus* L. 的英文俗名为 Chinese milk-vetch。

根据 Britannica 在线检索，豆科野豌豆属（genus *Vicia*）植物的英文统名为 vetch 或 tare，其中列举的豆科植物英文俗名如下：

表6.3 Britannica 网络版列举的部分豆科植物的英文俗名

序号	中文名称	拉丁学名	属	英文俗名
1	蚕豆	*Vicia faba*	野豌豆属	fava bean
2	长柔毛野豌豆	*Vicia villosa*	野豌豆属	winter vetch
3	广布野豌豆	*Vicia cracca*	野豌豆属	vetch
4	黄耆属植物	*Astragalus*	黄耆属	locoweed
5	棘豆属植物	*Oxytropis*	棘豆属	locoweed

根据 *Dictionary of Plant Breeding*，其中列举的有关 vetch 的植物部分汇总如下：

表 6.4 Britannica 网络版列举的部分豆科植物英文俗名

序号	汉语名称	学名	英文俗名
1	岩豆	*Anthyllis vulneraria*	kidney vetch
2	黄蓍属	*astragalus*	milkvetch
3	深紫色野豌豆	*Vicia benghalensis*	purple vetch
4	褐毛野豌豆	*Vicia pannonica*	Hungarian vetch
5	救荒野豌豆	*Vicia sativa* ssp. *sativa*	common vetch
6	野豌豆属，山黧豆属	*Vicia* sp., *Lathyrus* sp.	vetch
7	长柔毛野豌豆	*Vicia villosa*	hairy vetch

综上，"苕"的英文名称可为 vetch、tare、milk-vetch、locoweed。

B-081 桐 Empress tree, princess tree, foxglove tree, paulownia

据 GBIF 在线数据库检索，玄参科泡桐属白桐 *Paulownia fortunei*（seem.）Hemsl 的英文俗名为 dragontree；玄参科泡桐属紫花泡桐 *Paulownia tomentosa*（Thunb）Steud. 的英文俗名有 empersstree、foxglove-tree、foxglovetree、karritree、princess tree、princesstree。

根据 Britannica 在线检索，dragon tree 或 dragon blood tree 是指天门冬科龙血树属龙血树 *Dracaena draco*（L.）L.；foxglove 指玄参科（或车前科）毛地黄属植物，毛地黄 *Digitalis purpurea* 的英文俗名为 common foxglove 或 purple foxglove；未检索到 paulownia 或其他 GBIF 在线数据库提供的英文俗名指称泡桐属植物。

在 DK 出版社的 Pocket Nature 系列丛书之 *Trees* 中，列举了玄参科泡桐属紫花泡桐 *Paulownia tomentosa*（Thunb）Steud. 的英文俗名 Empress Tree，在描述中提到紫花泡桐的花为"the bell-shaped, Foxglove-like, fragrant, pale purple flowers"。在网络中进行检索，英国的 RHS①、Plantura Magazine②、The Wood Database③ 等网站中均引述紫花泡桐为 foxglove tree、princess tree、Paulownia 等。另据《中国植物志》第 67 卷第 2 册（1979），第 28 页记载，泡桐属的模式种为毛泡桐，即紫花泡桐，学名为 *Paulownia tomentosa*（Thunb）Steud.（Bignonia tomentosa Thunb.），故白花泡桐的英文名称可参照紫花泡桐，为 Empress tree、princess tree、foxglove tree 或 paulownia。

---

① https://www.rhs.org.uk/plants/235063/paulownia-imperialis/details
② https://plantura.garden/uk/trees-shrubs/foxglove-tree/foxglove-tree-overview
③ https://www.wood-database.com/paulownia/

B-086 薇 vetch，tare

参见"B-079 苕"条。

C-060 萧 tarragon，estragon，virgate wormwood

据 GBIF 在线数据库检索，菊科蒿属茵陈蒿 *Artemisia capillaris* Thunb. 的英文俗名有 Capillary artemisia、Yin-chen wormwood；菊科蒿属猪毛蒿 *Artemisia scoparia* Waldst. et Kit. 的英文俗名有 redstem wormwood、Yin-chen wormwood。

根据 Britannica 在线检索，wormwood 指菊科蒿属味苦或有芳香气味的植物，其中列举了中亚苦蒿（苦艾）*Artemisia absinthium* 的英文俗名为 common wormwood，北艾 *Artemisia vulgaris* 的英文俗名为 common mugwort 或 wild wormwood，黄花蒿 *Artemisia annua* 的英文俗名为 annual mugwort 或 sweet wormwood；sagebrush 指菊科蒿属绢蒿组［原称绢蒿属 *Seriphidium*（Bess.）Poljak.］半灌木状或小灌木状植物，其中列举了三齿蒿 *Artemisia tridentata* 的英文俗名为 common sagebrush 或 big sagebrush，植物叶片银灰色、味苦有香味、楔形有三缺刻；tarragon 或 estragon 指蒿属龙蒿 *Artemisia dracunculus*，主要用于调味料或佐料；另介绍了菊科中紫菀属 genus *Aster* 的统名可称 aster，但其与同族的一枝黄花属 genus *Solidago* 极其相似，后者英文统名为 goldenrods，其中列举了高山紫菀 *Artemisia alpinus* 的英文俗名为 alpine aster，毛果一枝黄花 *Solidago virgaurea* 的英文俗名为 woundwort。

Dictionary of Plant Breeding（2nd Edition，CRC Press，2010）中则列举了中亚苦蒿（苦艾）*Artemisia absinthium* 的英文俗名为 wormwood，北艾 *Artemisia vulgaris* 的英文俗名为 mugwort。

Edible Alaska 网站的文章 *Wormwood：Its History and Use* 中则认为 wormwood 为蒿属统名，包括 tarragon（龙蒿组植物）、sagebrush（绢蒿组植物）以及 mugwort（艾组植物）等。

Medicinal and Aromatic Plants 系列丛书之 *Artemisia*（2001，Taylor & Francis）中列举的蒿属植物英文俗名如下：

表 6.5　Artemisia 中列举的部分蒿属植物英文俗名

序号	中文名称	拉丁学名	英文俗名
1	欧亚艾蒿	*Artemisia abrotanum* L.	southernwood
2	黄花蒿	*Artemisia annua*	annual wormwood
3	艾	*Artemisia argyi* Levl. et Vant.	argy wormwood
4	龙蒿	*Artemisia dracunculus*	tarragon

续表

序号	中文名称	拉丁学名	英文俗名
5	北艾	*Artemisia vulgaris*	mugwort

综上可知，部分蒿属植物的英文俗名及分类关系如下：

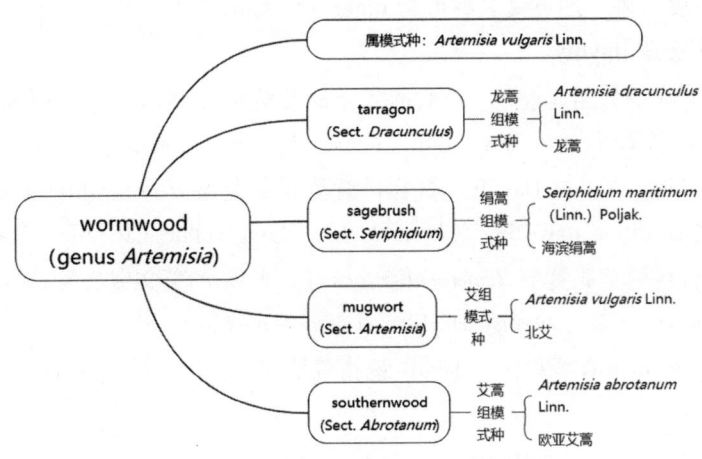

图 6.1　部分蒿属植物的英文俗名及植物分类关系

根据《中国植物志》第 76 卷第 2 册（1991）第 216 页记载，茵陈蒿 *Artemisia capillaris* 属于菊科管状花亚科春黄菊族菊亚族蒿属龙蒿亚属龙蒿组柔毛蒿系；猪毛蒿 *Artemisia scoparia* 属于菊科管状花亚科春黄菊族菊亚族蒿属龙蒿亚属龙蒿组猪毛蒿系，故茵陈蒿的英文名称应同龙蒿，即 tarragon 或 estragon。

另据《当代药用植物》记载，菊科植物滨蒿（猪毛蒿）*Artemisia scoparia* Waldst. et Kit. 的中药名为"茵陈"，其英文名称为 virgate wormwood[①]。

综上，菊科蒿属茵陈蒿之"萧"的英文名称可为 tarragon、estragon、virgate wormwood。

B-089 蕢 water-plantain

据 GBIF 在线数据库检索，泽泻科泽泻属东方泽泻 *Alisma orientale*（Samuel.）Juz. 的接受名为 *Alisma plantago-aquatica* subsp. *orientale*（Sam.）Sam.，未提供英

[①] 赵中振，肖培根. 当地药用植物典（第 1 册）[M]. 上海：上海世界图书出版公司，2007. 94.

文俗名；但对泽泻科泽泻属模式种泽泻 *Alisma plantago-aquatica* L. 进行检索，其英文俗名有 Amercian waterplantain、European water plantain、water-plantain、common water-plantain、European water-plantain、water plantain。

根据 Britannica 在线检索，无 water plantain、water-plantain 或 waterplantain 词条或记录。在 DK 出版社的 Pocket Nature 系列丛书之 *Wild Flowers* 第 91 页收录了 water-plantain 条，其对应的植物学名为 *Alisma plantago-aquatica*，即泽泻科泽泻属泽泻，故"蕦"之英文名称可为 water-plantain。

B-090 谖草 daylily

据 GBIF 在线数据库检索，百合科萱草属北黄花菜 *Hemerocallis lilioasphodelus* L. 的英文俗名有 Lemon Day-Lily、Lemon Daylily、Lemon Lily、Lemon-lily、Yellow Day-Lily、Yellow Daylily；百合科萱草属黄花菜 *Hemerocallis citrina* Baroni 的英文俗名有 Citron day-lily、Citron daylily、Long yellow day-lily、Long yellow daylily；百合科萱草属萱草 *Hemerocallis fulva*（L.）L. 的英文俗名为 Fulvous Day-Lily、Orange Day-Lily、Orange Daylily、Tawny Day-Lily。

根据 Britannica 在线检索，daylily 统指萱草属的植物。故"谖草"的英文名称可为 daylily。

A-020 杨 poplar, cottonwood, aspens

据 GBIF 在线数据库检索，杨柳科杨属毛白杨 *Populus tomentosa* Carrière 的英文俗名为 Chinese white poplar；杨柳科杨属青杨 *Populus cathayana* Rehder 未提供英文俗名；杨柳科杨属小叶杨 *Populus simonii* Carrière 的英文俗名为 Simon poplar；杨柳科杨属河北杨 *Populus hopeiensis* Poljakov 的正名为 *Populus alba* L.，其英文俗名为 Abele、Silver Poplar、Silverleaf Poplar、White Poplar、European White Poplar、Silver-Leaved Poplar。

根据 Britannica 在线检索，poplar 指杨柳科杨属树木，北美的本土杨属植物大致分为三类：cottonwoods（美洲黑杨，绵白杨）、aspens（山杨或颤杨）、balsam（香脂杨）；欧洲的杨属树木主要分为 the white poplars（白杨）和 the black poplars（黑杨）；balsam poplar 或 tacamahac 指香脂杨 *Populus balsamifera*，common European aspen 指欧洲山杨 *Populus tremula*，与 American quaking/trembling aspen 即美洲颤杨 *Populus tremuloides* 非常相似；cottonwood 以其种子呈棉絮状（cottony seed）而得名，以美洲黑杨 *Populus deltoides* 最为典型；aspen 以树皮光滑呈灰绿色，雌雄异株柔荑花序为典型特征，广泛分布于北半球；balsam 以其芽中含有芳香气味树脂（液）为典型特征；其中还列举了银白杨 *Populus alba* 的英文俗名为 white poplar 或 silver poplar，黑杨 *Populus nigra* 的英文俗名为

black poplar 或 black cottonwood；此外，还指出英文中的 tulip poplar 或 yellow poplar 是对木兰科的鹅掌楸属 Liriodendron 植物称谓，也称 tulip tree，但该植物并不是杨属植物。

世界上杨树主要分为白杨亚派、山杨亚派、大叶杨派、青杨派、黑杨派和胡杨派。白杨亚派以银白杨和银灰杨两大类群为主，在我国新疆地区均产，银灰杨是银白杨与雪白杨的天然杂种，在我国尚未见到雪白杨分布，银灰杨在我国产有特有种毛白杨①，杨柳科杨属毛白杨 Populus tomentosa Carrière 属于绵白杨或二绵白杨②；山杨亚派主要有欧洲山杨、美洲山杨和大齿杨，欧洲山杨在我国境内为中国特有种响叶杨、山杨和河北杨，美国山杨和大齿杨在我国没有分布；大叶杨派广泛分布于远东，除美国东部异叶杨（Populus heterophylla）外，其他各种多原产中国中部和西部；青杨派不少种类是我国特产种或起源于我国，仅毛果杨（Populus trichocarpa）、香脂杨（Populus tacamahaca）、白壳杨（欧洲大叶杨）产于北美洲；黑杨派主要是欧洲黑杨和美洲黑杨，前者在我国新疆有分布，后者在我国没有分布；胡杨派种类较少，在我国西北部有分布③。

综上，《诗》之"杨"的英文名称可为 poplar、cottonwood、aspens。

C-063 葽 milkwort, senega

据 GBIF 在线数据库检索，远志科远志属西伯利亚远志 Polygala sibirica L. 的英文俗名为 Siberian polygala；远志科远志属细叶远志 Polygala tenuifolia Willd. 的英文俗名为 Chinese senega-root。

根据 Britannica 在线检索，上述两个英文俗名均未收录。

根据 CRC World Dictionary of Medicinal and Poisonous Plants：Common Names, Scientific Names, Eponyms, Synonyms, and Etymology，远志属 Polygala L.（Polygalaceae）源自希腊语 polygalon，"poly"即"much"，"gala"即"milk"，拉丁语 polygala 用于指药草 milkwort④，即远志。其中列举的华南远志 Polygala chinensis L. 英文俗名为 Chinese milkwort、Indian senega、leafy milkwort。根据 In-

---

① 徐纬英．杨树［M］．哈尔滨：黑龙江人民出版社，1988.13.
② 中国林业科学研究院林业科学研究所遗传选种研究室编．杨树［M］．北京：中国林业出版社，1959.65.
③ 徐纬英．杨树［M］．哈尔滨：黑龙江人民出版社，1988.13.
④ Umberto Quattrocchi, F. L. S.. *CRC World Dictionary of Medicinal and Poisonous Plants：Common Names, Scientific Names, Eponyms, Synonyms, and Etymology.* Boca Raton：CRC Press, 2012. P3023.

dian Medicinal Plants，*Polygala chinensis* auct. non Linn. 的英文俗名为 senega①，*Polygala sibirica* Linn. 的英文俗名为 common milkwort②。

综上，《诗》之"葽"的英文名称可为 milkwort 或 senega。

C-068 藻 pondweed，mare's-tail，coontail，water milfoil

据 GBIF 在线数据库检索，眼子菜科眼子菜属光叶眼子菜 *Potamogeton Lucens* L. 的英文俗名为 Shining Pondweed；金鱼藻科金鱼藻属金鱼藻 *Ceratophyllum demersum* L. 的英文俗名有 common hornwort、Coon's Tail、Coon's-Tail、Coontail、Rigid Hornwort、common coontail、Ditchweed；杉叶藻科杉叶藻属杉叶藻 *Hippuris vulgaris* L. 的英文俗名有 Common Mare's Tail、Common Mare's-Tail、Mare's-Tail；小二仙草科狐尾藻属穗状狐尾藻 *Myriophyllum spicatum* L. 的英文俗名有 Eurasian Water-milfoil、Eurasian Watermilfoil、Spike Water-milfoil、Spike Watermilfoil、Eurasian Spiked Water-Milfoil；眼子菜科眼子菜属菹草 *Potamogeton crispus* Linn. 的英文俗名有 Curled Pondweed、Curly-Leaved Pondweed、Crisp Pondweed。

根据 Britannica 在线检索，pondweed 泛指淡水水草，具体包括眼子菜科 *Potamogetonaceae* 和水蕹科 *Aponogetonaceae* 水草类植物；hornwort 指角苔门 *Anthocerotophyta* 植物；liverwort 指地钱门 *Marchantiophyta* 植物；mare's-tail 指车前科杉叶藻 *Hippuris vulgaris*；coontail 指金鱼藻科 *Ceratophyllaceae* 金鱼藻属 *Ceratophyllum* 植物；water milfoil 指小二仙草科 *Haloragaceae* 狐尾藻属 *Myriophyllum* 植物，其中列举的水草类植物英文俗名如下：

表6.6　Britannica 网络版列举的部分狐尾藻属植物英文俗名

序号	中文名称	拉丁学名	英文俗名
1	粉绿狐尾藻	*Myriophyllum aquaticum*	Parrot's feather，water feather
2	穗状狐尾藻	*Myriophyllum spicatum*	Eurasian water milfoil
3	刺果狐尾藻	*Myriophyllum tuberculatum*	red water milfoil
4	狐尾藻	*Myriophyllum verticillatum*	myriad leaf，whorled water milfoil

综上，《诗经》之"藻"的英文名称可为 pondweed、mare's-tail、coontail、water milfoil。

---

① C. P. Khare. *Indian Medicinal Plants* [M]. New York：Spring Science + Business Media，2007. P506.

② C. P. Khare. *Indian Medicinal Plants* [M]. New York：Spring Science + Business Media，2007. P507.

C-072 蓫 sorrel, common sorrel, garden sorrel, curled sorrel

据 GBIF 在线数据库检索，蓼科酸模属齿果酸模 *Rumex dentatus* L. 的英文俗名有 Aegean Dock、Indian dock、Toothed dock、Dentate dock、Fiddle dock；蓼科酸模属酸模 *Rumex acetosa* L. 的英文俗名有 Garden Sorrel、Sorrel、Sorrel Dock、Sour Dock、Common Sorrel、Green Sorrel、Meadow Sorrel；蓼科酸模属羊蹄 *Rumex japonicus* Houtt. 的英文俗名未提供；蓼科酸模属皱叶酸模 *Rumex crispus* L. 的英文俗名有 Curled Dock、Curly Dock、Narrowleaf Dock、Sour Dock、Yellow Dock、Curly-leaved Dock、Indian Tabacco、Narrow-Leaved Dock。

根据 Britannica 在线检索，sorrel 指蓼科 *Polygonaceae* 中叶子供食用的酸模亚科的植物，现主要用来指称酸模及其变种，其中列举的酸模亚科植物英文俗名如下：

表 6.7 Britannica 网络版列举的部分酸模亚科植物英文俗名

序号	中文名称	拉丁学名	英文俗名
1	酸模	*Rumex acetosa*	gardon sorrel
2	小酸模	*Rumex acetosella*	Sheep sorrel
3	红脉酸模	*Rumex sanguineus*	red-veined sorrel
4	法国酸模	*Rumex scutatus*	French sorrel

但 wood sorrel 并不是酸模属植物，而是指酢浆草科 *Oxalidaceae* 酢浆草属 *Oxalis* 植物；在 wood sorrel 词条中列举了白花酢浆草（酸三叶）*Oxalis acetosella* 的英文俗名为 common wood sorrel，其叶片与豆科车轴草属白车轴草（白三叶）*Trifolium repens* L. 类似为掌状三出复叶，但花序不同，前者为伞状花序，后者为球状花序，还指出小酸模（sheep sorrel）和秋海棠科 *Begoniaceae* 秋海棠属植物 *Begonia acutifolia*（英文俗名 West Indian begonia）被误称为 wood sorrel 的情况。

Indian Medical Plants 和 DK 出版社的 Pocket Nature 系列丛书之 *Wild Flowers* 书中列举了部分酸模属植物的英文俗名，大致相同，如下表：

表 6.8 Indian Medical Plants 和 Wild Flowers 列举的部分酸模属植物英文俗名

汉语名称	学名	英文俗名	
中国植物志		*Indian Medical Plants*	*Wild Flowers*
酸模	*Rumex acetosa*	Garden Sorrel, Sorrel Dock	Common Sorrel
小酸模	*Rumex acetosella*	Sheep Sorrel	Sheep's Sorrel

续表

汉语名称 中国植物志	学名	英文俗名	
		Indian Medical Plants	*Wild Flowers*
皱叶酸模	*Rumex crispus*	Yellow Dock, Curled Dock	Curled Dock
刺酸模	*Rumex maritimus*	Golden Dock	
法国酸模	*Rumex scutatus*	French Sorrel	
钝叶酸模	*Rumex obtusifolius*		Broad-leaved Dock, Bitter Dock

根据《中国植物志》的分类系统，蓼科 Polygonaceae 酸模亚科 Subfam. *Rumicoideae* 酸模族 Trib. *Rumiceaexia* 有三个下级分类：山蓼属 *Oxyria*、大黄属 *Rheum*、酸模属 *Rumex*，在英文俗名中大黄属植物大黄的英文俗名为 rhubarb，其余二属植物均可以 sorrel 称呼，酸模属酸模及其变种均称呼 sorrel，山蓼属植物山蓼 *Oxyria digyna* 则称为 mountain sorrel。虽然有植物学专著中以 Dock 对酸模类植物命名，但在 Britannica 中并未检索到 Dock 作植物名称的词条。故，酸模亚科中山蓼属和酸模属植物的英文名称为 sorrel，大黄属植物的英文名称为 rhubarb。

综上，《诗经》之"蓫"的英文名称可为 sorrel、common sorrel、garden sorrel、sheep sorrel、curled sorrel。

二、名称字形相同但实指不同种植物

表6.9 一名多物的《诗经》草木名物

序号	名称	学名	科	属	种
C-019	莆[1]（蕑[1]）	*Eupatorium fortunei* Turcz	菊科	泽兰属	佩兰
C-020	莆[2]（蕑[2]）	*Nelumbo nucifera* Gaertn	睡莲科	莲属	莲
C-031	梅[1]	*Armeniaca mume* Sieb.	蔷薇科	李属	梅
C-032	梅[4]	*Phoebe zhennan* S. Lee et F. N. Wei	樟科	楠属	楠木
C-033	梅[5]	*Zizyphus jujuba* Mill. var. *spinosa* (Bunge) Hu ex H. F. Chow	鼠李科	枣属	酸枣
C-042	蓬[1]	*Erigeron canadensis* L.	菊科	飞蓬属	小蓬草

续表

序号	名称	学名	科	属	种
C-043	蓬²	*Erigeron acris* L.	菊科	飞蓬属	飞蓬
B-057	苹	*Marsilea quadrifolia* L.	苹科	苹属	苹
C-044	苹	*Anaphalis sinica* Hance	菊科	香青属	香青
C-047	苢¹	*Lactuca sativa* var. *ramosa* Hort.	菊科	莴苣属	生菜
C-048	苢²	*Setaria italica*（L.）Beauv.	禾本科	狗尾草属	粱
B-059	杞¹	*Salix matsudana* Koidz.	杨柳科	柳属	杞柳
B-060	杞²	*Lycium chinense* Miller	茄科	枸杞属	枸杞
B-079	苕¹	*Vicia sepium* L.	豆科	野豌豆属	野豌豆
B-079	苕	*Astragalus sinicus* L.	豆科	黄耆属	紫云英
B-080	苕²	*Campsis grandiflora*（Thunb.）Schum.	紫葳科	凌霄属	凌霄
C-057	荼¹	*Ixeris chinensis*（Thunb.）Nakai	菊科	苦荬菜属	山苦荬
C-058	荼²	*Pteroxygonum giraldii* Dammer et. Diels.	蓼科	翼蓼属	翼蓼
C-069	竹¹	*Phyllostachys bambusoides* Sieb. et Zucc.	禾本科	刚竹属	桂竹
C-070	竹²	*Phyllostachys nidularia* Munro	禾本科	刚竹属	篌竹
C-071	竹³	*Phyllostachy nigra* Var. *henonis*（Mitford）Stapf ex Rendle	禾本科	刚竹属	毛金竹

C-019 蕑¹（蕳¹）Chinese Eupatorium, Hemp Agrimony, thoroughwort

据 GBIF 在线数据库检索，菊科泽兰属佩兰 *Eupatorium fortunei* Turcz 的英文俗名为 Chinese eupatorium。

根据 Britannica 在线检索，*Eupatorium* 为植物属名，即泽兰属，也可称为 thoroughwort，其中列举了穿叶泽兰 *Eupatorium perfoliatum* 的英文俗名为 boneset 或 agueweed。

DK 出版社的 Pocket Nature 系列丛书之 *Wild Flowers* 书中列举了大麻叶泽兰 *Eupatorium cannabinum* 的英文俗名为 Hemp Agrimony。

据《中国植物志》第 74 卷（1985）第 60 页记载，大麻叶泽兰 *Eupatorium cannabinum* L. 遍布全欧洲及北非洲，西伯利亚地区、高加索地区也有分布。我国江苏宜兴、浙江杭州有记录，可能是引种归化的种。生小山山顶、山坡草丛或村落竹林内。与林泽兰极似，区别在于叶脉的式样上。《西藏中草药》记载的佩兰（"*Eupatorium cannabinum* L."）实际上就是林泽兰。

从植物的近似程度看，大麻叶泽兰与佩兰比较接近，故《诗经》之"蔄¹（蕑¹）"的英文名称可为 Chinese Eupatorium、Hemp Agrimony、thoroughwort。

C-020 蔄²（蕑²）Sacred lotus，Indian lotus

据 GBIF 在线数据库检索，睡莲科莲属莲 *Nelumbo nucifera* Gaertn 的英文俗名有 East Indian Lotus、Oriental Lotus、Sacred lotus、Lotus、Lotusroot、Indian lotus。

根据 Britannica 在线检索，Lotus 一词可指多种植物：在希腊语中，lotus 指鼠李科 Rhamnaceae 阿拉伯枣 *Ziziphus lotus*（L.）Lam.，原产欧洲南部；在埃及，lotus 指睡莲科 *Nymphaeaceae* 齿叶睡莲 *Nymphaea lotus*，又称 white water lily；蓝睡莲 *Nymphaea nouchali* var. *caerulea*（Savigny）Verdc. 在埃及奉为图腾，象征生命不息，英语称 blue lotus；印地语中，水生植物莲 *Nelumbo nucifera* 被称为 sacred lotus，又称 Indian lotus，为莲科 *Nelumbonaceae* 可食水生植物，莲子可食、莲叶可制茶、根即莲藕，主产亚洲热带和亚热带地区；在北美东部，lotus 指黄莲花 *Nelumbo lutea*（Willd.）Pers.；在罗马，lotus 指一种树，当地称为 Libyan lotus，可能为大麻科 *Cannabaceae* 朴属 *Celtis* 南欧朴 *Celtis australis*，果实类似于小樱桃，成熟后由红变黑；拉丁语中，Lotus 指豆科 *Fabaceae* 植物百脉根 *Lotus corniculatus*，英语称 bird's-foot trefoil。

综上，《诗经》之"蔄²（蕑²）"的英文名称可为 Sacred lotus、Indian lotus。

C-031 梅¹　plum，Japanese apricot

据 GBIF 在线数据库检索，蔷薇科李属梅 *Armeniaca mume* Sieb. 的接受名为 *Prunus mume*（Siebold）Siebold & Zucc.，其英文俗名有 Japanese Apricot、Chinese Plum。

根据 Britannica 在线检索，apricot 为蔷薇科杏 *Armeniaca vulgaris* Lam.，其接受名为 *Prunus armeniaca*，与 peaches、almonds、plums、cherries 有近缘关系；plum 为蔷薇科李属 *Prunus* 植物统名，其中列举的李属植物英文俗名如下：

表 6.10　Britannica 网络版列举的部分李属植物英文俗名

序号	中文名称	拉丁学名	英文俗名
1	樱桃李	*Prunus cerasifera*	purple-leaf plum
2	欧洲李	*Prunus domestica*	common European plum
3	乌荆子李	*Prnuns insititia*	Damson plum
4	李	*Prunus salicina*	Japanese plum

续表

序号	中文名称	拉丁学名	英文俗名
5	黑刺李	*Prunus spinosa*	blackthorn

根据 *Advances in Plant Breeding Strategies*: *Fruits*（Volume 3），李属 *Prunus L.* 包括400余种植物，大致可分为5个亚属①：

表 6.11　李属的五个亚属英文俗名

序号	中文名称	拉丁学名	英文俗名
1	桃亚属	*Amygdalus*	peaches and almonds
2	樱亚属	*Cerasus*	sweet and tart cherries
3	桂樱亚属	*Laurocerasus*	evergreen laurel-cherries
4	稠李亚属	*Padus*	deciduous bird-cherries
5	李亚属	*Prunus*	plums

在 *Dictionary of Plant Breeding*（2nd Edition，CRC Press，2010）中收录了李属植物学名及英文俗名如下表：

表 6.12　*Dictionary of Plant Breeding* 中列举的部分李属植物英文俗名

序号	汉语名称	学名	英文俗名
1	山桃，苦桃，山毛桃	*Persica davidiana*	nectarine
2	美国李	*Prunus americana*	American plum
3	欧洲李，巴旦杏，西梅	*Prunus amygdalus* var. *Fragilis*②，*Amygdalus communis* syn *Prunus amygdalus*	almond
4	杏	*Armeniaca manshurica* syn *Prunus armeniaca*	apricot
5	欧洲甜樱桃	*Prunus avium*	Sweet cherry
6	樱桃李	*Prunus cerasifera* syn *Prunus divaricata*	cherry plum

---

① Jameel M. Al-Khayri, Shri Mohan Jain, Dennis V. Johnson. *Advances in Plant Breeding Strategies*: *Fruits*（Vol 3）[M]. Cham: Springer International Publishing AG. 2018. P166.

② 欧洲李 *Prunus domestica* L. 的异名，见《中国植物志》第38卷（1986），第38页.

续表

序号	汉语名称	学名	英文俗名
7	欧洲酸樱桃	*Prunus cerasus*	Sour cherry
8	欧洲李	*Prunus domestica*	European plum, plum
9	乌荆子李	*Prunus domestica* var. *institia*	Damson plum
10	桂樱	*Prunus laurocerasus*	laurel
11	梅	*Prunus mume*	Japanese (fowering) apricot
12	桃	*Prunus persica*	peach
13	李	*Prunus salicina*	Japanese plum
14	桃	*Prunus persica*	peach
15	黑刺李	*Prunus spinosa*	wild sloe

综上，《诗经》之"梅"的英文名称可为 plum、Japanese apricot。

C-032 梅[4] *nanmu, phoebe*

据 *GBIF* 在线数据库检索，樟科楠属楠木 Phoebe zhennan S. Lee et F. N. Wei 未提供英文俗名。

根据 *Britannica* 在线检索，未检索到相关信息。

根据 *GBIF* 的楠木分布示意图，仅在中国的中西部和南部区域有分布，虽然其他楠属树木在美洲也有分布，但可以参考的外文资料有限。

根据《进出口木材手册》，楠木 Phoebe nanmu 的英文名称则采用汉语拼音拉丁化，即 nanmu、nan，另有名称 Chinese medang① 无法考证其来源，*medang* 为印尼语，为一岛屿名称，也可指琼楠属樟木，根据 *EPPO Global Database* 在线数据库，伞花木姜子 Litsea umbellata 的英文俗名为 blue laurel，印尼语为 *medang telur*②。

根据 *The Wood Database* 在线数据库检索，未收录楠木 Phoebe zhennan S. Lee et F. N. Wei，但收录了楠属植物 Phoebe porosa，与 Ocotea porosa 为异名，在在线

---

① 姜长金. 进出口木材手册 [M]. 昆明：云南科技出版社, 1993. 72.
② https：//gd.eppo.int/taxon/LISUM

网络辞典中有译为细孔绿心樟①或甜樟②，也有译为巴西胡桃木，提供的俗名有 Imbuia、Imbuya、Embuya、Brazilian Walnut。

综上，《诗经》之"梅[4]"作"楠木"解，其英文名称可为 nanmu、phoebe。

C-033 梅[5] jujube，Chinese date，red jujube

据 GBIF 在线数据库检索，鼠李科枣属酸枣 Zizyphus jujuba Mill. var. spinosa (Bunge) Hu ex H. F. Chow 的基名为 Ziziphus vulgaris var. spinosa Bunge，两名称下均未提供英文俗名；在鼠李科枣属枣 Ziziphus jujuba Mill. 条提供了英文俗名 Chinese jujube、Chinese-date、Common jujube、jujube red date、jujube。

根据 Britannica 在线检索，jujube 指鼠李科 Rhamnaceae 枣属 Ziziphus 植物或果实，也可称为 Chinese dates，即枣或红枣，其中列举的枣属植物英文俗名如下：

表6.13 Britannica 网络版中列举的部分枣属植物英文俗名

序号	中文名称	拉丁学名	英文俗名
1	枣（红枣）	Ziziphus jujuba	common jujube
2	滇刺枣（青枣）	Ziziphus mauritiana	Indian jujube，cottony jujube
3	阿拉伯枣	Ziziphus lotus	wild jujube
4	圣刺枣	Ziziphus spina-christi	Christ's thorn jujube

date 则指棕榈科海枣属海枣 Phoenix dactylifera L. 的果实，也称波斯枣、海棕、椰枣、伊拉克蜜枣等，英文俗名为 date palm、Persian date，其中列举了栽培种是商品名，如 common Deglet Noor（阿尔及利亚和突尼斯的出口品种）、Medjool（摩洛哥的品种）等。

根据 GBIF 在线检索，阿拉伯枣 Ziziphus lotus 的英文俗名有 lotus、lotus jujube、Lotus tree、Lotustree。

综上，"酸枣"之"梅"为中国红枣的一个变种，故英文名称可为 jujube、Chinese date、red jujube。

---

① 根据"植物智"在线检索，樟科绿心樟属绿心樟学名为 Chlorocardium rodiei (R. H. Schomb.) Rohwer, H. G. Richt. & van der Werff，根据 GBIF 检索，仅产于南美洲圭亚那（Guyana），英文俗名为 greenheart-tree、greenheart、cogwood、Demerara Greenheart。

② 根据"植物智"在线检索，樟科甜樟属甜樟的学名为 Ocotea guianensis Aubl.，根据 GBIF 检索，其主要分布于南美洲北部。

C-042 蓬¹ fleabane, daisy, horse weed, Canadian horseweed

据 GBIF 在线数据库检索，菊科飞蓬属小蓬草 *Erigeron canadensis* L. 的英文俗名有 Butterweed、Canadian Fleabane、Canadian Horseweed、Hogweed、Horseweed、Foxtail、Cronquist。

根据 Britannica 在线检索，fleabane 指菊科飞蓬属植物，其中列举了棉苞飞蓬 *Erigeron uniflorus* 的英文俗名为 fleabane；foxtail 指禾本科看麦娘属 *Alopecurus* 和狗尾草属 *Setaria* 植物；Hogweed 指伞形科独活属植物，其中列举了巨独活 *Heracleum mantegazzianum* 的英文俗名为 giant hogweed，欧独活 *Heracleum sphondylium* 的英文俗名为 common hogweed 或 eltrot。

根据 USDA Plants Database 在线检索，butterweed 指菊科蒲儿根属 *Sinosenecio* B. Nord. 植物；horseweed 指白酒草属 *Conyza* Less. 植物和腺果层菀属 *Laennecia* Cass. 植物，其中列举了小蓬草（加拿大蓬）*Conyza canadensis*（L.）Cronquist① 及其变种的英文俗名为 Canadian horseweed；列举了飞蓬属植物 *Erigeron cronquistii* Maguire 的英文俗名为 Cronquist's fleabane。

Daisy 参见 C-043 蓬²。

综上，菊科飞蓬属小蓬草之"蓬"的英文名称可为 fleabane、daisy、horse weed、Canadian horseweed。

C-043 蓬² fleabane, horse weed, daisy

据 GBIF 在线数据库检索，菊科飞蓬属飞蓬 *Erigeron acris* L. 的英文俗名有 bitter daisy、bitter fleabane、blue fleabane、bitter boreal daisy。

根据 Britannica 在线检索，daisy 指菊科中多个属的植物，其典型特征为头状花序，由 15—30 瓣舌状花围绕着盘心花构成，通常指菊科植物如下：

表 6.14　Britannica 网络版中列举的部分菊科植物英文俗名

序号	中文名称	拉丁学名	属	英文俗名
1	木茼蒿	*Argyranthemum frutescens*	木茼蒿属	marguerite daisy
2	雏菊（英国雏菊，真雏菊）	*Bellis perennis*	雏菊属	English daisy, daisy
3	茼蒿	*Chrysanthemum coronarium*	茼蒿属	crown daisy

---

① 根据"植物智"在线数据库，*Conyza canadensis*（L.）Cronq. 已修订，正名是：菊科白酒草属小蓬草 *Erigeron canadensis*。

续表

序号	中文名称	拉丁学名	属	英文俗名
4	菊属植物	*Chrysanthemum*①	菊属	daisy
5	飞蓬属植物	*Erigeron*	飞蓬属	daisy
6	非洲菊（扶郎花）	*Gerbera jamesonii*	非洲菊属	Gerbera daisy
7	滨菊	*Leucanthemum vulgare*	滨菊属	oxeye daisy
8	大滨菊	*Leucanthemum ×superbum*	滨菊属	shasta daisy
9	红花除虫菊	*Tanacetum coccineum*	菊蒿属	painted lady daisy
10	除虫菊	*Tanacetum cinerariifolium*	菊蒿属	pyrethrum daisy

Fleabane 参见"C-042 蓬¹"条。

综上，菊科飞蓬属飞蓬之"蓬"的英文名称可为 fleabane、horse weed、daisy。

B-057 苹（蘋）waterclover, water fern

据 GBIF 在线数据库检索，苹科苹属苹 *Marsilea quadrifolia* L. 的英文俗名有 European water-clover、European waterclover、Water shamrock、Common Water Clover、European marsilea、European pepperwort、European water fern、Water-clover。

根据 Britannica 在线检索，fern 指真蕨纲即水龙骨纲 *Polypodiopsida* 不开花的维管束植物，其中水蕨属 *Ceratopteris* 植物、蘋属（苹属）Marsilea（英文俗名也称 waterclovers）植物、槐叶蘋属 Salvinia（英文俗名也称 water spangles）植物均可称为 water ferns；shamrock 可指任何具有类似掌状三出复叶叶片的三叶草植物，包括酢浆草科白花酢浆草 *Oxalis acetosella*（英文俗名 wood sorrel）、豆科多种植物如白车轴草 *Trifolium repens*（英文俗名 white clover）、钝叶车轴草 *Trifolium dubium*（英文俗名 suckling clover）、天蓝苜蓿 *Medicago lupulina*（英文俗名 black medic）等。

综上，苹科苹属苹之"苹（蘋）"的英文名称可为 waterclover、water fern。

C-044 苹 pearly everlasting, anaphalis, everlasting

据 GBIF 在线数据库检索，菊科香青属香青 *Anaphalis sinica* Hance 未提供英

---

① 根据《中国植物志》第76卷第1册（1983）第21页，菊科茼蒿属的拉丁名称为 *Chrysanthemum* L.；第28页，菊科菊属的拉丁名称为 *Dendranthema*（DC.）Des Moul.；但又同时在"植物智"在线检索平台种注称菊属 *Chrysanthemum* 异名：*Dendranthema*。

文俗名。在香青属 *Anaphalis* DC. 条下提供的英文俗名有 Anaphalis、Pearly Everlasting、Pearlyeverlasting、Everlastings、Everlasting。

根据 Britannica 在线检索，everlasting 指干燥后能够保持形状和颜色的多种植物，可称为不凋花、永生花，用于干花束及插花。主要的不凋花植物包括菊科的多个种类植物，其中被称为真不凋花（true everlastings，immortelles）是蜡菊属 *Helichrysum* 植物，产自澳大利亚的腊菊属蜡菊 *Helichrysum bracteatum* 是最有名的不凋花，学名已修订为麦秆菊 *Xerochrysum bracteatum*（Ventenat）Tzvelev，英文俗名为 strawflower。

根据美国农业部 USDA Plants Database 在线数据库检索，以"everlasting"为"common name"的植物检索记录有 13 条，如下：

表 6.15　美国农业部 USDA Piants Database 在线
数据库中收录的包含"everlasting"的植物俗名

序号	植物学名	英文俗名
1	*Anaphalis* DC.	pearly everlasting
2	*Anaphalis margaritacea*（L.）Benth.	western pearly everlasting
3	*Antennaria suffrutescens* Greene	evergreen everlasting
4	*Gamochaeta* Weddell	everlasting
5	*Gamochaeta americana*（Mill.）Weddell	American everlasting
6	*Gamochaeta argyrinea* G. L. Nesom	silvery everlasting
7	*Gamochaeta chionesthes* G. L. Nesom	snow-white everlasting
8	*Gamochaeta coarctata*（Willd.）Kerguélen	gray everlasting
9	*Gamochaeta falcata*（Lam.）Cabrera	narrowleaf purple everlasting
10	*Gamochaeta pensylvanica*（Willd.）Cabrera	Pennsylvania everlasting
11	*Gamochaeta purpurea*（L.）Cabrera	spoonleaf purple everlasting
12	*Gamochaeta simplicicaulis*（Willd. ex Spreng.）Cabrera	simple-stem everlasting
13	*Helichrysum formosissimum* Sch. Bip.	everlasting-flower

据上述检索结果可知，香青属 *Anaphalis* DC. 植物均可称为 pearly everlasting。另学名 anaphalis 也已作为科属俗名在使用，因此香青属植物在英文中通称为 anaphalis 也是可以接受的。

综上，菊科香青属香青 *Anaphalis sinica* Hance 的英文名称可借其属名的英文俗名，即 pearly everlasting、*anaphalis*、everlasting。

C-047 苣¹ lettuce，head lettuce，butterhead lettuce，crisphead lettuce，leaf lettuce

据 GBIF 在线数据库检索，未检索到菊科莴苣属生菜 *Lactuca sativa* var. *ramosa* Hort.；可检索到菊科莴苣属莴苣 *Lactuca sativa* L. 的英文俗名有 Garden Lettuce、Lettuce、Culticated Lettuce。

根据 Britannica 在线检索，lettuce 为菊科莴苣属莴苣 *Lactuca sativa* L. 的英文俗名，当前种植的莴苣品种主要有四个：

表 6.16 Britannica 网络版中列举的部分莴苣品种英文俗名

序号	中文名称	拉丁学名	英文俗名	
1	莴笋	*Lactuca sativa* var. *angustana*	Lettuce，asparagus lettuce，stem lettuce	
2	卷心莴苣	*Lactuca sativa* var. *capitata*	head lettuce，cabbage lettuce	butterhead lettuce（如 Bibb lettuce） crisphead lettuce（如 iceberg lettuce）
3	玻璃生菜	*Lactuca sativa* var. *crispa*	leaf lettuce，curled lettuce	
4	长叶莴笋（油麦菜）	*Lactuca sativa* var. *longifolia*	cos lettuce，romaine lettuce	

在 GBIF 和 USDA Plants Database 等在线数据库中均无法检索到菊科莴苣属生菜的学名 *Lactuca sativa* var. *ramosa* Hort.，但在《中国植物志》第 80 卷第 1 册（1997）第 234 页中记载的生菜学名为 *Lactuca sativa* var. *ramosa* Hort.，在网络中对该学名进行检索，四川农业大学农学院 Xuena Yu 等 13 人在 genes 杂志发表的论文 Comparative Analysis of Italian Lettuce（*Lactuca sativa* L. var. *ramose*）Transcriptome Profiles Reveals the Molecular Mechanism on Exogenous Melatonin Preventing Cadmium Toxicity 中引用了这一学名，其英文俗名称为 Italian Lettuce。

根据网络检索，在 TASTEATLAS 网站介绍了 9 种意大利最受欢迎的叶类蔬菜，其中的 Insalata di Lusia 即 Italian Lettuce，是一种大型叶用莴苣（large-leaf lettuce），植物学名为菊科莴苣 *Lactuca Sativa*，有两个栽培品种：*capitata* 变种和 *crispa* 变种。其中卷心莴苣 *capitata* 变种是 butterhead lettuce 的一种，叶片极其脆嫩。①

综上，菊科莴苣属生菜之"苣"的英文名称可为 lettuce、head lettuce、butterhead lettuce、crisphead lettuce、leaf lettuce。

C-048 苣² foxtail，bristlegrass，millet，foxtail millet

据 GBIF 在线数据库检索，禾本科狗尾草属粱 *Setaria italica*（L.）Beauv. 的英文俗名有 Dwarf Setaria、Foxtail Bristle Grass、Foxtail Bristle-Grass、Foxtail Bristlegrass、Giant Setaria、Foxtail Millet、Italian Bristle Grass、Italian Bristlegrass、Italian Millet。

根据 Britannica 在线检索，foxtail 指禾本科看麦娘属 *Alopecurus* 和狗尾草属 *Setaria* 植物，其中列举的禾本科植物英文俗名如下：

表 6.17　Britannica 网络版中列举的部分禾本科植物英文俗名

序号	中文植物	拉丁学名	属	英文俗名
1	大看麦娘（草原看麦娘）	*Alopecurus pratensis*	看麦娘属	meadow foxtail
2	大狗尾草	*Setaria faberi*，*Setaria magna*	狗尾草属	giant foxtail
3	粱	*Setaria italica*	狗尾草属	foxtail millet
4	草原狗尾草	*Setaria macrostachya*	狗尾草属	plains foxtail
5	狗尾草属植物	*Setaria* P. Beauv.	狗尾草属	bristlegrass
6	金色狗尾草	*Setaria pumila*	狗尾草属	yellow foxtail
7	倒刺狗尾草	*Setaria verticillata*	狗尾草属	bristly foxtail
8	狗尾草（谷莠子）	*Setaria viridis*	狗尾草属	green foxtail

millet 指禾本科的多种谷类植物，其中列举的植物英文俗名如下：

表 6.18　Britannica 网络版中"millet"词条下列举的部分相关植物英文俗名

序号	中文名称	拉丁学名	属	英文俗名
1	湖南稗子	*Echinochloa frumentacea*	稗属	Japanese millet
2	穇（龙爪稷）	*Eleusine coracana*（L.）Gaertn.	穇属	finger millet

---

① https://www.tasteatlas.com/most-popular-leaf-vegetables-in-italy

续表

序号	中文名称	拉丁学名	属	英文俗名
3	黍①	*Panicum miliaceum* L.	黍属	proso millet, common millet, broomcorn millet
4	细柄黍	*Panicum sumatrense*	黍属	little millet
5	御谷	*Pennisetum glaucum*（Linnaeus）R. Brown	狼尾草属	pearl millet
6	粱	*Setaria italica*	狗尾草属	foxtail millet

综上，禾本科狗尾草属粱之"苣"的英文名称可为 foxtail、bristlegrass、millet、foxtail millet。

B-059 杞[1] willow, corkscrew willow

据 GBIF 在线数据库检索，杨柳科柳属杞柳 *Salix matsudana* Koidz. 的英文俗名有 Corkscrew Willow、Peking Willow、Tortured Willow。

根据 Britannica 在线检索，willow 指杨柳科柳属的灌木或乔木植物，其中列举的柳属植物英文俗名如下：

表6.19 Britannica 网络版中列举的部分柳属植物英文俗名

序号	中文名称	拉丁学名	英文俗名
1	白柳	*Salix alba*	white willow
2	垂柳	*Salix babylonica*	weeping willow
3	猫柳	*Salix discolor*	pussy willow
4	爆竹柳	*Salix fragilis*	crack willow, brittle willow
5	北密毛柳	*Salix lanata*	woolly willow
6	旱柳	*Salix matsudana* var. *tortuosa*	corkscrew willow
7	北美黑柳	*Salix nigra*	balck willow
8	蒿柳（绢柳）	*Salix viminalis*	common osier, silky osier

综上，杨柳科柳属杞柳之"杞"的英文名称可为 willow、corkscrew willow。

---

① 《中国植物志》第10卷第1册（1990）第202页，持"稷""黍""糜"一物说，学名为 *Panicum miliaceum* L.。笔者持"稷""黍"二物说，前者学名为 *Setaria italica*，后者学名为 *Panicum miliaceum* L.。

B-060 杞² Goji, Gojiberry, desert-thorn

据 GBIF 在线数据库检索，茄科枸杞属枸杞 *Lycium chinensis* Mill. 的接受名为 *Lycium chinense* Mill.，其英文俗名有 Chinese Teaplant、Chinese boxthorn、Chinese desert-thorn、Chinese matrimony-vine、Chinese wolfberry、wolfberry、Chinese matrimony vine、Chinese box-thorn。

根据 Britannica 在线检索，未检索到 Tea plant、boxthorn、desert-thorn、matrimony-vine 相关内容，wolfberry 指忍冬科毛核木属西方雪果 *Symphoricarpos occidentalis*，是毛核木属雪果（雪莓、毛核木）*Symphoricarpos sinensis* Rehd.（即英文中的 snowberry）的一种，树高约 1.5 米，结白色果实（white berries）；另列举了同属圆果毛核木 *Symphoricarpos orbiculatus* 的英文俗名为 coralberry、杜鹃科白珠属北美雪莓 *Gaultheria hispidula* 的英文俗名 creeping snowberry；上述果实颜色和植物属种与茄科枸杞属枸杞差异较大。

Missouri Botanical Garden 在线数据库中，茄科枸杞属枸杞的英文俗名为 Chinese desert-thorn①。

Edible Medicinal and Non-Medical Plants（Vol 6, Fruits）中收录了 *Lycium barbarum* L.，为茄科枸杞属枸杞 *Lycium chinense* Mill. 的异模式异名，列举了其英文俗名 Barbary Boxthorn、Barbary Matrimony Vine、Box Thorn、Barbary Wolfberry、Chinese Teaplant、Chinese Wolfberry、Common Matrimoney-Vine、Common Matrimony Vine、Duke Of Argyll's Tea Tree、Duke Of Argyll's Teaplant、Goji、Gojiberry、Himalayan Goji、Lycium、Mede Berry、Matrimony Vine、Red Medlar、Tibetan Goji、Wolfberry。

综上，茄科枸杞属枸杞之"杞"的英文名称可为 Goji、Gojiberry、desert-thorn。

B-080 苕² trumpet creeper, Chinese trumpet creeper

据 GBIF 在线数据库检索，紫葳科凌霄属凌霄 *Campsis grandiflora*（Thunb.）Schum. 的英文俗名为 Chinese trumpet-creeper。

根据 Britannica 在线检索，trumpet creeper 指紫葳科凌霄属植物，该属有二种，一为厚萼凌霄 *Campsis radicans*，其英文俗名为 trumpet creeper、trumpet vine 或 cow itch，主产北美；一为凌霄 *Campsis grandiflora*，其英文俗名为 Chinese

---

① https://www.missouribotanicalgarden.org/PlantFinder/PlantFinderDetails.aspx?kempercode=e352 trumpet creeper，主产中国。

综上，紫葳科凌霄属凌霄之"苕"的英文名称可为 trumpet creeper、Chinese trumpet creeper。

C-057 荼¹　wild lettuce

据 GBIF 在线数据库检索，菊科苦荬菜属山苦荬 *Ixeris chinensis*（Thunb.）Nakai 的接受名为 *Ixeris chinensis* subsp. *chinensis*（Thunb.）Kitag.，未提供英文俗名。通过属名 *Ixeris* Cass. 检索到英文俗名为 Ixeris。

根据 Britannica 在线检索，未检索到 Ixeris 词条。

根据《中国植物志》第 80 卷第 1 册，莴苣属 *Lactuca* L.、苦荬菜属 *Ixeris* Cass.、小苦荬属 *Ixeridium*（A. Gray）Txvel. 都属于莴苣亚族 *Lactucinae* Less.，亲缘关系密切，其进化关系从低级向高级依次为小苦荬属、苦荬菜属、莴苣属，因此可以称小苦荬属中华小苦荬为野生莴苣，即 wild lettuce。在《中国植物志》第 80 卷第 1 册（1997）第 235 页记载了莴苣属野莴苣又称阿尔泰莴苣 *Lactuca serriola*，从"植物智"在线图片数据库检索比对，其叶、花与中华小苦荬的都极其相似。

根据 The Lost Herbs 网站的 Wild Lettuce 网页中提供的植物学名 *Lactuca Virosa*① 在 GBIF 网站在线检索的记录中，其叶、花与中华小苦荬也极其相似，其英文俗名有 acrid lettuce、bitter lettuce、great lettuce、wild lettuce、greater lettuce、greater prickly lettuce。

综上，菊科苦荬菜属山苦荬的英文名称可为 wild lettuce。

C-058 荼² smartweed

据 GBIF 在线数据库检索，蓼科翼蓼属翼蓼 *Pteroxygonum giraldii* Dammer et. Diels. 未提供可参照的英文俗名。翼蓼属 *Pteroxygonum* 也未提供可参照的英文俗名。蓼科 *Polygonaceae* 的英文俗名有 Buckwheat、Knotweed、Buckwheat family、Knotweed family。

根据 Britannica 在线检索，buckwheat 指蓼科荞麦属荞麦 *Fagopyrum esculentum*，并列举的另一种同属植物苦荞麦 *Fagopyrum tataricum*，其英文俗名为 green buckwheat。

根据 USDA Plants Database 在线数据库检索，knotweed 指蓼属 *Polygonum* L. 植物，其中列举 62 种蓼属植物，均以 knotweed 来命名；smartweed 也可指蓼属 *Polygonum* L. 植物，其中列举 21 种蓼属植物，均以 smartweed 来命名。

---

① https://thelostherbs.com/wild-lettuce/

Buckwheat 指野荞麦属（绒毛蓼属）*Eriogonum* Michx. 植物，主产北美地区，其中列举了 428 种野荞麦属植物，均以 buckwheat 命名。

综上，蓼科翼蓼属翼蓼无英文俗名可查，但其英文名称可借用蓼属植物英文俗名即 smartweed。

C-069 竹[1]　　bamboo，timber bamboo

据 GBIF 在线数据库检索，禾本科刚竹属桂竹 *Phyllostachys bambusoides* Sieb. et Zucc. 的英文俗名有 Castillon bamboo、Japanese timber bamboo、Giant timber bamboo、Hardy timber bamboo、Timber bamboo。

根据 Britannica 在线检索，bamboo 指禾本科竹亚科的植物。

根据 USDA Plants Database 在线数据库检索，bamboo 指刚竹属植物，其中列举了 17 种刚竹属植物如下表：

表 6.20　USDA Plants Database 在线数据库收录的刚竹属植物英文俗名

序号	植物学名	英文俗名	汉语俗名①
1	*Phyllostachys* Siebold & Zucc.	bamboo	刚竹属
2	*Phyllostachys aurea* Carrière ex A. Rivière & C. Rivière	golden bamboo	人面竹
3	*Phyllostachys aureosulcata* McClure	yellow groove bamboo	黄槽竹
4	*Phyllostachys bambusoides* Siebold & Zucc.	Japanese timber bamboo	桂竹
5	*Phyllostachys dulcis* McClure	sweetshoot bamboo	白哺鸡竹
6	*Phyllostachys edulis*（Carrière）J. Houz.	tortoise shell bamboo	龟背竹
7	*Phyllostachys flexuosa* A. Rivière & C. Rivière	drooping timber bamboo	曲竿竹
8	*Phyllostachys heteroclada* Oliv.	fishscale bamboo	水竹
9	*Phyllostachys heterocycla*（Carrière）Matsum.	tortoiseshell bamboo	龟背竹
10	*Phyllostachys makinoi* Hayata	Makino bamboo	台湾桂竹
11	*Phyllostachys meyeri* McClure	Meyer's bamboo	毛环竹
12	*Phyllostachys nidularia* Munro	broom bamboo	篌竹

---

① 汉语俗名一栏内容非 USDA Plants Database 在线数据库检索信息，由笔者查询《中国植物志》在线数据库整理后，附于表中，特此说明。

续表

序号	植物学名	英文俗名	汉语俗名①
13	*Phyllostachys nigra* (Lodd. ex Lindl.) Munro	black bamboo	紫竹
14	*Phyllostachys rubromarginata* McClure	reddish bamboo	红边竹
15	*Phyllostachys sulphurea* (Carrière) A. Rivière & C. Rivière	sulphur bamboo	金竹
16	*Phyllostachys viridiglaucescens* A. Rivière & C. Rivière	greenwax golden bamboo	粉绿竹
17	*Phyllostachys vivax* McClure	running giant bamboo	乌哺鸡竹

综上，禾本科刚竹属桂竹之"竹"的英文名称可为 bamboo、timber bamboo。

C-070 竹² bamboo, broom bamboo

据 GBIF 在线数据库检索，禾本科刚竹属篌竹 *Phyllostachys nidularia* Munro 的英文俗名为 broom bamboo。

Britannica 及 USDA Plants Database 在线检索信息见"C-069 竹"。

综上，禾本科刚竹属篌竹之"竹"的英文名称可为 bamboo、broom bamboo。

C-071 竹³ bamboo, black bamboo

据 GBIF 在线数据库检索，禾本科刚竹属毛金竹 *Phyllostachys nigra* var. *henonis* (Mitford) Stapf ex Rendle 的英文俗名为 black bamboo。

Britannica 及 USDA Plants Database 在线检索信息见"C-069 竹"。

综上，禾本科刚竹属毛金竹之"竹"的英文名称可为 bamboo、black bamboo。

三、多个名称指同一种植物

表 6.21　异名同物的《诗经》草本名物

序号	名称	学名	科	属	种
B-002	白茅	*Imperata cylindrica* (L.) Beauv.	禾本科	白茅属	白茅
B-051	茅				
C-055	荑				

续表

序号	名称	学名	科	属	种
B-046	柳	*Salix babylonica* L.	杨柳科	柳属	垂柳
C-062	杨柳				
B-064	荏菽	*Glycine max*（L.）Merr.	豆科	大豆属	大豆
B-071	菽				
C-030	麦	*Hordeumvulgare* L.	禾本科	大麦属	大麦
B-053	牟				
B-024	萑	*Miscanthus sacchariflorus*（Maximowicz）Hackel	禾本科	芒属	荻
B-028	蒹				
B-076	薍				
C-016	杞	*Lycium chinense* Miller	茄科	枸杞属	枸杞
B-060	杞[2]				
C-012	瓜	*Lagenaria siceraria*（Molina）Standly	葫芦科	葫芦属	葫芦
B-022	壶				
B-023	瓠				
B-055	匏				
C-010	扶苏	*Quercus dentata* Thunb.	壳斗科	栎属	槲树
B-058	朴樕				
C-002	白华	*Themeda villosa*（Poir.）A. Camus	禾本科	菅属	菅
C-018	菅				
C-026	栎	*Quercus baronii* Skan	壳斗科	栎属	橿子栎
C-061	栩				
C-073	柞				
B-018	菡萏	*Nelumbo nucifera* Gaertn.	睡莲科	莲属	莲
B-021	荷（华）				
B-020	禾	*Setaria italica*（L.）Beauv.	禾本科	狗尾草属	粱
C-017	稷				
B-044	粱				
C-034	穈	*Setaria italica*（L.）Beauv.	禾本科	狗尾草属	粱
C-048	芑[2]				

续表

序号	名称	学名	科	属	种
B-027	葭	*Phragmites australis*（Cav.）Trin. ex Steud.	禾本科	芦苇属	芦苇
B-085	苇				
C-011	甘棠	*Pyrus xerophila* Yü	蔷薇科	梨属	木梨
C-053	堂				
C-025	苦	*Ixeris chinensis*（Thunb.）Nakai	菊科	苦荬菜属	山苦荬
C-057	荼[1]				
B-032	秬	*Panicum miliaceum* L.	禾本科	黍属	黍
B-056	秠				
B-069	黍				
B-054	莫	*Rumex acetosa* L.	蓼科	酸模属	酸模
C-072	蓫				
B-025	棘[1]	*Zizyphus jujuba* Mill. var. *spinosa*（Bunge）Hu ex H. F. Chow	鼠李科	枣属	酸枣
C-033	梅[5]				
C-004	常	*Amelanchier sinica*（Schneid）Chun.	蔷薇科	唐棣属	唐棣
C-005	常棣				
C-007	棣				
C-054	唐棣				
B-036	来	*Triticum aestivum* L.	禾本科	小麦属	小麦
C-030	麦				
B-079	苕[1]	*Vicia sepium* L.	豆科	野豌豆属	野豌豆
B-086	薇				
B-011	枌	*Ulmus pumila* L.	榆科	榆属	榆
B-095	榆				
B-007	稻	*Oryza sativa* L.	禾本科	稻属	稻
B-082	稌				

C-055 荑 congongrass

参见"B-002 白茅""B-051 茅"条。

B-046 柳　C-062 杨柳　willow, weeping willow

据 GBIF 在线数据库检索，杨柳科柳属垂柳 *Salix babylonica* L. 的英文俗名有

Babylon Weeping Willow、Peking Willow、Weeping Willow、Chinese Weeping Willow。

根据 Britannica 在线检索，willow 指杨柳科柳属的灌木或乔木植物，其中列举了垂柳 *Salix babylonica* 的英文俗名为 weeping willow。

根据 USDA Plants Database 在线数据库检索，垂柳 *Salix babylonica* 的英文俗名为 weeping willow。

综上，杨柳科柳属垂柳的英文名称可为 willow、weeping willow。

B-064 荏菽　B-071 菽　soybean, soja bean, soya bean

据 GBIF 在线数据库检索，豆科大豆属大豆 *Glycine max*（L.）Merr. 的英文俗名有 Soya-bean、Soybean、Edamame、Reseeding soybean、Soy。

根据 Britannica 在线检索，soybean 指豆科大豆属大豆 *Glycine max*，英语中又称 soja bean、soya bean。

综上，豆科大豆属大豆的英文名称可为 soybean、soja bean、soya bean。

B-053 牟 barley

参见"C-030 麦"条。

B-024 萑 B-028 蒹 B-076 菼 silvergrass, Amur silvergrass

据 GBIF 在线数据库检索，禾本科芒属荻 *Miscanthus sacchariflorus*（Maximowicz）Hackel 的英文俗名为 Amur silvergrass。

根据 Britannica 在线检索，芒属 *Miscanthus* 植物的英语俗名为 silvergrass 或 silver grass，其中禾本科芒属芒（即芭茅）*Miscanthus sinensis* 称为 Chinese silvergrass 或 eulalia。

根据 USDA Plants Database 在线数据库检索，禾本科芒属荻 *Miscanthus sacchariflorus*（Maximowicz）Hackel 的英文俗名为 Amur silvergrass。

综上，禾本科芒属荻的英文名称可为 silvergrass、Amur silvergrass。

C-016 杞 Goji, Gojiberry, desert-thorn

参见"B-060 杞^2"条。

C-012 瓜 B-022 壶　B-023 瓠　B-055 匏
cucurbit, gourd, bottle gourd, calabash

据 GBIF 在线数据库检索，葫芦科葫芦属葫芦 *Lagenaria siceraria*（Molina）Standly 的英文俗名有 Bottle gourd、Hercules club gourd、Italian edible gourd、Birdhouse gourd、Calabash、Calabash gourd、Dipper gourd、White-flower gourd、White-flowered Gourd。

根据 Britannica 在线检索，gourd 指葫芦科中具有硬质表皮的瓜类，其中列举的葫芦科植物英文俗名如下：

表 6.22　Britannica 网络版中列举的部分葫芦科植物英文俗名

序号	中文名称	学名	属	英文俗名
1	冬瓜	*Benincasa hispida*	冬瓜属	wax gourd
2	刺猬黄瓜	*Cucumis dipsaceus*	黄瓜属	teasel gourd
3	西葫芦	*Cucurbita pepo*	南瓜属	yellow-flowered gourd
4	葫芦	*Lagenaria siceraria*	葫芦属	bottle gourd, calabash
5	丝瓜属植物	*Luffa* Mill.	丝瓜属	Loofah, sponge gourd
6	瓜叶栝楼	*Trichosanthes cucumerina*	栝楼属	snake gourd

根据 Crop Production Science in Horticulture Series 丛书第 6 卷 *Cucurbits*，cucurbits（瓜类蔬菜）包括 gourd、melon、cucumber、squash、pumpkin。gourd 通常用来指瓜类中结硬壳瓠果植物，如葫芦属葫芦 *Lagenaria siceraria* 即 bottle gourd、南瓜属 *Cucurbita* 的野生种类、西葫芦 *Cucurbita pepo* 中的观赏种类，此外还用来指其他一些瓜类，如 luffa sponge gourd 即丝瓜属丝瓜 *Luffa aegyptiaca*、ridge gourd 即丝瓜属棱角丝瓜 *Luffa acutangula*、bitter gourd 或 bitter melon 即苦瓜属苦瓜 *Momordica charantia*、ivy gourd 红瓜属红瓜 *Coccinia grandis*；melon 通常指黄瓜属甜瓜 *Cucumis melo*；cucumber 通常指黄瓜属黄瓜 *Cucumis sativus*；squash 和 pumpkin 主要指南瓜属 *Cucurbita* 植物①。

综上，葫芦科葫芦属葫芦的英文名称可为 cucurbit、gourd、bottle gourd、calabash。

C-010 扶苏　B-058 朴樕 oak, daimyo oak

据 GBIF 在线数据库检索，壳斗科栎属槲树 *Quercus dentata* Thunb. 的英文俗名为 Daimyo oak。

根据 Britannica 在线检索，oak 为壳斗科栎属植物通称，大致可分为 white oaks 和 red and black oaks，前者橡实（acorn）味甜，后者橡实味苦，其中列举的栎属植物俗名如下：

---

① T. C. Wehner et al. *Cucurbits*, 2nd Edition. Oxfordshire：CAB International, 2020. P1-2.

表 6.23　Britannica 网络版中列举的部分栎属植物英文俗名

序号	中文名称	拉丁学名	英文俗名
1	赤栎	*Quercus acuta*	Japanese evergreen oak
2	麻栎	*Quercus acutissima*	sawtooth oak
3	槲树	*Quercus dentata*	daimyo oak
4	青冈栎	*Quercus glanca*	Japanese oak
5	冬青栎	*Quercus ilex*	holm oak, holly oak
6	蒙古栎	*Quercus mongolica*	Mongolian oak
7	夏栎	*Quercus robur*	English oak
8	红槲栎	*Quercus rubra*	Northernred oak
9	栓皮栎	*Quercus variabilis*	Chinese cork oak
10	美国绒毛栎	*Quercus velutina*	black oak

综上，壳斗科栎属槲树的英文名称可为 oak、daimyo oak。

C-002 白华 C-018 菅　cogongrass, spear grass, silvergrass, eulalia, kangaroo grass

参见"B-051 A-016 茅（B-002 白茅 C-018 菅 C-002 白华）"条。

C-026 栎 C-061 栩 C-073 柞 oak

据 GBIF 在线数据库检索，未提供壳斗科栎属檀子栎 *Quercus baronii* Skan 的英文俗名；检索壳斗科栎属 *Quercus* L. 的英文俗名为 Oak、Acorn。

根据 Britannica 在线检索，oak 为壳斗科栎属植物通称，见"C-010 扶苏 B-058 朴樕"条，未见壳斗科栎属檀子栎 *Quercus baronii* Skan 的英文俗名；acorn 则指壳斗科栎属植物之橡实。

综上，壳斗科栎属檀子栎的英文名称可为 oak。

B-018 菡萏 B-021 荷（华）Sacred lotus, Indian lotus

参见"C-020 蕑^2（蔄^2）"条。

B-020 禾 C-017 稷 B-044 粱 C-034 穈 foxtail, bristlegrass, millet, foxtail millet

参见"C-048 芑^2"条。

B-027 葭　B-085 苇 reed, water reed

据 GBIF 在线数据库检索，禾本科芦苇属芦苇① *Phragmites australis*（Cav.）Trin. ex Steud. 的英文俗名有 common Reed、Ditch Reed、Giant Reed、Phragmites、Reed Grass、Common Reedgrass、Giant Reedgrass。

根据 Britannica 在线检索，reed 可以指称多种大型水生草本，通常指禾本科芦苇属的植物，其中列举的植物英文俗名如下：

表 6.24　Britannica 网络版中"reed"词条下列举的部分植物英文俗名

序号	中文名称	拉丁学名	科	属	英文俗名
1		*Ammophila arenaria*②	禾本科	拂子茅属	Sea reed
2	芦竹	*Arundo donax*	禾本科	芦竹属	Giant reed
3	拂子茅属植物	*Calamagrostis*	禾本科	拂子茅属	Reedgrass, blue joint
4	虉草属植物	*Phalaris*	禾本科	虉草属	reed canary grass
5	芦苇	*Phragmites australis*	禾本科	芦苇属	Common reed, water reed
6	黑三棱属植物	*Sparganium*	香蒲科	黑三棱属	Bur reed
7	香蒲属植物	*Typha*	香蒲科	香蒲属	reed mace

综上，禾本科芦苇属芦苇的英文名称可为 reed、water reed。

C-011 甘棠　C-053 棠 pear, wild pear, *muli* pear

GBIF 在线数据库中未检索到蔷薇科梨属木梨 *Pyrus xerophila* Yü 的英文俗名，根据所显示的分布区域看木梨为我国特有品种；检索到梨属 *Pyrus* L. 的英文俗名为 pear。

根据 Britannica 在线检索，pear 指蔷薇科梨属植物和果实，其中列举了最具经济价值的食用品种之一西洋梨 *Pyrus communis* 的英文俗名为 common pear，以及观赏品种如豆梨 *Pyrus calleryana* 的英文俗名 Callery pear。

根据 *The Pear Genome*，栽培梨主要有两大品种：西洋梨 *Pyrus communis* L.

---

① 根据《中国植物志》第 9 卷第 2 册（2002）第 27 页，禾本科 Gramineae 芦竹亚科 Arundinoideae 芦苇 *Phragmites* 芦苇 *Phragmites australis* 的别名中记载：芦、苇、葭（均见名医别录），兼（诗经·秦风）。即"兼（蒹）""葭""芦""苇"均为禾本科芦苇属芦苇的别名。本研究持"兼（蒹）"为禾本科芒属荻 *Miscanthus sacchariflorus* 的观点，见"B-028 蒹"条。

② 根据 GBIF 在线数据库检索，*Ammophila arenaria* 为 *Calamagrostis arenaria*（L.）Roth 的异名，其英文俗名有 European beach grass、European beachgrass、Marram、Marram grass、Sea matgrass。

和沙梨 Pyrus pyrifolia（Burm. f.）Nakai，前者的英文俗名有 European pear、common pear，后者有 Asian pear、Chinese pear、Korean pear、Japanese pear、Taiwanese pear、nashi、sand pear。[①] 但从严格的植物学名区分来讲，产于中国的主要食用梨果族梨属植物的英文俗名如下[②]：

表 6.25 The Pear Genome 中列举的部分产于中国的食用梨属植物的英文俗名

序号	中文名称	拉丁学名	英文俗名
1	白梨	*Pyrus×bretschneideri*	Chinese white pear
2	沙梨	*Pyrus pyrifolia*	Chinese sand pear
3	新疆梨（库尔勒香梨）	*Pyrussinkiangensis*	Xinjiang pear
4	秋子梨	*Pyrus ussuriensis*	Ussurian pear, nashi pear

木梨 Pyrus xerophila T. T. Yu 属于梨属的脱萼组 Section Pashia[③]，为野生品种，是亚洲栽培种的重要砧木之一[④]。亚洲野生梨通常分为两类：pea pear 和 large-fruited pear。pea pear，即豆梨类，通常包括杜梨 Pyrus betulifolia、豆梨 Pyrus calleryana、日本豆梨 Pyrus dimorphophylla、朝鲜豆梨 Pyrus fauriei、楔叶豆梨 Pyrus koehnei，果实直径小于1厘米；large-fruited pear，即大果梨类，通常包括川梨 Pyrus pashia、沙梨 Pyrus pyrifolia、秋子梨 Pyrus ussuriensis、木梨 Pyrus xerophyla、日本青梨 Pyrus hondoensis。

根据生物特征研究，野生梨种木梨 Pyrus xerophila 是 Pyrus pashia× Pyrus ussuriensis ×Occidental 的自然杂交品种，因此在命名中借用其亲本的俗名似乎都不太合适，作为中国特有野生梨种，其英文名称可为 pear、wild pear、*muli* pear。

C-025 苦 wild lettuce

参见"C-057 荼[1]"条。

B-032 秬 B-056 秠 B-069 黍 millet, proso millet

据 GBIF 在线数据库检索，禾本科黍属黍 Panicum miliaceum L. 的英文俗名有 brown millet、Chinese millet、common millet。

根据 Britannica 在线检索，millet 为禾本科的某些谷类作物，见"C-048 苢[2]"条。其中列举了黍 Panicum miliaceum 的英文俗名为 proso millet、common

---

① Schuyler S. Korban. *The Pear Genome* [M]. Springer International Publishing. 2019. P1-2.
② Schuyler S. Korban. *The Pear Genome* [M]. Springer International Publishing. 2019. P12.
③ Schuyler S. Korban. *The Pear Genome* [M]. Springer International Publishing. 2019. P38.
④ Schuyler S. Korban. *The Pear Genome* [M]. Springer International Publishing. 2019. P52.

millet、broomcorn，同时附图列举了主要的谷类作物 4 种如下：

表 6.26　Britannica 网络版中列举的部分谷类作物的英文俗名

序号	中文名称	拉丁学名	英文俗名
1	黍	*Pancium miliaceum*	millet
2	燕麦	*Avena sativa*	oats
3	大麦	*Hordeum distichon*	barley
4	高粱	*Sorghum vulgare*	sorghum

在 broomcorn 条中，释为禾本科高粱属高粱 *Sorghum bicolor*，又认为 broomcorn 是黍 *Panicum miliaceum* 的俗名，属于 millet 的一种。

在 sorghum 条中，列举了禾本科高粱属高粱 *Sorghum bicolor* 的英文俗名有 great millet、Indian millet、milo、durra、orshallu，是非洲的主要粮食作物，分为三类：食用类谷物高粱（grain sorghums）、饲料用高粱（grass sorghums）、工艺用高粱（broomcorn，作扫帚、刷子等）。

在 *Millets and Sorghum: Biology and Genetic Improvement* 一书中，列举了高粱和黍类作物的作物名称、学名、英文俗名[1]如下：

表 6.27　*Millets and Sorghum: Biology and Genetic Improvement* 列举的部分高粱和黍类作物的英文俗名

序号	中文名称	作物名称	拉丁学名	英文俗名
1	高粱	Sorghum	*Sorghum bicolor*	Great millet, guinea corn, kafir, aura, mtama, jowar, cholam, kaoliang, milo, milo-maize
2	御谷	Pearl millet	*Pennisetum glaucum*	Cumbu, spiked millet, bajra, bulrush millet, candle millet, dark millet
3	穇（龙爪稷）	Finger millet	*Eleusine coracana*	African millet, koracan, ragi, wimbi, bulo, telebun
4	粱	Foxtail millet	*Setaria italica*	Italian millet, German millet, Hungarian millet, Siberian millet
5	黍	Proso millet	*Panicum miliaceum*	common millet, hog millet, broomcorn millet, Russian millet, brown corn

---

[1]　J. V. Patil. *Millets and Sorghum: Biology and Genetic Improvement* [M]. Wiley, 2017. PXXiii.

续表

序号	中文名称	作物名称	拉丁学名	英文俗名
6	湖南稗子	Barnyard millet	*Echinochloa frumentacea*, *Echinochloa utilis*	Indian barnyard millet, sawa millet, Japanese barnyard millet
7	鸭䱅草	Kodo millet	*Paspalum scrobiculatum*	Kodo millet
8	细柄黍	Little millet	*Panicum sumatrense*	Little millet
9	苔麸	Teff	*Eragrostis tef*	Teff, lovegrass, annual bunch grass, warm season annual bunch grass
10	非洲小米	Fonio	*Digitaria exilis*	Fonio, hungry rice, white fonio（En.）, fonio blanc, petit mil

综上，禾本科黍属黍的英文名称可为 millet、proso millet。

B-054 莫 sorrel, common sorrel, garden sorrel

参见"C-072 蓫"条。

B-025 棘¹ jujube, Chinese date, red jujube

参见"C-033 梅⁵"条。

C-004 常 C-005 常棣 C-007 棣 C-054 唐棣 serviceberry, shadbush, juneberry, Chinese serviceberry, Chinese shadbush, Chinese juneberry

在 GBIF 在线数据库未检索到蔷薇科唐棣属唐棣 *Amelanchier sinica*（Schneid）Chun. 的英文俗名，其基名为 *Amelanchier asiatica* var. *sinica* C. K. Schneid.，主要分布于中国的长江与黄河流域之间；检索到唐棣属 Amelanchier Medik. 植物的英文俗名为 serviceberry、shadbush、Juneberry。

根据 Britannica 在线检索，serviceberry 为蔷薇科唐棣属植物英文俗名，也称 shadbush、juneberry，其中列举的唐棣属植物英文俗名如下：

表 6.28 Britannica 网络版中列举的部分唐棣属植物英文俗名

序号	中文名称	拉丁学名	英文俗名
1	桤木唐棣	*Amelanchier alnifolia*	Juneberry, Saskatoon serviceberry
2	东亚唐棣	*Amelanchier asiatica*	Asian serviceberry, Korean juneberry
3	加拿大唐棣	*Amelanchier canadensis*	Canadian serviceberry, shadblow serviceberry

续表

序号	中文名称	拉丁学名	英文俗名
4	卵叶唐棣	*Amelanchier ovalis*	snowy mespilus

综上，蔷薇科唐棣属唐棣为东亚唐棣的一个变种，其英文名称可为 serviceberry、shadbush、juneberry 或 Chinese serviceberry、Chinese shadbush、Chinese juneberry。

B-036 来 wheat

参见"C-030 麦"条。

B-011 枌 B-095 榆 elm，Siberian elm

据 GBIF 在线数据库检索，榆科榆属榆 *Ulmus pumila* L. 的英文俗名有 Chinese Elm、Dwarf Elm、Littleleaf Elm、Siberian Elm、Manchurian Elm。

根据 Britannica 在线检索，elm 泛指榆科榆属植物，木材优良耐湿，用于建造房屋、船只和家具等，其中列举的榆属植物英文俗名有：

表 6.29　Britannica 网络版中列举的部分榆属植物英文俗名

序号	中文名称	拉丁学名	英文俗名
1	美国榆	*Ulmus americana*	American elm
2	光叶榆	*Ulmus glabra*	Wych elm
3	榔榆	*Ulmus parvifolia*	Chinese elm
4	榆	*Ulmus pumila*	Siberian elm
5	英国榆	*Ulmus procera*	English elm
6	北美红榆	*Ulmus rubra*	slippery elm, red elm

综上，榆科榆属榆的英文名称可为 elm、Siberian elm。

B-007 稻 B-082 稌 rice

据 GBIF 在线数据库检索，禾本科稻属稻 *Oryza sativa* L. 的英文俗名为 Asian rice、rice、lowland rice、upland rice。

根据 Britannica 在线检索，rice 即禾本科稻属稻 *Oryza sativa* L. 的英文俗名。

综上，禾本科稻属稻的英文名称可为 rice。

四、一种名称指称一种植物（90种植物）

表6.30 一名一物的《诗经》草木名物

序号	名称	学名	科	属	种
B-001	艾	Artemisia argyi Lévl. et Van.	菊科	蒿属	艾
C-003	駁（驳）	Litsea coreana Lévl.	樟科	木姜子属	鹿皮斑木姜子
B-003	苌楚	Actinidia chinensis Planch.	猕猴桃科	猕猴桃属	猕猴桃
B-004	柽	Tamarix chinensis Lour.	柽柳科	柽柳属	柽柳
C-006	楚	Vitex negundo L.	马鞭草科	牡荆属	黄荆
B-005	樗	Ailanthus altissima（Mill.）Swingle	苦木科	臭椿属	臭椿
B-006	茨	Tribulus terrestris L.	蒺藜科	蒺藜属	蒺藜
B-008	杜	Pyrus betulaefolia Bunge.	蔷薇科	梨属	杜梨
B-009	莪	Descurainia sophia（L.）Webb ex Prantl	十字花科	播娘蒿属	播娘蒿
C-008	蘩	Artemisia sieversiana Ehrhart ex Willd.	菊科	蒿属	大籽蒿
B-010	菲	Raphanus sativus L.	十字花科	萝卜属	萝卜
B-012	葑	Brassica rapa L.	十字花科	芸薹属	芜青
B-013	芣苢	Plantago asiatica L.	车前草科	车前草属	车前
B-014	葛	Pueraria lobata（Willd.）Ohwi	豆科	葛属	葛
B-015	榖	Broussonetia papyrifera（L.）L'Hér. ex Vent.	桑科	构属	构树
C-013	莞	Schoenoplectus tabernaemontani（C. C. Gmelin）Palla	莎草科	藨草属	水葱
B-016	桧	Juniperus chinensis Linn.	柏科	圆柏属	圆柏
B-017	果臝	Trichosanthes kirilowii Maxim.	葫芦科	栝楼属	栝楼
C-014	楛	Vitex rotundifolia Linnaeus	马鞭草科	牡荆属	单叶蔓荆
C-015	检（檖、櫘）	Ulmus parvifolia Jacq.	榆科	榆属	榔榆
B-026	荠	Capsella bursa-pastoris（L.）Medic.	十字花科	荠属	荠
B-029	椒	Zanthoxylum bungeanum Maxim.	芸香科	花椒属	花椒
B-030	堇	Viola philippica Cav.	堇菜科	堇菜属	紫花地丁

续表

序号	名称	学名	科	属	种
C-021	檾	*Abutilon theophrasti* Medicus	锦葵科	苘麻属	苘麻
B-031	韭	*Allium tuberosum* Rottler ex Sprengel	石蒜科	葱属	韭
B-033	枸	*Hovenia acerba* Lindl.	鼠李科	枳椇属	枳椇
C-022	椐	*Zabelia biflora* (Turcz.) Makino	忍冬科	六道木属	六道木
C-023	卷耳	*Cerastium fontanum* subsp. *vulgare*	石竹科	卷耳属	簇生泉卷耳
B-034	蕨	*Pteridium aquilinum* var. *latiusculum* (Desv.) Underw. ex Heller	蕨科	蕨属	蕨
C-024	栲	*Euscaphis japonica* (Thunb) Dippel.	省沽油科	野鸦椿属	野鸦椿
B-035	葵	*Malva verticillata* L.	锦葵科	锦葵属	野葵
B-037	莱	*Chenopodium album* L.	藜科	藜属	藜
B-039	稂	*Pennisetum alopecuroides* (L.) Spreng.	禾本科	狼尾草属	狼尾草
B-040	蘽	*Vitis flexuosa* Thunb.	葡萄科	葡萄属	葛藟葡萄
C-027	栵	*Castanea seguinii* Dode	壳斗科	栗属	茅栗
B-041	栗	*Castanea mollissima* Bl.	壳斗科	栗属	栗
B-042	李	*Prunus salicina* Lindl.	蔷薇科	梅属	李
B-043	蔹	*Causonis japonica* (Thunb.) Raf.	葡萄科	乌蔹莓属	乌蔹莓
B-045	蓼	*Polygonum Hydropiper* L.	蓼科	蓼属	水蓼
C-028	苓	*Dioscorea bulbifera* L.	薯蓣科	薯蓣属	黄独
B-047	龙	*Polygonum orientale* L.	蓼科	蓼属	红蓼
B-048	蒌	*Artemisia selengensis* Turcz. ex Bess.	菊科	蒿属	蒌蒿
B-049	绿	*Arthraxon hispidus* (Thunb) Makino	禾本科	荩草属	荩草
B-050	麻	*Cannabis sativa* Linn.	桑科	大麻属	大麻
B-052	茆	*Brasenia schreberi* J. F. Gmel.	睡莲科	莼属	莼菜
C-035	莔	*Bolbostemma paniculatum* (Maxim.) Franquet	葫芦科	假贝母属	假贝母
C-036	木瓜	*Chaenomeles sinensis* (Thouin) Koehne	蔷薇科	木瓜属	光皮木瓜
C-037	木李	*Chaenomeles cathayensis* (Hemsl.) Schneid.	蔷薇科	木瓜属	毛叶木瓜
C-038	木桃	*Chaenomeles speciosa* (Sweet) Nakai	蔷薇科	木瓜属	皱皮木瓜

续表

序号	名称	学名	科	属	种
C-039	茑	*Taxillus caloreas* (Diels) Danser	桑寄生科	钝果寄生属	松寄生
C-040	杻	*Chionanthus retusus* Lindl. et Paxt.	木犀科	流苏树属	流苏树
C-045	蒲	*Typha orientalis* presl.	香蒲科	香蒲属	香蒲
C-046	朴	*Quercus serrata* Thunb.	壳斗科	栎属	枹栎
B-061	漆	*Rhus verniciflua* Stokes.	漆树科	漆树属	漆树
B-062	苨	*Malva cathayensis* M. G. Gilbert, Y. Tang & Dorr	锦葵科	锦葵属	锦葵
B-063	芹	*Oenanthe javanica* (Bl.) DC.	伞形科	水芹属	水芹
C-049	芩	*Dendrobium officinale* K. kimura et Migo	兰科	石斛属	铁皮石斛
B-065	茹藘	*Rubia cordifolia* L.	茜草科	茜草属	茜草
B-066	桑	*Morus alba* L.	桑科	桑属	桑
B-067	芍药	*Paeonia lactiflora* Pall.	毛茛科	芍药属	芍药
B-068	蓍	*Achillea alpina* L.	菊科	蓍属	高山蓍
B-070	枢	*Hemiptelea davidii* (Hance) Planch	榆科	刺榆属	刺榆
B-072	舜	*Hibiscus syriacus* L.	锦葵科	木槿属	木槿
B-073	松	*Pinus tabulaeformis* Carr.	松科	松属	油松
C-050	粟	*Setaria italica* var. *germanica* (Mill.) Schred.	禾本科	狗尾草属	粟
B-074	檖	*Pyrus calleryana* Dcne.	蔷薇科	梨属	豆梨
C-052	台	*Cyperus rotundus* L.	莎草科	莎草属	香附子
B-075	檀	*Pteroceltis tatarinowii* Maxim.	榆科	翼朴属	青檀
B-077	唐	*Cuscuta chinensis* Lam.	旋花科	菟丝子属	菟丝子
B-078	桃	*Prunus persica* (L.) Batsch.	蔷薇科	梅属	桃
C-056	条	*Sorbus folgneri* (Schneid.) Rehd.	蔷薇科	花楸属	石灰花楸
C-059	蓷	*Leonurus japonicus* Houtt.	唇形科	益母草属	益母草
B-083	芄兰	*Metaplexis japonica* (Thunb.) Makino	萝藦科	萝藦属	萝藦
B-084	蔚	*Artemisia japonica* Thunb.	菊科	蒿属	牡蒿
B-087	梧桐	*Firmiana simplex* (L.) W. Wight	梧桐科	梧桐属	梧桐

续表

序号	名称	学名	科	属	种
B-088	荇菜	*Nymphoides peltata*（S. G. Gmel.）Kuntze	睡菜科	莕菜属	荇菜
B-091	檿	*Morus mongolica* Schneid.	桑科	桑属	蒙桑
B-092	栲	*Castanopsis sclerophylla*（Lindl.）Schott.	壳斗科	锥属	苦槠
B-093	鷊	*Spiranthes sinensis*（Pers.）Ames	兰科	绶草属	绶草
C-064	椅	*Catalpa bungei* C. A. Mey.	紫葳科	梓属	楸
B-094	莠	*Setaria Viridis*（L.）Beanv.	禾本科	狗尾草属	狗尾草
C-065	楰	*Catalpa fargesii* Bur.	紫葳科	梓属	灰楸
B-096	蘡	*Vitis bryoniaefolia* Bunge	葡萄科	葡萄属	蘡薁
C-066	郁	*Prunus dictyoneura*（Diels）Yü	蔷薇科	李属	毛叶欧李
C-067	栵	*Quercus spinosa* David	壳斗科	栎属	刺叶高山栎
B-097	枣	*Ziziphus jujuba* Mill.	鼠李科	枣属	枣
B-098	柘	*Maclura tricuspidata* Carriere	桑科	橙桑属	柘
B-099	榛	*Corylus heterophylla* Fisch. ex Trautrv.	桦木科	榛属	榛
B-100	纻	*Boehmeria nivea*（L.）Gaud.	荨麻科	苎麻属	苎麻
B-101	梓	*Catalpa ovata* G. Don	紫葳科	梓树属	梓

B-001 艾 wormwood，mugwort，Chinese mugwort，argy wormwood

据 GBIF 在线数据库检索，菊科蒿属艾 *Artemisia argyi* Lévl. et Van. 的英文俗名为 Chinese mugwort。

根据 Britannica 在线检索，wormwood 指菊科蒿属味苦或有芳香气味的植物，其中列举了北艾 *Artemisia vulgaris* 的英文俗名为 common mugwort 或 wild wormwood。

Edible Alaska 网站的文章 *Wormwood：Its History and Use* 中则认为 wormwood 为蒿属统名，包括 tarragon（龙蒿组植物）、sagebrush（绢蒿组植物）以及 mugwort（艾组植物）等。

Medicinal and Aromatic Plants 系列丛书之 *Artemisia*（2001，Taylor & Francis）中列举了蒿属艾的英文俗名为 argy wormwood。

艾属于菊科蒿属艾组植物，综上菊科蒿属艾的英文名称可为 wormwood、

115

mugwort、Chinese mugwort、argy wormwood。参见"C-060 萧"条和"B-019 蒿"条。

C-003 駁（驳）litsea

在 GBIF 在线数据库检索中未检索到樟科木姜子属鹿皮斑木姜子 *Litsea coreana* Lévl. 的英文俗名，主要分布在中国、韩国及日本；也没有检索到木姜子属 *Litsea* Lam.，主要分布在中国、东南亚、印度、美国及大洋洲北部地区。

根据 USDA Plants Database 在线检索，列举了木姜子属相关英文俗名信息共 3 条：

表 6.31 USDA Plants Database 中收录的部分木姜子属植物英文俗名

序号	植物学名	英文俗名	汉语俗名①
1	*Litsea* Lam.	litsea	木姜子属
2	*Litsea aestivalis*（L.）Fernald	pondspice	
3	*Litsea cubeba*（Lour.）Pers.	litsea	山鸡椒

根据 GBIF 线数据库检索，*Litsea aestivalis*（L.）Fernald 仅分布于美国东海岸，其基名为 *Laurus aestivalis* L.，从标本彩色照片看与鹿皮斑木姜子差异明细。

根据中国植物志在线数据库检索，木姜子属山鸡椒 *Litsea cubeba*（Lour.）Pers. 的别名为木姜子、山苍子，其标本彩色照片显示叶片外形与鹿皮斑木姜子非常相似，树干表皮有斑秃状脱离，数量较鹿皮斑木姜子稀少。

根据 Britannica 在线检索，樟科 *Lauraceae*（英文名称 laurel family）植物主要有 6 个属：绿心樟属 *Ocotea*、木姜子属 *Litsea*、厚壳桂属 *Cryptocarya*、樟属 *Cinnamomum*、鳄梨属 *Persea*、琼楠属 *Beilschmiedia*。未列出木姜子属拉丁学名 litsea 之外的英文俗名词汇。

综上，樟科木姜子属鹿皮斑木姜子的英文名称可为 litsea。

B-003 苌楚 Kiwi，Kiwi fruit，Golden Kiwi，Chinese egg gooseberry

据 GBIF 在线数据库检索，猕猴桃科猕猴桃属猕猴桃 *Actinidia chinensis* Planch. 的英文俗名有 Chinese soft-hair kiwi、Kiwi、Gold kiwifruit。

根据 Britannica 在线检索，Kiwi 又称 kiwi fruit、Chinese gooseberry，原产中国，其中列举了猕猴桃属植物的英文俗名如下：

---

① 中文名称不是 USDA Plants Database 数据库中的检索内容，是笔者根据中文文献加注的。

表 6.32 Britannica 网络版中列举的部分猕猴桃属植物的英文俗名

序号	中文名称	拉丁学名	英文俗名
1	软枣猕猴桃	*Actinidia arguta*	Kiwiberry①
2	中华猕猴桃	*Actinidia chinensis*	Golden kiwi
3	革叶猕猴桃	*Actinidia coriacea*②	Chinese egg gooseberry
4	美味猕猴桃	*Actinidia deliciosa*③	Kiwifruit, Chinese gooseberry
5	狗枣猕猴桃	*Actinidia kolomikta*	Kolomikta kiwi④
6	黑蕊猕猴桃	*Actinidia melanandra*	red kiwi
7	葛枣猕猴桃	*Actinidia polygama*	silver vine
8	紫果猕猴桃	*Actinidia purpurea*⑤	purple kiwi

综上，猕猴桃科猕猴桃属猕猴桃之"苌楚"的英文名称可为 Kiwi、Kiwi fruit、Golden Kiwi、Chinese egg gooseberry。

B-004 柽 tamarisk, saltcedar, five-stamen tamarisk, Chinese saltcedar, tamarix

据 GBIF 在线数据库检索，柽柳科柽柳属柽柳 *Tamarix chinensis* Lour. 的英文俗名有 China tamarisk、Chinese saltcedar、Chinese tamarisk、Fivestamen tamarisk、Saltcedar、Tamarisk、tamarix。

根据 Britannica 在线检索，tamarisk 包括柽柳属 *Tamarix* 以及水柏枝属 *Myricaria*（英文称 false tamarisks）植物，其中列举的柽柳属植物的英文俗名有：

---

① R. Testolin et al. (eds.), *The Kiwifruit Genome, Compendium of Plant Genomes*. Switzerland: Springer International Publishing. 2016. P1.

② =*A. rubricaulis* var. *coriacea* (Finet and Gagnepain) C. F. Liang。R. Testolin et al. (eds.), *The Kiwifruit Genome, Compendium of Plant Genomes*. Switzerland: Springer International Publishing 2016. P28.

③ =*Actinidia chinensis* var. *deliciosa* (A. Chevalier) A. Chevalier, 硬毛猕猴桃，"植物智"（《中国植物志》）在线数据库。

④ Chesoniene L, Daubaras R, Viskelis P (2004) *Biochemical composition of berries of some kolomikta kiwi (Actinidia kolomikta) cultivars and detection of harvest maturity*. Acta Hort 663: 305-308.

⑤ =*A. arguta* var. *purpurea* (Rehder) C. F. Liang。R. Testolin et al. (eds.), *The Kiwifruit Genome, Compendium of Plant Genomes*. Switzerland: Springer International Publishing. 2016. P25.

表 6.33　Britannica 网络版中列举的部分柽柳属植物英文俗名

序号	中文名称	拉丁学名	英文俗名
1	无叶柽柳	*Tamarix aphylla*	athel tree
2	柽柳	*Tamarix chinensis*	tamarisk
3	法国柽柳	*Tamarix gallica*①	Salt cedar, French tamarisk
4	多枝柽柳	*Tamarix ramosissima*, or *T. pentandra*	

USDA Plants Database 在线数据库检索到学名中包含"*tamarix*"的英文俗名记录共 11 条，如下表：

表 6.34　USDA Plants Database 在线数据库中收录的包含"tamarix"的部分植物英文俗名

No.	Scientific Name	Common Name
1	*Tamarix* L.	tamarisk
2	*Tamarix africana* Poir.	African tamarisk
3	*Tamarix aphylla* (L.) Karst.	Athel tamarisk
4	*Tamarix aralensis* Bunge	Russian tamarisk
5	*Tamarix canariensis* Willd.	Canary Island tamarisk
6	*Tamarix chinensis* Lour.	five-stamen tamarisk
7	*Tamarix dioica* Roxb. ex Roth	tamarisk
8	*Tamarix gallica* L.	French tamarisk
9	*Tamarix parviflora* DC.	smallflower tamarisk
10	*Tamarix ramosissima* Ledeb.	saltcedar
11	*Tamarix tetragyna* C. Ehrenb.	four-stamen tamarisk

其中，柽柳科柽柳属的模式种法国柽柳 *Tamarix gallica* L. 的英文俗名为 French tamarisk；柽柳 *Tamarix chinensis* Lour. 的英文俗名为 five-stamen tamarisk；多枝柽柳 *Tamarix ramosissima* Ledeb. 的英文俗名为 saltcedar。

美国的一些学者在文献中则直接用 saltcedar 指称 *Tamarix chinensis* Lour.②，

---

① 根据 GBIF 在线数据库，*Tamarix chinensis* Lour. 的异名有 *Tamarix chinensis* Siebold & Zucc.、*Tamarix gallica* Thunb.、*Tamarix gallica* var. *chinensis* (Lour.) Ehrenb.。
② Wayne D. Shepperd. Tamarix chinensis Lour.：saltcedar or five-stamen tamarisk. *Woody Plant Seed Manual* [A]. 2008. P1087-1088.

甚至是包括了多枝柽柳 *Tamarix ramosissima* Ledeb. 和一些变种①。

综上，柽柳科柽柳属柽柳的英文名称可为 tamarisk、saltcedar、five-stamen tamarisk、Chinese saltcedar、tamarix。

C-006 楚 chaste tree, Five-leave chastetree, Five-leaved chaste, Chinese chaste tree, lilac chaste tree, wild lavender

据 GBIF 在线数据库检索，马鞭草科牡荆属黄荆 *Vitex negundo* L. 的英文俗名有 Chinese chastetree、Five-leave chastetree、Five-leaved Chaste、Chinese Chaste Tree。

根据 Britannica 在线检索，chaste tree 为马鞭草科牡荆属模式种穗花牡荆 *Vitex agnus-castus*，又称 lilac chaste tree、chaste berry、monk's pepper tree、wild lavender，其叶片为五出至七出掌状复叶。

根据《中国植物志》第65卷第1册（1982）第141页记载，黄荆为"掌状复叶，小叶5，少有3"，故其英文名称可为 Five-leave chastetree、Five-leaved Chaste。

另据 Britannica 在线检索，lilac 指丁香属 *Syringa* 或木犀科 *Oleaceae* 低矮小灌木植物，其中列举的丁香属植物英文俗名有：

表6.35 Britannica 网络版中列举的部分丁香属植物英文俗名

序号	中文名称	拉丁学名	英文俗名
1	什锦丁香	*Syringa chinensis*	Chinese lilac, Rouen lilac
2	匈牙利丁香	*Syringa josikaèa*	Hungarian lilac
3	西蜀丁香	*Syringa komarowii*	Tall nodding lilac
4	花叶丁香 波斯丁香	*Syringa persica*, SYN = *Syringa× persica* L.	Persian lilac
5	巧玲花	*Syringa pubescens*	dwarf lilac, Korean lilac, daphne lilac
6	欧丁香	*Syringa vulgaris*	common lilac

丁香的穗状花的颜色非常丰富，有深紫（deep purple）、淡紫色（lavender）、蓝色（blue）、红色（red）、粉色（pink）、白色（white）、奶黄色（pale creamy yellow）等，其中淡紫色丁香穗状花与黄荆的穗状花非常相似，花萼均为钟形，

---

① Pearce, C. M., Smith, D. G. Saltcedar: Distribution, abundance, and dispersal mechanisms, northern Montana, USA [J]. Wetlands, 2003. 215-228.

区别在于丁香顶端为 4 裂齿、黄荆为 5 裂齿，故黄荆在英文种也称 lilac chaste tree。黄荆花色淡紫，圆锥状花序外观与薰衣草也相似，故又称为 wild lavender。

综上，马鞭草科牡荆属黄荆之"楚"的英文名称可为 chaste tree、Five-leave chastetree、Five-leaved Chaste、Chinese Chaste Tree、lilac chaste tree、wild lavender。

B-005 樗 ailanthus, tree of heaven, copal tree, varnish tree

据 GBIF 在线数据库检索，苦木科臭椿属臭椿 *Ailanthus altissima*（Mill.）Swingle 的英文俗名为 China-Sumac，其基名为 *Toxicodendron altissimum* Mill.。

根据 Britannica 在线检索，sumac 为漆树科 *Anacardiaceae* 盐肤木属 *Rhus* 和漆属 *Toxicodendron*（Tourn.）Mill.① 植物，其中列举的盐肤木属植物英语俗名有：

表 6.36　Britannica 网络版中列举的部分盐肤木属植物英文俗名

序号	中文名称	拉丁学名	英文俗名
1	香盐肤木	*Rhus aromtica*	lemon sumac, fragrant sumac
2	亮叶漆树	*Rhus copallinum*	shining sumac, winged sumac, dwarf sumac
3	西西里漆树	*Rhus coriaria*	Sililian sumac
4	光叶漆	*Rhus glabra*	smooth sumac, scarlet sumac
5	火炬树	*Rhus typhina*	staghorn sumac, velvet sumac
6	毒漆	*Toxicodendron vernix*	posion sumac, poison elder

在 USDA Plants Database 在线数据库中，以"sumac"为关键字进行 Common name 检索得到 37 条记录，其中 32 条信息为盐肤木属植物，另外几条则为槽柱花科槽柱花属植物 *Brunellia comocladiifolia*、漆树科月桂漆、漆树科漆树属毒漆，却与苦木科臭椿属植物没有关联。

在 USDA Plants Database 在线数据库中，以"ailanthus"为关键字进行学名检索，苦木科臭椿属 *Ailanthus* Desf. 的英文俗名为 ailanthus，苦木科臭椿属臭椿 *Ailanthus altissima*（Mill.）Swingle 的英文俗名为 tree of heaven。

通过"Bing"检索关键词"tree of heaven"，在 The Nature Conservancy 网站

---

① 根据《中国植物志》第 45 卷第 1 册（1980）第 106 页记载，漆属是从 Rhus L. 中分出，其乳液含漆酚，有毒，人体接触易引起过敏性皮肤红肿、痒痛、丘疹，误食会引起呕吐、疲倦、瞳孔放大、昏迷等中毒症状。

文章中也显示植物 Ailanthus altissima 的英文俗名为 tree of heaven①；在 PennState Extension 网站文章"Tree-of-Heaven"中则提到 Ailanthus altissima 的英文俗名 ailanthus②。

根据 Britannica 在线检索，ailanthus 为苦木科臭椿属植物的英文俗名，tree of heaven 为苦木科臭椿属臭椿 Ailanthus altissima 的英文俗名，又称 copal tree、varnish tree。

综上，苦木科臭椿属臭椿之"樗"的英文名称可为 ailanthus、tree of heaven、copal tree、varnish tree。

B-006 茨 puncture vine, goat's head

据 GBIF 在线数据库检索，蒺藜科蒺藜属蒺藜 Tribulus terrestris L. 的英文俗名为 Mexican sandbur、puncturevine。

根据 Britannica 在线检索，sandbur 为禾本科蒺藜草属 Cenchrus 植物，又称 sandspur、buffelgrass，其中列举了禾本科蒺藜草属水牛草 Cenchrus ciliaris 的英文俗名即为 buffel grass，这与蒺藜科蒺藜属蒺藜并不同科；未检索到 puncturevine。

在 USDA Plants Database 在线数据库中，以"Tribulus terrestris"为关键字进行学名检索，显示其俗名为 puncturevine。

在 Bing 搜索引擎中对"puncturevine"进行检索，在 Washington State Noxious Weed Control Board 网站中记载了蒺藜 Tribulus terrestris L. 的英文俗名有 puncturevine、caltrop、goathead、cat's-head、devil's thorn、tackweed③，在 CAL-IPC 网站显示 Tribulus terrestris 的英文俗名为 puncture vine、goat's head。

蒺藜果实为五角形或球形，果瓣上有长短棘刺各一对，棘刺坚硬，可刺入轮胎或胶鞋底，因此命名为 puncture vine 或 goat's head。

综上，蒺藜科蒺藜属蒺藜之"茨"的英文名称可为 puncture vine 或 goat's head。

B-008 杜 pea pear, wild pea pear, birch-leaf pear

据 GBIF 在线数据库检索，蔷薇科梨属杜梨 Pyrus betulaefolia Bunge. 的英文俗名为 birch-leaf pear。

在 Britannica 中未检索到杜梨的相关信息。

---

① https://www.nature.org/en-us/about-us/where-we-work/united-states/indiana/stories-in-indiana/journey-with-nature--tree-of-heaven/

② https://extension.psu.edu/tree-of-heaven

③ https://www.nwcb.wa.gov/weeds/puncturevine

根据 The Pear Genome 一书，蔷薇科梨属杜梨 Pyrus betulaefolia Bunge. 属于野生豆梨类，英文称为 pea pear，参见"C-011 甘棠"条。

综上，蔷薇科梨属杜梨之"杜"的英文名称可为 pea pear、wild pea pear、birch-leaf pear。

B-009 葶 flixweed，herb sophia，tansymustard

据 GBIF 在线数据库检索，十字花科播娘蒿属播娘蒿 Descurainia sophia (L.) Webb ex Prantl 的英文俗名为 flaxweed tansymustard、flixweed。

在 Britannica 中未检索到相关信息。

在 USDA Plants Database 在线数据库中，以"Descurainia"为关键字进行学名检索，检索到播娘蒿属 Descurainia Webb & Bethel. 植物的英文俗名为 tansymustard，十字花科播娘蒿属播娘蒿 Descurainia sophia (L.) Webb ex Prantl 的英文俗名为 herb sophia。

根据《中国野菜资源学》记载，播娘蒿 Descurainia sophia 的英文名为 flixweed[①]。

综上，十字花科播娘蒿属播娘蒿之"葶"的英文名称可为 flixweed、herb sophia、tansymustard。

C-008 蘩 wormwood，Sieversian wormwood

据 GBIF 在线数据库检索，菊科蒿属大籽蒿 Artemisia sieversiana Ehrhart ex Willd. 的英文俗名为 Sieversian wormwood。

在 Britannica 中未检索到大籽蒿的英文俗名。

根据网络检索，联合国粮农组织（Food and Agriculture Organization of the United Nations）[②] 及美国农业部（U.S. Department of Agriculture）[③] 网站收录的报告 First Report of Sieversian Wormwood (Artemisia sieversiana) as a New Host of Dodder (Cuscuta australis) in China [2019] 中大籽蒿使用的英文俗名为 sieversian wormwood。

综上，菊科蒿属大籽蒿之"蘩"的英文名称可为 wormwood、sieversian wormwood。

B-010 菲 radish

据 GBIF 在线数据库检索，十字花科萝卜属萝卜 Raphanus sativus L. 的英文

---

① 赵培洁，尚建中主编. 中国野菜资源学 [M]. 北京：中国环境科学出版社，2006. 48.
② https://agris.fao.org/agris-search/search.do?recordID=US202000086528
③ https://pubag.nal.usda.gov/catalog/6752234

俗名为 cultivated radish、garden redish、radish、wild radish。

根据 Britannica 在线检索，radish 为十字花科萝卜属萝卜 *Raphanus sativus* 的英文俗名。

综上，十字花科萝卜属萝卜之"菲"的英文名称可为 radish。

B-012 葑 turnip

据 GBIF 在线数据库检索，十字花科芸薹属芜青 *Brassica rapa* L. 的英文俗名为 Bird's rape、birdsrape mustard、colbaga、field mustard、rape、rape mustard、turnip、turnip rape、tyfon。

根据 Britannica 在线检索，brassica 泛指十字花科芸薹属植物，其中很多物种都是重要的农业经济作物，其中列举的英文俗名有：

表 6.37 Britannica 网络版中列举的部分十字花科植物英文俗名

序号	中文名称	拉丁学名	英文俗名
1	芥菜 苦芥	*Brassica juncea*	brown mustard, Indian mustard, Chinese mustard
2	芜青甘蓝 大头菜 蔓菁甘蓝	*Brassica napus* var. *napobrassica*	rutabaga, wax turnip, swede, neep, swedish turnip
3	欧洲油菜	*Brassica napus* var. *napus*	rapeseed, rape, colza
4	黑芥	*Brassica nigra*, SYN = *Mutarda nigra* (L.) Bernh.	black mustard
5	甘蓝	*Brassica oleracea*	cabbage, wild cabbage
6	羽衣甘蓝	*Brassica oleracea* var. *acephala*	kale
7	花椰菜 白花菜	*Brassica oleracea* var. *botrytis*	cauliflower
8	甘蓝 包心菜 包菜	*Brassica oleracea* var. *capitata*	head cabbage
9	抱子甘蓝	*Brassica oleracea* var. *gemmifera*	Brussels sprouts
10	擘蓝 芥兰头	*Brassica oleracea* var. *gongylodes* Linnaeus	kohlrabi
11	西兰花 青花椰菜	*Brassica oleracea* var. *italica*	broccoli

续表

序号	中文名称	拉丁学名	英文俗名
12	芜青 蔓菁 圆根	*Brassica rapa* L., SYN = *Brassica rapa* var. *rapa*	turnip
13	油白菜 白菜型油菜	*Brassica rapa* var. *chinensis*, *Brassica chinensis* var. *oleifera* Makino et Nemoto	bok choy, Chinese cabbage
14	白菜 大白菜	*Brassica rapa* var. *pekinensis*, SYN = *Brassica pekinensis*（Lour.）Rupr., *Brassica rapa* var. *glabra* Regel	napa cabbage, celery cabbage, Chinese cabbage
15	白芥	*Sinapsis alba*	white mustard

综上，十字花科芸薹属芜青之"葑"的英文名称可为 turnip。

B-013 芣苢 largebracted plantain，plantain，psyllium

据 GBIF 在线数据库检索，车前草科车前草属车前 *Plantago asiatica* L. 的英文俗名为 Asian plantain、Asian psyllium、psyllium。

根据 Britannica 在线检索，车前草科 Plantaginaceae 车前草属 Plantago 植物的英文俗名为 plantain，其中列举的车前草属植物的英文俗名有：

表 6.38 Britannica 网络版中列举的部分车前草属植物英文俗名

序号	中文名称	拉丁学名	英文俗名
1	长叶车前	*Plantago lanceolata*	ribwort plantain
2	沿海车前	*Plantago maritima*	sea plantain, goose tongue
3	大车前	*Plantago major*	the greater plantain
4	北车前	*Plantago media*	hoary plantain

在 USDA Plants Database 在线数据库中，以"*Plantago*"为关键字进行学名检索，检索到车前草科车前草属模式种大车前 *Plantago major* L. 的英文俗名为 common plantain，车前草科车前草属车前 *Plantago asiatica* L. 的英文俗名为 largebracted plantain。

综上，车前草科车前草属车前之"芣苢"的英文名称可为 largebracted plantain、plantain、psyllium。

B-014 葛 kudzu vine, kudzu

据 GBIF 在线数据库检索，豆科葛属葛 *Pueraria lobata*（Willd.）Ohwi 的英文俗名为 kudzu vine。

根据 Britannica 在线检索，kudzu 即豆科葛属葛 *Pueraria montana* 的英文俗名，根据"植物智"在线数据库注解，*Pueraria lobata*（Willd.）Ohwi 名称已修订，正名为葛 *Pueraria montana* var. *lobata*（Willdenow）Maesen & S. M. Almeida ex Sanjappa & Predeep。

综上，豆科葛属葛的英文名称可为 kudzu vine、kudzu。

B-015 榖 paper mulberry

据 GBIF 在线数据库检索，桑科构属构树 *Broussonetia papyrifera*（L.）L'Hér. ex Vent. 的英文俗名为 paper mulberry、paper-mulberry、tapa-cloth-tree、wauke、tapa cloth tree。

根据 Britannica 在线检索，桑科构属构树的英文名称可为 paper mulberry。

C-013 莞 bulrush, softstem bulrush

据 GBIF 在线数据库检索，莎草科藨草属水葱 *Schoenoplectus tabernaemontani*（C. C. Gmelin）Palla（异名为 *Scirpus validus* Vahl）的英文俗名为 great bulrush、grey club-rush、river club-rush、soft-stem bulrush、softstem bulrush、soft-stemmed bulrush、American great bulrush。

根据 Britannica 在线检索，bulrush 指藨草属植物，尤其指沼泽水葱 *Scirpus lacustris*，其正名为 *Schoenoplectus lacustris*（Linnaeus）Palla；在英国，也可指宽叶香蒲 *Typha latifolia* 和狭叶香蒲 *Typha angustifolia*，英文俗名为 cattails。

根据 USDA Plants Database 在线数据库检索，水葱 *Schoenoplectus tabernaemontani*（C. C. Gmelin）Palla 的英文俗名为 softstem bulrush。

综上，莎草科藨草属水葱之"莞"的英文名称可为 bulrush、softstem bulrush。

B-016 桧 juniper, Chinese juniper

在 GBIF 在线数据库中未检索到柏科圆柏属圆柏 *Juniperus chinensis* Linn. 的英文俗名，检索到圆柏属 *Juniperus* L. 植物的英文俗名有 cedar、juniper、redcedar、junipers、red cedar。

根据 Britannica 在线检索，cedar 是松科雪松属植物的英文名称，其中列举的雪松属植物英文俗名有：

表 6.39　Britannica 网络版中列举的部分雪松属植物英文俗名

序号	中文名称	拉丁学名	英文俗名
1	北非雪松	*Cedrus atlantica*	Atlas cedar
2	塞浦路斯雪松	*Cedrus brevifolia*	Cyprus cedar
3	雪松	*Cedrus deodara*	deodar
4	黎巴嫩雪松	*Cedrus libani*	cedar of Lebanon

juniper 是柏科刺柏属植物的英文名称，其中列举的刺柏属植物英文俗名有：

表 6.40　Britannica 网络版中列举的部分刺柏属植物英文俗名

序号	中文名称	拉丁学名	英文俗名
1	西美圆柏	*Juniperus occidentalis*	Western juniper
2	圆柏	*Juniperus chinensis*	Chinese juniper
3	北美圆柏	*Juniperus virginiana*	Eastern red cedar
4	欧洲刺柏	*Juniperus communis*	common juniper
5	平枝圆柏	*Juniperus horizontalis*	creeping juniper
6	西班牙圆柏	*Juniperus thurifera*	Incense juniper, Spanish juniper
7	红果圆柏 腓尼基柏	*Juniperus phoenicea*	Phoenician juniper

综上，柏科圆柏属圆柏之"桧"的英文名称可为 juniper、Chinese juniper。

B-017 果蓏 trichosanthes

据 GBIF 在线数据库检索，葫芦科栝楼属栝楼 *Trichosanthes kirilowii* Maxim. 的英文俗名为 Chinese snake gourd、Chinese-cucumber。

根据 Britannica 在线检索，snake gourd 指葫芦科栝楼属蛇瓜 *Trichosanthes cucumerina*，果实细长如蛇，用作蔬菜，从形态和功用上与栝楼属栝楼 *Trichosanthes kirilowii* 差异较大，在 USDA Plants Database 在线数据库中也未查询到相应英文俗名。

综上，葫芦科栝楼属栝楼之"果蓏"的英文名称可为 trichosanthes。

C-014 椐 chastetree，roundleaf chastetree

据 GBIF 在线数据库检索，马鞭草科牡荆属单叶蔓荆 *Vitex rotundifolia* Linnaeus f. 的接受名为 *Vitex trifolia* subsp. *litoralis* Steenis，未检索到其英文俗名；检索到马鞭草科牡荆属 *Vitex* L. 植物的英文俗名为 Chaste tree、Chastetree。

根据 Britannica 在线检索，chaste tree 为马鞭草科牡荆属模式种穗花牡荆 *Vitex agnus-castus*，又称 lilac chaste tree、chaste berry、monk's pepper tree、wild lavender。

根据 USDA Plants Database 在线数据库检索，单叶蔓荆 *Vitex rotundifolia* Linnaeus f. 的英文俗名为 roundleaf chastetree。

综上，马鞭草科牡荆属单叶蔓荆之"梏"的英文名称可为 chastetree、roundleaf chastetree。

C-015 获（檴、樿）elm、Chinese elm

据 GBIF 在线数据库检索，榆科榆属榔榆 *Ulmus parvifolia* Jacq. 的英文俗名有 Chinese elm、lacebark、lacebark elm。

根据 Britannica 在线检索，榔榆 *Ulmus parvifolia* 的英文俗名为 Chinese elm，参见"B-011 枌"条、"B-095 榆"条。

综上，榆科榆属榔榆之"获（檴、樿）"的英文名称可为 elm、Chinese elm。

B-026 荠 shepherb's purse

在 GBIF 在线数据库中，未检索到十字花科荠属荠 *Capsella bursa-pastoris* (L.) Medic.①的英文俗名；检索到荠属 *Capsella* Medik. 的英文俗名为 shepherb's purses。

根据 Britannica 在线检索，shepherb's purse 即十字花科荠属荠 *Capsella bursa-pastoris* (L.) Medik. 的英文俗名，以其"扁平倒三角形或倒心状短角果"形似钱袋而得名。

综上，十字花科荠属荠之英文名称可为 shepherb's purse。

B-029 椒 prickly ash，Sichuan pepper，Chinese pepper

据 GBIF 在线数据库检索，芸香科花椒属花椒 *Zanthoxylum bungeanum* Maxim. 的英文俗名为 sichuan-pepper。

根据 Britannica 在线检索，Sichuan pepper 也作 Szechwan pepper、Sichuan peppercorn，汉语名称为花椒或蜀椒、秦椒，是五香粉（Chinese five-spice powder，其他四"香"为八角 star anise、肉桂 cinnamon、茴香 fennel、丁香 cloves）的原料之一，并非真 pepper（true pepper 是指 black pepper 即胡椒 *Piper nigrum*，和 chili peppers 即辣椒 *Capsicum*）。中国的干花椒（dried papery fruit husks）采自芸香科花椒属 *Zanthoxylum* 植物（英文名称 prickly ash）主要品种有 3 个，分别是：

---

① 据 GBIF 在线数据库，植物学名为 *Capsella bursa-pastoris* (L.) Medik.。

表 6.41　Britannica 网络版中列举的部分花椒属植物英文俗名

序号	中文名称	拉丁学名	英文俗名
1	竹叶花椒	*Zanthoxylum armatum*	green Sichuan pepper
2	花椒	*Zanthoxylum bungeanum*	red Sichuan pepper
3	野花椒	*Zanthoxylum simulans*	Chinese pepper

其中花椒和野花椒的成熟果壳干燥后为红色，竹叶花椒的果壳为绿色，俗称青花椒，与花椒以示区别。在日本，花椒的植物学名也作 *Zanthoxylum piperitum*，为 Zanthoxylum bungeanum Maxim. 的异名，当地称为 *sansho*，英文中称 Japanese prickly ash、Japanese pepper；在韩国的种植品种有花椒 *Zanthoxylum piperitum* 和青花椒 Z. schinifolium，当地称为 chopi；在印度，主要种植的品种为竹叶花椒 *Zanthoxylum armatum* 和北州花椒 *Zanthoxylum rhetsa*（英文名称为 rhetsa-tree，jummina，rhestsa，kaitana①）。

综上，芸香科花椒属花椒之"椒"的英文名称可为 prickly ash、Sichuan pepper、Chinese pepper。

B-030 堇 viola，violet，China violet

在 GBIF 在线数据库中未检索到堇菜科堇菜属紫花地丁 *Viola philippica* Cav. 的英文俗名；检索到堇菜属 *Viola* L. 植物的英文俗名为 violet。

根据 Britannica 在线检索，堇菜科堇菜属 *Viola* 植物的英文表述可为 violet 和 pansy，其中 pansy 主要用于人工培植品种，可分为单色/纯色（小花）类（small solid-coloured violets/ pansies）、多色（大花）类（large multicoloured violas/ pansies），其中列举的英文俗名有：

表 6.42　Britannica 网络版中列举的部分堇菜属植物英文俗名

序号	中文名称	拉丁学名	英文俗名
1	角堇	*Viola cornuta*	tufted pansy，horned viola
2	香堇菜	*Viola odorata*	sweet violet
3	鸟足叶堇菜	*Viola pedata*	bird's-foot violet
4	里文堇菜	*Viola riviniana*	wood violet，dog violet

---

① 杨家驹，段新芳，卢鸿俊等编著. 世界商品木材拉汉英名称 [M]. 北京：中国林业出版社，2000. 248.

续表

序号	中文名称	拉丁学名	英文俗名
5	习见蓝堇菜	*Viola sororia*	common blue violet, meadow violet
6	三色堇	*Viola tricolor*	wild pansy, Johnny-jump-up, heartsease, love-in-idleness

在 USDA Plants Database 在线数据库中，以"*Viola*"为关键字进行学名检索，检索到 188 条有英文俗名的记录，其中未包含 *Viola philippica* Cav.（紫花地丁）学名，但其中的 *Viola patrinii* DC. 收录在 GBIF 数据库中 *Viola philippica* Cav. 中异名列表中，对应的英文俗名为 China violet。

综上，堇菜科堇菜属紫花地丁之"堇"的英文名称可为 viola、violet、China violet。

C-021 檾 abutilon, China jute, velvetleaf, Indian mallow

据 GBIF 在线数据库检索，锦葵科苘麻属苘麻 *Abutilon theophrasti* Medicus 的英文俗名为 abutilon-hemp、American-jute、butterprint、buttonweed、China jute。

根据 Britannica 在线检索，abutilon 为锦葵科苘麻属植物，其中列举的该属植物英文俗名有：

表 6.43 Britannica 网络版中列举的部分苘麻属植物英文俗名

序号	中文名称	拉丁学名	英文俗名
1	红萼苘麻	*Abutilon megapotamicum*	trailing abutilon
2	金铃花 显脉苘麻	*Abutilon pictum*	redvein flowering maple
3	苘麻	*Abutilon theophrasti*	China jute, velvetleaf, Indian mallow
4	观赏苘麻 美丽苘麻	*Abutilon* ×*hybridum*	Chinese lantern, flowering maple

hemp 即 industrial hemp，指工业用火麻 *Cannabis sativa* subsp. *sativa*，汉语也称线麻、汉麻，主要利用其韧皮纤维，种子可榨油食用。其在外部形态上与提炼大麻（marijuana）毒品和大麻制剂（hashish）麻药的印度大麻 *Cannabis sativa* subsp. *indica* 相似，但前者植株相对较高而细长，节间中空，后者植株较小，节间实心。另有一些以利用植物纤维为主的非苘麻属植物在英语中也称为 hemp，英文俗名如下：

表6.44　Britannica 网络版中列举的部分利用植物纤维的非苘麻属植物英文俗名

序号	中文名称	拉丁学名	英文俗名
1	大麻叶罗布麻	*Apocynum cannabinum*	Indian hemp
2	缝线麻 毛里求斯麻	*Furcraea foetida*	Mauritius hemp
3	菽麻 印度麻	*Crotalaria juncea*	sunn hemp

jute 为锦葵科黄麻属 *Corchorus* 植物的英文名称，又称 allyott，包括长蒴黄麻 *Corchorus olitorius* 和黄麻 *Corchorus capsularis*（也称 white jute），主要用于编织麻袋（burlap）等。

综上，锦葵科苘麻属苘麻之"檾"的英文名称可为 abutilon、China jute、velvetleaf、Indian mallow。

B-031 韭 allium，Chinese chives

据 GBIF 在线数据库检索，石蒜科葱属韭 *Allium tuberosum* Rottler ex Sprengel 的英文俗名有 Chinese chives、Chinese leek、garlic chives、oriental garlic。

根据 Britannica 在线检索，allium 为石蒜科葱属 *Allium* 植物统称，列举的葱属植物英文俗名有：

表6.45　Britannica 网络版中列举的部分葱属植物英文俗名

序号	中文名称	拉丁学名	英文俗名
1	韭葱	*Allium ampeloprasum* var. *porrum*	leek
2	洋葱	*Allium cepa*	onion
3	火葱胡葱	*Allium cepa* var. *aggregatum*	shallot
4	薤头	*Allium chinense*	Chinese onion, green onion
5	葱	*Allium fistulosum*	Welsh onion. green onion
6	蒜	*Allium sativum*	garlic
7	北葱	*Allium schoenoprasum*	chive
8	鸦蒜	*Allium vineale*	wild garlic

在 Britannica 在线检索中未提供韭的英文俗名。

在 USDA Plants Database 数据库中检索到葱属韭的 *Allium tuberosum* Rottler ex

Sprengel 的英文俗名为 Chinese chives，专业文献中使用的也是这一名称①。

综上，石蒜科葱属韭的英文名称可为 allium、Chinese chives。

B-033 枸 raisin tree，honey tree

在 GBIF 在线数据库中未检索到鼠李科枳椇属枳椇 *Hovenia acerba* Lindl. 及鼠李科枳椇属 *Hovenia* Thunb. 植物的英文俗名。

在 USDA Plants Database 数据库中检索到鼠李科枳椇属 *Hovenia* Thunb. 和枳椇属北枳椇 *Hovenia dulcis* Thunb. 的英文俗名分别为 hovenia 和 Japanese raisin-tree。

根据 Britannica 在线检索，raisin tree 又称 honey tree、Japanese raisin tree，为鼠李科枳椇属北枳椇 *Hovenia dulcis* Thunb.。

根据《中国植物志》第 48 卷第 1 册（1982）第 89 页记载，鼠李科枳椇属有 3 个种 2 个变种，即枳椇 *Hovenia acerba* Lindl.、俅江枳椇（变种）*Hovenia acerba* Lindl. var. *kiukiangensis*、北枳椇 *Hovenia dulcis* Thunb.、毛果枳椇 *Hovenia trichocarpa* Chun et Tsiang、光叶毛果枳椇（变种）*Hovenia trichocarpa* Chun et Tsiang var. *robusta*，我国除东北、内蒙古、新疆、宁夏、青海和台湾外，各省区均有分布，其模式种为北枳椇，故鼠李科枳椇属枳椇之"枸"的英文名称可为 raisin tree、honey tree。

C-022 椐 abelia

据 GBIF 在线数据库中未检索到忍冬科六道木属六道木 *Zabelia biflora* (Turcz.) Makino 及忍冬科六道木属 *Zabelia* (Rehder) Makino 植物的英文俗名。六道木基名为 *Abelia biflora* Turcz.，该植物主要分布在中国、朝鲜。

在 USDA Plants Database 数据库中也未检索到相关英文俗名。

在《中国植物志》第 72 卷第 116 页中记载的六道木属名为 *Abelia* R. Br.，在分种检索表中分为六道木组 Sect. *Abelia* 和管花六道木组 Sect. *Zabelia* Rehd.，前者枝节不膨大，后者枝节膨大。管花六道木组包括 3 种，醉鱼草状六道木、六道木、南方六道木。

根据 Britannica 在线检索，在"*Caprifoliaceae*（忍冬科）"条中介绍了糯米条属 *Abelia* R. Br. 有 30 种，原产东亚和墨西哥，其中列举了墨西哥糯米条 *Abelia floribunda* 和大花糯米条 *Abelia × grandiflora*，英文俗名分别为 Mecican abelia、glossy abelia。在网络中对六道木属名 *Zabelia* 进行检索，所显示的英文俗名均包含 abelia，故忍冬科六道木属六道木之"椐"的英文名称可为 abelia。

---

① Brewster, James L. Onions and Other Vegetable Alliums. Wallingford, UK：CABI, 2008. P5.

C-023 卷耳 mouse-ear chickweed

据 GBIF 在线数据库检索，石竹科卷耳属簇生泉卷耳 *Cerastium fontanum* subsp. *vulgare* 的英文俗名为 common chickweed、common mouse-ear、common mouse-ear chickweed、mouse-ear chickweed。

根据 Britannica 在线检索，chickweed 指石竹科繁缕属繁缕 *Stellaria media* 和石竹科卷耳属喜泉卷耳 *Cerastium fontanum*，前者英文俗名为 common chickweed、stitchwort，后者为 mouse-ear chickweed。

综上，石竹科卷耳属簇生泉卷耳之"卷耳"的英文名称可为 mouse-ear chickweed。

B-034 蕨 fern, eagle fern, bracken, brackenfern, brake

据 GBIF 在线数据库检索，蕨科蕨属蕨 *Pteridium aquilinum* var. *latiusculum* (Desv.) Underw. ex Heller 的英文俗名为 eagle fern。

根据 Britannica 在线检索，fern 指水龙骨纲（真蕨纲）*Polypodiopsida* 植物，这一类植物也称为隐花植物（nonflowering plant），具有根、茎、复叶的草本维管束植物（herbaceous vascular plants），通过孢子（spore）繁殖，主要分布在热带和温带，多喜荫及潮湿环境，已知的蕨类植物约 10500 种，预计有 15000 种左右。其中列举的科以上分类群的英文俗名如下：

表 6.46　Britannica 网络版中列举的蕨科以上部分分类群英文俗名

序号	中文名称	拉丁学名	英文名称
1	水龙骨纲	*POLYPODIOPSIDA*	ferns
2	薄囊蕨亚纲	*Polypodiidae*	leptosporangiate ferns
3	松叶蕨目	*Psilotales*	whisk ferns
4	木贼目	*Equisetales*	horsetails
5	观音座莲目	*Marattiales*	giant ferns
6	桫椤目	*Cyatheales*	tree ferns

列举的蕨类植物科名的英文俗名如下：

表 6.47　Britannica 网络版中列举的部分蕨类植物科名英文俗名

序号	中文名称	拉丁学名	英文俗名
1	蹄盖蕨科	*Athyriaceae*	lady ferns
2	乌毛蕨科	*Blechnaceae*	chain ferns

续表

序号	中文名称	拉丁学名	英文俗名
3	桫椤科	*Cyatheaceae*	tree ferns
4	骨碎补科	*Davalliaceae*	rabbit's-foot fern
5	姬蕨科	*Dennstaedtiaceae*	cup ferns, bracken
6	蚌壳蕨科	*Dicksoniaceae*	hairy tree ferns
7	双扇蕨科	*Dipteridaceae*	umbrella ferns
8	里白科	*Gleicheniaceae*	forking ferns
9	膜蕨科	*Hymenophyllaceae*	filmy ferns
10	陵齿蕨科	*Lindsaeaceae*	lace ferns
11	苹科	*Marsileaceae*	clover ferns
12	瓶尔小草科	*Ophioglossaceae*	adder's tongue, grape ferns, moonworts
13	紫萁科	*Osmundaceae*	royal ferns
14	水龙骨科	*Polypodiaceae*	polypodies
15	槐叶苹科	*Salviniaceae*	floating ferns, water spangles

列举的蕨类植物属名的英文俗名如下：

表 6.48　Britannica 网络版中列举的部分蕨类植物属名英文俗名

序号	中文名称	拉丁学名	英文俗名
1	桫椤属	*Alsophila*	tree ferns
2	观音座莲属	*Angiopteris*	elephant fern
3	古蕨属	*Archaeopteris*	primitive fern
4	铁角蕨属	*Asplenium*	spleenworts
5	满江红属	*Azolla*	mosquito fern
6	带蕨属	*Campyloneurum*	strap fern
7	水蕨属	*Ceratopteris*	water ferns
8	碎米蕨属	*Cheilanthes*	lip fern
9	番桫椤属	*Cyathea*	tree ferns
10	槲蕨属	*Drynaria*	oak-leaf fern
11	鳞毛蕨属	*Dryopteris*	log fern, wood ferns

续表

序号	中文名称	拉丁学名	英文俗名
12	舌蕨属	*Elaphoglossum*	tongue fern
13	瓦韦属	*Lepisorus*	scaly polypodies
14	海金沙属	*Lygodium*	climbing ferns
15	苹属	*Marsilea*	waterclover
16	荚果蕨属	*Matteuccia*	ostrich fern
17	小蛇蕨属	*Microgramma*	vine fern
18	肾蕨属	*Nephrolepis*	sword ferns
19	紫萁属	*Osmunda*	royal fern
20	旱蕨属	*Pellaea*	cliff brake
21	金水龙骨属	*Phlebodium*	hare's foot fern
22	丝蘋属	*Pilularia*	pillwort
23	鹿角蕨属	*Platycerium*	staghorn fern
24	多盾蕨属	*Pleopeltis*	scaly polypodies
25	水龙骨属	*Polypodium*	polypody
26	耳蕨属	*Polystichum*	shield fern, holly ferns
27	原始蕨属	*Protopteridium*	first fern
28	蕨属	*Pteridium*	bracken
29	石韦属	*Pyrrosia*	felt fern
30	白桫椤属	*Sphaeropteris*	tree ferns
31	沼泽蕨属	*Thelypteris*	marsh ferns
32	瓶蕨属	*Trichomanes*	Filmy fern

列举的蕨类植物种名的英文俗名如下：

表 6.49 Britannica 网络版中列举的部分蕨类植物种名英文俗名

序号	中文名称	拉丁学名	英文名称
1	阿留申铁线蕨	*Adiantum aleuticum*	Aleutian maidenhair fern
2	毛叶铁线蕨	*Adiantum hispidulum*	rosy maidenhair
3	掌叶铁线蕨	*Adiantum pedatum*	common maidenhair fern

续表

序号	中文名称	拉丁学名	英文名称
4	叉叶铁角蕨	*Asplenium septentrionale*	forked spleenwort
5	全缘贯众	*Cyrtomium falcatum*	Japanese holly fern
6	阔基鳞毛蕨	*Dryopteris dilatata*	Shield fern, broad buckler fern
7	海金沙	*Lygodium japonicum*	climbing ferns
8	狭叶海金沙	*Lygodium microphyllum*	climbing ferns
9	粉叶蕨	*Pityrogramma calomelanos*	silver fern
10	欧洲蕨	*Pteridium aquilinum*	bracken fern
11	欧洲凤尾蕨	*Pteris cretica*	Cretan brake
12	蜈蚣凤尾蕨	*Pteris vittata*	ladder brake
13	美洲槐叶萍	*Salvinia auriculata*	water spangles

从 Britannica 提供的英文俗名来看，欧洲蕨 *Pteridium aquilinum* 与蕨科蕨属蕨 *Pteridium aquilinum* var. *latiusculum*（Desv.）Underw. ex Heller 为种和变种的关系，可以共用其英文俗名 bracken fern。

通过网络对"*Pteridium aquilinum*"进行检索，Missouri Department of Conservation 收录的英文俗名有 bracken、bracken fern、brake、brackenfern、eagle fern[①]；North Carolina Extension Gardener Plant Toolbox 收录的英文俗名有 eagle fern、adelaarsvaring、bracken、bracken fern、brake、brackenfern、Hog-Pasture Bracken、Pasture Bracken、Tailed Bracken Fern、Umbewe、Umhlashoshana[②]。

综上，蕨科蕨属蕨的英文名称可为 fern、eagle fern、bracken、brackenfern、brake。

C-024 栲 bladdernut、Korean sweetheart tree

根据 GBIF 在线数据库检索，省沽油科野鸦椿属野鸦椿 *Euscaphis japonica*（Thunb）Dippel. 的接受名为 *Staphylea japonica*（Thunb.）Mabb.，其基名为 *Sambucus japonica* Thunb.，未检索到其英文俗名；检索到省沽油科省沽油属 *Staphylea* L. 的英文俗名为 bladdernut；省沽油科接骨木属 *Sambucus* L. 的英文俗名为 elder、elderberry、elders。

根据 Britannica 在线检索，elderberry 为五福花科接骨木属 *Sambucus* 植物的

---

① https://education.mdc.mo.gov/discover-nature/field-guide/bracken
② https://plants.ces.ncsu.edu/plants/pteridium-aquilinum/common-name/eagle-fern/

统称，也称 elder；bladdernut 为省沽油科省沽油属 *Staphylea* 植物的统称；在"*Crossosomatales*（缨子木目）"条中，提到省沽油科 *Staphyleaceae*，专门列举了野鸦椿属 *Euscaphis* 中的野鸦椿 *Euscaphis japonica* 的英文俗名为 Korean sweetheart tree。据 Gardening Know How 网站介绍，英文名称以其特别的红色心形蓇葖果而得名①。

综上，省沽油科野鸦椿属野鸦椿之"栲"的英文名称可为 bladdernut、Korean sweetheart tree。

B-035 葵 mallow, cheeseweed mallow

据 GBIF 在线数据库检索，锦葵科锦葵属野葵 *Malva verticillata* L. 的英文俗名有 Chinese mallow、cluster mallow、clustered mallow、curled mallow、whorled mallow、curled cheeseweed。

根据 Britannica 在线检索，mallow 为锦葵科 *Malvaceae* 植物的通称，主要指称木槿属 *Hibiscus* 和锦葵属 *Malva* 植物，其中列举的英文俗名有：

表6.50　Britannica 网络版中列举的部分锦葵属植物英文俗名

序号	中文名称	拉丁学名	英文俗名
1	苘麻	*Abutilon theophrasti*	Indian mallow, velvetleaf
2	药用蜀葵	*Althea officinalis*	marsh mallow
3	罂粟葵	*Callirhoe involucrata*	poppy mallow
4	长蒴黄麻	*Corchorus olitorius*	Jew's mallow, Tossa jute
5	黄葵	*Hibiscus abelmoschus*, *Abelmoschus moschatus*	musk mallow
6	咖啡秋葵，黄秋葵，秋葵	*Hibiscus esculentus*, *Abelmoschus esculentus*	okra
7	大花秋葵	*Hibiscus grandiflorus*	great rose mallow
8		*Hibiscus militaris*	soldier rose mallow
9	芙蓉葵	*Hibiscus moscheutos*	common rose mallow, swamp rose mallow
10	花葵	*Lavatera arborea*, *Malva arborea*	tree mallow

---

① https：//www.gardeningknowhow.com/ornamental/shrubs/euscaphis/growing-euscaphis-japonica.htm

续表

序号	中文名称	拉丁学名	英文俗名
11	柔木葵属植物	*Malacothamnus*	Chaparral mallows
12	野葵	*Malva parviflora*, *Malva verticillata*	cheeseweed mallow
13	麝香锦葵	*Malva moschata*	musk mallow
14	锦葵	*Malva sylvestris*, *Malva cathayensis*	high mallow
15	悬铃花	*Malvaviscus arboreus*, *Hibiscus coccineus*	wax mallow
16	刺果锦葵	*Modiola caroliniana*	Carolina mallow
17	球葵属植物	*Sphaeralcea*	globe mallows, false mallows
18		*Sphaeralcea coccinea*	prairie mallow, red false mallow, scarlet globe mallow
19		*Sphaeralcea philippiana*	trailing mallow

综上，锦葵科锦葵属野葵之"葵"的英文名称可为 mallow、cheeseweed mallow。

B-037 莱 pigweed、goosefoot、lamb's quarters

据 GBIF 在线数据库检索，藜科藜属藜 *Chenopodium album* L. 的英文俗名为 common lambsquarters、fat-hen、giant fat-hen、lamb's-quarters、lambs quarters、lambsquarters、lambsquarters goosefoot。

根据 Britannica 在线检索，pigweed 指苋科 Amaranthaceae 植物，其中列举的苋属 *Amaranthus* 和藜属 *Chenopodium* 植物的英文俗名有：

表 6.51　Britannica 网络版中列举的部分苋属植物英文俗名

序号	中文名称	拉丁学名	英文俗名
1	拟腋花苋	*Amaranthus graecizans*	prostrate pigweed, mat amaranth
2	刺苋	*Amaranthus spinosus*	spiny pigweed, spiny amaranth
3	反枝苋	*Amaranthus retroflexus*	rough pigweed, redroot
4	藜	*Chenopodium album*	Pigweed, lamb's quarters

goosefoot 指苋科藜属 *Chenopodium* 植物，耐盐碱，在世界范围内广泛分布，因其叶片似鹅脚蹼而得名。其中列举了藜（英文俗名同上表，略）和藜麦 *Chenopodium quinoa* 的英文俗名为 quinoa；lamb's quarters 为藜 *Chenopodium album* 的英文俗名，又称 pigweed。

综上，藜科藜属藜之"莱"的英文名称可为 pigweed、goosefoot、lamb's quarters。

B-039 稂 feathertop，sandbur，sandspur

据 GBIF 在线数据库检索，禾本科狼尾草属狼尾草 *Pennisetum alopecuroides* (L.) Spreng. 的接受名为 *Cenchrus alopecuroides* (L.) Thunb.，基名为 *Panicum alopecuroides* L.，其英文俗名有 Chinese fountain grass、Chinese fountaingrass、foxtail fountain grass、swamp foxtail grass、swamp-foxtail。

根据 Britannica 在线检索，foxtail 指禾本科看麦娘属 *Alopecurus* 和狗尾草属 *Setaria* 植物；sandbur 指蒺藜草属 *Cenchrus* 植物，也称 sandspur、buffelgrass；*pennisetum* 为狼尾草属植物的学名，其中以粮食作物为代表的有御谷 *Pennisetum glaucum*，英文俗名为 pearl millet，以装饰用植物为代表的有绒毛狼尾草 *Cenchrus longisetus*（异名：*Pennisetum villosum*），英文俗名为 feathertop。

根据 GBIF 数据库中禾本科狼尾草属狼尾草的植物学名接受名的变化，可以看出其所属分类群经历了从开始的黍属 *Panicum* 到狼尾草属 *Pennisetum* 再到蒺藜草属 *Cenchrus* 的变化，归属与黍属体现了其于黍类粮食作物的进化关系，归属于狼尾草属则体现了与狗尾草属植物在刚毛长度上的差异，归属于蒺藜草属则体现了其刺苞的典型特征。根据《中国植物志》在线数据库的植物图片比对，可以看出狼尾草刚毛较长，色彩鲜艳，与羽毛外观相似，因此其英文名称取 feathertop 是比较合适的。

综上，禾本科狼尾草属狼尾草之"稂"的英文名称可为 feathertop、sandbur、sandspur。

B-040 蘡 grape

据 GBIF 在线数据库检索，葡萄科葡萄属葛藟葡萄 *Vitis flexuosa* Thunb. 的英文俗名有 creeping grape。

根据 Britannica 在线检索，grape 指葡萄科葡萄属植物。

综上，葡萄科葡萄属葛藟葡萄之"蘡"的英文名称可为 grape。

C-027 栵 chestnut，Seguin's chestnut

在 GBIF 在线数据库中未检索到壳斗科栗属茅栗 *Castanea seguinii* Dode 的英文俗名；检索到壳斗科栗属 *Castanea* Mill. 的英文俗名为 chestnut。

根据 Britannica 在线检索，chestnut 指壳斗科栗属 Castanea 植物，其中介绍了以 chestnut 命名但不属于栗属的植物有：

表 6.52　Britannica 网络版中列举的部分英文俗名中包含"chestnut"的非栗属植物

序号	中文名称	拉丁学名	英文俗名
1	丽芸木	Calodendrum capense	cape chestnut
2	七叶树属	Aesculus L.	horse chestnut, buckeye
3	栗豆树	Castanospermum australe	Moreton Bay chestnut
4	桃果榈	Bactris gasipaes	palm chestnut
5	菱	Trapa L.	water chestnuts

其中列举的栗属植物的英文俗名有：

表 6.53　Britannica 网络版中列举的部分栗属植物英文俗名

序号	中文名称	拉丁学名	英文俗名
1	日本栗	Castanea crenata	Japanese chestnut
2	美国栗	Castanea dentata	American chestnut
3	锥栗	Castanea henryi	Henry chinquapin
4	栗	Castanea mollissima	Chinese chestnut
5	欧洲栗	Castanea sativa	European chestnut
6	茅栗	Castanea seguinii	Seguin's chestnut

综上，壳斗科栗属茅栗之"栵"的英文名称可为 chestnut、Seguin's chestnut。

B-041 栗 chestnut, Chinese chestnut

参见"C-027 栵"条。

B-042 李 plum

参见"C-031 梅[1]"条。

B-043 蔹 causonis

在 GBIF 在线数据库中未检索到葡萄科乌蔹莓属乌蔹莓 Causonis japonica (Thunb.) Raf. 和葡萄科乌蔹莓属 Causonis Raf. 的英文俗名，检索到其基名为 Vitis japonica Thunb.。

在 USDA Plants Database 在线数据库和 Britannica 在线检索中均未检索到相

关英文俗名信息。

综上，葡萄科乌蔹莓属乌蔹莓之"蔹"的英文名称可借用其属名拉丁学名 *causonis*。

B-045 蓼 knotweed, *marshpepper knotweed*

据 GBIF 在线数据库检索，蓼科蓼属水蓼 *Polygonum Hydropiper* L. 的英文俗名有 Marshpepper Knotweed。经过在 USDA Plants Database 在线数据库中查询，所得英文俗名与 GBIF 数据库相同。

综上，蓼科蓼属水蓼之"蓼"的英文名称可为 knotweed、marshpepper knotweed，参见"C-058 荼^2"条。

C-028 蓣 yam, air-patato yam

据 GBIF 在线数据库检索，薯蓣科薯蓣属黄独 *Dioscorea bulbifera* L. 的英文俗名有 air yam、aerial yam、air potato、air‐potato、bitter yam、cheeky yam、potato yam。

根据 Britannica 在线检索，yam 为薯蓣科薯蓣属 *Dioscorea* 植物，其中列举的薯蓣属植物的英文俗名如下：

表 6.54　Britannica 网络版中列举的部分薯蓣属植物英文俗名

序号	中文名称	拉丁学名	英文俗名
1	参薯	*Dioscorea alata*	winged yams, water yams
2	黄独	*Dioscorea bulbifera*	air-potato yam
3	卡宴薯蓣	*Dioscorea cayenensis*	yellow Guinea yam
4	甘薯	*Dioscorea esculenta*	Lesser yam
5	薯蓣，淮山	*Dioscorea polystachya*	Chinese yam
6	白薯蓣	*Dioscorea rotundata*	Guinea yam
7	三裂叶山药	*Dioscorea trifida*	Indian yam
8	番薯	*Ipomoea batatas*	sweet potato

综上，薯蓣科薯蓣属黄独之"蓣"的英文名称可为 yam、air-patato yam。

B-047 龙 Kiss-Me-Over-The-Garden-Gate, Kiss Me Over The Garden Gate, smartweed, knotweed

据 GBIF 在线数据库检索，蓼科蓼属红蓼 *Polygonum orientale* L. 的接受名为 *Persicaria orientalis*（L.）Spach，其英文俗名有 Kiss Me Over The Garden Gate、Kiss-Me-Over-The-Garden-Gate、Prince'S-Feather、Princess-Feather、Oriental

<<< 第六章 《诗经》草木名物的英语命名

Smartweed、Prince'S Plume、Prince'S-Plume Knotweed。

在 Britannica 中在线检索，未检索到相关俗名信息。

经过在 USDA Plants Database 在线数据库中查询，其英文俗名有 Kiss Me Over The Garden Gate。

综上，蓼科蓼属红蓼之"龙"的英文名称可为 Kiss Me Over The Garden Gate、Kiss-Me-Over-The-Garden-Gate、smartweed、knotweed，参见"C-058 荼²"条。

B-048 蒌 wormwood, mugwort, wild wormwood

在 GBIF 在线数据库中未检索到菊科蒿属蒌蒿 *Artemisia selengensis* Turcz. ex Bess. 的英文俗名，检索到其异名有 *Artemisia vulgaris* f. *serratifolia*（Regel）Kom. 等。

在 USDA Plants Database 在线数据库中查询，其列在学名 *Artemisia vulgaris* L. 之下，英文俗名有 common wormwood。

根据《中国植物志》第 76 卷第 2 册（1991），第 144 页记载蒌蒿为蒿属艾组植物，与北艾 *Artemisia vulgaris* 同组，故菊科蒿属蒌蒿之"蒌"的英文名称可为 wormwood、mugwort、wild wormwood。参见"B-001 艾""C-060 萧"条。

B-049 绿 jointhead grass, small carpgrass、small carpet grass

据 GBIF 在线数据库检索，禾本科荩草属荩草 *Arthraxon hispidus*（Thunb）Makino 的英文俗名有 small carpgrass、jointhead、small carpet grass。

根据 Britannica 在线检索，carpet grass 为禾本科地毯草属类地毯草 *Axonopus fissifolius*。经过 GBIF 及植物智在线数据库中的植物标本图片比较，在植物形态上与禾本科荩草属荩草 *Arthraxon hispidus* 差异较大，其俗名可能是参照了荩草的基名 Phalaris hispida Thunb. 所在的虉草属 *Phalaris* L. 植物形态。但 small carpet grass 作为 *Arthraxon hispidus*（Thunb）Makino 的英文俗名使用在美国的很多政府①及教育研究机构②③的官方网站中使用，同时使用的还有 hairy joint grass、small carp grass、jointhead grass 等。

综上，禾本科荩草属荩草之"绿"的英文名称可为 jointhead grass、small carpgrass、small carpet grass。

---

① https：//invasive-species.extension.org/arthraxon-hispidus-small-carpgrass/
② https：//www.tnipc.org/invasive-plants/plant-details/? id=127
③ https：//plants.ces.ncsu.edu/plants/arthraxon-hispidus/

141

B-050 麻 hemp

参见"C-021 枲"条。

B-052 茆 water shield

据 GBIF 在线数据库检索，睡莲科莼属莼菜 *Brasenia schreberi* J. F. Gmel. 的英文俗名有 Schreber's watershield、water-shield、water-target、watershield、purple wendock、watertarget。

根据 Britannica 在线检索，water shield 为睡莲科莼属莼菜 *Brasenia schreberi* 的英文俗名，叶片呈椭圆形，浮于水面；此外，还可指同科的水盾草属 *Cabomba* Aubl. 植物，又称 fanwort，为蔓生沉水植物，叶对生，圆扇形，掌状分裂，盾状着生。

综上，睡莲科莼属莼菜之"茆"的英文名称可为 water shield。

C-035 蘦 *actinostemma*

据 GBIF 在线数据库检索，葫芦科假贝母属假贝母 *Bolbostemma paniculatum* (Maxim.) Franquet 的接受名为 *Actinostemma paniculatum* (Maxim.) Maxim. ex Cogn.，基名为 *Mitrosicyos paniculatus* Maxim.，未检索到英文俗名。

在 USDA Plants Database 在线数据库及 Britannica 在线检索中均未检索到相关英文俗名信息。

综上，葫芦科假贝母属假贝母之"蘦"的英文名称可借用其属名拉丁名称 *actinostemma*。

C-036 木瓜 Chinese quince

据 GBIF 在线数据库检索，蔷薇科木瓜属（光皮）木瓜 *Chaenomeles sinensis* (Thouin) Koehne 的接受名为 *Pseudocydonia sinensis* (Thouin) C. K. Schneid.，英文俗名为 Chinese-quince。

根据 Britannica 在线检索，quince 为蔷薇科榅桲属榅桲 *Cydonia oblonga*，果实外形与梨相似，汉语中又称为"木梨"；flowering quince 为蔷薇科木瓜海棠属 *Chaenomeles* 植物，与榅桲 *Cydonia oblonga*（即 traditional quince）和木瓜属 *Pseudocydonia*（即 Chinese quince）植物有近缘关系，其中列举到相关植物的英文俗名如下：

表 6.55 Britannica 网络版中列举的部分榅桲属和木瓜属相近植物英文俗名

序号	中文名称	拉丁学名	英文俗名
1	木瓜海棠	*Chaenomeles*	flowering quince
2	日本木瓜	*Chaenomeles japonica*	Japanese quince

续表

序号	中文名称	拉丁学名	英文俗名
3	毛叶木瓜	*Chaenomeles cathayensis*	Chinese flowering quince
4	皱皮木瓜	*Chaenomeles speciosa*	common flowering quince
5	榅桲	*Cydonia oblonga*	quince
6	木瓜	*Pseudocydonia*, *Pseudocydonia sinensis*, *Chaenomeles sinensis*	Chinese quince

综上，蔷薇科木瓜属（光皮）木瓜之"木瓜"英文名称可为 Chinese quince。

C-037 木李 Chinese flowering quince

木李即蔷薇科木瓜属毛叶木瓜 *Chaenomeles cathayensis*（Hemsl.）Schneid.。参见"C-036 木瓜"条。

C-038 木桃 common flowering quince

木桃即蔷薇科木瓜属皱皮木瓜 *Chaenomeles speciosa*（Sweet）Nakai。参见"C-036 木瓜"条。

C-039 茑 *Taxillus*

据 GBIF 在线数据库检索，桑寄生科钝果寄生属松寄生 *Taxillus caloreas*（Diels）Danser 的基名为 *Loranthus caloreas* Diels，未检索到其英文俗名。

在 USDA Plants Database 和 Britannica 在线检索也无相关英文俗名信息。

据《当代药用植物》记载桑寄生科植物钝果寄生属桑寄生（广寄生）*Taxillus chinensis*（DC.）Danser 的英文俗名为 Chinese Taxillus[①]，即是借用了钝果寄生属名拉丁学 *Taxillus*，故桑寄生科钝果寄生属松寄生之英文名称亦可如此借用。

综上，桑寄生科钝果寄生属松寄生之"茑"的英文名称可为 *Taxillus*。

C-040 杻 fingetree, fringe tree

据 GBIF 在线数据库检索，木犀科流苏树属流苏树 *Chionanthus retusus* Lindl. et Paxt. 的英文俗名有 Chinese fringetree。

根据 Britannica 在线检索，fringe tree 为木犀科流苏树属 *Chionanthus* 植物的通称，也可拼写为 fringtree，其中列举了美国流苏树 *Chionanthus virginicus* 和流苏

---

① 赵中振，肖培根. 当地药用植物典（第4册）[M]. 上海：上海世界图书出版公司，2007. 第485页.

树 *Chionanthus retusus*，英语俗名分别为 white fringe tree、Chinese fringe tree。

综上，木犀科流苏树属流苏树之"杻"的英文名称可为 fingetree、fringe tree。

C-045 蒲 cattail，typha，reed mace，reedmace

据 GBIF 在线数据库检索，香蒲科香蒲属香蒲 *Typha orientalis* presl. 的英文俗名有 broadleaf cumbungi、lesser reed-mace、bullrush。

根据 Britannica 在线检索，cattail 指香蒲科香蒲属 *Typha* 植物，英文中还可称 typha、reed mace、reedmace，通常种植用于干花装饰，根可食用。

综上，香蒲科香蒲属香蒲之"蒲"的英文名称可为 cattail、typha、reed mace、reedmace。

C-046 朴 oak

据 GBIF 在线数据库检索，壳斗科栎属枹栎 *Quercus serrata* Thunb. 的拉丁学名存疑，未提供英文俗名。

根据 USDA Plants Database 检索，枹栎的英文俗名为汉语拼音 *baoli*。

根据 Britannica 在线检索，栎属 *Quercus* 植物的英文俗名为 oak，并对该属植物中重要的品种及英文俗名进行了介绍。参见"C-010 扶苏 B-058 朴樕"条。

B-061 漆 varnish tree，lacquer tree，wood oil tree

据 GBIF 在线数据库检索，漆树科漆树属漆树 *Rhus verniciflua* Stokes. 的接受名为 *Toxicodendron vernicifluum*（Stokes）F. A. Barkley，其英文俗名有 Chinese lacquer、Chinese lacquertree、Japanese lacquertree、Japanese sumac、Japanese varnish tree、lacquertree、varnishtree。

根据 Britannica 在线检索，varnish tree 指具有黏稠树液可以用来制漆的树，专门用来指漆树 *Toxicodendron vernicifluum*，在英文中也称为 Japanese varnish tree、Chinese lacquer tree、lacquer tree、wood oil tree；sumac 则指盐肤木属 *Rhus* 植物，其中有毒的漆树则称为 poison sumac、poison elder。

综上，漆树科漆树属漆树之"漆"的英文名称可为 varnish tree、lacquer tree、wood oil tree。

B-062 荍 mallow，high mallow

荍即锦葵科锦葵属锦葵 *Malva cathayensis* M. G. Gilbert, Y. Tang & Dorr。参见"B-035 葵"条。

B-063 芹 Java waterdropwort，Chinese celery，wild celery

据 GBIF 在线数据库检索，伞形科水芹属水芹 *Oenanthe javanica*（Bl.）DC. 的英文俗名有 Chinese-celery、Indian-pennywort、Java water-dropwort、Java waterdropwort、Water-celery、Water-dropwort、Water Dropwort、Japanese parsley。

在 USDA Plants Database 中检索出水芹 *Oenanthe javanica* 的英文俗名为 Java waterdropwort。在网络进行检索，俗名 Java waterdropwort 的出现频次较高。

综上，伞形科水芹属水芹之"芹"的英文名称可为 Java waterdropwort、Chinese celery、wild celery。

C-049 苓 epiphytic orchids、*dendrobium*

在 GBIF 在线数据库中未检索到兰科石斛属铁皮石斛 *Dendrobium officinale* K. kimura et Migo 的英文俗名。

根据 Britannica 在线检索，兰科石斛属 *Dendrobium* 植物即附生兰科植物，英文称 epiphytic orchids，其中介绍了木石斛（鸽石斛）*Dendrobium crumenatum*、公牛角石斛 *Dendrobium taurinum*、黄瓜石斛 *Dendrobium cucumerinum*，英文分别称为 pigeon orchid、bull orchid、cucumber orchid。

综上，兰科石斛属铁皮石斛之"苓"的英文名称可为 epiphytic orchids、*dendrobium*。

B-065 茹藘 madder, rubia, Indian madder

据 GBIF 在线数据库检索，茜草科茜草属茜草 *Rubia cordifolia* L. 的英文俗名有 Indian madder。

根据 Britannica 在线检索，madder 指茜草科茜草属植物，通常用作染料，其中列举了三种茜草属植物的英文俗名如下：

表 6.56　Britannica 网络版中列举的部分茜草属植物英文俗名

序号	中文名称	拉丁学名	英文俗名
1	茜草	*Rubia cordifolia*	Indian madder
2	野茜草	*Rubia peregrina*	wild madder
3	染色茜草	*Rubia tinctorum*	common madder

综上，茜草科茜草属茜草之"茹藘"的英文名称可为 madder、rubia、Indian madder。

B-066 桑 mulberry, white mulberry

据 GBIF 在线数据库检索，桑科桑属桑 *Morus alba* L. 的英文俗名为 mulberry。

根据 Britannica 在线检索，mulberry 指桑科桑属 *Morus* 植物，果实可食用，叶可饲蚕，其中列举了桑 *Morus alba*、黑桑 *Morus nigra*、红果桑 *Morus rubra* 的英

文俗名分别为 *white mulberry*、*black mulberry*、*red mulberry*。

综上，桑科桑属桑的英文名称可为 mulberry、white mulberry。

B-067 芍药 peony、Chinese peony、garden peony

据 GBIF 在线数据库检索，毛茛科芍药属芍药 *Paeonia lactiflora* Pall. 的英文俗名有 Chinese peony、common garden peony、white peony、garden peony、Japanese peony。

根据 Britannica 在线检索，peony 为毛茛科芍药属 *Paeonia* 植物的通称，主要分为三类：欧洲药用芍药（herbaceous Eurasian peonies）、亚洲牡丹（Asian tree peonies，Asian *moutan* peonies）、北美芍药（North American peonies）。木本（木质化，亚灌木）为牡丹，草本为芍药，两者花相似。其中列举的芍药属植物英文俗名如下：

表 6.57　Britannica 网络版中列举的部分芍药属植物英文俗名

序号	中文名称	拉丁学名	英文俗名
1	北美芍药	*Paeonia browni*	Brown's peony, western peony
2	加州芍药	*Paeonia californica*	California peony
3	芍药	*Paeonia lactiflora*	Chinese peony, garden peony
4	药用芍药	*Paeonia officinalis*	European common peony
5	紫斑牡丹	*Paeonia rockii*	Rock's peony
6	牡丹，木芍药	*Paeonia suffruticosa*	tree peony

综上，毛茛科芍药属芍药的英文名称可为 peony、Chinese peony、garden peony。

B-068 蓍 yarrow, *achillea*, Chinese yarrow

据 GBIF 在线数据库检索，菊科蓍属高山蓍 *Achillea alpina* L. 的英文俗名有 Chinese yarrow、Siberian yarrow。

根据 Britannica 在线检索，yarrow 为菊科蓍属 *Achillea* 植物通称，又称 *achillea*，其中列举了蓍属植物珠蓍 *Achillea ptarmica* 和蓍（欧蓍、千叶蓍）*Achillea millefolium*，前者英文俗名称 sneezewort，后者称 yarrow 或 milfoil。

根据 USDA Plants Database 在线检索，菊科蓍属高山蓍 *Achillea alpina* L. 的英文俗名为 Chinese yarrow。

综上，菊科蓍属高山蓍之"蓍"的英文名称可为 yarrow、*achillea*、Chinese yarrow。

B-070 枢 thorn-elm

在 GBIF 在线数据库中未检索到榆科刺榆属刺榆 *Hemiptelea davidii*（Hance）Planch 的英文俗名。

根据 Britannica 在线检索，"*Ulmaceae*（榆科）"条下列举了榆属 *Ulmus*、榉属 *Zelkova*、沼榆属 *Planera*、刺榆属 *Hemiptelea* 植物的英文俗名如下：

表 6.58　Britannica 网络版中列举的部分榆科植物英文俗名

序号	中文名称	拉丁学名	英文俗名
1	榆（属）	*Ulmus*	elm
2	美国榆	*Ulmus americana*	American elm
3	榉树	*Zelkova serrata*	Japanese zelkova, Japanese keaki
4	沼榆	*Planera aquatica*	planer tree, water elm
5	刺榆	*Hemiptelea davidii*	thorn-elm

综上，榆科刺榆属刺榆之"枢"的英文名称可为 thorn-elm。

B-072 舜 *hibiscus*、rose of Sharon

据 GBIF 在线数据库检索，锦葵科木槿属木槿 *Hibiscus syriacus* L. 的英文俗名有 althea、Korean hibiscus、rose of Sharon、Rose-of-Sharon、shrub althea、shrub-althea、Syrian hibiscus、Syrian ketmla、common hibiscus。

根据 Britannica 在线检索，锦葵科木槿属 *Hibiscus* 植物可通称为 hibiscus，其中列举了木槿属植物的英文俗名如下：

表 6.59　Britannica 网络版中列举的部分木槿属植物英文俗名

序号	中文名称	拉丁学名	英文俗名
1	大麻槿	*Hibiscus cannabinus*	kenaf
2	朱槿	*Hibiscus rosa-sinensis*, *Hibiscus fragilis*	mandrinette, Chinese hibiscus, China rose
3	玫瑰茄, 洛神花	*Hibiscus sabdariffa*	roselle
4	吊灯扶桑, 裂瓣朱槿	*Hibiscus schizopetalus*	East African hibiscus
5	木槿	*Hibiscus syriacus*	rose of Sharon
6	黄槿	*Hibiscus tiliaceus*	mahoe

综上，锦葵科木槿属木槿之"舜"的英文名称可为 hibiscus、rose of Sharon。

B-073 松 Scotch pine，pine

据 GBIF 在线数据库检索，松科松属油松 Pinus tabulaeformis Carr. 的接受名为 Pinus tabuliformis Carrière，其英文俗名为 Chinese pine、Chinese red pine、southern Chinese pine。

根据 Britannica 在线检索，松科松属 Pinus 的常青针叶树英文可通称为 pine，通常根据商业用途分为软松类（soft pines）和硬松类（hard pines）；软松类通常指白皮松（white pines）、糖松（sugar pines）、果松（piñon pines）等，针叶多为 5 针一束，球果无刺，松脂少；硬松类通常指赤松（Scotch pines）、黑松（Corsican pines）、火炬松（loblolly pines）等，针叶多为 2 至 3 针一束，球果有刺，松脂多。其中列举的松属植物的英文俗名如下：

表 6.60 Britannica 网络版中列举的部分松属植物英文俗名

序号	中文名称	拉丁学名	英文俗名
1	白皮五针松	Pinus albicaulis	whitebark pine, North American stone pine
2	刺果松	Pinus aristata	bristlecone pine
3	加勒比松，古巴松	Pinus caribaea	Caribbean pine
4	瑞士五叶松	Pinus cembra	Eurasian stone pine
5	萌芽松	Pinus echinata	hortleaf pine
6	双叶果松	Pinus edulis	Nut pine, pinyon pine
7	湿地松	Pinus elliottii	slash pine
8	红松，朝鲜松	Pinus koraiensis	Korean pine
9	糖松	Pinus lambertiana	sugar pine
10	长寿松	Pinus longaeva	bristlecone pine
11	单叶果松	Pinus monophylla	single-leaf piñon
12	矮赤松	Pinus mugo	mugo pine
13	欧洲黑松	Pinus nigra	Austrian pine, black pine
14	长叶松	Pinus palustris	longleaf pine
15	意大利石松	Pinus pinea	Italian stone pines, umbrella pines, stone pines

续表

序号	中文名称	拉丁学名	英文俗名
16	西黄松，美国黄松	*Pinus ponderosa*	Ponderosa pine, western yellow pine, bull pine
17	四叶果松	*Pinus quadrifolia*	Parry piñon, four-needle piñon
18	蒙达利松	*Pinus radiata*	Monterey pine
19	刚松	*Pinus rigida*	pitch pine
20	奇瓦瓦五针松	*Pinus strobiformis*	The Mexican white pine
21	北美乔松	*Pinus strobus*	eastern white pine
22	欧洲赤松	*Pinus sylvestris*	Scotch pine
23	火炬松	*Pinus taeda*	Loblolly pine
24	托里松	*Pinus torreyana*	Torrey pine
25	乔松	*Pinus wallichiana*	Himalayan white pine, blue pine

根据《中国植物志》第7卷记载，油松位于松属油松组，其别名为红皮松，在排列顺序中位于多个赤松物种之列，即油松应属赤松的一种，故松科松属油松之"松"的英文名称可为 Scotch pine、pine。

C-050 粟 foxtail, bristlegrass, millet, foxtail millet

据 GBIF 在线数据库检索，禾本科狗尾草属粟 *Setaria italica* var. *germanica* (Mill.) Schred. 即 *Setaria italica* (L.) P. Beauv.，故其英文俗名为 foxtail、bristlegrass、millet、foxtail millet，参见"C-048 苢^2"条。

B-074 樝 Callery pear, pea pear, wild pear

樝即蔷薇科梨属豆梨 *Pyrus calleryana* Dcne.，参见"C-011 甘棠"条。

C-052 台 purple nut sedge

据 GBIF 在线数据库检索，莎草科莎草属香附子 *Cyperus rotundus* L. 的英文俗名有 java-grass、nutgrass、coco-grass、cocograss、ground-almond、nut sedge、nut-grass、purple nut sedge、purple nut-grass、purple nutsedge。

根据 Britannica 在线检索，莎草科 Cyperaceae 中物种最多的六个属分别是：薹草属 *Carex*（英文俗名 sedges，约 2000 种）、莎草属 *Cyperus*（约 650 种）、刺子莞属 *Rhynchospora*（英文俗名 beak rushes，约 250 种）、飘拂草属 *Fimbristylis*（约 200 种）、荸荠属 *Eleocharis*（英文俗名 spike rushes，约 200 种）、珍珠茅属 *Scleria*（英文俗名 nut rushes，约 200 种），其中列举的莎草属植物英文俗名如下：

表 6.61 Britannica 网络版中列举的部分莎草属植物英文俗名

序号	中文名称	拉丁学名	英文俗名
1	黄香附	*Cyperus esculentus*	yellow nut sedge
2	风车草，旱伞草	*Cyperus involucratus*	umbrella plant
3	纸莎草	*Cyperus papyrus*	Papyrus
4	香附子	*Cyperus rotundus*	purple nut sedge

综上，莎草科莎草属香附子之"台"的英文名称可为 purple nut sedge。

B-075 檀 paper hackberry，wing celtis

在 GBIF 在线数据库中未检索到榆科翼朴属青檀 *Pteroceltis tatarinowii* Maxim. 的英文俗名；检索到榆科翼朴属 *Pteroceltis* Maxim. 的英文俗名有 wingceltis。

在 USDA Plants Database 和 Britannica 中均未检索到相关英文俗名信息。

青檀是我国特有的单种属，在研究榆科系统发育中有学术价值，其别名翼朴则反映出植物学家对其源自朴属植物的认识，其翅果状坚果的特征使其别于朴属植物，故名翼朴，因此英文中又称其为 wingceltis，可备一说。

现代植物的 DNA 测序也证实其与朴树 *Celtis sinensis* 之间的紧密联系[1]。根据 Britannica 检索，朴属植物 *Celtis* 英文俗名为 hackberry；另据传统宣纸生产工艺，青檀树皮是重要的不可缺少原料[2]，这一特征可以用来命名这一树种，即拟称为 paper hackberry。

B-077 唐 dodder

在 GBIF 在线数据库中未检索到旋花科菟丝子属菟丝子 *Cuscuta chinensis* Lam. 的英文俗名；检索到旋花科菟丝子属 *Cuscuta* L. 的英文俗名有 dodder。

根据 Britannica 在线检索，dodder 为旋花科菟丝子属 *Cuscuta* L 植物的通称。

综上，旋花科菟丝子属菟丝子之"唐"的英文名称可为 dodder。

B-078 桃 peach

桃即蔷薇科梅属桃 *Prunus persica* (L.) Batsch.。参见"C-031 梅[1]"条。

---

[1] Li XH, Shao JW, Lu C, Zhang XP *, Qiu Yingxiong *. 2012. Chloroplast phylogeography of a temperate tree Pteroceltis tatarinowii (Ulmaceae) in China. Journal of Systematics and Evolution，50：325-333.

[2] 刘仁庆，胡玉熹. 宣纸润墨性之研究 [J]. 中国造纸，1985 (2)：24-30.

C-056 条 mountain ash, sorbus, rowan

据 GBIF 在线数据库检索，蔷薇科花楸属石灰花楸 *Sorbus folgneri*（Schneid.）Rehd. 的接受名为 *Alniaria folgneri*（C. K. Schneid.）Rushforth，未检索到英文俗名；检索到蔷薇科花楸属 *Sorbus* L. 的英文俗名有 mountain-ash、rowans、service-trees、whitebeam。

根据 Britannica 在线检索，mountain ash 为蔷薇科花楸属 *Sorbus* 植物的英文通称，又称 sorbus、rowan，但与 true ash（白蜡树），即木樨科梣属 *Fraxinus* 植物没有亲缘关系，其中列举了美洲花楸 *Sorbus americana* 和北欧花楸 *Sorbus aucuparia*，前者英文俗名有 American mountain ash、dogberry，后者的英文俗名有 European mountain ash、rowan-berry、quickbeam。

综上，蔷薇科花楸属石灰花楸之"条"的英文名称可为 mountain ash、sorbus、rowan。

C-059 萑 motherwort, honeyweed

据 GBIF 在线数据库检索，唇形科益母草属益母草 *Leonurus japonicus* Houtt. 的英文俗名有 Chinese motherwort、honeyweed。

在 Britannica 中未检索到相关英文俗名信息。

在 USDA Plants Database 在线数据库中检索，共 5 条相关英文俗名记录如下：

表 6.62 USDA Plants Database 在线数据库中收录的部分益母草属植物英文俗名

序号	汉语俗名	植物学名	英文俗名
1	益母草	*Leonurus artemisia* auct. non Lour.	honeyweed
2	欧益母草	*Leonurus cardiaca* L.	common motherwort
3	益母草属	*Leonurus* L.	motherwort
4	狮耳花	*Leonotis leonurus*（L.）R. Br.	lion's ear
5	鬃尾草	*Leonurus marrubiastrum* L.	lion's tail
6	细叶益母草	*Leonurus sibiricus* L.	honeyweed

综上，唇形科益母草属益母草之"萑"的英文名称可为 motherwort、honeyweed。

B-083 芄兰 rough potato

据 GBIF 在线数据库检索，萝藦科萝藦属萝藦 *Metaplexis japonica*（Thunb.）Makino 的英文俗名有 rough potato。

在 Britannica 中未检索到相关英文俗名信息。

通过网络检索，多家美国教育和研究机构网站中萝藦 *Metaplexis japonica* 的英文俗名为 rough potato①②。

B-084 蔚 tarragon，estragon

在 GBIF 在线数据库中未检索到菊科蒿属牡蒿 *Artemisia japonica* Thunb. 的英文俗名。

根据《中国植物志》第 76 卷第 2 册（1991）第 241 页记载，牡蒿 *Artemisia japonica* 属于龙蒿亚属 Subgen. Dracunculus 牡蒿组 Sect. Latilobus 牡蒿系 Ser. Japonicae Krasch. ex Poljak.。龙蒿的英文俗名为 tarragon 或 estragon。参见"C-060 萧"条。

B-087 梧桐 Chinese parasol tree

据 GBIF 在线数据库检索，梧桐科梧桐属梧桐 *Firmiana simplex*（L.）W. Wight 的英文俗名有 Chinese bottle tree、Chinese parasol-tree、Chinese parasoltree、Japanese varnish tree、phoenixtree、sycamore-leaf sterculia。

根据 Britannica 在线检索，梧桐 *Firmiana simplex* 的英文俗名为 Chinese parasol tree；Japanese varnish tree 为漆树 *Toxicodendron vernicifluum* 的英文俗名；sycamore 指美国梧桐、法国梧桐或悬铃木；sterculia 则为苹婆属 *Sterculia* 植物属名；综上，梧桐科梧桐属梧桐的英文名称可为 Chinese parasol tree。

B-088 荇菜 fringed water lily，water snowflake，yellow floating heart

据 GBIF 在线数据库检索，睡菜科莕菜属荇菜 *Nymphoides peltata*（S. G. Gmel.）Kuntze 的英文俗名有 floating heart、fringed water-lily、yellow floating-heart、water fringe、fringed waterlily。

根据 Britannica 在线检索，睡菜科 Menyanthaceae 睡菜属仅 1 种植物，即睡菜 *Menyanthes trifoliata*，英文俗名为 Buckbean、bogbean；莕菜属（荇菜属）*Nymphoides* 植物的英文俗名有 fringed water lily、water snowflake、floating heart。water lily 则为睡莲目睡莲科 *Nymphaeaceae* 植物通称，其中列举的常见植物英文俗名有：

---

① https：//extension. umn. edu/identify-invasive-species/rough-potato

② https：//pfaf. org/user/Plant. aspx？LatinName=Metaplexis+japonica

表 6.63 Britannica 网络版中列举的部分荇菜属及相似植物英文俗名

序号	中文名称	拉丁学名	英文俗名
1	香睡莲	*Nymphaea odorata*	water lily
2	蓝睡莲	*Nymphaea caerulea*	blue lotus
3	齿叶睡莲	*Nymphaea lotus*	Egyptian lotus
4	白睡莲	*Nymphaea alba*	European white water lily
5	王莲,亚马孙王莲	*Victoria amazonica*	Amazon water lily, royal water lily
6	克鲁兹王莲	*Victoria cruziana*	Santa Cruz water lily
7	肋果萍蓬草	*Nuphar advena*	cow lily, spatterdock

综上，睡菜科荇菜属荇菜的英文名称可为 fringed water lily、water snowflake、yellow floating heart。

B-091 檿 mulberry、white mulberry

据 GBIF 在线数据库检索，桑科桑属蒙桑 *Morus mongolica* Schneid. 的基名为 *Morus alba* var. *mongolica* Bureau，未检索到英文俗名信息。

根据 USDA Plants Database 在线检索，桑属 *Morus* L. 的英文俗名为 mulberry，桑属桑 *Morus alba* L. 的英文俗名为 white mulberry。

业界主要从颜色或地域角度对桑进行分类，如，按颜色分 white mulberry（*Morus alba*，桑）、red mulberry（*Morus rubra*，红桑，赤桑）、black mulberry（*Morus nigra*，黑桑），按地域分 Russian mulberry（*Morus tartarica*，俄罗斯桑）、Himalayan mulberry（*Morus serrata*，吉隆桑）、African mulberry（*Morus mesozygia*，热非桑①）、Mexican mulberry（*Morus celtidifolia*，朴桑）、Texas mulberry（*Morus microphylla*，姬桑）②、Chinese mulberry（*Morus australis* Poir.，鸡桑）③。

综上，蒙桑仅为中国的一个地域性品种名称，从植物学的种群分类角度，属于桑（白桑）的一个变种，故桑科桑属蒙桑之"檿"的英文名称可为 mulberry、white mulberry。

---

① 袁克主编. 家居装潢木材原色图鉴 [M]. 上海：上海科学技术出版社，2008. 89.
② 王谢，张建华. 美国桑树种类及其分布 [J]. 中国蚕业，2018（1）：47-50.
③ Jameel M. Al-Khayri, Shri Mohan Jain, Dennis V. Johnson. *Advances in Plant Breeding Strategies: Fruits*（Volume 3）[M]. Springer International Publishing AG, 2018. P92-93.

B-092 栲 chinquapin, chinkapin

在 GBIF 在线数据库未检索壳斗科锥属苦槠 *Castanopsis sclerophylla*（Lindl.）Schott. 的英文俗名；检索到壳斗科锥属苦槠 *Castanopsis*（D. Don）Spach 的英文俗名为 chinkapin。

根据 Britannica 在线检索，chinquapin 又作 chinkapin，指壳斗科 *Fagaceae* 的多个属的植物，具体包括栗属 *Castanea* 的落叶树、锥属 *Castanopsis*（主要分布在亚洲，约 110 种）和金鳞果属 *Chrysolepis*（主要分布在北美）的常青树木等，其中列举的植物英文俗名如下：

表 6.64 Britannica 网络版中列举的部分壳斗科植物英文俗名

序号	中文名称	拉丁学名	英文俗名
1	锥栗	*Castanea henryi*	Henry chinquapin
2	矮栗	*Castanea pumila*	American chinquapin, dwarf chestnut
3	金鳞栗	*Chrysolepis chrysophylla*	Golden evergreen chinquapin, giant evergreen chinquapin
4	灌木金鳞栗	*Chrysolepis sempervirens*	bush evergreen chinquapin, Sierra evergreen chinquapin
5	黄莲花	*Nelumbo lutea*	water chinquapin, American lotus
6	黄坚果栎	*Quercus muehlenbergii*	chinquapin oak
7	矮栗栎	*Quercus prinoides*	chinquapin oak

综上，壳斗科锥属苦槠之"栲"的英文名称可为 chinquapin、chinkapin。

B-093 鶍 ladies' tresses, lady's tresses, spiranthes, Chinese spiranthes

据 GBIF 在线数据库检索，兰科绶草属绶草 *Spiranthes sinensis*（Pers.）Ames 的英文俗名有 ladies-tresses、Chinese spiranthes。

根据 Britannica 在线检索，ladies' tresses 为兰科绶草属 *Spiranthes* 植物的英文俗名，又可称为 lady's tresses、spiranthes。其中列举的绶草属植物的英文俗名如下：

表 6.65 Britannica 网络版中列举的部分绶草属植物英文俗名

序号	中文名称	拉丁学名	英文俗名
1	小斑叶兰	*Goodyera repens*	Creeping ladies' tresses

续表

序号	中文名称	拉丁学名	英文俗名
2		Spiranthes cernua	nodding ladies' tresses, autumn tresses
3		Spiranthes lacera	slender ladies' tresses
4	秋绶草	Spiranthes spiralis	autumn ladies' tresses

根据《中国植物志》第17卷（1999）记载，绶草属植物约50种，主要分布于北美洲，我国产1种，即绶草 Spiranthes sinensis，该属植物的模式种为 Spiranthes spiralis (L.) Chevall。

综上，兰科绶草属绶草之"鹝"的英文名称可为 ladies' tresses、lady's tresses、spiranthes、Chinese spiranthes。

C-064 椅 Manchurian catalpa, Chinese bean tree

据 GBIF 在线数据库检索，紫葳科梓属楸 Catalpa bungei C. A. Mey. 的英文俗名为 Manchurian catalpa。

根据 Britannica 在线检索，catalpa 为紫葳科梓属 Catalpa 植物的通称，其中列举了梓属植物的英文俗名如下：

表6.66　Britannica 网络版中列举的部分梓属植物英文俗名

序号	中文名称	拉丁学名	英文俗名
1	美国梓树	Catalpa bignonioides	common catalpa, southern catalpa
2	黄金树，白花梓树	Catalpa speciosa	northern catalpa

根据网站检索，美国的科研机构官方网站提供的梓属楸 Catalpa bungei 的英文俗名有 Manchurian catalpa[1][2]、dwarf Indian bean tree、umbrella tree、Beijing catalpa[3] 等。

综上，紫葳科梓属楸之"椅"的英文名称可为 Manchurian catalpa、Chinese bean tree。

---

[1] https://www.cambridge.org/core/journals/bulletin-of-entomological-…tera-pyralidae-in-shandong-china/F3F20A4142285C0F5C06BCFF6105C8E7

[2] https://sheffields.com/seeds-for-sale/Catalpa/bungei/

[3] https://garden.org/plants/view/128690/Dwarf-Indian-Bean-Tree-Catalpa-bungei/

B-094 莠 green foxtail
莠即禾本科狗尾草属狗尾草 Setaria viridis（L.）Beanv.。参见"C-048 苢²"条。

C-065 楸 Farges's catalpa
据 GBIF 在线数据库检索，紫葳科梓属灰楸 Catalpa fargesii Bur. 的英文俗名为 Farges's catalpa。根据 Britannica 在线检索，catalpa 为紫葳科梓属 Catalpa 的英文俗名。参见"C-064 椅"条。

B-096 薁 grape
薁即葡萄科葡萄属蘡薁 Vitis bryoniaefolia Bunge。参见"B-040 蘦"条。

C-066 郁 plum
郁即蔷薇科李属毛叶欧李 Prunus dictyoneura（Diels）Yü。参见"C-031 梅¹"条。

C-067 棫 oak
棫即壳斗科栎属刺叶高山栎 Quercus spinosa David。参见"C-010 扶苏 B-058 朴樕"条。

B-097 枣 jujube, Chinese date, red jujube
枣即鼠李科枣属枣 Ziziphus jujuba Mill.。参见"C-033 梅⁵"条。

B-098 柘 Chinese Osage orange, Chinese bowwood
据 GBIF 在线数据库检索，桑科橙桑属柘 Maclura tricuspidata Carriere 的英文俗名为 storehousebush。

根据 Britannica 在线检索，美国中南部有一种桑科橙桑属植物 Maclura pomifera，英文俗名为 Osage orange、bowwood，法语称 bois d'arc，汉语称橙桑或柘橙。这种灌木植物有棘刺，木质坚硬，心材橙黄色，用作黄色染料，在美国用作树篱，在当地 Osage 等土著部落中用来制弓或军棍。其枝叶外观、及果实外形与同属等中国特有树种柘 Maclura tricuspidata 极其相似，都可用于制黄色染料，两者最大的区别在于橙桑的成熟聚花果直径可达 15 厘米，而柘树的果实直径大约只有 2.5 厘米；另外橙桑的果实不可食用，皮肤接触后会引起皮炎，柘树果实可生食或酿酒。

综上，桑科橙桑属柘的英文名称可为 Chinese Osage orange、Chinese bowwood。

B-099 榛 hazelnut, filbert, cobnut, hazel
据 GBIF 在线数据库检索，桦木科榛属榛 Corylus heterophylla Fisch. ex Trautv. 的英文俗名有 Siberian filbert、Siberian hazel、Siberian hazelnut。

根据 Britannica 在线检索，桦木科榛属 Corylus 的英文俗名有 hazelnut、

filbert、cobnut、hazel,其中列举的榛属植物的英文俗名有:

表6.67 Britannica 网络版中列举的部分榛属植物英文俗名

序号	中文名称	拉丁学名	英文俗名
1	美洲榛	*Corylus americana*	American hazelnut
2	欧榛	*Corylus avellana*	European filbert, common hazel
3	土耳其榛	*Corylus colurna*	Turkish hazelnut
4	喙状榛	*Corylus cornuta*	beaked hazelnut
5	大果榛	*Corylus maxima*	giant hazel, giant filbert

综上,桦木科榛属榛的英文名称可为 hazelnut、filbert、cobnut、hazel。

B-100 苎 ramie, rhea, China grass

据 GBIF 在线数据库检索,荨麻科苎麻属苎麻 *Boehmeria nivea*(L.)Gaud. 的英文俗名有 China-grass、Chinese grass、Chinese silkplant、ramie Chinese grass、ramie、rhea-fibre。

根据 Britannica 在线检索,苎麻 *Boehmeria nivea* 的英文俗名有 ramie、China grass,其变种青叶苎麻 *Boehmeria nivea* var. *tenacissima* 的英文俗名有 green ramie、rhea。

综上,荨麻科苎麻属苎麻之"苎"的英文名称可为 ramie、rhea、China grass。

B-101 梓 Chinese catalpa, yellow catalpa

据 GBIF 在线数据库检索,紫葳科梓树属梓 *Catalpa ovata* G. Don 的英文俗名有 Chinese catalpa、yellow catalpa、Japanese catalpa。

根据 Britannica 在线检索,catalpa 为紫葳科梓属 *Catalpa* 的英文俗名。参见"C-064 椅"条。

根据 USDA Plants Database 检索,梓 *Catalpa ovata* 的英文俗名为 Chinese catalpa[1][2]。也有网站显示梓的英文俗名可为 yellow catalpa[3][4]。

---

[1] https://www.missouribotanicalgarden.org/PlantFinder/PlantFinderDetails.aspx?taxonid=277906

[2] https://plants.ces.ncsu.edu/plants/catalpa-ovata/

[3] https://mortonarb.org/plant-and-protect/trees-and-plants/chinese-catalpa/

[4] https://ign.ku.dk/arboretum-hoersholm/plant_descriptions/august_catalpa_ovata/

综上，紫葳科梓树属梓的英文名称可为 Chinese catalpa、yellow catalpa。

第二节　基于诗歌翻译传播的英语命名

一、研究现状

《诗经》中草木名物主要通过诗歌翻译的方式在国外传播，英文全译版本有 10 种，研究《诗经》英译的国内专著有 11 部，其中专门涉及《诗经》植物名物英译研究的有梁高燕著《〈诗经〉英译研究》（2013）、李玉良著《〈诗经〉翻译探微》（2017）。

《〈诗经〉英译研究》一书从翻译学和名物学视角对《诗经》展开翻译实践研究，涉及八种《诗经》英译全译本，之中着重汪榕培教授与潘智丹教授的《英译〈诗经·国风〉》研究。在第八章中，从名物学角度探讨了《诗经》中植物类名物的英译，其中介绍了扬之水先生《诗经名物新证》对其研究方法上的启发，以及主要研究成果：2011 年发表于《南华大学学报》的论文《〈诗经·国风〉中的植物英译及其中国文化意象的传达》、2011 年发表于《云南农业大学学报》的论文《从对〈邶风·静女〉中"彤管"的考证谈有关诗句的重译》。

《〈诗经·国风〉中的植物英译及其中国文化意象的传达》以《英译〈诗经·国风〉》中的 79 种植物英译为研究对象，从训诂学、名物学、文学翻译等角度，以《诗经名物新证》《〈毛诗品物图考〉所见之〈诗经〉植物考》《诗经百科辞典》以及《大英百科全书》网络版为参考文献，对汪榕培先生的译本进行对比分析，认为"唐""条""黍"和"稷"四种植物的英译值得商榷，进行逐一分析考证，提出在文学典籍翻译中要重视对典籍原文理解、对其中的名物要严谨考证。《诗经名物新证》和《诗经百科辞典》中对《诗经》植物名物进行了考证，但均未涉及相应植物学名的鉴定。《〈毛诗品物图考〉所见之〈诗经〉植物考》是韩国汉学学者南基守和高载祺对日本学者冈元凤所纂《毛诗品物图考》的研究成果，对其中 25 种植物的学名进行了考证，所参照的范本为陆文郁先生所著《诗草木今释》，得出的结论是《诗经》中的草木共有 80 多种，显然其研究成果有值得商榷之处，但其对相关植物拉丁学名的考证方法有一定启发意义。梁高燕采用了《大英百科全书》网络版作为植物英文名称的平行文本语料参考，以及其所采用的训诂学、名物学、文学翻译综合方法对植物名物英译进行考证，颇具启发意义。

《〈诗经〉翻译探微》从中西比较文学的角度,以理雅各、韦利、詹宁斯、阿连璧、庞德、高本汉、许渊冲、汪榕培等的《诗经》全译本为研究对象,探讨了《诗经》中名物、韵律、修辞、意象、题旨等微观元素的翻译方法,构建了古典汉语诗歌的翻译方法论体系,并在附录中提供了理雅各、詹宁斯、韦利、庞德的《诗经·国风》英译本中的名物翻译对照表。对于《诗经》名物英译研究有重要参考价值。

在"读秀"平台以"诗经"进行"全部字段"检索,相关中文期刊论文有51420篇;在检索结果中以"翻译"进行"全部字段"检索,相关中文期刊论文有1048篇;在检索结果"植物"相关中文期刊论文有18篇。研究植物名称翻译的有8篇,其中术语翻译1篇、术语语料库建设1篇、隐喻研究1篇、翻译策略1篇、词汇翻译4篇。

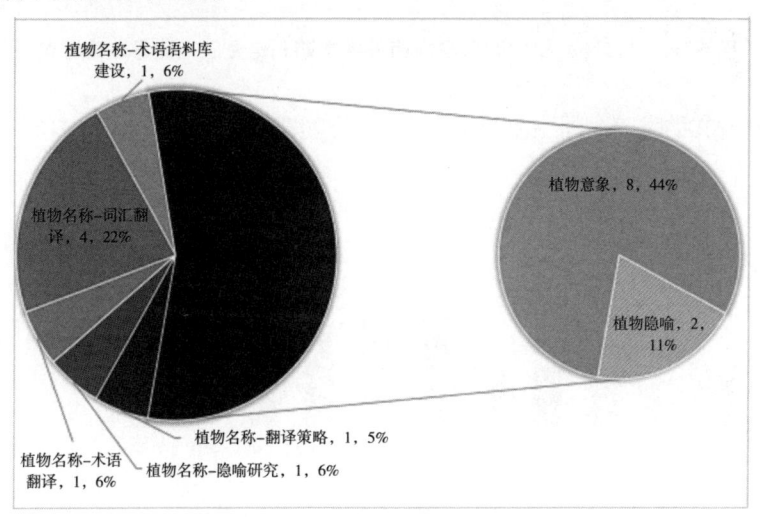

图 6.2 《诗经》植物翻译国内相关中文期刊论文研究主题

期刊论文中的明确了研究指导理论框架的有13篇,涉及认知语言学、语料库语言学、翻译学、阐释学、图式理论、民俗学以及训诂学、名物学和文学理论的综合方法等,另有5篇论文没有明确理论框架。

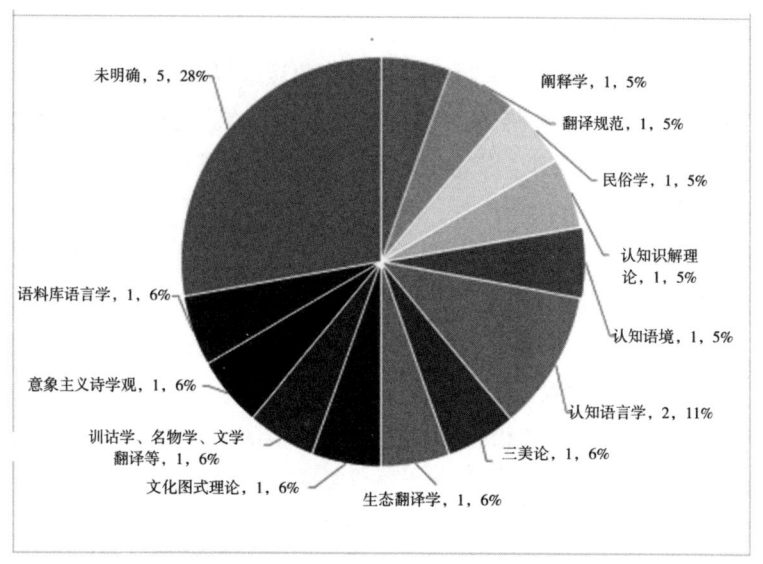

图 6.3　《诗经》植物翻译国内相关中文期刊论文研究指导理论框架

期刊论文的发表时间主要集中在 2016 至 2022 年。

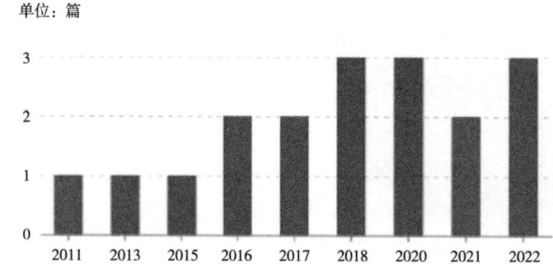

图 6.4　《诗经》植物翻译国内相关中文期刊论文发表年度统计

综上，《诗经》植物名物翻译研究主要以文学翻译研究为主，以语料库语言学和非文学翻译理论为指导的研究刚刚起步，在国内学界的重视程度有待提高。

二、对于四种全译本的调查

本研究以专名理论为指导，从植物名称的专名属性出发，将《诗经》草木名物汉英翻译过程视为跨语言社区的命名活动过程，以《诗经》对草木名物的文字记载为起点，沿着历代的注疏文献资料追寻名物专名的历史因果传递链条，以现代植物学名为纽带，衔接其在非汉语言社区的命名活动传播链条，实现

《诗经》草木名物汉英名称的"名""实""状"的正确关联。

在本章第一节以第五章《诗经》草木名物汉语正名及植物学名鉴定研究为基础，提出了以 GBIF 在线数据库、Britannica 网络版、USDA Plants Database 数据库为主要参照的《诗经》草木名物英文名称参考词表（以下简称"英译参考词表语料库"）。本节通过对许渊冲①（文学兼文献型译本）、汪榕培②（文学型译本）、韦利③（文献兼文学型译本）、詹宁斯④（文献兼文学型译本⑤）的《诗经》英译本中植物草木名物译名现状进行调查，自建了汉英译名语料库，收录的 185 个草木名物名称，引用诗 162 首 515 句，与自建基于植物学名的"英译参考词表语料库"进行对比。

其中涉及非特指某一植物的草木名物名称英译，四家所译基本一致，在本节研究中不再赘述。本节研究的内容具体讨论的特指某一植物的草木名物名称 172 个，诗 153 首 452 句，四种译本与自建基于植物学名的"英译参考词表语料库"进行对比。根据统计，四种译本中与基于植物学名的"英译参考词表"一致性从高到低依次为汪译本、韦利译本、许译本和詹宁斯译本；其中 Arthur Waley 译本为无韵体翻译，其他三种译本均为韵体翻译。

1. 许渊冲《诗经》全译本

许渊冲先生主张"以诗体译诗"⑥，提出了中国学派的基本译论，即三美论、三化论、三之论；"三美"指意美、音美、形美，是文学翻译的本体论；"三化"指等化、浅化、深化，是文学翻译的方法论；"三之"指知之、好之、乐之，是文学翻译的目的论；"浅化可以使人知之，等化使人好之，深化使人乐之"⑦。许先生还在《翻译的艺术》一书中指出，在诗歌翻译中，"三似（意似、音似、形似）"是"三美"的基础，意美是首要的，音美是次要的，形美是更次要的⑧；在《唐宋词选》英、法文译本的序言中，提出如果译文"似"而不

---

① 许渊冲译. 许渊冲译诗经（汉英双语）[M]. 中译出版社，2021.
② 程俊英，蒋见元今译. 诗经 [M]. 长沙：湖南人民出版社，2008.
③ Waley (Translator), A., Allen (Ed.), J. R., & Allen, J. R. *The Book of Songs* [M]. New York：Grove Press, 1996.
④ Jennings, William. *The Shi King : the old " poetry classic" of the Chinese* [M]. London and New York：George Routledge and Sons, 1891.
⑤ 左岩.《诗经》英译的类型研究 [J]. 广东外语外贸大学学报，2020（3）：127-137，160. 前三处类型分类出自该文献.
⑥ 许渊冲. 翻译的艺术 [M]. 北京：五洲传播出版社，2006. 初版前言.
⑦ 许渊冲. 谈诗歌翻译 [J]. 中国翻译，2021（2）：102-108.
⑧ 许渊冲. 翻译的艺术 [M]. 北京：五洲传播出版社，2006.

"美",那就要舍"似"求"美"。

在许先生《诗经》英译本中,与基于植物学名的"英译参考词表"一致的252处译名可以看作"等化"翻译,有200处译名采取"浅化"或"深化"翻译:其中19处译名空缺,61处译名使用了泛指名称tree、weed、grass、thorn、plant、bush、creeper、herb、wood等,3处转译为器物名称,2处转译为形容词,115处译名不一致(后文中单独对"译名不一致"情况进行说明,下同)。

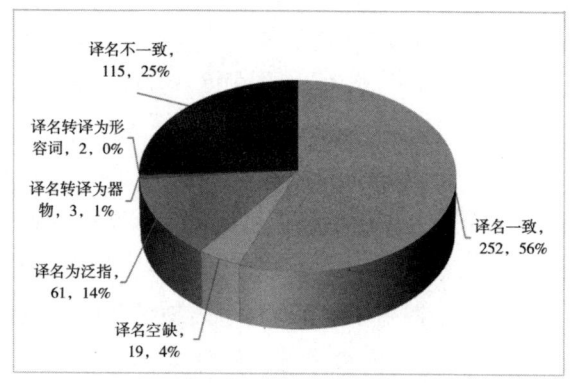

图6.5 许渊冲《诗经》全译本英文译名与基于植物学名的"英译参考词表语料库"对比情况统计

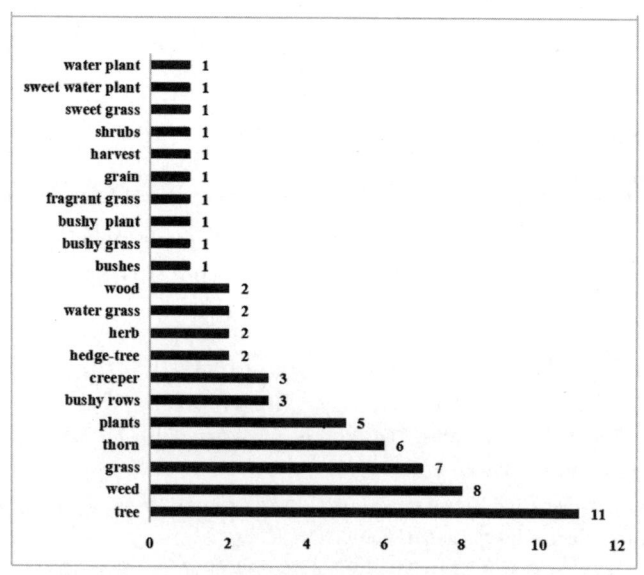

图6.6 许渊冲《诗经》全译本特指某一植物的英文译名使用泛指名称词汇的频次统计

2. 汪榕培《诗经》全译本

汪榕培先生专注于英语词汇学领域研究,1983年出版了我国第一部英语词汇学著作,相关研究专著10余部;1991年起开始中国典籍英译,先后翻译的《庄子》《牡丹亭》《邯郸记》《陶渊明集》《墨子》《易经》《诗经》《紫钗记》八部典籍收入"大中华文库"系列丛书。汪先生也主张"以诗体译诗"①,诗歌翻译不能以对原文的字从句顺为导向,既要表达出基本意思,又要传递情感,还要有诗歌的形式,诗歌中词的翻译要服从全局的把握②。

在汪先生《诗经》英译本中,与基于植物学名的"英译参考词表"一致的译名有282处,译名空缺14处,译名使用泛指名称(如thorn、tree、weed、crop、grain、herb、grass、plant等)的有49处,转译为器物名称的1处,译名不一致的106处。

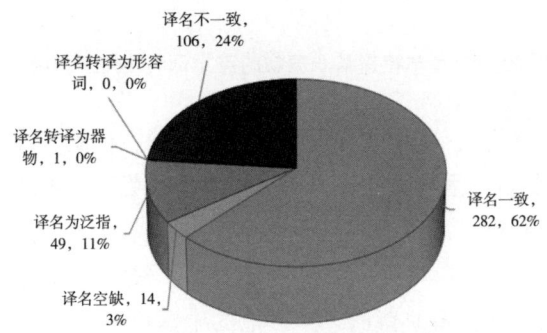

图6.7 汪榕培《诗经》全译本英文译名与基于植物学名的"英译参考词表语料库"对比情况统计

3. 韦利《诗经》全译本(1996年版)

20世纪初,英国诗学处于转型期,著名汉学家阿瑟·韦利与赫伯特·翟理斯(Herbert A. Giles)关于新旧诗学观念的争论,持续了长达三年之久,将中国古典文学带入了西方普通读者的视野,对英美新诗运动产生了积极影响,为中国文学走向世界作出了巨大贡献。翟理斯长韦利44岁,1901年出版的《中国文学史》成为西方汉学里程碑式的著作,与威妥玛一起创立了国际通用的威妥玛—翟理斯汉语注音法,在汉学界享有崇高威望。翟理斯严守维多利亚诗风传

---

① 汪榕培. 关于翻译与文化——《诗经》英译研究之一. 诗经研究丛刊(第二辑)[A]. 中国诗经学会编,北京:学苑出版社,2002.349.

② 班柏,汪榕培. 英语词汇学及其新进展——汪榕培教授访谈录[J]. 大连海事大学学报(社会科学版),2017(4):115-120.

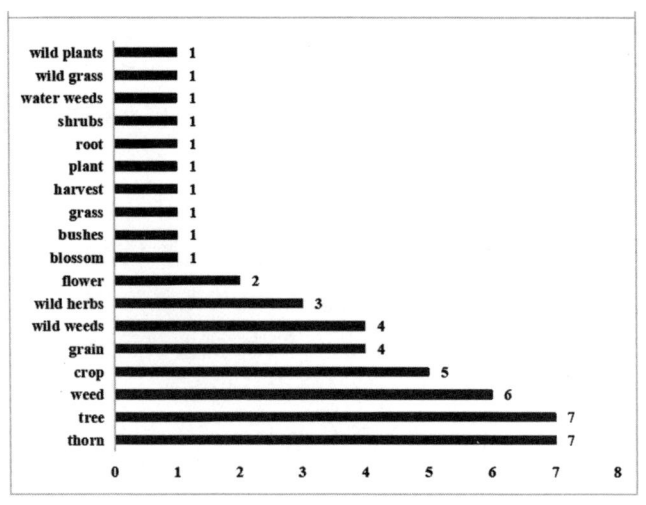

图 6.8 汪榕培《诗经》全译本特指某一植物的英文译名使用泛指名称词汇的频次统计

统，主张"以诗体译诗"。韦利主张以无韵体译中国古代韵体诗，反对"因韵害意"，他认为译诗的目的重在让所译的诗成为可读的英诗，再现原诗的意象，服务于普通读者。韦利对汉诗音韵颇有研究，正视英诗与汉诗的差异，借鉴"弹跳韵"，采用英语一个重音对照一个汉字的方法，轻重音节交替，诗行节奏感强、自然流畅，又灵活保留原诗的意象，他的中国诗歌翻译成为"汉学界学者和学生必读必备书目"。韦利的诗学理念和翻译观受到美国庞德意象主义和艾略特的直接影响，引领了现代主义诗风，他的新诗歌审美取向对当代英美文学产生了深远的影响。①

韦利的英译本是 20 世纪西方学者中以文化视角全面解读《诗经》的第一个译本，自 1937 年公开发行首译本后，经历了几次重印和版本变迁。1937 年译本中删减了 15 首诗，实际包含 290 首诗，分为 17 类，排列顺序与《诗经》原有顺序不同；1954 年版本对 1937 年译本做了细微变动；1987 年版本增加了美国汉学家宇文所安的序言；1996 年版本由美国学者周文龙在 1954 年版本基础上进行了编辑和补充，诗的排列顺序恢复为《诗经》原有顺序，成为美国在售《诗经》英译本的主要译本之一和重要的文献资料。② 本研究中采用的是韦利的

---

① 李冰梅. 韦利与翟理斯在英国诗学转型期的一场争论 [J]. 外国文学评论，2012（3）：206-220.

② 朱云会，胡牧. 亚瑟·韦利《诗经》英译的版本考究与文化翻译新辨 [J]. 南京师范大学文学院学报，2021（1）：145-151.

1996 年版本。

韦利在中国诗歌翻译中提出五点翻译原则：
（1）翻译的诗要成为可读的英诗；
（2）翻译中国古典文学要重视注疏和底本；
（3）文体风格上要一致；
（4）译者有权"完善原作"；
（5）不同的译本服务于不同的读者。

韦利对《诗经》字词考究非常深入，强调原始资料的重要性，为了方便专业读者阅读和研究，1937 年出版了相应的《补编》（*The Book of Songs*: *Supplement Containing Textual Notes*），列出翻译过程中使用的材料，及诗歌中较难理解的字词。他的研究对"经学解经"持辩证观点，充分肯定经学涵义的重要性，深受法国汉学家葛兰言和顾赛芬的影响，从文化学视角对《诗经》中的中国文化进行阐释，在《诗经》英译史上具有独特地位。

韦利的 1996 年《诗经》英译本中，与基于植物学名的"英译参考词表"一致的译名有 271 处，译名空缺 3 处，译名使用泛指名称（如 hardwood、thorn、weed、herb、bush、grass、tree 等）的有 26 处，转译为器物名称的 1 处，转译为形容词的 4 处，译名不一致的 147 处。

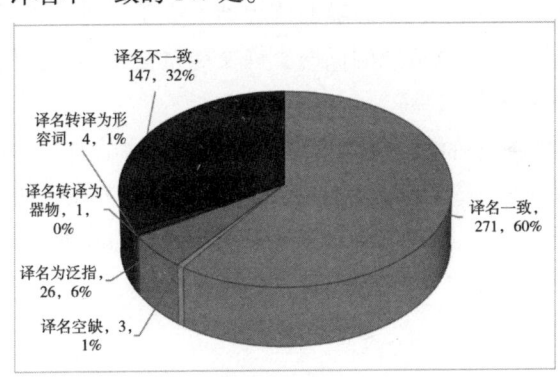

图 6.9　Arthur Waley《诗经》全译本英文译名与基于植物学名的"英译参考词表语料库"对比情况统计

4. 詹宁斯《诗经》全译本（1891 年版）

英国传教士威廉·詹宁斯于 1891 年出版了《诗经》全译本 *The Shi King*: *The Old Poetry Classic of the Chinese*，翻译的目的是向英语读者介绍中国古代文学。他认为，翻译的文本应该在形式、内容上与源文力求对等。詹宁斯对理雅各的《诗经》无韵体译本非常推崇，说理雅各的"译作将永远成为学者参考、

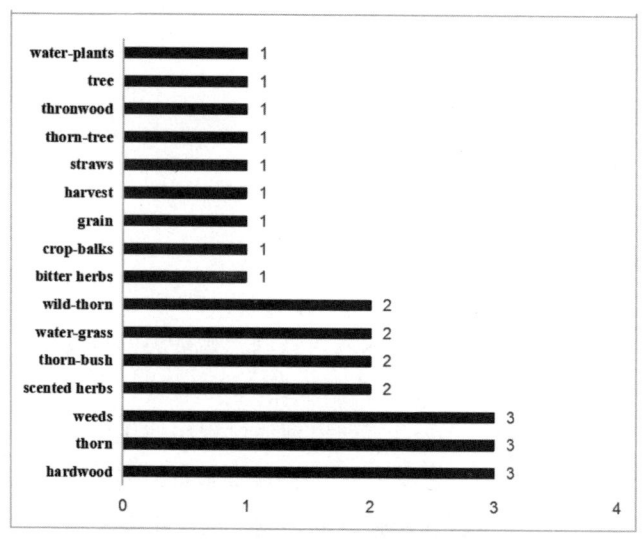

图 6.10　Arthur Waley《诗经》全译本
特指某一植物的英文译名使用泛指名称词汇的频次统计

研究的标准版本"①，批评理雅各的《诗经》韵体译本不够简洁，有些译文不够准确。詹宁斯的翻译力求把理雅各散体译本和韵体译本的优点合而为一，在译本中大量征引雅各的观点，从诗篇的诗旨到"史事"处处以经学传疏为注释依据，在传达翻译儒家思想道德的同时，译文尽量使用格律，但不随意增添字或行，如有添加用括号标出②③。

詹宁斯的 1891 年《诗经》英译本中，与基于植物学名的"英译参考词表"一致的译名有 206 处，译名空缺 4 处，译名使用泛指名称（如 thorn、creeper、grain、herb、weed、tree、grass、plant、shrub 等）的有 66 处，转译为器物名称的 3 处，转译为形容词的 1 处，译名不一致的 172 处。

---

① 佟艳光，刘杰辉．汉学传播视域下的詹宁斯《诗经》英译研究［J］．辽宁工业大学学报（社会科学版），2014（2）：54-56.
② 陈国勤．以美学角度来诠释《诗经》的英译研究［M］．哈尔滨：哈尔滨工业大学出版社，2019. 132-140.
③ 李玉良．《诗经》英译研究［M］．济南：齐鲁书社，2007. 110-122.

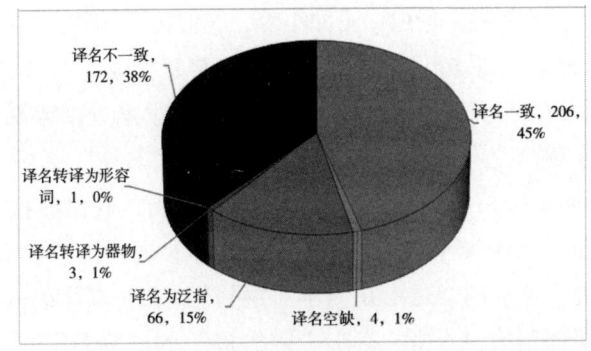

图 6.11　William Jennings《诗经》全译本英文译名与基于植物学名的"英译参考词表语料库"对比情况统计

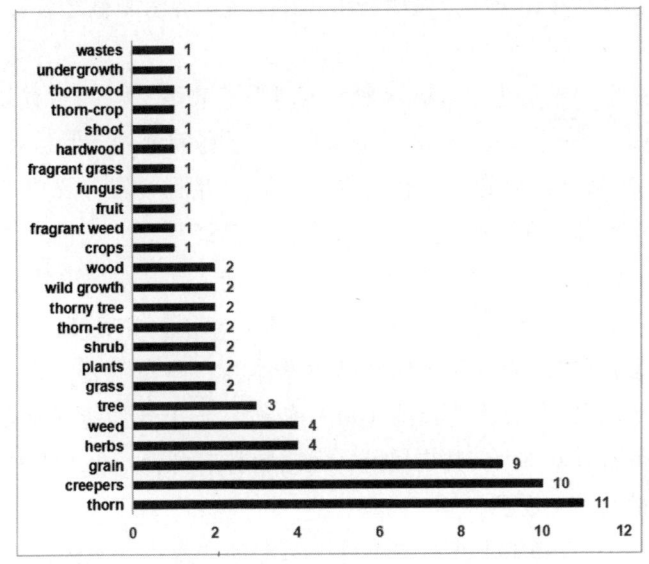

图 6.12　William Jennings《诗经》全译本特指某一植物的英文译名使用泛指名称词汇的频次统计

5. 译名不一致情况的案例分析

（1）苌楚

"苌楚"在《国风·桧风·隰有苌楚》中仅出现一次，许译为"cherry"，汪译为"carambola"，韦利和詹宁斯均译为"goat's peach"，根据四家对"苌楚"的植物学名鉴定应为猕猴桃科猕猴桃属猕猴桃，参照 GBIF 和 Britannica 可译为 kiwi fruit。但有学者认为"苌楚"并非"猕猴桃"。

《诗经》中的"苌楚"在《尔雅·释草》中作"长楚，铫芅"，郭璞注"今

167

羊桃，或曰鬼桃，叶似桃，华白，子如小麦，亦似桃"。但在《中国农学遗产选集 甲类 第十六种 落叶果树 上编》的"附录 苌楚 导言"中认为"苌楚"和"猕猴桃"是风马牛不相及的两种植物；引明代科学家方以智说"'苌楚，铫弋'之羊桃非今闽广之羊桃"，并注解说闽广之"羊桃"指酢浆草科的杨桃（*Averrhoa carambola* L.）；又引南京中山植物园已故黄胜白教授考证，说《诗经》中的"苌楚"是蔷薇科樱桃属的郁李或麦李；还指出"羊桃"之"苌楚"与"猕猴桃"混淆不清的问题出在《本草纲目》，说《本草纲目》果部记载有"猕猴桃"，在草部记有"羊桃"，在"猕猴桃"的"释名"中列有"阳桃"，在"羊桃"的"释名"中列有"苌楚"，在"羊桃"的"集解"中记有"时珍曰：……叶大如掌，上绿下白，有毛，状似苎麻而团"；引《物诠》说"（苌楚）如樱桃，有红花，子亦似桃而甚小，如小豆，亦有羊桃之名"，"李时珍因混之为一"。①

若根据《中国农学遗产选集》来看，似乎"苌楚"与"猕猴桃"不相干，译作"cherry""carambola""goat's peach"似乎各有道理。但是对《中国农学遗产选集 甲类 第十六种 落叶果树 上编》"拾肆 猕猴桃属"及其"附录 苌楚"中的辑录的文献进行仔细梳理，可以发现，"苌楚"之"羊桃"与"猕猴桃"在清代文献记载中出现关联！至1675年前后，清人陈鼎在《滇黔纪游》中出现"羊桃藤"指代"猕猴桃"；1720年清人汪绂在《物诠》"鲛鮘"条中以"羊桃藤"指代"猕猴桃"；清以前古代文献中基本与《本草纲目》所载别名一致，即"猕猴桃"又名"藤梨""阳桃（闽人称之）"，其典型特征为藤着树生，叶圆有毛，其实形似鸡卵大，其皮褐色，经霜始甘美可食。此"猕猴桃"即今之所称"中华猕猴桃"无疑。

《本草纲目》草部第十八卷"羊桃"释名为"鬼桃（本经）""羊肠（本经）""苌楚（尔雅）""铫弋""细子"，引别录、郭璞注和陆疏等，其中均描述"羊桃"的叶、花似家桃，子小细如小麦、枣核；其中郭璞描述花白，弘景、陆玑描述花紫赤，保昇描述花似桃未言白赤；李时珍描述说"叶大如掌，上绿下白，有毛，状似苎麻而团"；羊桃入药部位为茎根，气味苦、寒、有毒。

《神农本草经》仅说"羊桃"味苦，没有记载其他特征。

清汪绂《物诠》中对猕猴桃的观察是很细致的，已经注意到："羊桃……子圆如小桃，色褐如杜梨……有细黑子其间……又有一种形稍长而色青有毛者。

---

① 叶静渊主编，中国农业遗产研究室编辑. 中国农学遗产选集 甲类 第十六种 落叶果树 上编 [M]. 北京：中国农业出版社，2002. 715-717.

谓之毛桃……然此非苌楚、铫弋也。苌楚虽弱。实是木类。如樱桃。有红花。子亦似桃。而甚小如小豆。亦有羊桃之名。李时珍因混之为一。则失之矣。羊桃出山东者其（甚）大。而其瓤则色赤也。"① 这说明猕猴桃的果实外形有桃形（圆形）、圆柱形（形稍长）；果实外观颜色有褐色（如杜梨）、色青有毛；种子有细黑子（但其描述中未明确区分果实和果中种子，前面说"子圆如小桃"应指果实外形；后面又讲"子亦似桃。而甚小如小豆"。此处是说猕猴桃果实外形如桃，还是说果实里面的"细黑子"外形如桃，如小豆呢？无法区分）；果瓤颜色有赤色的。其中说"李时珍因混之为一"其实是说《本草纲目》中将"羊桃"的叶子描述为"叶大如掌，上绿下白，有毛，状似苎麻而团"，与"猕猴桃"的叶子形态混为一谈。"羊桃"的叶子形态究竟应该是什么样的呢？"苌楚"和"猕猴桃"真的是风马牛不相及吗？

《尔雅》郭璞注中将"苌楚"与"羊桃"关联在一起；《神农本草经》中仅记载"羊桃"一名"鬼桃"，并未记载"羊桃"即"苌楚"；至《本草纲目》草部十八卷记载"羊桃"释名为"鬼桃""苌楚"，另在果部三十三卷记载"猕猴桃"释名为"藤梨""阳桃"。

从名称的书面记载时间先后分别是"苌楚""羊桃""猕猴桃"，诗之"苌楚"细嫩鲜美，药用之"羊桃"味苦不堪食，食用之"猕猴桃"味酸甘美。根据《本草纲目》记载，"羊桃"和"猕猴桃"皆木质藤本，叶子皆上绿下白，外形极像似，有可能大如掌，也有可能长而狭。

"羊桃"究竟是哪种植物呢？目前尚未定论。

《物诠》认为"苌楚"虽弱，实是木类，如樱桃，子亦似桃，而甚小如小豆，有羊桃之名。根据《物诠》和《本草纲目》可以推断，"羊桃"与"猕猴桃"枝叶外在形态极像似，区别在于前者果实如樱桃、不堪食，以此为参照，则"羊桃"极有可能为《中国植物志》第49卷第2册中的猕猴桃科藤山柳属藤山柳（*Clematoclethra scandens* Maxim.），花白色，亦有紫红色花者，与桃花花瓣相近，果熟时浆果状，干燥后具5棱，有种子5颗，倒三角形，光滑，我国特有属，产四川、湖北、陕西、甘肃、山西、河南、云贵等地。根据"植物智"在线植物标本图片库检索，与樱桃外观及颜色相似。

根据《中国植物志》描述，猕猴桃藤山柳与猕猴桃属植物叶片形态高度相似，李时珍所描述的就是猕猴桃藤山柳的叶片形态，清代的批评者实际上是一

---

① 叶静渊主编，中国农业遗产研究室编辑. 中国农学遗产选集 甲类 第十六种 落叶果树 上编[M]. 北京：中国农业出版社，2002. 713.

叶障目，错失解开谜题的机会；其同属植物藤山柳在叶片及花的形态上又与桃相似，藤山柳的叶片既有近圆形的也有狭长的似柳叶或桃叶，花有紫红色、红色、白色等，古代本草家的观察是细致的，但受到地理自然条件和植物学分类法限制，无法系统描述。

藤山柳属是中国的一个特有属，主要分布在四川境内，绝大部分产于四川，湖北、陕西、甘肃、山西、河南、云南、贵州、广西亦有分布。据《河南植物志》第三册记载，藤山柳属河南产2种，1变种，分别是猕猴桃藤山柳（含杨叶藤山柳变种）和藤山柳，花白色或粉红色，多见于伏牛山区山地沟谷林中。这与《诗经·桧风·隰有苌楚》所反映的桧国地理位置及植物的生长环境喜阴潮湿是相吻合的。"猕猴桃"被称为"阳桃"与其生长环境喜温暖湿润向阳是一致的。

"羊桃"与"阳桃"相混淆的最主要因素是由于"望文生义"的误导。"羊桃"的功用部位在其根，"猕猴桃"的功用部位主要是果。有学者对猕猴桃藤山柳的根进行研究，发现其有清热解毒、活血化瘀、消肿止痛之效，还可用于治疗吐血、带下病、经闭、慢性肝炎、风湿关节痛和疝气，这与《神农本草经》、《本草纲目》中"羊桃"主治相一致。

综上，基于植物学名鉴定，《诗经》之"苌楚羊桃"英文译名可以借用其植物属名，即 clematoclethra。考虑到植物拉丁名称在拼读中的困难，也可以采取汉语拼音转写，即 changchu 或 yangtao。若要取"猕猴桃藤山柳"的典型植物部位大而化之，可以采用浆果状果实"berry"指代，即取 Pound 译本中的译名 vitex，但应备注说明非指植物穗花蔓荆。

（2）楚

"楚"在《国风》中出现6次，均指马鞭草科牡荆属黄荆；但许译中5处译作 thorn，1处译作 wood bound；汪译中有3处译作 thorn，2处译作 bramble（悬钩子属植物），1处译作 rush（灯芯草）；韦利译本中5处译作 thorn，1处译作 bramble；詹宁斯译本中4处译作 thorn，1处译作 shrub，1处译作 thicket；可见在译文中均以非特定植物的泛指名称 thorn 或 shrub 来译"楚"，并没有使用黄荆植物对应的英文名称 chaste tree 来翻译，是为了回避 chaste（贞洁、纯洁）一词对整首诗的意象影响而进行的变通。

（3）葛

"葛"在《诗》中出现8次，均指豆科葛属葛，根据植物学名鉴定，其英文名称可为 kudzu vine；许译中"葛屦"3处均省略植物名称，另5处均以泛指非特定植物的 vine 译之；汪译中则全部转译为 ramie（苎麻）；韦利译本中则分别以 fiber-shoe、cloth-plant 译出；詹宁斯则分别以 fiber-shoe、creeper 译出。基于植物学名的英文名称 kudzu 源自日语，对于英语读者而言不一定熟悉这个外来词汇，四种译本中均没有使用这一词汇，詹宁斯使用了 creeper，对于诗歌中的植物形象再现，关联不紧密；韦利则以 cloth-plant 明确了葛在中国古代的功用，对于中国文化传播有一定的作用；汪译采用 ramie 替换了原来葛的植物形象，保留了葛的功用信息；许译则用 vine 保留了葛的藤本植物信息，舍弃了作为天然纤维的功用信息，突出其诗中"藤"的意象。

(4) 稷·粱

"稷""粱"在《诗》中出现 20 次，为禾本科狗尾草属粱，根据植物学名鉴定可译为 foxtail、bristle grass、millet、foxtail millet，许译中 10 处译作 millet、5 处译作 sorghum、2 处译作 maize、2 处译作 rice、1 处译作 corn；汪译中 6 处译作 millet、11 处译作 sorghum、2 处译作 crops、1 处译作 corn；韦利译本中"稷"均译作 cooking-millet，"粱"，2 处译作 spiked millet、1 处译作 sorghum；詹宁斯译本中"稷"，12 处译作 millet、3 处译作 corn、2 处译作 grain，"粱" 3 处均译作 maize。根据国外的专业文献，sorghum 和 millet 在欧美国家都是常见的重要粮食作物，因此英美国家的读者对于这两种植物是熟悉的，在中文诗歌外译中应当准确译出，但只有在韦利的译本中对于"稷"的翻译是高度保持一致，且创造性地将非酿酒用途的"稷"译作 cooking-millet、将酿酒用途的"黍"译作"wine-millet"，既区分了两种植物，又很好地传递了诗歌中的意象，非常有启发意义；但在"粱"的翻译中使用 sorghum 又反映出，其所获取的中国农业发展史信息有限，不知道"高粱"在元朝才有文献记录，明朝才在中国北方种植，误以"粱"为"高粱"。许译和汪译中误以"稷"为"高粱"的译名值得商榷。

(5) 木瓜·木李·木桃

《卫风·木瓜》中出现的木瓜、木李、木桃三个名称实际上是蔷薇科木瓜属的光皮木瓜、毛叶木瓜、皱皮木瓜，对应的英文俗名可为 Chinese quince、Chinese flowering quince、common flowering quince；许译、汪译、詹宁斯则分别译作 quince、plum、peach，将木李、木桃转译为李、桃，从诗的意象传递上说是一种变通译法；韦利则分别译作 quince、tree-plum、tree-peach，试图保留木李、木桃的植物名称，但这一译法没有点明木瓜、木李、木桃之间的植物学内在联系。根据 Britannica，quince 指蔷薇科榅桲属榅桲 *Cydonia oblonga*，果实外形与梨相似，汉语中又称为"木梨"，在英语中称为 traditional quince；对于中国的木瓜属 *Pseudocydonia* 药用木瓜则称为 Chinese quince；观赏为主的蔷薇科木瓜海棠属 *Chaenomeles* 植物则称为 flowering quince；这种以植物学分类为基础的英文译名直接套用在中文诗歌翻译中并不能达到良好的传播效果。从诗歌翻译的角度，不妨以水果形状作为修饰成分，将榅桲称为 pear-quince、木瓜为 melon-quince、木李为 plum-quince、木桃为 peach-quince，则可兼顾其木瓜属植物之意，又示以色、形之区别。

(6) 蒲

根据植物学名鉴定，《诗》之"蒲" 6 处，为香蒲科香蒲属香蒲，其英文译名可为 cattail、typha、reed mace、reedmace；许译 3 处译作 reed、1 处译作 rush、1 处译作 rush and reed、1 处译作 shoots of bamboo；汪译 4 处译作 sweet sedge（菖蒲）、2 处译作 weeds；韦利译本 5 处译作 reed、1 处译作 osiers（柳条）；詹宁斯译本中 4 处译作 rush、1 处译作 reed、1 处译作 sweet-flag root。

根据 Britannica，reed 主要用来至禾本科芦苇属植物，rush 主要指灯芯草科灯芯草属植物，sweet sedge 指菖蒲科菖蒲属菖蒲。灯芯草、菖蒲、香蒲均可药用，同为水草，但其所属科不同，药用部位、功用、外观形态差异明显，故不易混淆。

(7) 檀

《诗》之"檀"出现 5 次，根据植物学名鉴定，应为榆科翼朴属青檀，是中国特有的植物种，英文中无对应俗名可用；许译 2 处译作 sandal、2 处省略未译出、1 处译作 elm；汪译 4 处译作 sandal、1 处省略未译出；韦利 3 处译作 hardwood、2 处省略未译出；詹宁斯 5 处均译作 sandal。

将"檀"误译作 sandal，主要是由于缺乏植物学知识造成的。中国常说的名贵"檀"木主要指黄檀、紫檀，陆地紫檀在中国主产南方，岛屿紫檀多产于印度洋岛屿；黄檀为豆科蝶形花亚科紫檀属珍稀树种，与紫檀木同种，主产广东、云南；《诗》之"檀"在中国称为"青檀"，与黄檀、紫檀不同科。sandal wood 指檀香树，包括白檀 *Santalum album*、紫檀 *Peterocarpus santalinus*、海虹豆 *Adenanthera paconina*。原产巴西、洪都拉斯等地的洪都拉斯黄檀 *Dalbergia stevensoni*、巴西黄檀 *Dalbergia nigra*、蓝花楹 *Jacaranda mimosifolia* 等在国际上称为黄檀木，英文译名为 rosewood①。

根据 Britannica，榆科翼朴属植物的英文俗名为 hackberry。《诗》之"檀"，即青檀，是宣纸生产的重要原料，故可将其译为 hackberry 或 paper hackberry；另可借用其植物属名，译为 wing celtis。

---

① （美）戴尔·古德（Dale Good）主编，杨枕旦等编译．康普顿百科全书·生命科学卷 [M]．北京：商务印书馆，2003.248.

第七章

结 语

第一节 研究内容回顾与总结

本研究以命名理论为指导，以博物学为视角，以植物拉丁学名鉴定为纽带，对《诗经》草木名物的汉语正名、植物学名、基于植物学名的英文俗名、英语全译本中的译名进行了调查研究。

第一章简要介绍了《诗经》草木名物英语命名研究对于《诗经》文化产业发展的意义、研究方法等。第二章对《诗经》的成书记载在中国及欧美国家的传播进行了简要回顾。第三章对荀子的名称理论、专名的"摹状词说""历史因果命名说"等命名理论进行了梳理，为《诗经》草木名物的英文命名研究提供了理论指导框架。

第四章对植物学名的命名规则进行了研究，回顾了《国际植物命名法规》的发展历程，对植物学名与植物分类系统的关系、分类群的命名规则进行了研究，为《诗经》植物的汉语正名及运用植物学名追溯植物汉英命名活动中历史因果链条打下基础。

第五章以陆文郁《诗草木今释》、吴厚炎《〈诗经〉草木汇考》、夏传才的《诗经学大辞典》、潘富俊的《诗经植物图鉴》作为《诗经》草木名物汉语正名调查研究的基础文献，以《中国植物志》及其在线数据库为参照，对所涉及的185个植物名称、162首诗515句进行汉语名称界定和植物学名鉴定进行调查，最终确认《诗经》中记载了21个非特定植物名称、172个特定植物名称。特定植物名称中单名147个、兼名25个。在现代植物学分类中，15个科名和42个属名沿用了《诗经》中的植物名称。《诗经》草木名物名称中与现代植物学汉语正名一致的有101个、不一致的有71个、古今同名的有29个、异名同种的22

个、同名异种的 8 个、一名指同属多种的有 15 个。

第六章以第五章调查研究为基础，经过整理和统计，《诗经》中的 185 个草木名物名称对应于 164 种特定植物，分布于 60 个科 114 个属。第一节中以植物学名为线索，对 GBIF 和 Britannica、USDA Plants Database 中的英文俗名为调查语料，对 164 种特定植物，分为四种情况分析，自建了基于植物学名的"英译参考词表语料库"。第二节以自建的基于植物学名的"英译参考词表语料库"为参照，对许渊冲、汪榕培、阿瑟·韦利、威廉姆·詹宁斯的《诗经》英文全译本进行译名一致性调查，对其中的译名不一致情况进行了案例分析。

第二节　主要发现与研究启示

本研究的主要发现有五点。

第一，植物学名是《诗经》草木名物名称外译的关键参照工具，可以有效提升植物名称翻译的准确度。传统的植物通名及异名研究文献非常丰富，但由于缺少可参照的标准名称工具，导致别名、异名研究含混不清、效率低下。以植物学名为纽带，跨语言的植物名称命名活动可以更加高效、准确。

第二，植物的英语命名基本上建立了以现代植物学名的属名俗名为核心词汇的命名系统。自《国际植物命名法规》实施以来，对于植物的正确分类、确定区分近似种类、科学地描述植物种类特征有了统一的协调机制，通过专业的国际植物学名在线数据库，如 GBIF、RHS、Kew、the Plant List、The World Flora Online Home、the USDA Plants Database 等，可以对植物的学名、俗名使用情况进行在线检索。在植物的英语命名中，以现代植物学分类为基础，以植物的属名俗名为核心词汇的现代植物英语命名系统已经建立，通常对模式属或模式种的命名会在核心词汇前加"common"以示标记，对于科、属、种分类中直接以其英文俗名命名的植物通常会加"true"以示标记，区分其他科、属、种因外观或命名传统中使用相同名称，但不符合现代植物分类的情况。对于一些因分布区域限制，植物种名无英文俗名对应的情况，应首选借用其所属植物属名的英文俗名；如果相应属名无对应英文俗名，也可考虑借用其属名的拉丁名称；由于植物学名的种加名高度灵活，无严格的约束机制或命名规则，对于借用其种加名的拉丁名称作为植物的英文俗名要谨慎。植物名称在拉丁学名的规范化进程中，正以空前的速度推动英文俗名的规范化。

第三，国内对于植物名称的英译过分依赖英汉辞典等通用工具辞书，由于没有明确标注所用英文或汉语名称对应的植物学名，导致对植物的名实关系解读自由度过大，是导致英汉植物名称使用混乱的重要原因，建议在与植物名称相关的英汉工具辞书修订中明确其植物分类群植物学名以提升准确度。

第四，在国内的语言服务及外语语言类高校专业教学中应重视拉丁语的教学，虽然在欧洲文艺复兴时期以后，拉丁语已经被认为是一种已经死亡的语言，但拉丁语在学术领域以及语言学领域的影响依然不容忽视，但在中国的高校外语教学中却很难看到拉丁语课程教学，这使得农业、生物、医药等行业语言服务需求难以满足。虽然《国际植物命名法规》中对于植物名称合格发表的条件已经修改为2012年以后可以用英文书写描述或特征集要，但自1935年以来使用拉丁文"合格发表"的植物分类群描述或特征集要地位举足轻重。在本研究调查《诗经》植物拉丁学名鉴定的过程中，发现很多中国起源或最早栽培利用的重要医药、农林、经济植物的拉丁学名几乎都是由欧美或日本学者发表的，甚至名称中关于分布地域的拉丁词涵义都是日本、蒙古、印度或欧洲，而不是中国，这种冠名弱化了中国的国际影响力，也削弱了中国在国际学术界的话语权，因此急需在农林、生物、医药高校专业以外的语言服务、外语语言类专业教学中加强拉丁语课程教学，提升外语的行业语言服务能力，更好地服务中国科技强国战略。

第五，应当加强汉语文言文在国家语言规划中的地位。长期以来，由于近代中国科技落后于西方发达国家，国家加强国际通用语言英语在国家语言规划中的地位，在全国的各级各类教育中重视英语等国际通用语言的教学，在中国的对外开放和全球化参与中起到了重要作用。随着中国综合国力的不断提升，中国文化走出去战略成为中华民族伟大复兴重要支撑。文化与语言密切相关，中国简化字工作取得了重大成功，目前已经在世界各地推广使用，为汉字的振兴作出了重大贡献。但是，随着简化汉字的推广，古代汉语文言文教学在英语教学的普及中不断被压缩，古代汉语文言文教学在高等教育阶段，主要集中在汉语语言文学、对外汉语、中医学、历史考古等专业，古代汉语教学在外语语言类、理工类等高校专业中呈现不断边缘化的趋势，这对于中华民族伟大复兴是不利的。建议将古代汉语纳入国家语言战略储备和国家语言安全层面进行规划，高考至高校研究生招生中应当将古代汉语与英语等外语课程并列自选，高校学生选修古代汉语可以替代选修外语相应学分，国家应当以法律形式要求所有对于外语应用能力作为要求的职称评定、招生就业、评优奖励等行政事务及社会活动中必须将古代汉语置于同等地位，为中华民族伟大复兴提供包括现代

175

汉语和古代汉语的全面语言支持，为"推动中华优秀传统文化创造性转化、创新性发展"提供源动力。

第三节　主要不足之处与后续研究的问题

　　本研究主要以定性分析为主，基于植物学名的英语俗名语料调查范围限于 GBIF、USDA Plants Database 和 Britannica 在线数据库或平台，基本上以探索性研究为主，所得出的结论需要进一步在传统印刷出版文献资料中进行一定规模的数据验证；对于《诗经》英语全译本中相应英语译名的调查目前只限于许渊冲、汪榕培、韦利、詹宁斯四种译本，后续研究中应进一步扩大语料收集范围，涵盖更多的全译本和选译本，以便能够反映《诗经》草木名物的英语命名的更全面的情况。

　　本研究主要从博物学的视角，对《诗经》草木名物中特定植物的英语命名进行研究，后续可深化对非特定植物的英语命名研究，研究视角可引入文化学、民俗学、文体学等，同时进一步深入到园艺学、药学、农学、商品学等学科领域，细化《诗经》草木名物的英语命名研究。在博物学研究中，还需进一步从解说系统、叙事视角等方面深化相关英语命名研究。

附 录

附录一　《诗经》篇序对照表
附录二　《诗经》中非特定植物名物名称及界定
附录三　《诗经》中名称及学名鉴定一致的特定植物名物
附录四　《诗经》中名称及学名鉴定不一致的特定植物名物

附录一　《诗经》篇序对照表

说明：为了便于对《诗经》中出现的草木名物所在篇目的检索，本篇序对照表参照湖南人民出版社出版的大中华文库汉英对照《诗经》版本①的篇目顺序进行排列编号，以下所列篇序仅包括本研究中涉及草木名物的篇序。

篇序	篇名		
1	国风	周南	关雎
2	国风	周南	葛覃
3	国风	周南	卷耳
4	国风	周南	樛木
6	国风	周南	桃夭
8	国风	周南	芣苢
9	国风	周南	汉广
10	国风	周南	汝坟
13	国风	召南	采蘩
14	国风	召南	草虫
15	国风	召南	采蘋
16	国风	召南	甘棠
20	国风	召南	摽有梅
23	国风	召南	野有死麕
24	国风	召南	何彼襛矣
25	国风	召南	驺虞
26	国风	邶风	柏舟
32	国风	邶风	凯风
34	国风	邶风	匏有苦叶
35	国风	邶风	谷风

① 程俊英，蒋见元今译. 诗经［M］. 长沙：湖南人民出版社，2008.

续表

篇序	篇名		
37	国风	邶风	旄丘
38	国风	邶风	简兮
42	国风	邶风	静女
45	国风	鄘风	柏舟
46	国风	鄘风	墙有茨
48	国风	鄘风	桑中
50	国风	鄘风	定之方中
54	国风	鄘风	载驰
55	国风	卫风	淇奥
57	国风	卫风	硕人
58	国风	卫风	氓
59	国风	卫风	竹竿
60	国风	卫风	芄兰
61	国风	卫风	河广
62	国风	卫风	伯兮
64	国风	卫风	木瓜
65	国风	王风	黍离
68	国风	王风	扬之水
69	国风	王风	中谷有蓷
71	国风	王风	葛藟
72	国风	王风	采葛
73	国风	王风	大车
74	国风	王风	丘中有麻
76	国风	郑风	将仲子
83	国风	郑风	有女同车
84	国风	郑风	山有扶苏
89	国风	郑风	东门之墠
92	国风	郑风	扬之水
93	国风	郑风	出其东门

续表

篇序	篇名		
94	国风	郑风	野有蔓草
95	国风	郑风	溱洧
100	国风	齐风	东方未明
101	国风	齐风	南山
102	国风	齐风	甫田
107	国风	魏风	葛屦
108	国风	魏风	汾沮洳
109	国风	魏风	园有桃
111	国风	魏风	十亩之间
112	国风	魏风	伐檀
113	国风	魏风	硕鼠
115	国风	唐风	山有枢
117	国风	唐风	椒聊
118	国风	唐风	绸缪
119	国风	唐风	杕杜
121	国风	唐风	鸨羽
123	国风	唐风	有杕之杜
124	国风	唐风	葛生
125	国风	唐风	采苓
126	国风	秦风	车邻
128	国风	秦风	小戎
129	国风	秦风	蒹葭
130	国风	秦风	终南
131	国风	秦风	黄鸟
132	国风	秦风	晨风
137	国风	陈风	东门之枌
139	国风	陈风	东门之池
140	国风	陈风	东门之杨
141	国风	陈风	墓门

续表

篇序	篇名		
142	国风	陈风	防有鹊巢
145	国风	陈风	泽陂
148	国风	桧风	隰有苌楚
150	国风	曹风	蜉蝣
152	国风	曹风	鸤鸠
153	国风	曹风	下泉
154	国风	豳风	七月
155	国风	豳风	鸱鸮
156	国风	豳风	东山
161	小雅	鹿鸣之什	鹿鸣
162	小雅	鹿鸣之什	四牡
164	小雅	鹿鸣之什	常棣
165	小雅	鹿鸣之什	伐木
166	小雅	鹿鸣之什	天保
167	小雅	鹿鸣之什	采薇
168	小雅	鹿鸣之什	出车
169	小雅	鹿鸣之什	杕杜
171	小雅	南有嘉鱼之什	南嘉有鱼
172	小雅	南有嘉鱼之什	南山有台
173	小雅	南有嘉鱼之什	蓼萧
174	小雅	南有嘉鱼之什	湛露
176	小雅	南有嘉鱼之什	菁菁者莪
178	小雅	南有嘉鱼之什	采芑
179	小雅	南有嘉鱼之什	车攻
184	小雅	鸿雁之什	鹤鸣
186	小雅	鸿雁之什	白驹
187	小雅	鸿雁之什	黄鸟
188	小雅	鸿雁之什	我行其野
189	小雅	鸿雁之什	斯干

续表

篇序		篇名	
190	小雅	鸿雁之什	无羊
192	小雅	节南山之什	正月
193	小雅	节南山之什	十月之交
196	小雅	节南山之什	小宛
197	小雅	节南山之什	小弁
198	小雅	节南山之什	巧言
201	小雅	谷风之什	谷风
202	小雅	谷风之什	蓼莪
203	小雅	谷风之什	大东
204	小雅	谷风之什	四月
205	小雅	谷风之什	北山
207	小雅	谷风之什	小明
209	小雅	谷风之什	楚茨
210	小雅	谷风之什	信南山
211	小雅	甫田之什	甫田
212	小雅	甫田之什	大田
217	小雅	甫田之什	頍弁
218	小雅	甫田之什	车舝
219	小雅	甫田之什	青蝇
221	小雅	鱼藻之什	鱼藻
222	小雅	鱼藻之什	采菽
223	小雅	鱼藻之什	角弓
224	小雅	鱼藻之什	菀柳
225	小雅	鱼藻之什	都人士
226	小雅	鱼藻之什	采绿
227	小雅	鱼藻之什	黍苗
228	小雅	鱼藻之什	隰桑
229	小雅	鱼藻之什	白华
231	小雅	鱼藻之什	瓠叶

续表

篇序	篇名		
233	小雅	鱼藻之什	苕之华
234	小雅	鱼藻之什	何草不黄
236	大雅	文王之什	大明
237	大雅	文王之什	绵
238	大雅	文王之什	棫朴
239	大雅	文王之什	旱麓
241	大雅	文王之什	皇矣
244	大雅	文王之什	文王有声
245	大雅	生民之什	生民
246	大雅	生民之什	行苇
250	大雅	生民之什	公刘
252	大雅	生民之什	卷阿
256	大雅	荡之什	抑
257	大雅	荡之什	桑柔
261	大雅	荡之什	韩奕
262	大雅	荡之什	江汉
265	大雅	荡之什	召旻
275	周颂	清庙之什	思文
276	周颂	臣工之什	臣工
277	周颂	臣工之什	噫嘻
279	周颂	臣工之什	丰年
289	周颂	闵予小子之什	小毖
290	周颂	闵予小子之什	载芟
291	周颂	闵予小子之什	良耜
299	鲁颂	鲁颂	泮水
300	鲁颂	鲁颂	閟宫
305	商颂	商颂	殷武

附录二 《诗经》中非特定植物名物名称及界定

序号	拼音	名称	界定	篇序
A-001	cǎo	草	与木本植物"树"相对而言,高等植物中除树木、庄稼、蔬菜等之外的茎干柔软植物的统称。	94、174、179、197、201、234
A-002	chá	苴	枯草	265
A-003	chǎng	鬯*	香酒,由郁(姜黄)、薰(华泽兰)、兰(佩兰)三种香草混合而成的香酒。	262
A-004	chóng	重	播种早而成熟晚的谷类粮食作物	154、300
A-005	dié	瓞	较小的葫芦	237、245
A-006	gǔ	谷	庄稼和粮食的总称	154、192、210、212、277、290、291
A-007	hé	禾	庄稼,黍稷稻麦等粮食作物的总称	112、154、211
A-008	huáng mào	黄茂	良种禾谷类粮食作物	245
A-009	huì	卉	草的总称	168、169
A-010	huì	卉	草木统称	204
A-011	huò	藿	豆类作物的叶子,也泛指草本植物的嫩苗	186
A-012	jí	棘	有刺的草木	209
A-013	jià	稼	泛指庄稼(或特指在田中生长、已经秀穗结实的庄稼),为黍、稷、稻、麦等禾谷类粮食作物的总称。	154、211、212、257
A-014	jū	苴	大麻(Cannabis sativa L.)的雌麻	154
A-015	lù	穋(稑)	播种晚而成熟早的谷类粮食作物	154、300
A-016	máo	茅	茅草,为禾本科多种适用于苫盖茅屋屋顶的常见高秆粗禾类草本植物的通称;主要指用于编织的白茅、菅茅、黄茅、芭茅。	229

续表

序号	拼音	名称	界定	篇序
A-017	mù	木	木本植物总称	004、009、165、168、169、171、196、197、198、201、223、256
A-018	shū	菽	豆类总称	245
A-019	sǔn	筍（笋）	竹子初生嫩芽	261
A-020	yáng	杨	杨柳科（Salicaceae）杨属（Populus L.）落叶乔木的通称，可能为毛白杨（Populus tomentosa Carr.）、青杨（Populus cathayana）、小叶杨（Populus simonii Carr.）、河北杨（Populus hopeiensis）等。	126、140、172、176、222
A-021	zhì	稺（稚）	播种较晚的谷类粮食作物	300
A-022	zhī	稙	播种较早的谷类粮食作物	300

*"鬯"在《今释》《辞典》《图鉴》中分别释为"姜黄""姜黄、郁金、莪术等香草""郁金"，《汇考》中未收录本条，根据《周礼》记载"鬯"为香酒，《中国古代礼俗辞典》"鬯"条，释为"高级香酒"，"鬯有两种，用黑黍加一般香草酿成的鬯和秬鬯……鬯，酿秬为酒，芬香将畅于上下也。秬如黑黍，一稃二米……另一种是加郁金草的鬯叫郁鬯……郁，草名。十叶为贯，百二十贯为筑……郁为草若兰。由于鬯很高级，所用器物也不一般，汲器要用圭瓒，盛器用卣"①。可知，"鬯"为"黑黍和一般香草酿成"的高级香酒；"秬鬯"为"秬和一般香草酿成"的高级香酒；在"秬鬯"中和入捣煮的"郁"汁则为"郁鬯"。这三种"鬯"盛放都要使用酒器"卣"。

---

① 许嘉璐. 中国古代礼俗辞典［M］. 北京：中国友谊出版公司，1991.98-99.

附录三 《诗经》中名称及学名鉴定一致的特定植物名物

序号	拼音	名称	篇序
B-001	ài	艾	72
B-002	bái máo	白茅	23、229
B-003	cháng chǔ	苌楚	148
B-004	chēng	柽	241
B-005	chū	樗	154、188
B-006	cí	茨	46、209
B-007	dào	稻	121、154、211、229、300
B-008	dù	杜	119、123、169
B-009	é	莪	176、202
B-010	fěi	菲	35
B-011	fén	枌	137
B-012	fēng	葑	35、48、125
B-013	fóu yǐ	芣苢	8
B-014	gé	葛	2、4、37、71、72、101、107、124、203、239
B-015	gǔ	榖	184、187
B-016	guì	桧	59
B-017	guǒ luǒ	果蓏	156
B-018	hàn dàn	菡萏	145
B-019	hāo	蒿	161、202
B-020	hé	禾	154、245
B-021	hé (huá)	荷（华）	84、145
B-022	hú	壶	154
B-023	hù	瓠	57、171、231
B-024	huán	萑	154、197

续表

序号	拼音	名称	篇序
B-025	jí	棘	32、109、121、124、131、141、152、174、203、219
B-026	jì	荠	35
B-027	jiā	葭	25、57、129
B-028	jiān	蒹	129
B-029	jiāo	椒	117、137、290
B-030	jǐn	堇	237
B-031	jiǔ	韭	154
B-032	jù	柜	245、262、300
B-033	jǔ	枸	172
B-034	jué	蕨	14、204
B-035	kuí	葵	154
B-036	lái	来	275、276
B-037	lái	莱	172
B-038	lán	蓝	226
B-039	láng	稂	153、212
B-040	léi	蘽	004、071、239
B-041	lì	栗	50、89、115、126、156、204
B-042	lǐ	李	24、74、172、256
B-043	liǎn	蔹	124
B-044	liáng	粱	121、187、211
B-045	liǎo	蓼	289、291
B-046	liǔ	柳	100、197、224
B-047	lóng	龙	84
B-048	lóu	蒌	9
B-049	lù	绿	226
B-050	má	麻	74、101、137、139、150、154、245
B-051	máo	茅	23、154、229
B-052	mǎo	茆	299

续表

序号	拼音	名称	篇序
B-053	móu	牟	275、276
B-054	mù	莫	108
B-055	páo	匏	34、250
B-056	pī	秠	245
B-057	pín	苹	15
B-058	pǔ sù	朴樕	023
B-059	qǐ	杞	076
B-060	qǐ	杞	162、169、172、174、204、205
B-061	qī	漆	50、115、126
B-062	qiáo	苕	137
B-063	qín	芹	222、299
B-064	rěn shū	荏菽	245
B-065	rú lú	茹藘	89、93
B-066	sāng	桑	50、58、76、108、121、126、131、152、154、155、156、172、187、197、228、229、257、299
B-067	sháo yào	芍药	95
B-068	shī	蓍	153
B-069	shǔ	黍	065、113、121、153、154、168、187、209、210、211、212、227、279、291、300
B-070	shū	枢	115
B-071	shū	菽	154、196、207、222、300
B-072	shùn	舜	83
B-073	sōng	松	59、84、166、189、217、241、300、305
B-074	suì	檖	132
B-075	tán	檀	076、112、169、184、236
B-076	tǎn	菼	57、73
B-077	táng	唐	48
B-078	táo	桃	6、24、109、256

续表

序号	拼音	名称	篇序
B-079	tiáo	苕	142
B-080	tiáo	苕	233
B-081	tóng	桐	50、174
B-082	tú	荼	279
B-083	wán lán	芄兰	60
B-084	wèi	蔚	202
B-085	wěi	苇	61、154、197、246
B-086	wēi	薇	14、167、204
B-087	wú tóng	梧桐	252
B-088	xìng cài	荇菜	1
B-089	xù	蕢	108
B-090	xuān cǎo	谖草	62
B-091	yǎn	檿	241
B-092	yí	椸	204
B-093	yì	鶪	142
B-094	yǒu	莠	102、212
B-095	yú	榆	115
B-096	yù	薁	154
B-097	zǎo	枣	154
B-098	zhě	柘	241
B-099	zhēn	榛	38、50、152、219、239
B-100	zhù	纻	139
B-101	zǐ	梓	50、197

附录四 《诗经》中名称及学名鉴定不一致的特定植物名物

序号	拼音	名称	篇序	页码
C-001	bǎi	柏	26、45、166、217、241、300、305	193
C-002	bái huá	白华	229	194
C-003	bó	驳(驳)	132	195
C-004	cháng	常	167	197
C-005	cháng dì	常棣	164	198
C-006	chǔ	楚	9、68、92、118、124、131	199
C-007	dì	棣	132	201
C-008	fán	繁	13、154、168	202
C-009	fú	芣	188	204
C-010	fú sū	扶苏	84	205
C-011	gān táng	甘棠	16	206
C-012	guā	瓜	154、156、210、237、245	208
C-013	guān	莞	189	211
C-014	hù	楛	239	213
C-015	huò	获(穫、檴)	203	214
C-016	jì	纪	130	216
C-017	jì	稷	65、121、154、168、209、210、211、212、291、300	217
C-018	jiān	菅	139、229	225
C-019	jiān	蕑¹(蕳¹)	95	226
C-020	jiān	蕑²(蕳²)	145	226
C-021	jiǒng	褧	057	228
C-022	jū	椐	241	230
C-023	juǎn ěr	卷耳	3	231
C-024	kǎo	栲	115、172	232

续表

序号	拼音	名称	篇序	页码
C-025	kǔ	苦	125	233
C-026	lì	栎	132	234
C-027	lì	枥	241	235
C-028	líng	苓	38、125	236
C-029	lú	庐	210	237
C-030	mài	麦	48、54、74、113、154、245、300	238
C-031	méi	梅[1]	20、152、204	240
C-032	méi	梅[4]	130	240
C-033	méi	梅[5]	141	240
C-034	mén	虋	245	242
C-035	méng	蝱	54	244
C-036	mù guā	木瓜	64	245
C-037	mù lǐ	木李	64	248
C-038	mù táo	木桃	64	249
C-039	niǎo	茑	217	250
C-040	niǔ	杻	115、172	252
C-041	nǚ luó	女萝	217	253
C-042	péng	蓬[1]	25	254
C-043	péng	蓬[2]	62	254
C-044	píng	苹	161	255
C-045	pú	蒲	68、145、221、261	257
C-046	pǔ	朴	23、238	260
C-047	qǐ	芑[1]	178、244	261
C-048	qǐ	芑[2]	245	261
C-049	qín	芩	161	263
C-050	sù	粟	187、196	264
C-051	suō	蓑	190	266
C-052	tái	台	172、225	267

续表

序号	拼音	名称	篇序	页码
C-053	táng	堂	130	268
C-054	táng dì	唐棣	24	269
C-055	tì	荑	42、57	271
C-056	tiáo	条	130	272
C-057	tú	荼[1]	35、154、237	274
C-058	tú	荼[2]	292	274
C-059	tuī	蓷	69	277
C-060	xiāo	萧	72、153、173、207、245	279
C-061	xǔ	栩	121、137、162、187	285
C-062	yáng liǔ	杨柳	167	286
C-063	yāo	葽	154	287
C-064	yī	椅	50、174	288
C-065	yú	棫	172	289
C-066	yù	郁	154	290
C-067	yù	棫	237、238、239、241	293
C-068	zǎo	藻	15、221、299	294
C-069	zhú	竹[1]	55、128	295
C-070	zhú	竹[2]	59	295
C-071	zhú	竹[3]	189	296
C-072	zhú	蓫	188	299
C-073	zuò	柞	218、222、237、239、241	300

序号	拼音	正名	学名	科	属	今名
C-001	bǎi	柏	*Platycladus orientalis*（L.）Franco	柏科	侧柏属	侧柏
			Cupressus funebris Endl.	柏科	柏木属	柏木

《诗经》中诗句出处：

篇序	出处			诗句
026	国风	邶风	柏舟	泛丨汎彼柏舟
045	国风	鄘风	柏舟	泛丨汎彼柏舟
166	小雅	鹿鸣之什	天保	如松柏之茂
217	小雅	甫田之什	頍弁	施于松柏
241	大雅	文王之什	皇矣	松柏斯兑
300	鲁颂	鲁颂	閟宫	新甫之柏
305	商颂	商颂	殷武	松柏丸丸

植物学名鉴定：

出处	名称	学名	科	属	今名
今释	柏	*Biota orientalis* Endl.	松柏科	/	侧柏
汇考	柏	*Cupressus funebris* Endl.	柏科	柏木属	柏木
辞典	柏	*Platycladus orientalis*（L.）Franco	柏科	侧柏属	侧柏
图鉴	柏	*Thuja orientails* L.	柏科	/	侧柏

注解：

四专著释"柏"一为侧柏，一为柏木，具体如下：

《今释》释"柏"为松柏科侧柏，别名香柏、崖柏、扁柏、刺柏、黄心柏等，学名为 *Biota orientalis* Endl.，常绿乔木，原产我国西北部，全国各地均有栽培，木质重而芳香，耐腐耐湿，可为风景树，自古多栽植于宫殿、庙宇、陵墓等，多讽咏，种子、叶、树脂、根皮入药，种子可榨油食用。

《汇考》释"柏"为柏科柏木属柏木，学名 *Cupressus funebris* Endl.。

《辞典》注解柏类植物有多种，柏科通常分为侧柏亚科、柏木亚科、圆柏亚科，木质优良，耐腐易加工，是高级商用木材，用于建筑、器物、农具、舟船等。侧柏为多年生常绿乔木，别名扁柏、香柏、黄心柏等，学名 *Platycladus orientalis*（L.）Franco，叶、枝、根、皮、种子皆可入药。

《图鉴》释"柏"为侧柏，学名 *Thuja orientails* L.，柏树是古代制作棺木的上等材料，多种植在宫殿、庙宇周围，成为优美的景观树。《诗》之"柏"也有可能诗柏木属的柏木，学名为 *Cupressus funebris* Endl. 等。

综上，《诗》"柏"多与"松"并提，或"柏舟"之柏，当为高大乔木，故"柏"应为侧柏或柏木，学名分别为 *Platycladus orientalis*（L.）Franco 和 *Cupressus funebris* Endl.。

序号	拼音	正名	学名	科	属	今名
C-002	bái huá	白华	*Themeda villosa*（Poir.）A. Camus	禾本科	菅属	菅

说明：《诗经》中"白华"即"菅"，为一物。

《诗经》中诗句出处：

篇序	出处			诗句
229	小雅	鱼藻之什	白华	白华菅兮

植物学名鉴定：

出处	名称	学名	科	属	今名
今释	/	/	/	/	/
汇考	白华	*Themeda gigantea* var. *Vrllosa*	禾本科	菅属	大菅
辞典	白华	*Themeda villosa*（Poir.）A. Camus	禾本科	菅属	野菅
图鉴	/	/	/	/	/

注解：

《今释》《图鉴》中未收录"白华"条。《汇考》《辞典》释"白华"为禾本科菅属草本植物，种有别，具体如下：

《汇考》中释"白华"为"野菅"，即"菅"，"菅"与"茅"外观相似，但茎有白粉，秋季开花，为禾本科菅属苞子草［学名为 *Themeda gigantea* var. *Caudata*（Nees）Keng］的变种 var *Villosa*（Poir）Keng（*Themeda gigantea* var. *Vrllosa*）①；见"荑"条。另批评了"白华沤之为菅"的观点，认为"白华"即"野菅"是公认的，"野菅"即"菅"，沤"菅"是为了"索"更加柔韧，强于未沤者。"白华菅兮"中的"白华""菅"为同位语，即"白华（这）菅啊"。见"菅"条。

《辞典》释"白华"为禾本科菅属多年生草本植物野菅，学名为 *Themeda villosa*（Poir.）A. Camus。沤过称"菅"，可编织绳索、草鞋等。另指出，有学者认为"白华"为禾本科芒属多年生苇状草本植物芒，学名为 *Miscanthus sinensis* Anderss。

《图鉴》未单列"白华"条，仅在"菅"条提到，"芒草在《尔雅》中称为'白华'或'野菅'"，芒草茎叶似白茅，花序初开粉红，成熟时为白色，故称"白华"。

综上所述，"白华"即今之禾本科菅属菅。

序号	拼音	正名	学名	科	属	今名
C-003	bó	駮（驳）	*Litsea coreana* Lévl.	樟科	木姜子属	鹿皮斑木姜子

《诗经》中诗句出处：

篇序	出处			诗句
132	国风	秦风	晨风	隰有六驳 | 駮

植物学名鉴定：

出处	名称	学名	科	属	今名
今释	六駮（驳）	*Actinodaphne Lancifolia* Meissn.	樟科	/	豹皮樟
汇考	駮（驳）	*Celtis sinensis* Pers.	榆科	朴属	朴树

---

① 根据《中国植物志》第十卷第2册（1997）：第250页，苞子草的学名为 *Themeda caudata*（Nees）A. Camus；*Themeda gigantea*（Cav.）Hack. var. *caudata*（Nees）Keng，中国主要植物图说·禾本科 845. 图 792.1959；第248页，菅（植物名实图考）的学名为 *Themeda villosa*（Poir.）A. Camus；*Themeda gigantea*（Cav.）Hack. var. *villosa*（Poir.）Keng，中国主要植物图说·禾本科 845. 图 973.1959。因此，据《中国植物志》"菅"为今为禾本科菅属菅。

续表

出处	名称	学名	科	属	今名
辞典	驳（驳）	*Litsea coreana* Lévl. var. *sinensis*（Allen）Yang et P. H. Huang	樟科	木姜子属	豹皮樟
图鉴	驳（驳）	*Litsea coreana* Levl.	樟科	/	鹿皮斑木姜子
	驳（驳）	*Litsea coreana* Lévl. var. *lanuginose*（Migo）Yang et P. H. Huang	樟科	/	毛豹皮樟
	驳（驳）	*Litsea coreana* Lévl. var. *sinensis*（Allen）Yang et P. H. Huang	樟科	/	豹皮樟

注解：

《今释》引崔豹《古今注》"六驳，山中有木，叶似豫樟，皮多癣驳"，又引陆玑《诗疏》"树皮驳荦，遥视似驳马，故谓之驳马"，释《秦风·晨风》"隰有六驳"之"六驳"为"驳马""梓榆"，樟科植物，学名为 *Actinodaphne Lancifolia* Meissn.①。

《汇考》将"驳"与"檀""枢""榆（枌）"并为一章考证，其中"檀""枢""榆（枌）"意见较一致："檀"，即榆科翼朴属青檀，学名为 *Pteroceltis tatarinowii* Maxin；"枢"，即榆科刺榆属刺榆，学名为 *Hemiptelea davidii*（Hance）Planch；"榆"，即"枌"，今之白榆、榆树、家榆，学名为 *Vlmus pumila* L.。"驳"，据陆玑《诗疏》、沈括《梦溪补笔谈》及李时珍《本草纲目》所述，似"檀"，又称"梓榆"，"南人谓之朴"，故为今之榆科朴属朴树，学名为 *Celtis sinensis* Pers.。

---

① 根据《中国植物志》第31卷（1982），第293页，樟科（*Lauraceae*）樟亚科（Subfam. *Lauroideae*）木姜子族（Trib. *litseeae*）木姜子亚族（Subtrib. *litseineae*）木姜子属（*Litsea*）木姜子亚属（Subg. Litsea）平托组（Sect. *Conodaphne*）朝鲜木姜子［俗名：鹿皮斑木姜子（台湾植物志）］，曾用学名为 *Actinodaphne lancifolia*（Sieb. et Zucc.）Meissn. in DC. Prodr. 15（1）：211. 515. 1864 已正名为 *Litsea coreana* Lévl.，产于中国台湾中部，朝鲜、日本也有分布。第294页，樟科（*Lauraceae*）樟亚科（Subfam. *Lauroideae*）木姜子族（Trib. *litseeae*）木姜子亚族（Subtrib. *litseineae*）木姜子属（*Litsea*）木姜子亚属（Subg. Litsea）平托组（Sect. *Conodaphne*）豹皮樟（变种），别名扬子黄肉楠，学名 *Litsea coreana* var. *sinensis*（Allen）Yang et P. H. Huang，异名 *Actinodaphne lancifolia*（Sieb. et Zucc.）Meissn. var. *sinensis* Allen in Ann. Miss. Bot. Gard. 25：406. 1938，产浙江、江苏、安徽、河南、湖北、江西、福建。

《辞典》释"驳"（駁）为梓榆，今之樟科木姜子属豹皮樟，别名驳马、鹿皮斑木姜子、朝鲜木姜子等，学名为 *Litsea coreana* Lévl. var. *sinensis*（Allen）Yang et P. H. Huang。

《图鉴》释"驳"为樟科鹿皮斑木姜子，学名为 *Litsea coreana* Levl.，其言明这种木姜子目前分布从日本、朝鲜半岛、经我国河南至华南、台湾，不见于旧秦地，推测《诗经》时代陕北地区应有分布，又列举其二变种：毛豹皮樟（*Litsea coreana* Lévl. var. *lanuginose*（Migo）Yang et P. H. Huang）和豹皮樟（*Litsea coreana* Lévl. var. *sinensis*（Allen）Yang et P. H. Huang），树皮呈鹿皮斑状脱落，可称之为"驳"。

综上，除《汇考》将"驳"释为朴树，其他三部专著均释"驳"为鹿皮斑木姜子，或其二变种毛豹皮樟或豹皮樟。从《中国植物志》在线数据库发布的相关图片来看，"驳"应为鹿皮斑木姜子或其变种。

序号	拼音	正名	学名	科	属	今名
C-004	cháng	常	*Amelanchier sinica*（Schneid）Chun.	蔷薇科	唐棣属	唐棣

《诗经》中诗句出处：

篇序	出处			诗句
167	小雅	鹿鸣之什	采薇	维常之华

植物学名鉴定：

出处	名称	学名	科	属	今名
今释	常	*Populus cathayana* Rehd.	杨柳科	/	青杨
汇考	常	*Amelanchier sinica*（Schneid）Chun.	蔷薇科	唐棣属	唐棣
辞典	常	*Cerasus japonica*（Thunb.）Lois.	蔷薇科	樱属	郁李
图鉴	/	/	/	/	/

注解：

四专著对"常"的分歧较大，《今释》从李时珍"扶栘"同"栘""唐棣"说，认为"唐棣"与白杨同类，释"常"为青杨；《汇考》考证"唐棣"非杨类，其（叶）似白杨，与"郁李"别，与"常棣"异名同物；《辞典》均持"常""常棣"同"郁"说；《图鉴》未收录"维常之华"之"常"；具体如下：

《今释》释"常"为"常棣"（《小雅·常棣》"常棣之华"），别名为栘、栘杨、枎栘、小叶杨、青杨，杨柳科植物，学名为 *Populus cathayana* Rehd.。

《汇考》将"唐棣（棣）""常棣（常）""郁"并为一章加以考证，"常"与"常棣"同，"唐棣"与"棣"同；另根据毛《传》，"常棣""唐棣""常""棣""栘"互指，"常棣"即"唐棣"，但与"郁李"别。

"唐棣（棣）"有三种解释：①"似白杨"或"白杨之类"，②"郁李"，③"唐棣"。经考证，"唐棣（棣）"即今之"唐棣"，今秦岭太白山称红栒子，蔷薇科唐棣属，学名为 *Amelanchier sinica* (Schneid) Chun.。见"唐棣"条。

故，"常"即"常棣""唐棣""棣"，今秦岭太白山称红栒子，蔷薇科唐棣属，学名为 *Amelanchier sinica* (Schneid) Chun.。

《辞典》释"常"为"常棣""郁"，即蔷薇科樱属郁李，学名为 *Cerasus japonica* (Thunb.) Lois.。

《图鉴》没有对《小雅·采薇》"维常之华"之"常"进行界定。

综上，《汇考》对"唐棣"考证有理，当从其说。故，"常"即"常棣""唐棣""棣"，为蔷薇科唐棣，学名为 *Amelanchier sinica* (Schneid.) Chun.。

序号	拼音	正名	学名	科	属	今名
C-005	cháng dì	常棣	*Amelanchier sinica* (Schneid) Chun.	蔷薇科	唐棣属	唐棣

《诗经》中诗句出处：

篇序	出处			诗句
164	小雅	鹿鸣之什	常棣	常棣之华

植物学名鉴定：

出处	名称	学名	科	属	今名
今释	常棣	*Populus cathayana* Rehd.	杨柳科	/	青杨
汇考	常棣	*Amelanchier sinica* (Schneid) Chun.	蔷薇科	唐棣属	唐棣
辞典	常棣	*Cerasus japonica* (Thunb.) Lois.	蔷薇科	樱属	郁李
图鉴	常棣	*Prunus japonica* Thunb.	蔷薇科	/	郁李

注解：

除《图鉴》外，其余三专著释"常棣"为"常"。对"常棣"的分歧较大，

《今释》从李时珍"扶栘"同"栘""唐棣"说,认为"唐棣"与白杨同类,释"常棣"为青杨;《汇考》考证"唐棣"非杨类,其(叶)似白杨,与"郁李"别,与"常棣"异名同物;《辞典》持"唐棣""常棣"同"郁"说;《图鉴》持"唐棣""常棣"有别,"常棣"同"郁"说;具体如下:

《今释》释"常棣"为"常",别名为栘、栘杨、扶栘、小叶杨、青杨,杨柳科植物,学名为 Populus cathayana Rehd.。

《汇考》将"唐棣(棣)""常棣(常)""郁"并为一章加以考证,"常"与"常棣"同,"唐棣"与"棣"同;另根据毛《传》,"常棣""唐棣""常棣""栘"互指,"常棣"即"唐棣",但与"郁李"别。

"唐棣(棣)"有三种解释:①"似白杨"或"白杨之类",②"郁李",③"唐棣"。经考证,"唐棣(棣)"即今之"唐棣",今秦岭太白山称红栒子,蔷薇科唐棣属,学名为 Amelanchier sinica (Schneid) Chun.。见"唐棣"条。

故,"常棣"即"常""唐棣""棣",今秦岭太白山称红栒子,蔷薇科唐棣属,学名为 Amelanchier sinica (Schneid) Chun.。

《辞典》释"常棣"为"常""郁",即蔷薇科樱属郁李,学名为 Cerasus japonica (Thunb.) Lois.。

《图鉴》没有对《小雅·采薇》"维常之华"之"常"进行界定,但在"郁"条,释"郁"为"棣""常棣",今之蔷薇科郁李,学名为 Prunus japonica Thunb.。

综上,《汇考》对"唐棣"考证有理,当从其说。故,"常棣"即"常""唐棣""棣",为蔷薇科唐棣,学名为 Amelanchier sinica (Schneid.) Chun.。

序号	拼音	正名	学名	科	属	今名
C-006	chǔ	楚	Vitex negundo L.	马鞭草科	牡荆属	黄荆

《诗经》中诗句出处:

篇序	出处			诗句
009	国风	周南	汉广	言刈其楚
068	国风	王风	扬之水	不流束楚
092	国风	郑风	扬之水	不流束楚
118	国风	唐风	绸缪	绸缪束楚
124	国风	唐风	葛生	葛生蒙楚

续表

篇序	出处			诗句
131	国风	秦风	黄鸟	止于楚

植物学名鉴定：

出处	名称	学名	科	属	今名
今释	楚	*Vitex chinensis* Mill.	马鞭草科	/	荆条
汇考	楚	*Vitex negundo* var. *heterophylla* （Frazch.）Rehd.	马鞭草科	牡荆属	荆条
辞典	楚	*Vitex negundo* L.	马鞭草科	牡荆属	黄荆
图鉴	楚	*Vitex negundo* L.	马鞭草科	牡荆属	黄荆

注解：

《今释》释"楚"为"楛""荆"，马鞭草科植物荆条，学名为 *Vitex chinensis* Mill.，即 *Vitex negundo* var. *heterophylla*（Franch.）Rehd.。

《汇考》依据李时珍《本草纲目》卷三十六，"牡荆"条，"释名：黄荆（图经）、小荆（本经）、楚"，又说"有青、赤二种，青者为荆，赤者为楛"[1]，释"楚"为马鞭草科牡荆属黄荆之变种荆条，学名为 *Vitex negundo* var. *heterophylla*（Frazch.）Rehd.；释"楛"为马鞭草科牡荆属黄荆，学名为 *Vitex negundo*。

《辞典》释"楚"为"黄荆"，别名荆、黄荆子、牡荆、荆条，学名 *Vitex negundo* L.。释"楛（hù）"为马鞭草科 Verbenaceae 牡荆属单叶蔓荆，学名为 *Vitex trifolia* L. var. *simplicifolia* Cham.[2]。

《图鉴》引《图经》说楚"有赤青二种，青者荆，赤者楛"，释"楚""楛"为不同生育地所产的同一树种，今之马鞭草科黄荆，学名为 *Vitex negundo* L.。又

---

[1] （明）李时珍. 本草纲目（校点本）[M]. 北京：人民卫生出版社，1975. 2120-2122.
[2] 根据 Royal Botanic Gardens, Kew 在线数据库 Plants of the World Online 检索，*Vitex trifolia* var. *simplicifolia* Cham. First published in Linnaea 7: 107 (1832) This name is a synonym of *Vitex rotundifolia*. 根据《中国植物志》第 65 卷第 1 册（1982），第 138 页：8a. 蔓荆（原变种）图 69 *Vitex trifolia* Linn. var. *Trifolia*，落叶灌木，罕为小乔木，高 1.5—5 米，有香味；8c. 单叶蔓荆（拉汉种子植物名称）图 70 *Vitex trifolia* Linn. var. *simplicifolia* Cham. in Linnaea 107. 1832；本变种主要特点：茎匍匐，节处常生不定根。根据在线网页备注，单叶蔓荆学名接受名为 *Vitex rotundifolia* Linnaeus f.。

补充说黄荆在中国有数个变种，如牡荆（*Vitex negundo* L. var. *cannabifolia*）、荆条（*Vitex negundo* L. var. *heterophylla*）。

综上，各家对"楚"释为鞭草科黄荆无异，其学名为 *Vitex negundo* L.。"楛"，据孔颖达疏引陆玑云，"楛，其形似荆而赤，茎似蓍"①。结合上述所鉴定的植物学名与《中国植物志》第65卷第1册（1982）及其在线数据提供的牡荆属植物图片比较，取《词典》释"楛（hù）"为马鞭草科 Verbenaceae 牡荆属单叶蔓荆，学名为 *Vitex rotundifolia* Linnaeus。

序号	拼音	正名	学名	科	属	今名
C-007	dì	棣	*Amelanchier sinica* (Schneid) Chun.	蔷薇科	唐棣属	唐棣

《诗经》中诗句出处：

篇序	出处			诗句
132	国风	秦风	晨风	山有苞棣

植物学名鉴定：

出处	名称	学名	科	属	今名
今释	棣	*Prunus japonica* Thunb.	蔷薇科	/	郁李
汇考	棣	*Amelanchier sinica* (Schneid) Chun.	蔷薇科	唐棣属	唐棣
辞典	棣	*Amelanchier sinica* (Schneid) Chun.	蔷薇科	唐棣属	唐棣
图鉴	棣	*Prunus japonica* Thunb.	蔷薇科	/	郁李

注解：

四专著对"棣"之界定分为两种：《今释》《图鉴》释"棣"为郁李；《汇考》、《辞典》释"棣"为唐棣；具体如下：

《今释》释"棣"为"唐棣"，别名郁李、栘木、糖棣、雀李、爵李、棠棣、策李、赤棣等，蔷薇科植物，学名为 *Prunus japonica* Thunb.。

《汇考》将"唐棣（棣）""常棣（常）""郁"并为一章加以考证，"常"与"常棣"同，"棣"与"唐棣"同；另根据毛《传》，"棣""唐棣""常棣""常""栘"互指，"常棣"即"唐棣"，但与"郁"别。

---

① 许惟贤编著. 古汉语小字典［M］. 上海：上海辞书出版社，2000.678.

"唐棣（棣）"有三种解释：①"似白杨"或"白杨之类"，②"郁李"，③"唐棣"。经考证，"唐棣（棣）"即今之"唐棣"，今秦岭太白山称红栒子，蔷薇科唐棣属，学名为 *Amelanchier sinica*（Schneid）Chun.。见"唐棣"条。

故，"棣"即"唐棣""常""常棣"，今秦岭太白山称红栒子，蔷薇科唐棣属，学名为 *Amelanchier sinica*（Schneid）Chun.。

《辞典》释"棣"为"唐棣"，即蔷薇科唐棣属唐棣，学名为 *Amelanchier sinica*（Schneid）Chun.。

《图鉴》释"棣"为"郁""常棣"，今之蔷薇科郁李，学名为 *Prunus japonica* Thunb.。

综上，《汇考》对"唐棣"考证有理，当从其说。故，"棣"即"唐棣""常""常棣"，为蔷薇科唐棣，学名为 *Amelanchier sinica*（Schneid.）Chun.。

序号	拼音	正名	学名	科	属	今名
C-008	fán	蘩	*Artemisia sieversiana* Ehrhart ex Willd.	菊科	蒿属	大籽蒿

《诗经》中诗句出处：

篇序	出处			诗句
013	国风	召南	采蘩	于以采蘩
154	国风	豳风	七月	采蘩祁祁
168	小雅	鹿鸣之什	出车	采蘩祁祁

植物学名鉴定：

出处	名称	学名	科	属	今名
今释	蘩	*Artemisia sieversiana* Willd.	菊科	/	大籽蒿
汇考	蘩	*Artemisia sieversiana* Willd.	菊科	蒿属	大籽蒿
辞典	蘩	*Artemisia selengensis* Turcz. ex Bess.	菊科	蒿属	蒌蒿
图鉴	蘩	*Artemisia sieversiana* Ehrhart ex Willd.	菊科	/	大籽蒿

注解：

四专著对"蘩"之界定分二种，一为大籽蒿，一为蒌蒿，具体如下：

《今释》释"蘩"为菊科白蒿，别名繁、由胡、白蒿、蟠蒿等，学名 *Artemisia sieversiana* Willd.。茎叶可食，用于救荒。

《汇考》对"蘩"之"白蒿"异说进行了考证，由于古时称"白蒿"者繁多，难以确查。通过对"蘩"字本义解题，其从艸，从系每，特指某植物有繁盛之意，"白蒿"之"大籽"蒿有滋生、繁衍之意；从其生长状况看，高达50—150厘米，头状花序，瘦果长1—1.2毫米，是《诗》之蒿类种高大多花籽大者，合"蘩"名茂盛之意。"采蘩"之事与蚕事相关，大籽蒿叶有用于蚕种的传统，故"蘩"当释为菊科蒿属大籽蒿，学名 Artemisia sieversiana Willd.。

《辞典》从《尔雅》释"蘩"为皤蒿、由胡入手，再从其生境为"沼""沚""涧"等水生环境，有香气，可食加以考证，认为仅有"蒌蒿"一种符合，其学名为 Artemisia selengensis Turcz. ex Bess.。

根据《中国植物志》第76卷第2册（1991）第8页记载，菊科 Compositae 管状花亚科 Carduoideae 春黄菊族 Anthemideae 菊亚族 Chrystheminae 蒿属 Artemisia 蒿亚属 Subgen. Artiemisia 莳萝蒿组 Sect. Absinthium 大花蒿系 Ser. Sieversianae 大籽蒿（东北植物检索表）【山艾（山西），白蒿（河北、甘肃），大白蒿、臭蒿子（甘肃），大头蒿、苦蒿（新疆）】，学名为 Artemisia sieversiana Ehrhart ex Willd.，我国自黑龙江、吉林、辽宁、内蒙古、河北、山西、陕西、宁夏、甘肃、青海、新疆至四川、贵州、云南及西藏等省区有分布，山东、江苏等省有栽培；东北、华北、西北省区分布在海拔500—2200米地区，西南省区最高分布到海拔4200米地区，多生于路旁、荒地、河漫滩、草原、森林草原、干山坡或林缘等，局部地区成片生长，为植物群落的建群种或优势种。发现其生长在不同生态环境中所产生的体态变异差异较大，甚至在同一小区域里也常出现其变异，如在水湿条件好的环境里，其植株高可达1.5米，植株各部分近无毛，叶长可达6—13厘米，宽4—15厘米，其小裂片宽可达3—4毫米，头状花序在茎上排成开展的圆锥花序；而在干燥的环境里生长的植株通常矮小，高20—30厘米，植株各部分被毛多，叶小，长4—5厘米，宽3—4厘米，其小裂片亦狭窄，宽仅1—2毫米，头状花序小，在茎上排成狭窄的圆锥花序。可见大籽蒿的生命力旺盛，适应能力强，水陆皆能生存。另含挥发油，并含内酯类及薁类（azulens）物质。民间入药，有消炎、清热、止血之效；高原地区用于治疗太阳紫外线辐射引起的灼伤。牧区作牲畜饲料。

综上，"蘩"应为菊科蒿属大籽蒿。

序号	拼音	正名	学名	科	属	今名
C-009	fú	葍	*Calystegia hederacea* Wall. ex. Roxb.	旋花科	打碗花属	打碗花
			Calystegia sepium（Linn.）Prodr.	旋花科	打碗花属	旋花
			Calystegia pellita（Ledeb.）G. Don	旋花科	打碗花属	藤长苗
			Calystegia sepium subsp. *spectabilis* Brummitt	旋花科	打碗花属	毛打碗花

《诗经》中诗句出处：

篇序	出处			诗句
188	小雅	鸿雁之什	我行其野	言采其葍

植物学名鉴定：

出处	名称	学名	科	属	今名
今释	葍	*Calystegia hederacea* wall.	旋花科	/	小旋花
汇考	葍	*Caiystegia hederacea* wail	旋花科	打碗花属	打碗花
辞典	葍	*Calystegia hederacea* Wall. ex. Roxb.	旋花科	打碗花属	打碗花
图鉴	葍	*Calystegia sepium*（Linn.）Prodr.	旋花科	/	旋花

注解：

四专著均释"葍"为旋花科打碗花属植物：《今释》《汇考》均释"葍"为小旋花，即打碗花，为农田恶草；《辞典》释"葍"为打碗花，但补充说亦有认为是旋花科旋花，从生长环境和形态来看，打碗花和旋花非常相似，不易区分，但据农人证实，旋花味微辛，不如小旋花（打碗花）可口；《图鉴》释"葍"为旋花，但认为与其同属的植物打碗花（学名 *Calystegia hederacea*）、藤长苗（学名 *Calystegia pellita*）、毛打碗花（学名 *Calystegia dahurica*）也包括在内。

就《小雅·我行其野》诗之题材而言，有学者认为是弃妇诗，也有学者认为是弃夫诗[1]，不论诗中"我"是"夫"还"妇"，所运用"樗""蓫""葍"等恶木劣菜起兴这一手法是可以确定的，象征自己嫁给恶人，暗示自己为人所

---

[1] 尚永亮.《诗经》弃妇诗分类考述 [J]. 学术论坛，2012（8）：66-74.

弃的痛苦心情，由此可知，"荼"应释为旋花科打碗花属植物，所包含的农田恶草并非一种，其入口是否甘美并不是确定其为何种的关键。

综上，《图鉴》说可取。

序号	拼音	正名	学名	科	属	今名
C-010	fú sū	扶苏	*Quercus dentata* Thunb.	壳斗科	栎属	槲树

说明："扶苏"即"朴樕"，见"朴樕"条。

《诗经》中诗句出处：

篇序	出处			诗句
084	国风	郑风	山有扶苏	山有扶苏

植物学名鉴定：

出处	名称	学名	科	属	今名
今释	/	/	/	/	/
汇考	扶苏	*Quercus dentata* Thunb.	壳斗科		槲树
辞典	扶苏	/	/	/	小木
图鉴	扶苏	*Amelanchier sinica* (Schneid.) Chun	蔷薇科		唐棣

说明：《今释》未对《郑风·山有扶苏》之"扶苏"进行界定。

注解：

关于"扶苏"的学名鉴定四专著分歧很大：《今释》未收录，《汇考》释"扶苏""朴樕"同种，《辞典》释"扶苏"为"小木"又说"大木"又说与"桑"同种，《图鉴》释"扶苏""唐棣"同种，具体如下：

《今释》未对"扶苏"进行界定。

《汇考》认为"扶苏"即"朴樕"。详见"朴樕"条。

《辞典》介绍了"扶苏"的三种解释：①即"扶胥"，为"小木"，②即"扶疏"，为枝叶繁茂大树，③即"蒲苏"，为桑树。

《图鉴》在"唐棣"条认为"扶苏"即扶栘，即"唐棣"。引《尔雅》说"唐棣"就是"栘"，即郭璞注之"夫栘"。又引《本草纲目》说"夫栘"即"枎栘"。

学者对"扶苏"的界定争议由来已久，唐鹏在《〈山有扶苏〉的主题探析》一文中对"扶苏"进行了考证，指出有四种解释：其一，如《正义》之意，指"小木"；其二，扶苏同蒲苏，指桑树；其三，松柏、槐树之茂状比附扶苏之茂状，盖指松柏、槐树；其四，扶苏生于贫瘠的山脊，指唐棣。然后分析说《山有扶苏》作于夏季，因诗中"山有扶苏，隰有荷华""山有乔松，隰有游龙"反映了"扶苏"之茂、"荷华"之盛、"乔松"之高、"游龙"之放纵，皆夏季景象。① 文中认为"扶苏"为松柏、槐树之大木。

刘洋在《试析〈山有扶苏〉和〈泽陂〉中的爱情描写》一文中认为《山有扶苏》是女子对情人俏骂之诗，从《诗经》中常用的"山有……隰有……"起兴句式分析入手，说扶桑是男根崇拜的象征、男女仲春之会于桑林，故诗中的"扶苏"应释作扶桑。②

吴厚炎在《〈诗经〉草木汇考》中也对"扶苏"之"茂木""桑树""小木""大木"四说进行了考证，持"大木"说，通过古音训诂提出"扶苏"即"朴樕"，并从与"乔松"相匹配的角度否定了"扶苏"为"桑树"的观点，同理"唐棣"也是小乔木，相比较而言"扶苏"为"朴樕"，即槲树更合理。

综上所述，《郑风·山有扶苏》之"扶苏"即"朴樕"，今之壳斗科栎属槲树，学名 *Quercus dentata* Thunb.。

序号	拼音	正名	学名	科	属	今名
C-011	gān táng	甘棠	*Pyrus xerophila* Yü	蔷薇科	梨属	木梨

《诗经》中诗句出处：

篇序	出处			诗句
016	国风	召南	甘棠	蔽芾甘棠

植物学名鉴定：

出处	名称	学名	科	属	今名
今释	甘棠	*Pyrus betulaefolia* Bunge.	蔷薇科	/	杜梨

---

① 唐鹏.《山有扶苏》的主题探析［J］.安康学院学报，2018，30（5）：23-27.
② 刘洋.试析《山有扶苏》和《泽陂》中的爱情描写［J］.文学教育（上半月），2009（10）：80-82.

续表

出处	名称	学名	科	属	今名
汇考	甘棠	Pyrus xerophila Yü	蔷薇科	梨属	木梨
辞典	甘棠	Pyrus betulaefolia Bge.	蔷薇科	梨属	杜梨
图鉴	甘棠	Pyrus betulaefolia Bunge	蔷薇科	梨属	杜梨

注解：

《今释》《辞典》《图鉴》释"甘棠"为杜梨，《汇考》释"甘棠"为木梨，具体如下：

《今释》释"甘棠"为"杜"或"棠"，又称杜梨、白棠、棠梨、野梨，今蔷薇科植物，学名为 Pyrus betulaefolia Bunge. 。

《汇考》列"甘棠"与"杜"于一章，批评了"棠""杜"不分之古说、许慎"牡牝"说，指出"陆玑据《尔雅》释二'杜'：一曰甘棠（白棠），一曰赤棠，与《诗》意合"。澄清了陆玑《诗疏》原句为："甘棠，今棠梨。一名杜梨，赤棠也。与白棠同耳。但子有赤白美恶。子白色为白棠，甘棠也。少酢滑美。赤棠子涩而酢无味。俗语云'涩如杜'是也。赤棠木理韧，亦可作弓干"。《齐民要术》卷四插梨第三七说："插法（即嫁接）：用棠、杜。棠，梨大而细理（即果肉）；杜次之"。根据《尔雅》、陆玑《诗疏》及李时珍《本草纲目》，将"甘棠"释为"棠"，即白棠、棠梨，今之蔷薇科梨属木梨①（酸梨、野梨、棠梨），学名为 Pyrus xerophila Yü；释"杜"为"赤棠"，今之蔷薇科梨属杜梨，学名为 Pyrus betulaefolia Bunge.②。《甘棠》之诗歌颂召伯；《秋杜》及《有秋之杜》写人卓立无靠，处境艰困，国家动荡，内心悲苦，与"棠"之"甘"或"杜"之"涩"有关。

《辞典》释"杜"为蔷薇科梨属杜梨，别名棠梨、野梨子，学名为 Pyrus

---

① 根据《中国植物志》第 36 卷（1974），第 363 页，蔷薇科（Rosaceae）苹果亚科（Maloideae）梨属（Pyrus）宿萼组（Sect. Pyrus）木梨（中国果树志）【酸梨（甘肃土名），野梨（陕西土名），棠梨（山西土名）】，学名为 Pyrus xerophila Yü，植物分类学报 8: 233. 1963。本种在我国西北部常用作栽培梨的砧木，深根抗旱，寿命很长，抗赤星病力特强。

② 根据《中国植物志》第 36 卷（1974），第 366 页，蔷薇科（Rosaceae）苹果亚科（Maloideae）梨属（Pyrus）脱萼组（Sect. Pashia）杜梨（华北的梨）【棠梨（植物名实图考），土梨（河南土名）海棠梨、野梨子（江西土名），灰梨（山西土名）】，学名为 Pyrus betulifolia Bge.，同名有 Pyrus betulaefolia Bge. in Mem. Div. Sav. Acad. Sci. St. Petersb. 2: 101. 1835。本种抗干旱，耐寒凉，通常作各种栽培梨的砧木，结果期早，寿命很长。木材致密可作各种器物。树皮含鞣质，可提制栲胶并入药。

betulaefolia Bge.。释"甘棠"为蔷薇科梨属杜梨,果实白色,别名棠、白棠,与果赤且酸涩无味的赤棠("杜")相对,学名为 *Pyrus betulaefolia* Bge.。

《图鉴》释"甘棠"为"堂",又称"棠",为棠梨中结白色果实的;棠梨中结红色果实的为"赤棠",即"杜"。今之蔷薇科梨属①棠梨或杜梨,学名为 *Pyrus betulaefolia* Bunge。《召南·甘棠》之召伯,周宣王的大臣,其居住地有一株杜梨,他离世后,怀念他的百姓以保护这棵树为纪念,成为"甘棠遗爱"及"甘棠之惠"的典故。

综上,应采《汇考》说,"棠""杜"有别:"甘棠"为蔷薇科梨属木梨,别名"棠""堂""白棠""棠梨",学名为 *Pyrus xerophila* Yü;"杜"为"赤棠",今之蔷薇科梨属杜梨,学名为 *Pyrus betulaefolia* Bunge.。

序号	拼音	正名	学名	科	属	今名
C-012	guā	瓜	*Lagenaria siceraria* (Molina) Standly	葫芦科	葫芦属	葫芦

《诗经》中诗句出处:

篇序	出处			诗句
154	国风	豳风	七月	七月食瓜
156	国风	豳风	东山	有敦瓜苦
210	小雅	谷风之什	信南山	疆场有瓜
237	大雅	文王之什	绵	绵绵瓜瓞
245	大雅	生民之什	生民	瓜瓞唪唪

植物学名鉴定:

出处	名称	学名	科	属	今名
今释	瓜	*Cucumis melo* L.	葫芦科	/	甜瓜
汇考	瓜¹	*Momordica charantia* L.	葫芦科	苦瓜属	苦瓜
	瓜²	*Cucumis melo* L.	葫芦科	香瓜属	香瓜

---

① 梨属(*Pyrus* spp.)植物全世界有30多种,中国原产的有13种,其中果实大型的真梨类,包括常见果实沙梨(*Pyrus bretschneideri* Rehd.)及白梨(*Pyrus pyrifolia* (Burm.) Nakai);果实小型的杜梨类,包括棠梨(杜梨)、豆梨(*Pyrus calleryana* Dcne.)等。(潘富俊. 美人如诗,草木如织:诗经植物图鉴[M]. 北京:九州出版社,2018. 147.)

续表

出处	名称	学名	科	属	今名
辞典	瓜苦	*Momordica charantia* L.	葫芦科	苦瓜属	苦瓜
		Lagenaria siceraria（Molina）Standl.	葫芦科	葫芦属	葫芦
	瓜	*Cucumis melo* L.	葫芦科	香瓜属	香瓜
图鉴	瓜	*Cucumis melo* L.	葫芦科	香瓜属	香瓜

说明：瓜^1 见于《东山》，瓜^2 见于《七月》《信南山》《绵》《生民》。

注解：

四专著对于《七月》《信南山》《绵》《生民》之"瓜"均释为葫芦科香瓜属香瓜；对于《东山》"瓜苦"分歧较大：《今释》《图鉴》释为甜瓜，《汇考》释为苦瓜，《辞典》释为苦瓜或葫芦；然而，河南省社会科学院李湘先生在《〈诗经〉与中国葫芦文化》一文中则将"瓜""瓜瓞""瓜苦"均释为葫芦，颇有创见，具体如下：

《今释》引李时珍说，释"瓜"为甜瓜，又名甘瓜、果瓜，葫芦科植物，学名 *Cucumis melo* L.，并引《汉书·地理志》"敦煌古瓜州地，有美瓜"，认为此"美瓜"即《诗》之"瓜"。

《汇考》释《东山》"有敦瓜苦"之"瓜^1"为葫芦科苦瓜属苦瓜，学名为 *Momordica charantia* L.；其他四处之"瓜2"，引《本草纲目》"果部"及《群芳谱》"果谱"释"瓜"为"甜瓜"，今葫芦科香瓜属香瓜，学名为 *Cucumis melo* L.。

《辞典》分"瓜"和"瓜苦"二条："瓜"条释为通称，指葫芦科蔓生草本植物及其果实，分果瓜和菜瓜二种。果瓜，又称甘瓜、甜瓜，古时作祭品，今之葫芦科黄瓜属香瓜，学名 *Cucumis melo* L.，是我国最早利用的果品瓜类，有2000多年的栽培史，品种繁多，以新疆哈密瓜和兰州白兰瓜最为出名，根、茎、叶、花、果、蒂、皮、种子均可入药，瓜蒂有一定毒性。其变种有菜瓜（学名 *Cucumis melo* L. var. *flexuosus* Naud.）和越瓜［学名 *Cucumis melo* L. var. *conomon*（Thunb.）Makino］等，无香甜味，作蔬菜食用。《豳风·东山》"瓜苦"有二种解释：①瓜之味苦者，即葫芦科苦瓜属苦瓜，学名 *Momordica charantia*；②"苦"通"瓠"，瓜苦即瓜瓠，即瓠瓜，今之葫芦科葫芦属葫芦，学名 *Lagenaria siceraria*（Molina）Standl.，先秦婚俗，婚礼上将瓠瓜一剖为二，夫妇各执一瓢盛酒漱口，行合卺礼，然后将两个葫芦瓢合在一起，放于束薪之上。在古代，葫芦因蔓长子多，象征子孙繁盛，与婚恋、创世神话等相关，成为祈福辟邪的吉祥象征。

《图鉴》释"瓜"为瓜科甜瓜，别名香瓜，学名 *Cucumis melo* L.。在"瓜"

条详述中，认为《诗》之"瓜"可能是瓜的统称，或单指甜瓜。《周礼·地官》有"委人"之职，负责瓜、瓠、芋、葵等作物征收，其中"瓜"为甜瓜，原产非洲，经埃及传入印度，于史前时代引入中国，《诗经》时代已经普遍种植。引《植物名实图考长编》，"瓜之族群本有二，大者曰瓜，小者曰瓞。"认为《大雅·绵》和《小雅·生民》中的"瓜瓞"为瓜类统称；《七月》《东山》《信南山》中的"瓜"为甜瓜，并从苦瓜在中国的栽种历史角度批评将《东山》"瓜苦"之"瓜"释为苦瓜有误。

河南省社会科学院李湘先生在《〈诗经〉与中国葫芦文化》一文中指出，葫芦在中国古代与氏族兴旺、祭祖敬老、婚姻多子等相联系，形成了独具特色的中华葫芦文化。盘古开天辟地中有"葫芦先祖"传说，汉族古时祭祀有"瓜祭上环"以示不忘根本，婚礼用匏行"合卺"之礼，道家称仙境为"壶（瓠）天"、称东海三神山为"三壶（瓠）"（方壶、蓬壶、瀛壶），又称瓠瓜为"穹窿"等。

以葫芦文化看宗族繁衍，就不难理解《大雅·绵》中"绵绵瓜瓞，民之初生，自土沮漆"，《大雅·生民》中"禾役穟穟，麻麦幪幪，瓜瓞唪唪"，分别歌咏周民先祖古公亶父和后稷，故此处"瓜瓞"不宜作"大瓜小瓜"解，应指远古母体崇拜遗下的"葫芦"。

以葫芦文化看祭祀祖先，如《小雅·信南山》开篇"中田有庐，疆场有瓜。是剥是菹，献之皇祖"，此处"瓜"便是"葫芦"，以葫芦做菜祭祖，祈福保佑；另有《大雅·公刘》"执豕于牢，酌之用匏。食之饮之，君之宗之"，此为杀猪燕饮祭祖，吃酒用匏，乃太古之礼器。

葫芦文化还与敬老有关，《小雅·瓠叶》开篇"幡幡瓠叶，采之亨之。君子有酒，酌言尝之"，此处"瓠叶"起兴，是点明敬老之主旨，此诗后二、三、四章皆以"有兔斯首"言明"敬酒"之目的，白兔在古代是敬老、瑞应之象。以此来看《小雅·南有嘉鱼》，"南有樛木，甘瓠累之。君子有酒，嘉宾式燕绥之"，此处仍是祝酒敬老，此诗第四章首句"翩翩者鵻"，以孝鸟"鵻"起兴，则燕饮敬老之意自明。

葫芦文化与家室婚娶也颇为密切，以《邶风·匏有苦叶》为例，这是一首赘婚诗①：

  匏有苦叶，济有深涉。深则厉，浅则揭。

  有弥济盈，有鷕雉鸣。济盈不濡轨，雉鸣求其牡。

---

① 邓启华．招婿·赘婿·弃夫：《诗经》赘婚诗刍议［J］．思茅师范高等专科学校学报，2009（5）：75-79.

雍雍鸣雁，旭日始旦。士如归妻，迨冰未泮。

招招舟子，人涉卬否。人涉卬否，卬须我友。

第三章"归妻"说明此诗的主人公是待嫁招婚女子，她在河边急切盼望入赘的未婚夫的到来。全诗以"匏"起兴，"苦叶"实为"枯叶"，点明时间。《豳风·七月》有"八月断壶"之说，此时葫芦成熟，可"要（腰）之"以"济"，亦可破匏为卺，喻指成婚在即，希望即将入赘的未婚夫能够不畏艰险，早日来到身边。诗的第二章，以"雉"起兴，这在当时的卫国也是吉祥之鸟。诗的第三章，以"雁"点明与婚约有关。诗的第四章，表明她是来等人而非渡河。

《豳风·东山》"有敦瓜苦，烝在栗薪。自我不见，于今三年"中"瓜苦"之"瓜"便是"葫芦"，想到葫芦，便想到家室，在"栗薪"上挂葫芦，则是婚娶之象，具有双重意义了。①

综上，《诗》之"瓜""瓜瓞""瓜苦"均应释为葫芦。

序号	拼音	正名	学名	科	属	今名
C-013	guān	莞	*Schoenoplectus tabernaemontani* (C. C. Gmelin) Palla	莎草科	藨草属	水葱

《诗经》中诗句出处：

篇序	出处			诗句
189	小雅	鸿雁之什	斯干	下莞上簟

植物学名鉴定：

出处	名称	学名	科	属	今名
今释	莞	*Scirpus Tabernaemontani* Gmel.	莎草科	/	南水葱
汇考	莞	*Scirpus Tabernaemontani* Gmel.	莎草科	藨草属	水葱
辞典	莞	*Scirpusvalidus* Vahl.	莎草科	藨草属	水葱
图鉴	莞	*Schoenoplectus triqueter* (L.) palla	莎草科	藨草属	藨草

---

① 李湘.《诗经》与中国葫芦文化——论匏瓠应用系列［J］.中州学刊，1995（5）：86-92.

注解：

《今释》释"莞"为"莞蒲"（尔雅注）、"萑"（周礼）、小蒲（诗笺）、"葱蒲"（汉书注）、水葱（盛京通志）、席子草（俗名），莎草科植物，学名为 *Scirpus Tabernaemontani* Gmel①。

《汇考》将"蒲"（见"蒲"条）、"莞"并为一章考证。《小雅·斯干》"下莞上簟"之"莞"，历来有四种解释："小蒲"（小香蒲）之席、"蒲"之席、苇"之席、非"小蒲"或"蒲"之席 ["蔺"（葱蒲）之席]。经考证"莞"为"小蒲"或"蔺"较有价值，但诗中以"莞"称，则应非"蒲属"，故"莞"应为莎草科蔍草属水葱，学名为 *Scirpus tabernaemotani* Gmel.②。

《辞典》释"莞"为莎草科蔍草属水葱，学名为 *Scirpus validus* Vahl.③。

《图鉴》释"莞"为莎草科植物蔍草，学名为 *Schoenoplectus triqueter*（L.）palla④。

综上，"莞"为莎草科蔍草属水葱，俗名：南水葱，学名 *Schoenoplectus tabernaemontani*（C. C. Gmelin）Palla。俗称"席草"的，还有同属的三棱水葱

---

① 根据《中国植物志》第 11 卷（1961）第 20 页，南水葱，*Scirpus validus* var. *Laeviglumis*。*Scirpus Tabernaemontani* Maxim. 名称已修订为（正名）：水葱 *Schoenoplectus tabernaemontani*，俗名南水葱，学名为 *Schoenoplectus tabernaemontani*（C. C. Gmelin）Palla。

② 根据《中国植物志》第 11 卷（1961）第 19 页，单子叶植物纲（*Monocotyledoneae*）莎草目（*Cyperales*）莎草科（*Cyperaceae*）蔍草亚科（*Scirpoideae*）蔍草族（*Scirpeae*）蔍草属（*Scirpus*）秆状苞蔍草亚属（Subgen. *Isolepis*）湖边蔍草组（Sect. *Schoenoplectus*）水葱（*Scirpus validus* Vahl, Enum. II（1806）268），另一同名学名为 *Scirpus tabernaemontani* Maxim. , Prim. Fl. Amur. （1858）298 et 485, non Gmel. 。

③ 根据 The World Flora Online 官方网站 http：//www.worldfloraonline.org/检索，*Scirpus validus* VahlEnum. Pl. ［Vahl］2：268. 1805［Oct-Dec 1805］This name is a synonym of*Schoenoplectus tabernaemontani*（C. C. Gmel.）Palla by *Cyperaceae*. 据植物智官方网站 www.iplant.cn 备注信息，名称已修订为水葱 *Schoenoplectus tabernaemontani*（C. C. Gmelin）Palla，俗名：南水葱。

④ 根据 Royal Botanic Gardens, Kew 在线数据库 Plants of the World Online 检索，*Schoenoplectus triqueter*（L.）Palla First published in Bot. Jahrb. Syst. 10：299（1888）. This species is accepted.《中国植物志》第 11 卷（1961）第 18 页，单子叶植物纲（*Monocotyledoneae*）莎草目（*Cyperales*）莎草科（*Cyperaceae*）蔍草亚科（*Scirpoideae*）蔍草族（*Scirpeae*）蔍草属（*Scirpus*）秆状苞蔍草亚属（Subgen. *Isolepis*）湖边蔍草组（Sect. *Schoenoplectus*）蔍草，学名 *Scirpus triqueter* Linn. , Mant. I（1767）29。据植物智官方网站 www.iplant.cn 备注信息，名称已修订为木兰纲（*Magnoliopsida*）百合亚纲（*Liliidae*）鸭跖草超目（*Commelinanae*）禾本目（*Poales*）莎草科（*Cyperaceae*）水葱属（*Schoenoplectus*）三棱水葱 *Schoenoplectus triqueter*（Linnaeus）Palla 俗名：青岛蔍草、蔍草，异名：*Scirpus trisetosus*，*Scirpus triqueter*，*Schoenoplectus trisetosus*，*Scirpus pollichii*。

（蔍草，学名 *Schoenoplectus triqueter*（Linnaeus）Palla）和长毛花（学名 *Schoenoplectiella mucronata*（L.）J. Jung & H. K. Choi）。

序号	拼音	正名	学名	科	属	今名
C-014	hù	楛	*Vitex rotundifolia* Linnaeus	马鞭草科	牡荆属	单叶蔓荆

《诗经》中诗句出处：

篇序	出处			诗句
239	大雅	文王之什	旱麓	榛楛济济

植物学名鉴定：

出处	名称	学名	科	属	今名
今释	楛	*Vitex chinensis* Mill.	马鞭草科	/	荆条
汇考	楛	*Vitex negundo* L.	马鞭草科	牡荆属	黄荆
辞典	楛	*Vitex trifolia* L. var. *simplicifolia* Cham.	马鞭草科	牡荆属	单叶蔓荆
图鉴	楛	*Vitex negundo* L.	马鞭草科	牡荆属	黄荆

注解：

《今释》释"楚"为"楛""荆"，马鞭草科植物荆条，学名为 *Vitex chinensis* Mill.，即 *Vitex negundo* var. *heterophylla*（Franch.）Rehd.。

《汇考》依据李时珍《本草纲目》卷三十六，"牡荆"条，"释名：黄荆（图经）、小荆（本经）、楚"，又说"有青、赤二种，青者为荆，赤者为楛"[①]，释"楚"为马鞭草科牡荆属黄荆之变种荆条，学名为 *Vitex negundo* var. *heterophylla*（Frazch.）Rehd.；释"楛"为马鞭草科牡荆属黄荆，学名为 *Vitex negundo*。

《辞典》释"楚"为"黄荆"，别名荆、黄荆子、牡荆、荆条，学名 *Vitex negundo* L.。释"楛（hù）"为马鞭草科 Verbenaceae 牡荆属单叶蔓荆，学名为

---

① （明）李时珍. 本草纲目（校点本）[M]. 北京：人民卫生出版社，1975. 2120-2122.

Vitex trifolia L. var. *simplicifolia* Cham.①。

《图鉴》引《图经》说楚"有赤青二种，青者荆，赤者楛"，释"楚""楛"为不同生育地所产的同一树种，今之马鞭草科黄荆，学名为 *Vitex negundo* L.。又补充说黄荆在中国有数个变种，如牡荆（*Vitex negundo* L. var. *cannabifolia*）、荆条（*Vitex negundo* L. var. *heterophylla*）。

综上，各家对"楚"释为鞭草科黄荆无异，其学名为 *Vitex negundo* L.。"楛"，据孔颖达疏引陆玑云，"楛，其形似荆而赤，茎似蓍"②。结合上述所鉴定的植物学名与《中国植物志》第 65 卷第 1 册（1982）及其在线数据提供的牡荆属植物图片比较，取《词典》释"楛（hù）"为马鞭草科 Verbenaceae 牡荆属单叶蔓荆，学名为 *Vitex rotundifolia* Linnaeus。

序号	拼音	正名	学名	科	属	今名
C-015	huò	获（檴、樺）	*Ulmus parvifolia* Jacq.	榆科	榆属	榔榆

《诗经》中诗句出处：

句序	出处			诗句
203	小雅	谷风之什	大东	无浸获丨檴丨樺薪
203	小雅	谷风之什	大东	薪是获丨檴丨樺薪

植物学名鉴定：

出处	名称	学名	科	属	今名
今释	/	/	/	/	/

---

① 根据 Royal Botanic Gardens, Kew 在线数据库 Plants of the World Online 检索，*Vitex trifolia* var. *simplicifolia* Cham. First published in Linnaea 7：107（1832）This name is a synonym of *Vitex rotundifolia*. 根据《中国植物志》第 65 卷第 1 册（1982），第 138 页：8a. 蔓荆（原变种）图 69 *Vitex trifolia* Linn. var. *Trifolia*，落叶灌木，罕为小乔木，高 1.5—5 米，有香味；8c. 单叶蔓荆（拉汉种子植物名称）图 70 *Vitex trifolia* Linn. var. *simplicifolia* Cham. in Linnaea 107.1832；本变种主要特点：茎匍匐，节处常生不定根。根据在线网页备注，单叶蔓荆学名接受名为 *Vitex rotundifolia* Linnaeus。

② 许惟贤编著. 古汉语小字典 [M]. 上海：上海辞书出版社，2000. 678.

续表

出处	名称	学名	科	属	今名
汇考	获｜穫｜樸	Trema levigta Hand-Mazz.	榆科	山麻黄属	羽脉山麻黄
辞典	/	/	/	/	/
图鉴	获｜穫｜樸	Betula platyphylla Suk.	桦木科	/	桦木

注解：

关于"获""穫""樸"的版本有差异，《诗经词典》（修订本）指出"获"对应与"禾"旁"穫"，《汇考》《图鉴》所引《诗》句中为"樸"，大中华文库汉英对照版《诗经》及《许渊冲译诗经》版本中《诗》句中为"获"。根据相应解释认为，"获"即"穫"，"穫"通"樸"。

对于"获""穫""樸"的植物鉴定中，《今释》《辞典》未收录《小雅·大东》之"获""穫"或"樸"，《汇考》收录了"薪是获薪"之"获"为"樸"释为羽脉山麻黄，《图鉴》收录了"无浸樸薪""薪是樸薪"之"樸""获"释为桦木，具体如下：

《汇考》释《小雅·大东》"薪是获薪"之"获"为"樸"，今之榆科山麻黄属麻椰树，学名为 Trema levigta Hand-Mazz.①。

《图鉴》释《小雅·大东》"无浸樸薪""薪是樸薪"之"樸""获"为桦木科桦木，学名为 Betula platyphylla Suk.。

据《诗经词典》（修订本），《小雅·大东》"薪是获薪"之"获"应为"禾"旁，即"穫"，有两种解释：①收获庄稼，见于《豳风·七月》"八月其穫"、《小雅·大田》"彼有不穫稚，此有不敛穧"；②木名，即桦木。《小雅·大东》"无浸穫薪"。陆《疏》："穫，今椰榆也。其叶如榆，其皮坚韧，剥之长数尺，可为绠索，又可为甑带，其材可为梧（杯）器。"②陆元《校刊记》记载，"穫为樸之假借"。《说文》中记载，"樸"即"今俗所称桦树也"③。从实际生活中知道，今之"桦树"树皮剥开后干燥成卷曲状，含有油脂，农村多用

---

① 据《中国植物志》第22卷（1998）第393页记载，榆科 Ulmaceae 山黄麻属 Trema 羽脉山麻黄，别名麻椰树（中国经济植物志），学名为 Trema levigata Hand.-Mazz. Symb. Sin. 7: 107.1929。故《汇考》中印刷有错字。
② 陆玑. 毛诗草木鸟兽虫鱼疏 [M]. 北京：商务印书馆，1855.29.
③ 向熹. 诗经词典（修订本）[M]. 北京：商务印书馆，2014.208.

于生火或做火把夜间照明用，鲜有用于做绳索的①，与陆《疏》描述不符。

据《中国主要野生纤维植物及其利用》记载，榆科榆属植物榔榆，学名为 *Ulmus parvifolia* Jacq.，别名小叶榆，分布于河北、陕西、河南、湖北等地，树皮纤维细软，可打绳索做麻的代用品，木质稍坚硬，割裂困难，可造车轴、船橹、油榨等。② 另记载，山黄麻，学名 *Trema orientalis*（L.）Blume.，别名山海麻、白麻等，分布于广东、广西、云南、福建、台湾，木材供建筑、制器具、农具及薪炭用，树皮纤维可制绳索禾造纸。

综上，《诗经词典》及《图鉴》释"椴""檖""获"为"桦木"与陆《疏》不符；《汇考》释"椴""获"为榆科山黄麻属麻榔树，即羽脉山黄麻，较接近陆《疏》描述；但据《中国植物志》等植物学记载，榆科山黄麻属羽状山黄麻主要分布区域在华南，与《诗经》产生的地域不符，但榆科榆属榔榆无论从名称使用的沿袭、分布区域及其使用均符合相关典籍对"椴""檖""获"的描述，故应释"椴""檖""获"为今之榆科榆属植物榔榆，学名为 *Ulmus parvifolia* Jacq.

序号	拼音	正名	学名	科	属	今名
C-016	jì	纪	*Lycium chinense* Miller	茄科	枸杞属	枸杞

《诗经》中诗句出处：

篇序	出处			诗句
130	国风	秦风	终南	有纪有堂

说明：《今释》《汇考》《辞典》未收录"有纪有堂"句。

植物学名鉴定：

出处	名称	学名	科	属	今名
今释	纪	/	/	/	/
汇考	纪	/	/	/	/

---

① 据《中国植物志》第21卷（1979）第112页记载，桦木科 Betulaceae 桦木族 Betuleae 桦木属 Betula 桦木组 Sect. Betula 桦木亚组 Subsect. Betula 白桦（东北）【粉桦（东北），桦皮树（河北）】，学名为 *Betula platyphylla* Suk. in Trav. Mus. Bot. Acad. Imp. Sci. St. Petersb. 8：220. t. 3. 1911. 木材可供一般建筑及制作器、具之用，树皮可提桦油，白桦皮在民间常用以编制日用器具。

② 刘鸿蒉编著. 中国主要野生纤维植物及其利用［M］. 北京：农业出版社，1960. 60.

续表

出处	名称	学名	科	属	今名
辞典	纪	/	/	/	/
图鉴	纪	*Lycium chinensis* Mill.	茄科	/	枸杞

注解：

《图鉴》释《秦风·终南》"有纪有堂"之"纪"为"杞"，与《小雅·杕杜》"言采其杞"、《小雅·四月》"隰有杞桋"、《小雅·北山》"言采其杞"、《小雅·四牡》"集于苞杞"之"杞"同，今之茄科枸杞，学名为 *Lycium chinensis* Mill.。

《诗经词典》（修订本）（第219页）说"纪"通"杞"，一种落叶乔木，柳属。引《秦风·终南》"有纪有堂"；引白居易《白帖》卷五为"有杞有棠"；引王引之《述闻》卷五"纪读为杞，堂读为棠，条梅纪堂皆木名也"。向熹释"纪"为"杞"，即"杞柳""旱柳"。《诗经综合辞典》（庄穆，1999，第399页）、《辞典》（下，第835页）也持此说。此处"堂"即"棠""棠梨"，从句意来看，"杞"当与"堂"为果树类植物更合适，故向熹等注解均有误，应从《图鉴》是说。

序号	拼音	正名	学名	科	属	今名
C-017	jì	稷	*Setaria italica* (L.) Beauv.	禾本科	狗尾草属	粱

《诗经》中诗句出处：

篇序	出处			诗句
065	国风	王风	黍离	彼稷之苗
065	国风	王风	黍离	彼稷之穗
065	国风	王风	黍离	彼稷之实
121	国风	唐风	鸨羽	不能蓺稷黍
121	国风	唐风	鸨羽	不能蓺黍稷
154	国风	豳风	七月	黍稷重穋
168	小雅	鹿鸣之什	出车	黍稷方华
209	小雅	谷风之什	楚茨	我蓺黍稷
209	小雅	谷风之什	楚茨	我稷翼翼

续表

篇序	出处			诗句
210	小雅	谷风之什	信南山	黍稷彧彧
211	小雅	甫田之什	甫田	黍稷薿薿
211	小雅	甫田之什	甫田	以介我稷黍
211	小雅	甫田之什	甫田	黍稷稻粱
212	小雅	甫田之什	大田	与其黍稷
291	周颂	闵予小子之什	良耜	黍稷茂止
300	鲁颂	鲁颂	閟宫	黍稷重穋丨稺
300	鲁颂	鲁颂	閟宫	有稷有黍

植物学名鉴定：

出处	名称	学名	科	属	今名
今释	稷	*Panicum miliaceum* L.	禾本科	/	稷
汇考	稷	*Panicum miliaceum* L.	禾本科	黍（或稷）属①	稷
辞典	稷	*Panicum miliaceum* L.	禾本科	黍属	稷
图鉴	稷	*Setaria italica*（L.）Beauv.	禾本科	/	小米

注解：

《诗经》中的谷物名称"黍""稷"是否同种的考证分歧由来已久，《今释》《汇考》《辞典》均持"黍""稷"同种的观点，《图鉴》持"黍""稷"不同种的观点；《今释》视"黍""禾"为"共名"，《汇考》中视"黍""粟"为"共名"，《图鉴》则视"黍""粱"为"共名"，具体如下：

《今释》在释《王风·黍离》"彼黍离离"之"黍"时，并列"稷"，持"黍""稷"同种观点：

"黍"，又名"芑"（诗经）、"秠"（一稃二米）（诗经）、黍子、黄米、黏米、黏黍米；"稷"（不黏者），又名"穄"（诗经）；均为今之禾本科植物稷

---

① 根据《中国植物志》第 10 卷第 1 册（1990）第 202 页，禾本科 Gramineae 黍亚科 Panicoideae 黍族 Trib. Paniceae 黍亚族 Subtrib. Panicinae 黍属 Panicum 黍组 Sect. Panicum 稷（本草纲目），【别名：黍（本草纲目），穄（毕氏：中国植物学）】学名为 *Panicum miliaceum* L. Sp. Pl. ed. 1. 58. 1753; Hayata, Icon. Pl. Form. 7: 61. 1918，可知应为黍属。

【黍，穄】，学名 *Panicum miliaceum* L.。

释《豳风·七月》"十月纳禾稼"、《魏风·伐檀》"胡取禾三百廛兮"等之"禾"为"粟""谷（穀）""粱"，别名小米，为禾本科植物，学名 *Setaria italica* Beauv.。

《汇考》将"黍（稷、秬、秠、穄、芑）与粟（粱、禾）"并为一章加以考证：

"稷"为"五谷之长"，总五谷之名，即代"五谷"，先秦时亦指"农官"（稷正）。《孝经》曰，"稷者，五谷之长。五谷众多，不可遍祭，故立稷而祭之。"可见，"稷"在先秦时在农业生产中的重要地位。

"粟"见于殷墟甲骨文，为"嘉谷实也"（《说文》），即禾稼总名，作为谷物总称，包括粱、禾。

"黍"，甲骨文象其穗头散貌。甲骨文"黍"之形与今所认定的"稷"的实物生长貌同，故"黍"即"稷"，清代以"稷"为"高粱"有误。另，《艺文类聚》卷八十五"黍"条，引韩子，记载有"仲尼对曰：'丘知之矣。夫黍者，五谷之长也。祭先王以为上盛。'"由孔子不言"稷"而言"黍"，说明二者乃一，即"黍"即"稷"。

历来各家对"黍"分歧不大，关于"稷"大致有三说："粟"（小米）说、"穄"说以及高粱说。

①"粟"说：其一是，在先秦"稷"和"粟"均可用作"谷"物总称，在使用时容易混用。《齐民要术》卷一种谷第三："谷，稷也，名粟。谷者，五谷之总名，非指谓粟也。"可见，《齐民要术》认为"稷"即"粟"，是从谷物总称的角度讲的。其二：受《尔雅·释草》中"粢""稷""粟"为同一物的影响。郝懿行《尔雅义疏》更是明确说："黍为大黄米，稷为谷子，其米为小米。"

②"穄"说："穄""稷"同音，似黍，黍之不黏者。清代冈元凤《毛诗品物图考》记载："黏者为黍，不黏者为稷，如稻之有粳、糯。黍亦名秫，以为酒。稷为饭。稷，古者明祀用之。"李时珍《本草纲目》卷二十三释"稷"，为"穄""粢"，对于"稷"和"黍"的考证具有代表性："稷与黍，一类二种也。黏者为黍，不黏者为稷。稷可做饭，黍可酿酒。犹稻之有粳与糯也。陈藏器独指黑黍为稷，亦偏矣。稷黍之苗似粟而低小有毛，结子成枝而殊散，其粒如粟而光滑……其色有赤、白、黄、黑数种，黑者禾稍高，今俗称黍子，不复呼稷矣……稷熟最早，做饭疏爽香美，为五谷之长而属土，故祠谷神者以稷配社。五谷不可遍祭，祭其长以该之也。上古以厉山氏之子为稷主，至成汤始易以后

稷，皆有功于农事者云。"在"黍"条，释名："赤黍曰虋，曰穈。白黍曰芑。黑黍曰秬。一稃二米曰秠。"又说："盖稷之黏者为黍，粟之黏者为秫，粳之黏者为糯。"在"蜀黍"条，释名："蜀秫、芦穄、芦粟、木稷、荻粱、高粱"。有"粟"条，引许慎之说："古者以粟为黍、稷、粱、秫之总称，而今之粟，在古但呼为粱。后人乃专以粱之细者名粟。"又说："时珍曰，'粟，即粱也。穗大而毛长粒粗者为粱，穗小而毛短粒细者为粟。苗俱似茅。种类凡数十，有青赤黄白黑诸色。'"①

据上，"稷""粢""穄""穈""𪎭"为一物，似黍，黍类，乃"黍"之不黏者。

③ 高粱说：清代程瑶田《九谷考》认为"稷"即"高粱"，得到段玉裁、王念孙、王先谦、陈奂等大家认同，但郝懿行不持此说。经考证，贾思勰所谓"木稷"（高粱）并非中国北方（包括中原）物产。一直到宋元时期，我国的主要粮食作物仍然是粟、麦、稻之类，"蜀黍"（高粱）还在"九谷"之外，元朝王祯《农书》才首次记录"高粱"这一名称。至明朝，高粱才在中国北方普遍种植，当时也只是"以备缺粮"②。故，先秦"稷"不是今之"高粱"。

据《本草纲目》，可知，"秬""秠""穈""芑"都是黍属，颜色不同；"粟""粱"为一种，差别在于，前者粒细圆、毛短，后者粒粗有毛，大穗长芒，是"粟"之良种。另，《伐檀》和《七月》中的"禾"也是"粟"。

综上，按现代植物学分类，"黍""稷""秬""秠""穈""芑"同"种"，俗称糜子，今之禾本科黍属或稷属（Panicum L.），学名 *Panicum miliaceum* L.③。"粟""粱""禾"同"种"，俗称小米、谷子，今之禾本科狗尾草属

---

① （明）李时珍. 本草纲目（校点本）[M]. 北京：人民卫生出版社，1975. 1473-1482.
② "秫薥（高粱别称）：谷之最长，米粒亦大而多者。北地种之，以备缺粮，否则喂牛马也。南人呼为芦穄。"见于（明）卢和撰；晏婷婷，沈健校注. 食物本草 [M]. 北京：中国中医药出版社，2015. 7.
③ 根据《中国植物志》第 10 卷第 1 册（1990）（第 202 页）：禾本科（Gramineae）黍亚科（Panicoideae）黍族（Trib. Paniceae）黍亚族（Subtrib. Panicinae）黍属（Panicum）黍组（Sect. Panicum）稷（本草纲目）【黍（本草纲目），穈（毕氏：中国植物学）】，学名为 *Panicum miliaceum* L. Sp. Pl. ed. 1. 58. 1753；Hayata, Icon. Pl. Form. 7：61. 1918。

（*Setaria* Beauv.）植物，学名 *Setaria italica*（L.）Beauv.①。

《辞典》

"禾"释为泛指庄稼，为黍、稷、稻、麦等禾谷类粮食作物总称。大致包括荞麦及禾本科植物，如燕麦属（*Avena*）的燕麦、大麦属（*Hordeum*）的大麦、稻米属（*Oryza*）的稻、黑麦属（*Secale*）的黑麦、高粱属（*Sorghum*）的高粱、小麦属（*Triticum*）的小麦、玉米属（*Zea*）的玉米等。又说，《七月》"禾麻菽麦"之"禾"指小米，为"粟"（*Setaria italica*（L.）Beauv. var. *germanica*（Mill.）Schred.）的别名，北方称谷子，是"粱"（*Setaria italica*（L.）Beauv.）的一个变种。

"稷""黍"互释，为同种类作物的两个品种，黏者为黍，不黏者为稷。认为即《中国植物志》禾本科黍属（*Panicum* L.）的模式种稷，别名黍、糜，学名 *Panicum miliaceum* L.。

"秬"释为黑黍，古代的一种良种黍，学名同"稷"。

"粱"释为禾本科狗尾草组植物，别名粟、谷子、小米、黄粟、秔、禾等，学名 *Setaria italica*（L.）Beauv.。"粟"为"粱"的变种，学名为 *Setaria italica*（L.）Beauv. var. *germanica*（Mill.）Schred.。

"糜"，通"穈"，为古代的一种良种黍，学名同"稷"；又一说，"糜"为"赤粱粟"，是古代一种良种粟，学名同"粟"。

"秠"释为古代的一种良种黍，一稃二米者；又一说，释为黑黍中一稃二米者。学名同"稷"。

"芑"在《大雅·生民》中，释为白黍，为古代一种良种黍，学名同"稷"；又一说，释为白粱粟，为古代一种良种粟，学名同"粟"。

《图鉴》

"黍""秬""秠"释为同"种"，为今之禾本科黍，学名 *Panicum miliaceum* L.；又引《说文解字注》，释"穄"为"黍之不黏者也，饭用之"，认为是"黍"的变种，学名为 *Panicum miliaceum* L. var. *compaotum*。

"粱""稷""粟""禾""糜""芑"释为同"种"，别名小米，今之禾本科 *Setaria italica*（L.）Beauv.。指出"粟"为"粱"之不黏者，是"粱"变种，学

---

① 根据《中国植物志》第10卷第1册（1990）（第353页）：禾本科（Gramineae）黍亚科（Panicoideae）黍族（Trib. Paniceae）狗尾草亚族（Subtrib. Setariinae）狗尾草属（Setaria）狗尾草组（Sect. Setaria）粱（名医别录，植物学大辞典）【狗尾草、黄粟（广东），小米（黄河以北各地），谷子（中国植物学）】，学名为 *Setaria italica*（L.）Beauv. Ess. Agrost. 51. 170. 178. 1812，分为两个变种：粱（原变种）*Setaria italica* var. *Italica*，粟（变种）*Setaria italica* var. *Germanica*。

名为Setaria italica（L.）Beauv. var. germanica（Mill.）Schred.。另专门讨论了"稷"于"粟"为同种的问题，理由是：在《诗经》中"黍稷"并提16次，"粟稷"从未并提，故黍、稷不同种，粟、稷应为同种；"黍"在《诗经》出现17篇28次，"粟"之各品种（包括稷）合计出现16篇34次，故合乎"黍""粟"为周代两种主要粮食作物的结论。

综上，四部专著对于"黍稷"谷物的学名鉴定如下表：

学名 诗经名	Panicum miliaceum L.	Setaria italica Beauv.	Setaria italica（L.）Beauv. var. germanica（Mill.）Schred.
今释	黍 稷 穈 秬 芑	粱 粟 谷 禾	
汇考	黍 稷 穈 秬 芑 秠	粱 粟 禾	
辞典	黍 稷 穈 秬 芑 秠	粱	禾 粟 穈 芑
图鉴	黍 秬 秠	粱	禾 穈 芑 粟 稷

从表中可以看出，仅有《图鉴》认为"黍""稷"不同种，其解释是"黍""粟"是战国是两大主要农作物，但其在《诗经》中出现的频次严重失衡，如果从统计的角度，"稷"作为"粟"的同种，则可以解释"黍""粟"作为两大农作物了，这种解释有一定新意，但说服力不足。

邹树文在《诗经黍稷辨》[①]一文中，明确提出"黍""稷"不同种："黍"，即黍子、黄米，学名Panicum miliaceum L.；"稷"，即谷（穀）子、小米，学名Setaria italica（L.）Beauv.。文中对黍稷同类（稷是黍之不黏者）、稷为高粱、稷为玉蜀黍三种观点进行了指瑕。后两种观点之误在于"高粱""玉蜀黍"品种在我国栽培的时间远晚于战国时期，从历代典籍名称记载即可发现其误。对于第一种观点，以李时珍《本草纲目》第二十三卷"稷"条论述最具代表性，其渊源追溯至陶弘景，故在我国影响深远，例如《中国高等植物图鉴》第5册第158页"黍"条和第173页"小米"条所附插图分别如下：

---

① 邹树文. 诗经黍稷辨. 农史研究集刊（第二册）[A]. 科学出版社，1960. 18-34.

<<< 附录

稷 穄、糜子
Panicum miliaceum L.

一年生。秆直立，单生或少数丛生，高60—120厘米。叶片条状披针形，宽达1.5厘米。圆锥花序开展或较紧密，成熟后下垂，长约30厘米，小穗长4—5毫米，含2小花，仅第二小花结实；第一颖长为小穗1/2—2/3，具5—7脉，先端尖或锥尖；第二颖与小穗等长，大都具11脉；第一外稃大都具13脉；第二外稃革质，成熟后呈乳白色或褐色，边缘卷抱内稃。

我国在西北、华北各地栽培甚广。谷粒供食用或酿酒。

小米 粱、粟、谷子
Setaria italica (L.) Beauv.

一年生。秆高约1—1.5厘米。叶片条状披针形，上面粗糙。柱状圆锥花序长10—40厘米，小穗长约3毫米，簇生于缩短的分枝上，基部有刚毛状小枝1—3条，成熟时自颖与第一外稃分离而脱落；第一颖长为小穗的1/2—1/3；第二颖略短于小穗；第二外稃有细点状皱纹。

欧亚大陆的温带有栽培；我国多栽种于北方，主要供食用，也可酿酒，秆叶是牛马的良好饲料，有时有毒，因茎中含有白瑞香类配糖体。

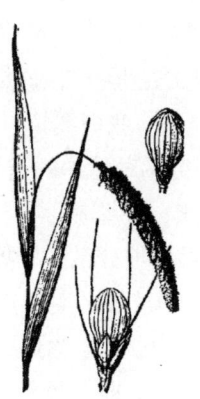

图 7176　（禾本科）

《中国植物志》第10卷第1册（1990），第202页对"稷"条以及第353页"粱"条记载分别如下：

稷（本草纲目）黍（本草纲目），糜（毕氏：中国植物学）图版60：1-10

Panicum miliaceum L. Sp. Pl. ed. 1. 58. 1753；Hayata, Icon. Pl. Form. 7：61. 1918；Honda in Journ. Fac. Sci. Univ. Tokyo Sect. III. Bot. 3：248. 1930；Ohwi in Acta Phytotax. et Geobot. 11：46. 1942；中国主要植物图说 禾本科 656. 图596. ……

粱（名医别录，植物学大辞典）狗尾草、黄粟（广东），小米（黄河以北各地），谷子（中国植物学）

Setaria italica (L.) Beauv. Ess. Agrost. 51. 170. 178. 1812；Kunth, Enum. Pl. 1：153. 1833；Hook. f. Fl. Brit. Ind. 7：78. 1897；Itendle in Journ. Linn. Soc. Bot. 36：335. 1904；Hayata, Gen. Ind. Fl. Formosa 6：99. 1916；E. G. Camus et A. Camus in Ucomte, Fl. Gen. L'Indo-Chine 7：476. 1922；Stapf et Hubb. in Prain, Fl. Trop. Afr. 9：

223

820. 1930; Hand. -Mazz. Symb. Sinic. 7 (5): 1305. 1936; Norlindh, Fl. Mongo. Step. et Des. Areas 55. 1949; 广州植物志 821. 1956; A. Chase in Steward, Man. Vasc. Pl. Lower Yangtze Valley 473. 1958. 中国主要植物图说 禾本科 711. 1959……

邹树文先生对李时珍《本草纲目》所引陶弘景《本草经集注》、苏恭《唐本草》原文的删节情况进行了详细考证，指出陶弘景"稷恐与黍相似"、唐本草"稷即穄"、李时珍"稷是黍之不黏者"之误，提出了先秦、西汉、东汉及晋人对"黍""稷"解释基本可信的观点，引述陈启源《毛诗稽古编》对《大雅·生民》诗的解释，认为："秬秠是黍的嘉种，穈芑是稷的嘉种"，"穈芑"，即毛传的赤苗和白苗，即郭璞的赤粱粟和白粱粟，这与《齐民要术》梁秫第五的篇首注说一致。此外《齐民要术》卷一，种谷（穀）第三，篇首注说："穀（谷），稷也，名粟。穀（谷）者，五穀（谷）之总名，非止谓粟也。"也证实了"稷"即"粟"。

此外，邹树文先生指出《黍离》和《楚茨》中"彼黍离离""彼稷之苗/穗/实""我黍与与，我稷翼翼"是非常罕见的对"黍""稷"两种植物穗形的描述，为我们研究两种植物的差异提供了难得的线索。根据古籍中的注解："离离垂垂也""离离，剥裂貌""与与，有所与共"，可知"黍"之"穗疏散成枝而粒长"；即穗形离披分散；"翼翼，恭敬，敬也"，人弥手直立状，"彼稷之苗""彼稷之穗""彼稷之实"实际是说"稷"之穗是整体的，即"粟穗丛族聚而粒圆"，即穗形为整体。由此，"黍"，即"秬""秠"，黍子，黄米，*Panicum miliaceum* L.；"稷"，即"穈""芑""粱""谷（穀）""粟""粢""禾""苗"、谷（穀）子，小米，*Setaria italica* (L.) Beauv.；其穗形如图①：

① 邹树文. 诗经黍稷辨. 农史研究集刊（第二册）[A]. 北京：科学出版社，1960. 18-34.

笔者认为"黍稷"应为二物，即邹树文先生说为宜。

序号	拼音	正名	学名	科	属	今名
C-018	jiān	菅	*Themeda villosa*（Poir.）A. Camus	禾本科	菅属	菅

《诗经》中诗句出处：

篇序	出处			诗句
139	国风	陈风	东门之池	可以沤菅
229	小雅	鱼藻之什	白华	白华菅兮
229	小雅	鱼藻之什	白华	露彼菅茅

植物学名鉴定：

出处	名称	学名	科	属	今名
今释	菅	*Miscanthus sinensis* Anders.	禾本科	/	芒
汇考	菅	*Themeda gigantea* Var Vrllosa	禾本科	菅属	大菅
辞典	菅	*Themeda villosa*（Poir.）A. Camus	禾本科	菅属	菅
图鉴	菅	*Miscanthus sinensis* Anders.	禾本科	/	芒草

注解：

《今释》释"菅"为芒、荻、芭茅等，《汇考》将"白茅"归入"茅"条，《辞典》释"茅"分泛言和析言两种情况，《图鉴》将"白茅"归入"茭"条，具体如下：

《今释》释"菅"为芒、荻、芭茅等，学名为 *Miscanthus sinensis* Anders.。

《汇考》中将"荼""茭""白华""菅""茅"并举归于一章，进行了考证：陆玑和朱熹将茅、菅分为二物，李时珍《本草纲目》指出"茅菅乃二种"，"茅分白茅、菅茅、黄茅、香茅、芭茅数种"，"菅茅……开花成穗如荻花"。吴厚炎注解说，荻与菅同为禾本科，前者为圆锥花序扇形，后者为伪圆锥花序大形、多回分枝。吴其濬对"茅""菅"绘图加以区别。释"菅"为禾本科菅属苞子草［学名为 *Themeda gigantea* Var Caudata（Nees）Keng］的变种 Var Villosa

(Poir) Keng (*Themeda gigantea* Var Vrllosa)①。

《辞典》释"菅"为今之禾本科菅属植物菅,学名为 *Themeda villosa* (Poir.) A. Camus。

《图鉴》将"菅"释为芒草,学名为 *Miscanthus sinensis* Anders.。

综上所述,"菅"即今之禾本科菅属菅。

序号	拼音	正名	学名	科	属	今名
C-019	jiān	蕑¹(蕳¹)	*Eupatorium fortunei* Turcz	菊科	泽兰属	佩兰
C-020	jiān	蕑²(蕳²)	*Nelumbo nucifera* Gaertn	睡莲科	莲属	莲

说明:蕑¹(蕳¹)见于《溱洧》,蕑²(蕳²)见于《泽陂》。

《诗经》中诗句出处:

篇序	出处			诗句
095	国风	郑风	溱洧	方秉蕑丨蕑兮
145	国风	陈风	泽陂	有蒲与蕑丨蕑

植物学名鉴定:

出处	名称	学名	科	属	今名
今释	蕑(蕳)	*Eupatorium chinense* L.	菊科	/	泽兰
汇考	蕑¹(蕳¹)	*Eupatorium fortunei* Turcz	菊科	泽兰属	佩兰
	蕑²(蕳²)	*Nelumbo nucifera* Gaertn	睡莲科	莲属	莲
辞典	蕑(蕳)	*Eupatorium fortunei* Turcz.	菊科	泽兰属	佩兰
图鉴	蕑(蕳)	*Eupatorium japonicum* Thunb.	菊科	/	泽兰

说明:蕑¹(蕳¹)见于《溱洧》,蕑²(蕳²)见于《泽陂》。

---

① 根据《中国植物志》第十卷第 2 册(1997):第 250 页,苞子草的学名为 *Themeda caudata* (Nees) A. Camus in Lecomete, Fl. Gen. de L'Indo-chine 7:364, 1922; *Themeda gigantea* (Cav.) Hack. var. *caudata* (Nees) Keng, 中国主要植物图说·禾本科 845. 图 792. 1959;第 248 页,菅(植物名实图考)的学名为 *Themeda villosa* (Poir.) A. Camus in Lecomte, Fl. Gen. de. L'Indo-Chine 7:364, 1922; *Themeda gigantea* (Cav.) Hack. var. *villosa* (Poir.) Keng, 中国主要植物图说·禾本科 845. 图 973. 1959。因此,据《中国植物志》"菅"为今为禾本科菅属菅。

注解：

四专著对"蕑（萠）"的界定分歧较大，对《郑风·溱洧》之"蕑（萠）"有释为"泽兰""华泽兰"以及"佩兰"三种意见；对《陈风·泽陂》之"蕑（萠）"有释为"莲""泽兰""华泽兰"以及"佩兰"四种意见，具体如下：

《今释》释"蕑（萠）"为兰草、春兰、大泽兰、泽兰，今菊科泽兰，学名为 Eupatorium chinense L. ①。

《汇考》释《溱洧》之"蕑（萠）"为"兰草"，今之菊科泽兰族泽兰属佩兰，学名为 *Eupatorium fortunei* Turcz；但释《陈风·泽陂》之"蕑（萠）"为今之睡莲科（Nymphaeaceae）莲属之莲，学名为 *Nelumbo nucifera* Gaertn。

《辞典》释《郑风·溱洧》和《陈风·泽陂》之"蕑（萠）"为佩兰，今之菊科［Compostae（Asteraceae）］泽兰属（*Eupatorium* L.）佩兰，学名为 *Eupatorium fortunei* Turcz. 。另特别说明，今各地多称之为香草，古时多与同科的泽兰（*Eupatorium japonicum* Thunb.）混称为兰，宋代以后则统称单子叶兰科（Orchidaceae）植物为兰。

《图鉴》释《郑风·溱洧》和《陈风·泽陂》之"蕑（萠）"为泽兰，今之菊科植物，学名 *Eupatorium japonicum* Thunb. 。

综上，对《郑风·溱洧》之"蕑"或"萠"的植物名称鉴定也有一定分歧，从专著中给出植物学名看，有释为"泽兰""华泽兰"以及"佩兰"三种意见。《汇考》经过考证，指出唐以前诸家无异议，"古之'兰'（'蕑'或'萠'）为'香草'、'似泽兰'。《本草纲目》中记载了"兰草""泽兰""马兰"："马兰"为"紫菊"，今之菊科（Compositae）管状花亚科（Carduoideae）紫菀族（Trib. *Astereae*）马兰属（*Kalimeris*）马兰组（Sect. *Kalimeris*）马兰（本

---

① 根据《中国植物志》第 74 卷（1985）第 60 页，菊科（Compositae）管状花亚科（Carduoideae）泽兰族（Trib. *Eupatorieae*）泽兰属（*Eupatorium*）白头婆（长沙）【泽兰】，学名：*Eupatorium japonicum* Thunb., Fl. Jap. 307, 1784, DC., Prodr. 5: 180, 1836; *Eupatorium chinense* L. var. *simplicifolium*（Makino）Kitam. in Journ. Jap. Bot. 24: 79, 1949; *Eupatorium chinense* auct. non L.: Komar., Fl. Manch. 3: 582, 1907.。但是在第 63 页，多须公（广东），学名为 *Eupatorium chinense* L. Sp. Pl. 837, 1753, 也称广东土牛膝、华泽兰，产于我国东南及西南部（浙江、福建、安徽、湖北、湖南、广东、广西、云南、四川及贵州）。生山谷、山坡林缘、林下、灌丛或山坡草地上，村舍旁及田间间或有之。海拔 800—1900 米。在广东、广西又叫六月霜、六月雪、白头翁、斑骨相思、白花姜、秤杆草、野升麻。云南保山称对叶蒿。全草有毒，以叶为甚，但可外敷痈肿疮疖，毒蛇咬伤。功能消肿止痛。

草纲目)[马兰头(救荒本草)、田边菊、路边菊、鱼鳅串、蓑衣莲],学名为 *Aster indicus* L.;"兰草"为"蕳",别名香水兰、大泽兰,今之菊科泽兰族泽兰属佩兰,学名为 *Eupatorium fortunei* Turcz.;"泽兰",古今同名。故"蕑"或"蕳"应为菊科泽兰族泽兰属佩兰,学名为 *Eupatorium fortunei* Turcz.。

对《陈风·泽陂》之"蕳(蕳)",分歧较大,有释为"莲""泽兰""华泽兰"以及"佩兰"四种意见,根据诗中三章之始:"彼泽之陂,有蒲与荷""彼泽之陂,有蒲有蕑(蕳)""彼泽之陂,有蒲菡萏"的对应关系来看,"蕑(蕳)"应为"荷""菡萏"之别称,故应为今之睡莲科(Nymphaeaceae)莲亚科(Subfam. Nelumboideae)莲属(*Nelumbo* Adans)之莲,学名为 *Nelumbo nucifera* Gaertn.。

序号	拼音	正名	学名	科	属	今名
C-021	jiǒng	檾	*Abutilon theophrasti* Medicus	锦葵科	苘麻属	苘麻

《诗经》中诗句出处:

篇序	出处			诗句
057	国风	卫风	硕人	衣锦檾衣

植物学名鉴定:

出处	名称	学名	科	属	今名
今释	/	/	/	/	/
汇考	/	/	/	/	/
辞典	/	/	/	/	/
图鉴	檾	*Abutilon theophrasti* Medicus	锦葵科	苘麻属	苘麻

注解:

《今释》《汇考》《辞典》均未对《卫风·硕人》中"檾"作植物考证。《辞典》在器物服饰名物中列"檾衣"条,引诗句包括《卫风·硕人》"硕人其颀,衣锦檾衣",《郑风·丰》"衣锦檾衣,裳锦檾裳",引杨慎《升庵经说·毛檾衣》:"檾衣,或作絧衣,《说文》作苘衣,《仪礼》作颎衣,又作景衣,音义并同,皆嫁时在途之衣也。"释"檾衣"为"麻或轻纱织成的单罩衫,古代女子出嫁时在途中所穿，以蔽尘土"。

《图鉴》释"褧"为锦葵科苘麻，别名青麻、白麻，学名为 Abutilon theophrasti Medicus，例证诗句仅引用了《卫风·硕人》"衣锦褧衣"，未引用《郑风·丰》"衣锦褧衣，裳锦褧裳。考证"褧"即"蘔"，一作"顈"（《尔雅》）。又"褧"作"莔"（《说文》）。"莔，枲属，高四五尺，或六七尺，叶似苎而薄，实如大麻子。"（《尔雅翼》）郑玄注《周礼》，说"典枲"官所征收"麻"包括"草、葛、蘔"等，"蘔"即"苘麻"；又"掌葛"官，"掌以时征絺绤之材于山农；征草贡之材于泽农"，"草贡"包括纻麻和苘麻。

与《图鉴》释"褧"为"苘麻"观点相似的略举如下：

周濂在《浅谈我国的麻》中认为《诗经》中的"麻"指大麻，"纻"为苎麻，褧、同蘔、顈，即苘麻。亚麻是汉代张骞从西域带入，故又称胡麻。黄麻至北宋苏颂《图经本草》才有记载。隋代以后，苎麻、苘麻、亚麻统称为麻。先秦时期主要利用的是大麻、苘麻和苎麻，大麻雌雄异株，雌麻称"苴"（也用来指大麻的种子，别名"蕡"），雄麻称"枲"，麻籽可食，为"五谷（麻黍稷麦豆）"或"八谷（黍稷稻粱禾麻菽麦）"之一。①

马里千在《顈与茵——苘麻与贝母——澄清中国古代纺织与药物史上的一个问题》中也引《说文》、郑玄注《周礼》《本草纲目》等典籍，指出今之苘麻就是古代的顈，字作颖、蘔或莔，又以同音与冋、絅、褧相通假，按近代植物分类学，苘麻为锦葵科（Malvacae）苘麻属植物，学名为 Abutilon theophrasti Medicus。②

向熹在《诗经词典》中释"褧"为用麻纱做的单罩衣，褧、絅、景，三字同音，指出《卫风》《郑风》做褧，其质曰顈，成衣曰褧，两字略同也。③

孙姣在《"衣锦顈衣"与"衣锦尚絅"关系考》中对"顈"和"絅"的音义关系进行了考证，指出"顈"与"褧"同、"絅"与"颎"同、"顈"与"颎"同，故，"顈""褧""颎""絅"字义相同，四字在《广韵》中均作口迥切，读音相同，所以是可以通用的。另在《说文》中把"衣锦褧衣"直接引作"衣锦顈衣"，可见"褧"与"顈"字义相通，可以互用。④

---

① 周濂. 浅谈我国的麻 [J]. 中国麻作，1980 (4)：42-44.
② 马里千. 顈与茵——苘麻与贝母——澄清中国古代纺织与药物史上的一个问题 [J]. 古今农业，1992 (4)：31-33.
③ 向熹. 诗经词典 (修订本) [M]. 北京：商务印书馆，2014.255-256.
④ 孙姣. "衣锦顈衣"与"衣锦尚絅"关系考 [J]. 牡丹江教育学院学报，2012 (4)：19，22.

综上，"檾"应界定为植物名称，即今之锦葵科（*Malvacae*）苘麻属（*Abutilon* Miller）苘麻（说文，唐本草，图考）[白麻（本草纲目）]，学名为 *Abutilon theophrasti* Medicus。

序号	拼音	正名	学名	科	属	今名
C-022	jū	椐	*Zabelia biflora* (Turcz.) Makino	忍冬科	六道木属	六道木

《诗经》中诗句出处：

篇序	出处			诗句
241	大雅	文王之什	皇矣	其柽其椐

植物学名鉴定：

出处	名称	学名	科	属	今名
今释	椐	*Viburnum tomentosum* Thunb.	忍冬科	/	蝴蝶戏珠花
汇考	椐	*Viburnum mongolicum* (Pall.) Rehd	忍冬科	荚蒾属	蒙古荚蒾
辞典	椐	*Meliosma cuneifolia* Franch.	清风藤科	/	泡花树
辞典	椐	*Viburnum plicatum* Thunb. var. *tomentosum* (Thunb.) Miq.	忍冬科	荚蒾属	蝴蝶戏珠花
图鉴	椐	*Viburnum plicatum* Thunb. f. *tomentosum* (Thunb.) Rehd.	忍冬科	/	蝴蝶戏珠花

注解：

四专著均释"椐"为忍冬科荚蒾属植物，倾向于蝴蝶戏珠花，但是经检索《中国植物志》及在线数据库，均未见有枝有肿节记录或图片。

《汇考》认为是蒙古荚蒾，经检索《中国植物志》及在线数据库，亦未见有枝有肿节记录或图片。

据《增补本草纲目》"3661 灵寿木"条注，"灵寿木：有榉木、卭竹和六道木诸说，从'木似竹有节'来看，应是忍冬科六道木"[1]。据《中国植物志》第

---

[1] 李时珍，赵学敏著．增补本草纲目［M］．北京：中国医药科技出版社，2016. 978．

72卷（1988）第125页记载，忍冬科 Caprifoliaceae 北极花族 Linnaeeae 六道木属 Abelia 管花六道木组 Sect. Zabelia 六道木，别名六条木、鸡骨头，学名 Abelia biflora Turcz.，正名为 Zabelia biflora (Turcz.) Makino，落叶灌木，高 1—3 米，花冠白色、淡黄色或带浅红色，分布与我国黄河以北的辽宁、河北、山西等省，海拔1000—2000 米山坡灌丛、林下及沟边。根据其手绘附图可见侧枝与主枝交汇处有明显肿节，根据其在线数据库 PPBC id：20616 号、id：6208928 号标本彩色图片可见六道木枝节明显肿大，枝截面可见六道深凹，PPBC id：603304 号标本彩色图片可见其老枝为灰白色，嫩枝皮紫红色。经秦巴山区木工匠人辨认，本地亦有此种，枝干上有类似鸡骨头的瘤状凸起，当地俗名称鸡骨头，但较少见，去除枝干外粗皮后表面为白色，木质坚硬。此与吴厚炎考证："椐"又名"灵寿"木，似竹之"有节"，长不过2—3米，茎圆，皮紫，可为杖完全吻合。故"椐"应释为忍冬科六道木属六道木，学名 Zabelia biflora (Turcz.) Makino。

序号	拼音	正名	学名	科	属	今名
C-023	juǎn ěr	卷耳	Cerastium fontanum subsp. vulgare	石竹科	卷耳属	簇生泉卷耳

《诗经》中诗句出处：

篇序	出处		诗句
003	国风	周南 卷耳	采采卷耳

植物学名鉴定：

出处	名称	学名	科	属	今名
今释	卷耳	Xanthium sibiricum Patrin.	菊科	/	苍耳
汇考	卷耳	Cerastium Caespitosum Gilib	石竹科	卷耳属	苓耳
辞典	卷耳	Xanthium sibiricum Patr. ex Widd.	菊科	苍耳属	苓耳
图鉴	卷耳	Xanthium strumarium L.	菊科	/	苍耳

注解：

四专著释"卷耳"有分歧，《今释》《辞典》《图鉴》皆从通说为"苍耳"，《汇考》释"卷耳"为"苓耳"。

《汇考》从《说文》入手考证，"卷耳"有二，一种称"苓（苓耳）"，一种称"蒡（卷耳）"。至陆《疏》，"卷耳"变为一种，别称"枲耳""胡枲""苓耳"，叶似胡荽，子如耳珰，又称耳珰草、爵耳。《齐民要术》从之。《本草纲目》无"卷耳"，有"枲耳"，释为"苍耳"，有小毒。吴其濬《植物名实图考》无"卷耳"，有"枲耳"，释为"苍耳"，图亦为今之中药"苍耳子"之原植物苍耳。可见释"卷耳"为"苍耳"不妥。《汇考》再考"卷耳"之"苓"说，根据王先谦《诗三家义疏》，"蒡"为"枲耳"，有毒；"苓"为"卷耳"，无毒。根据陆《疏》及郭璞《尔雅》注所描述的"卷耳"形态，及《齐民要术校释》"鼠耳"即菊科鼠麴草，证得《诗》之"卷耳"为苓耳，今之石竹科卷耳属簇生卷耳 *Cerastium Caespitosum* Gilib。《汇考》考证有理。据《中国植物志》在线数据库检索，*Cerastium caespitosum* Gilibert ex Ascherson 学名已修订为：簇生泉卷耳 *Cerastium fontanum* subsp. vulgare。

序号	拼音	正名	学名	科	属	今名
C-024	kǎo	栲	*Euscaphis japonica* (Thunb) Dippel.	省沽油科	野鸦椿属	野鸦椿

《诗经》中诗句出处：

句序	出处			诗句
115_03	国风	唐风	山有枢	山有栲
172_07	小雅	南有嘉鱼之什	南山有台	南山有栲

植物学名鉴定：

出处	名称	学名	科	属	今名
今释	栲	*Euscaphis japonica* Dippel.	省沽油科	/	野鸦椿
汇考	栲	*Euscaphis japonica* (Thunb) Dippel.	省沽油科	/	野鸦椿
辞典	栲	*Castanopsis fargesii* Franch.	壳斗科	锥属	栲
图鉴	栲	*Ailanthus giraldii* Dode	苦木科	/	毛臭椿

注解：

四专著均释"栲"有分歧，《今释》《汇考》释为省沽油科野鸦椿，《辞典》释为壳斗科栲，《图鉴》释为苦木科毛臭椿。

《汇考》将"樗"和"栲"并为一章加以考证,引《尔雅》释"栲"为"山樗",郭注"栲""似樗""类漆树",孔颖达《正义》引俗语,"橁、樗、栲、漆,相似如一"。从外部形态看,橁(椿、香椿)、樗(臭椿)、漆(山漆、大木漆)、栲(野山漆、野鸦椿)相类,故"栲"当释为省沽油科野鸦椿,学名为 *Euscaphis japonica*（Thunb）Dippel.。另,指出陆玑之"栲叶似栎木,或谓栲栎"若释为"壳斗科"植物,似乎根据不足。

《辞典》解说古注"栲"为"山樗",但"山樗"为何种,未能确定。根据现代植物学,壳斗科锥属多种乔木以"栲"为名,如红栲、刺栲等,故释"栲"为红栲,拉丁名 *Castanopsis fargesii* Franch.。

《图鉴》认为"栲"本指壳斗外密生针刺或短瘤刺的壳斗科"苦槠"属植物,但根据历代注疏,"栲"应为羽状复叶植物,臭椿产区跨越大江南北,山区常见,很有可能为《诗》之"栲"。

根据《中国树木与木材使用鉴别手册》,栲树为能得栲胶的树,并认为栲木为南方椿木,但所列举的化香(刺栲)、白栲、艾氏栲等未提供植物学名[1],也无法在《中国植物志》中确证。但所述可得栲胶的树,据《中国植物志》第46卷（1981）第24页记载,省沽油科野鸦椿属野鸦椿,学名为 *Euscaphis japonica*（Thunb.）Dippel,叶对生,奇数羽状复叶,树皮可提烤胶。

综上,"栲"应释为省沽油科野鸦椿属野鸦椿,学名为 *Euscaphis japonica*（Thunb.）Dippel。

序号	拼音	正名	学名	科	属	今名
C-025	kǔ	苦	*Ixeris chinensis*（Thunb.）Nakai	菊科	苦荬菜属	山苦荬

《诗经》中诗句出处:

篇序	出处			诗句
125	国风	唐风	采苓	采苦采苦

---

[1] 路玉章,乔岚著. 中国树木与木材使用鉴别手册[M]. 太原:山西科学技术出版社,2010. 140-142.

植物学名鉴定：

出处	名称	学名	科	属	今名
今释	苦	*Sonchus arvensis* L.	菊科	/	苦苣
汇考	苦	*Ixeris chinensis*（Thunb.）Nakai	菊科	苦荬菜属	山苦荬
辞典	苦	*Sonchus oleraceus* L.	菊科	苦苣菜属	苦苣菜
图鉴	苦	*Sonchus oleraceus* L.	菊科	/	苦苣菜

注解：

《今释》《辞典》《图鉴》均释"苦"为菊科苦苣菜，独《汇考》释"苦"为菊科苦荬菜属山苦荬，根据古来诸家注解，均提到"荼（苦）"之"叶似苦苣"，故依李时珍《本草纲目》认为"苦苣菜"即"荼（苦）"的说法值得商榷，吴厚炎之考证引《陕西中草药》"山苦荬"在陕西仍称"苦菜"，有"小苦苣"之称，为多年生草本植物，与"游冬"之谓相符，故"荼""苦"当今之山苦荬，见"荼"条。

序号	拼音	正名	学名	科	属	今名
C-026	lì	栎	*Quercus baronii* Skan	壳斗科	栎属	橿子栎

《诗经》中诗句出处：

篇序	出处			诗句
132	国风	秦风	晨风	山有苞栎

植物学名鉴定：

出处	名称	学名	科	属	今名
今释	栎	*Quercus acutissima* Carr.	山毛榉科	/	麻栎
汇考	栎	*Quercus baronii* Skan	壳斗科	栎属	橿子栎
辞典	栎	*Quercus acutissima* Carr.	壳斗科	栎属	麻栎
图鉴	栎	*Quercus acutissima* Carr.	壳斗科	/	麻栎

注解：

四专著均释"栎"与"栩"同种，壳斗科植物；《汇考》释"栎""栩"为"橿子树"与其他三专著释为"麻栎"不同，具体如下：

《汇考》对栎（栩、柞）进行考证指出：至三国陆玑以方言释栩、杼、柞、栎，郭璞据陆《疏》以栩、杼、柞、栎为一物；南北朝至唐时有槲树记载；苏颂《图经本草》将栎（橡）与槲相区别；《本草纲目》卷三十分列"橡实""槲实""柞木"各条，认为柞、杼、栩、栎为一类，与"槲"别，"栎""槲"各有二种，"柞木"为"凿子木"，非栎（柞），为同名异物；宋、明以后对栎（栩、杼、柞）与槲有具体描述，并予以区分；后吴其濬《植物名实图考》将"橡（栎）""柞树""柞木（凿子木）""槲""青冈"等明确分辨。同时指出，今多认为栎（栩、柞）为壳斗科麻栎（青冈、橡碗树、栎），为高大落叶乔木，与《诗经》中"苞栎""苞栩"之丛生灌木不符，故《诗》之栎（栩、柞）应为壳斗科栎属橿子栎（橿子树），学名为 Quercus baronii。

综上所述，《汇考》的考证有理，即"栎"为橿子栎。

序号	拼音	正名	学名	科	属	今名
C-027	h	栵	*Castanea seguinii* Dode	壳斗科	栗属	茅栗

《诗经》中诗句出处：

篇序	出处		诗句
241	大雅	文王之什 皇矣	其灌其栵

植物学名鉴定：

出处	名称	学名	科	属	今名
今释	栵	*Castanea Bungeana* Bl.	山毛榉科	/	板栗
汇考	栵	*Castanen seguinii* Dode	壳斗科	栗属	茅栗
辞典	栵	*Castanen seguinii* Dode	壳斗科	栗属	茅栗
图鉴	栵	*Castanea sequinii* Dode	壳斗科	/	茅栗

注解：

四专著均释"栵"为壳斗科栗属植物，具体如下：

《今释》释"栵"为"栗"，今之山毛榉科栗，别名栵、山栗、板栗、栗子等，学名为 *Castanea Bungeana* Bl.①。

《汇考》将"榛""栗""栵"并为一章考证：释"榛"为桦木科榛属植物，学名为 *Corylus heterophylla* Fisch. ex Trautr；释"栗"为壳斗科栗属植物，学名为 *Castanea mollissima* Bl.；释"栵"为"小如指顶"之"茅栗"，今之茅栗，学名为 *Castanen seguinii* Dode。

《辞典》中释"栵"为小木丛生或树之成行生长者，又释"栵"为壳斗科栗属茅栗，别名毛板栗、野栗子、毛栗等，学名为 *Castanen seguinii* Dode，坚果可食和酿酒，壳斗和树皮可染丝绸，木材坚硬耐久可制农具和家具，总苞、树皮、根、种子可入药。

《图鉴》释"栵"为壳斗科茅栗，学名为 *Castanea sequinii* Dode。

综上，"栵"为壳斗科栗属茅栗②，别名毛板栗、野栗子、毛栗等，学名为 *Castanea seguinii* Dode。

序号	拼音	正名	学名	科	属	今名
C-028	líng	苓	*Dioscorea bulbifera* L.	薯蓣科	薯蓣属	黄独

《诗经》中诗句出处：

篇序	出处			诗句
038	国风	邶风	简兮	隰有苓
125	国风	唐风	采苓	采苓采苓

植物学名鉴定：

出处	名称	学名	科	属	今名
今释	苓	*Polygonum reynoutria* Mak.	蓼科	/	虎杖

---

① 根据《中国植物志》第 22 卷（1998）第 9 页，山毛榉目（*Fagales*）壳斗科（*Fagaceae*）栗属（*Castanea*）栗（通称）【板栗（事类合璧），魁栗（河北等省），毛栗（河南），风栗（广东）】，学名（正名）为 *Castanea mollissima* Blume，曾用同名为 *Castanea bungeana* Bl. in Mus. Bot. Lugd. -Bat. 1: 284. 1850 et auct. al.。

② 根据《中国植物志》第 22 卷（1998）第 10 页，山毛榉目 *Fagales* 壳斗科 *Fagaceae* 栗属 *Castanea* 茅栗（唐本草）【野栗子（江苏、浙江），毛栗（南京、湖南），毛板栗（湖北）】，学名为 *Castanea seguinii* Dode in Bull. Soc. Dendr. France 8: 152. 1908。

续表

出处	名称	学名	科	属	今名
汇考	苓	*Dioscorea bulbifera* L.	薯蓣科		黄独
辞典	苓	*Dioscorea bulbifera* L.	薯蓣科	薯蓣属	黄独
图鉴	苓	*Glycyrrhiza uralensis* Fischer	蝶形花科	/	甘草

注解：

四专著对"苓"之界定分歧较大，《今释》释为虎杖，《汇考》《辞典》释为黄独，《图鉴》释为甘草，具体如下：

《今释》释"苓"为蓼科虎杖，别名蒚、蔴、大苦、酸杖、苦杖、酸杆、黄药子等，学名为 *Polygonum reynoutria* Mdak.，多年生草本植物，地上嫩茎可食，根茎入药。

《汇考》对"苓"之"甘草"说、"黄药"说、"似地黄"说进行了考证。据《尔雅》《说文》，皆言"苓"（蒚），大苦。李时珍《本草纲目》曰，"蒚"为"蔓生""乃黄药也，其味极苦，故曰大苦，非甘草也"。所谓"似地黄"当指其药性，而非外形。故，"苓"（蒚）当释为"黄药"，别名黄药子、黄独，学名为 *Dioscorea bulbifera* L.，多年生草质藤本，多生于山谷阴沟或林缘。

《辞典》释"苓"为黄药，别名黄独、山慈菇、草菀薯、土首乌、雷公薯等，学名 *Dioscorea bulbifera* L.，薯蓣科多年生缠绕草质藤本植物，其珠芽又称黄独零余子，可供药用，块茎有毒，可制淀粉。

《图鉴》释"苓"为甘草，学名 *Glycyrrhiza uralensis* Fischer，并以诗中采自首阳之巅，认为"苓"喜阳，"隰"则是与"山"相对地下的地方，非潮湿之地。

综上，《汇考》之考证有理，故释"苓"为黄独。

序号	拼音	正名	学名	科	属	今名
C-029	lú	庐	/	/	/	/

《诗经》中诗句出处：

篇序	出处			诗句
210	小雅	谷风之什	信南山	中田有庐

说明：《汇考》《辞典》未收录《小雅·信南山》之"庐"。

植物学名鉴定：

出处	名称	学名	科	属	今名
今释	庐	*Raphanus sativus* L.	十字花科	/	萝卜
汇考	/	/	/	/	/
辞典	/	/	/	/	/
图鉴	庐	*Lagenaria siceraria* (Molina) Standly	葫芦科	葫芦属	葫芦

注解：

《今释》释"庐"为"菲"（《邶风·谷风》），即十字花科萝卜，别名莱菔、菲草、菔、萝卜、萝菔、满阳花等，学名 *Raphanus sativus* L.，块根、叶供食用，种子入药，名"莱菔子"。

《汇考》《辞典》未收录"庐"条。

《图鉴》将"庐"归于"匏"条，释为葫芦科葫芦属葫芦，学名为 *Lagenaria siceraria* (Molina) Standly。在文中还明确指出"壶"和"庐"是指葫芦的果实，并引《本草纲目》"匏指有短柄大腹者为壶，壶之细腰者为蒲芦"为证，但是"庐"与"蒲芦"之"芦"的关系并没有进行论述，似不足为证。

据《诗经词典》（修订本），"庐"释为设在田野中忙时寄居的棚舍，引《小雅信南山》"中田有庐"为例证。另注，"庐"，一说通"芦"，"芦菔"即萝卜，引郭沫若说，"中田有庐"与"疆场有瓜"为对文，知"庐"为"芦"；又一说，葫芦，引于邙《香草校书》，"中田有庐"与"疆场有瓜"为对文，则"庐"为瓜类，"庐"即"壶卢"，"壶""卢"叠韵，累言为"壶卢"，单言为"壶"，即为葫芦。但根据李湘先生考证，"疆场有瓜"之"瓜"为"葫芦"，可知"中田有庐"之"庐"并非葫芦，当是棚舍。

综上，"庐"作"萝卜"或"葫芦"解，有误。

序号	拼音	正名	学名	科	属	今名
C-030	mài	麦	*Triticum aestivum* L.	禾本科	小麦属	小麦
			Hordeum vulgare L.	禾本科	大麦属	大麦

《诗经》中诗句出处：

篇序	出处			诗句
048	国风	鄘风	桑中	爰采麦矣
054	国风	鄘风	载驰	芃芃其麦
074	国风	王风	丘中有麻	丘中有麦
113	国风	魏风	硕鼠	无食我麦
154	国风	豳风	七月	禾麻菽麦
245	大雅	生民之什	生民	麻麦幪幪
300	鲁颂	鲁颂	閟宫	稙穉｜稚菽麦

植物学名鉴定：

出处	名称	学名	科	属	今名
今释	麦	*Triticum aestivum* L.	禾本科	/	小麦
汇考	麦	*Triticum aestivum* L. *Hordeum vulgare* L.	禾本科 禾本科	小麦属 大麦属	小麦 大麦
辞典	麦	/	禾本科	/	麦类总称
图鉴	麦	*Hordeum vulgare* L.	禾本科	大麦属	大麦

注解：

四专著对"麦"的释名分歧较大：

《今释》释"麦"为禾本科小麦属小麦。

《汇考》释"麦"兼指禾本科小麦属小麦和大麦属大麦，与"来牟"互释。

《辞典》释"麦"为麦类统称，包括小麦、大麦、黑麦、燕麦等种类，通常专指小麦（通称"麦子"）。

《图鉴》释"麦"为"牟"，即禾本科大麦属大麦。认为甲骨文和周代金文中的"麦"都可解作大麦。汉唐之前，诗文及《诗》之"麦"都指大麦。

根据《中国农业科学技术史稿》考证，麦为中国古代五谷之一，《大雅·生民》中追述历代周始祖后稷儿时所种庄稼即有麦，从引进时间看黄河流域中下游麦类种植比粟黍、水稻晚。迄今为止，在新疆发现了距今 3800 年左右的中国最早麦作遗存。新疆很有可能也是小麦的原产地之一，沿新疆、河湟逐步传入中原。大麦的原产地一直以为是西亚，但近年来在青藏高原发现野生二棱大麦、野生六棱大麦等，并经实验证明野生二棱大麦为栽培大麦的野生祖先。因此，中国西南地区很可能是大麦起源地或起源地之一，另古代藏族有以"麦熟为岁首"传统。从汉字的演化来看，早期禾谷类作物都从"禾"旁，唯麦（麥）字从"来"[①]。

综上，《诗》之"麦"包括禾本科小麦属小麦和大麦属大麦。

序号	拼音	正名	学名	科	属	今名
C-031	méi	梅[1]	*Armeniaca mume* Sieb.	蔷薇科	李属	梅
C-032	méi	梅[4]	*Phoebe zhennan* S. Lee et F. N. Wei	樟科	楠属	楠木
C-033	méi	梅[5]	*Zizyphus jujuba* Mill. var. *spinosa* (Bunge) Hu ex H. F. Chow	鼠李科	枣属	酸枣

说明：梅[1]见于《召南·摽有梅》《曹风·鸤鸠》《小雅·四月》，梅[4]见于《秦风·终南》，梅[5]见于《陈风·墓门》。

《诗经》中诗句出处：

篇序	出处			诗句
020	国风	召南	摽有梅	摽有梅
130	国风	秦风	终南	有条有梅
141	国风	陈风	墓门	墓门有梅
152	国风	曹风	鸤鸠	其子在梅
204	小雅	谷风之什	四月	侯栗侯梅

[①] 梁家勉主编. 中国农业科学技术史稿[M]. 北京：农业出版社，1989.

植物学名鉴定：

出处	名称	学名	科	属	今名
今释	梅¹	*Prunus mume* Sieb. et Zucc.	蔷薇科	/	梅
	梅²	*Phoebe nanmu* Gamble①	樟科	/	楠木
汇考	梅³	*Prunus mume* Sieb. et Zucc.	蔷薇科	梅属	梅
	梅⁴	/	/	/	楠
辞典	梅¹	*Armeniaca mume* Sieb. ②	蔷薇科	杏属	梅
	梅²	*Phoebe zhennan* S. Lee	樟科	/	楠木
图鉴	梅³	*Prunus mume* Sieb. et Zucc.	蔷薇科	梅属	梅
	梅⁴	*Phoebe zhennan* Lee et Wei	樟科	/	楠木

注解：梅¹见于《召南·摽有梅》《曹风·鸤鸠》《小雅·四月》，梅²见于《秦风·终南》《陈风·墓门》，梅³见于《召南·摽有梅》《曹风·鸤鸠》《小雅·四月》《陈风·墓门》，梅⁴见于《秦风·终南》。

注解：历来释"梅"为"酸果之梅"和"楠木"二物，其中《召南·摽有梅》《曹风·鸤鸠》《小雅·四月》之"梅"为蔷薇科梅，《秦风·终南》之"梅"为樟科之楠木，无分歧。

《陈风·墓门》之"梅"存在分歧，《汇考》《图鉴》释为蔷薇科梅，《今释》《辞典》释为樟科之楠木。《今释》《辞典》均引《毛传》"梅，柟（枏）也"，及陆《疏》"有条有梅"条，证《秦风·终南》之"梅"为"楠木"，无疑，但均为提供直接佐证证明《陈风·墓门》之"梅"为"楠木"，《汇考》

---

① 根据《中国植物志》第31卷（1982）第113页，樟科 *Lauraceae* 樟亚科 Subfam. *Lauroideae* 鳄梨族 Trib. *perseae* 鳄梨亚族 Subtrib. *perseineae* 楠属 *Phoebe* 毛花组 Sect. *Caniflorae* 楠木【桢楠（成都），雅楠（中国树木分类学）】，学名为 *Phoebe zhennan* S. Lee et F. N. Wei in Act. Phytotax. Sin. 17（2）：61, pl. 12, f. 6. 1979.，异名为 *P. nanmu* auct. non（Oliv.）Gamble；Gamble in Sarg. Pl. Wils. 2：72. 1914。产湖北西部、贵州西北部及四川。野生或栽培；野生的多见于海拔1500米以下的阔叶林中。本种为高大乔木，树干通直，叶终年不谢，为很好的绿化树种。木材有香气，纹理直而结构细密，不易变形和开裂，为建筑、高级家具等优良木材。

② 根据《中国植物志》第38卷（1986）第31页，蔷薇科 *Rosaceae* 李亚科 *Prunoideae* 杏属 *Armeniaca* 梅（诗经）【春梅（江苏南通），千枝梅（北京），酸梅，乌梅】，学名为 *Armeniaca mume* Sieb. in Verh. Batav. Genoot. Kunst. Wetensch. 12（1）：69. 1830，根据植物智 www.iPlant.cn 注释，该学名已修订，接受名为 *Prunus mume* Siebold & Zucc.，根据其新属名当为李属。

《图鉴》亦未说明为何释为蔷薇科梅。

据《诗经词典》（修订本），"梅"有三解：①楠木，②棘，酸枣树，③果树名。其中解②引《陈风·墓门》之"梅"为例证，引马瑞辰《通释》，"棘，梅二木，美恶大小不相类，非诗取兴之指。梅，古作某"。又引《玉篇》，"'古之某作楳。'楳、棘形似，棘盖误作楳，因之《毛诗》作梅，又作楳耳"。再引王先谦《集疏》，"《鲁》，梅作棘"。并指出，《毛传》中释"梅"为"柟"；孔颖达《正义》说此"梅""本未必恶"，因鸮鸟落在"梅"上，"此鸮声恶，梅亦从而恶矣"。由此可见，《陈风·墓门》之"梅"释名分歧源于鲁诗和毛诗注解。

闫孟莲在《〈诗经·陈风·墓门〉》论考》一文中通过还原陈国晚期"墓门事件"，推定《墓门》完成于公元前548—公元前544年之间的政治讽刺诗，是《诗经》中所收录的最晚的一首诗，诗中所刺不良之人是陈哀公和他的大子偃师，因其"聚禾粟，缮城郭，恃此二者而不抚其民"，国民饥寒交迫，流离失所，后郑国军队攻入陈国，陈哀公和他大子偃师避难于棘树丛生的公墓才幸免于难。① 文中还引闻一多先生观点认为该诗各章首句是赋而不是兴，另引鲁诗"梅"作"棘"解的观点，足以证明，《陈风·墓门》之"梅"当释为"棘"，即今之鼠李科枣属酸枣，学名为 $Ziziphus\ jujuba$ Mill. var. $spinosa$（Bunge）Hu ex H. F. Chow。

序号	拼音	正名	学名	科	属	今名
C-034	mén	穈	$Setaria\ italica$（L.）Beauv.	禾本科	狗尾草属	粱

《诗经》中诗句出处：

篇序	出处			诗句
245	大雅	生民之什	生民	维穈维芑
245	大雅	生民之什	生民	恒之穈芑

---

① 闫孟莲.《诗经·陈风·墓门》论考［J］.信阳师范学院学报（哲学社会科学版），2006（6）：103-106.

植物学名鉴定：

出处	名称	学名	科	属	今名
今释	穈	*Panicum miliaceum* L.	禾本科	/	稷
汇考	穈	*Panicum miliaceum* L.	禾本科	黍（或稷）属①	黍
辞典	穈	*Panicum miliaceum* L.	禾本科	黍属	黍
图鉴	穈	*Setaria italica* (L.) Beauv.	禾本科	/	粱

注解：

《汇考》《辞典》释"穈"为"黍"，《今释》《图鉴》释"穈"为"稷"；但是由于《今释》《汇考》《辞典》持"黍""稷"同种说，故其学名均为 *Panicum miliaceum* L.；《图鉴》持"黍""稷"不同种说，故"穈"之学名为 *Setaria italica* (L.) Beauv.，具体如下：

《今释》中释"穈"为"稷"，为"黍"之"不黏者"，依其"黍""稷"同种的观点，其学名为 *Panicum miliaceum* L.。

《汇考》释"穈"为"黍"，认为按现代植物学分类，"黍""稷""秬""秠""穈""芑"同"种"，俗称糜子，今之禾本科黍属或稷属（*Panicum* L.），学名 *Panicum miliaceum* L.。

《辞典》释"穈"为古代的一种良种黍，幼苗叶赤色，即所谓"赤苗"，通"虋"，以"黍"为"稷"之别名，故"穈"之学名为 *Panicum miliaceum* L.。

《图鉴》释"穈"为"粱""稷"，今之小米，学名为 *Setaria italica* (L.) Beauv.。

综上，笔者从邹树文先生观点，即"穈芑是稷的嘉种"，"黍""稷"不同种，"稷"为"粱"、穀子、小米，学名为 *Setaria italica* (L.) Beauv.。故"穈"为"赤粱粟"，今之粱、小米。见"稷"条。

---

① 根据《中国植物志》第10卷第1册（1990）第202页，禾本科 Gramineae 黍亚科 Panicoideae 黍族 Trib. Paniceae 黍亚族 Subtrib. Panicinae 黍属 Panicum 黍组 Sect. Panicum 稷（本草纲目），【别名：黍（本草纲目），穈（毕氏：中国植物学）】学名为 *Panicum miliaceum* L. Sp. Pl. ed. 1. 58. 1753；Hayata, Icon. Pl. Form. 7：61. 1918，可知应为黍属。

序号	拼音	正名	学名	科	属	今名
C-035	méng	蝱	*Bolbostemma paniculatum* (Maxim.) Franquet	葫芦科	假贝母属	假贝母

《诗经》中诗句出处：

篇序	出处			诗句
054	国风	鄘风	载驰	言采其蝱

植物学名鉴定：

出处	名称	学名	科	属	今名
今释	蝱	*Fritillaria thunbergii* Miq.	百合科	/	贝母
汇考	蝱	*Bolbostemma paniculatum* (Maxim.) Franquet	葫芦科	假贝母属	假贝母
辞典	蝱	*Bolbostemma paniculatum* (Maxim.) Franquet	葫芦科	假贝母属	假贝母
图鉴	蝱	*Fritillaria cirrhosa* D. Don	百合科	/	川贝母

注解：

四专著释"蝱"有分歧，《今释》《图鉴》释为百合科贝母或川贝母，即今之中药贝母，有祛痰、镇静、止咳功效；《汇考》《辞典》释为葫芦科假贝母。

《辞典》与《汇考》所引文献大致相同，《汇考》注解最详。首先，引《说文解字系传》、郝懿行、陈奂、王先谦说，证鲁诗之"莔"与毛诗之"蝱"通，为《尔雅·释草》《说文》之"贝母"，但《广雅·释草》有"贝父"说，《广雅疏证》说"贝父"即"贝母"；又进一步考证提出，"贝母（蝱、莔）在古代非指一专有'种名'，乃是对具有相同或相近药性的某些药用植物的统称"。又引《中药大辞典》（上册），在《本草纲目》之前没有明确区分川贝、浙贝、土贝。其次，对陆《疏》、郭注、《本草图经》关于"贝母"三种注解进行考证：陆《疏》释"蝱"为"草贝母""叶似栝楼而细小"；郭璞注"莔（蝱）""根如小贝员而白，华、叶似韭"；《本草图经》则杂二说，且将郭注误解为"白华、叶似韭"。

以今之植物分类，陆《疏》之"草贝母"系葫芦科假贝母属假贝母，学名 *Bolbostemma paniculatum* (Maxim.) Franquet，郭注之"贝母"系百合科贝母属川贝或浙贝。最后，从"茵"被本字，"蝱"为假借字，从假贝母的实际形态来讲与"囧"似，为"艸下之囧"；从产地来讲，土贝母（蝱、茵）产河南、陕西、山西、河北等地，陕西如今仍俗称"草贝"，是《鄘风》之地常见物，而今之贝母川贝、浙贝产地离《鄘风》之地遥远；从诗意看，许穆公夫人由许国赴漕吊唁，在卫地采"蝱"以明心迹，与其河南之产地相符；从"土贝母"之功效看，能"消肿"、平"疮疡"、驱"蛇虫毒"，毛公曰"采其蝱者，将以疗疾"，喻求"大邦"以助安卫乱；从张子诗"贝母阶前蔓百寻，双桐盘绕叶森森"及吴其濬《植物名实图考》"贝母"条"蔓生"之描述，可见"假贝母"才是《诗》之真"贝母"。

序号	拼音	正名	学名	科	属	今名
C-036	mù guā	木瓜	*Chaenomeles sinensis* (Thouin) Koehne	蔷薇科	木瓜属	光皮木瓜

《诗经》中诗句出处：

篇序	出处			诗句
064_01	国风	卫风	木瓜	投我以木瓜

植物学名鉴定：

出处	名称	学名	科	属	今名
今释	木瓜	*Chaenomeles sinensis* Koehne.	蔷薇科	/	木瓜
汇考	木瓜	*Chaenomeles sinensis* (Touin) Koehne.	蔷薇科	木瓜属	木瓜
辞典	木瓜	*Chaenomeles speciosa* (Sweet) Nakai	蔷薇科	木瓜属	皱皮木瓜
图鉴	木瓜	*Chaenomeles sinensis* (Touin) Koehne.	蔷薇科	/	榠楂

注解：

四专著释"木瓜"有分歧，从学名的鉴定情况看，《今释》《汇考》《图鉴》释为光皮木瓜，学名为 *Chaenomeles sinensis* (Touin) Koehne.；《辞典》释为皱皮木瓜，学名为 *Chaenomeles speciosa* (Sweet) Nakai。

《汇考》还指出《中药大辞典》以中科院植物研究所"贴梗木瓜"或《秦岭植物志》"贴梗海棠"(铁杆海棠)为"木瓜",学名为 Chaenomeles Lagenaria (Ioisel.) Koidz.。并明确指出,因"櫙子"(楂子)与"樧櫙"(樧楂)非《诗》所赋之物,从略。

《汇考》考证木瓜为蔷薇科木瓜属植物,学名 Chaenomeles sinensis (Touin) Koehne.,为灌木或小乔木,枝无刺,梨果长椭圆形,长 10—15 厘米,暗黄色,木质,芳香,味微酸涩,原产中国,分布在山东、陕西、安徽、江苏、湖北、江西、广西等省,果实供食用及药用。

《汇考》对"木桃""木李"之"桃"与"李"说和"櫙子"与"樧櫙"说进行了考证。

先驳"櫙子"与"樧櫙"说,认为三国以前,"櫙"为"棃(梨)属",与"櫙子""樧櫙"无涉,故与"木桃""木李"无涉。

又引《神农本草经》无"木瓜""木桃""木李"。引梁陶弘景《名医别录》,将"木瓜""樧櫙""櫙子"列为"同类",但未指明为"木桃"和"木李"。并推断在唐以前,"木桃""木李"与"櫙子""樧櫙"无涉。

至北宋陆佃《埤雅》对"木瓜""木桃""木李"进行区分,"木瓜"为"实如小瓜,食津润,不木者","木桃"为"圆而小如木瓜,食之酢涩而木者","木李""大于木桃,似木瓜而无鼻者"。后《图经本草》释"木瓜""木桃""木李"为同类。姚宽(令威)之《西溪丛语》将"木桃"释为"櫙子""木李"释为"樧櫙"。李时珍《本草纲目》卷三十,在"木瓜"条,将"木桃"释为"櫙子"(酢涩而多渣)、"木李"(木梨)释为"樧櫙"。并推断,"木桃"释为"櫙子""木李"释为"樧櫙"发生在宋明之际,故与《卫风·木瓜》之"木桃""木李"无涉。

《汇考》反驳"木桃"释为"櫙子""木李"释为"樧櫙"后,引唐欧阳修《艺文类聚》卷八十六,引毛诗为例证,释"李"为"木李""桃"为木桃。认为《诗》言木桃、木李,是因为首章"木瓜"之"木",以成文耳。并释《卫风》之"木桃"为蔷薇科"桃 [毛桃、白桃, *Prunus persica* (L.) Batsch]",或"山桃 *Prunus davidiana* (Carr.) Franch.";释"木李"为蔷薇科"李 *Prunus salicina* Lindl."。

夏传才主编的《诗经学大辞典》(下)"诗经名物"编中释"木瓜"为蔷薇科木瓜属皱皮木瓜,学名为 *Chaenomeles speciosa* (Sweet) Nakai;释"木桃"为蔷薇科木瓜属木瓜,学名为 *Chaenomeles sinensis* (Touin) Koehne.;释"木李"为蔷薇科木瓜属毛叶木瓜,学名为 *Chaenomeles cathayensis* (Hemsl.) Schneid.。

但在其主编的《诗经学大辞典》(上)"三百篇解题卷"中,认为《木瓜》诗描述情人互赠礼物,表示长久相爱,反映了当时的一种婚俗。三章叠唱,木瓜、木桃、木李,即瓜、桃、李都是果实,琼琚、琼瑶、琼玖都指玉佩。并解释当时的一种婚姻习俗,青年男女相悦而投桃报玉,约定婚姻。还注解说,《诗序》中认为"美齐桓公,卫人欲厚报之,而作诗",说这是对诗恋歌作政教的解说,附会某种史事。另对《木瓜》之"下之报上""男女相赠答""厚报说""苞苴之礼"等主旨说进行介绍,认为《木瓜》事男女互相增答的定情诗。若按此主旨解,"木瓜""木桃""木李"当释为"瓜""桃""李",显然这与《诗经学大辞典》(下)之"诗经名物"解相矛盾。

由此,可见要解"木瓜"为何物,必先定《木瓜》之诗旨。郝潇在《"苞苴之礼"辩证与〈木瓜〉诗旨补说》中,通过《上海博物馆藏战国楚竹书一·孔子诗论》的考证,证实孔子"于《木瓜》见苞苴之礼行",得出《木瓜》诗旨为赠答①。尹海江、谭肃然在《〈诗经·木瓜〉主旨论析》一文中,也论证了《木瓜》一诗的礼赠主题,而非男女赠答,从孔子之"见苞苴之礼行"说②。

《木瓜》诗旨即明,则"木瓜""木桃""木李"之"瓜""桃""李"说就当别论。从命名过程的角度来看,在先秦时期,人们已经掌握了一定植物学知识,命名了基本的常见的植物,如经常食用的水果,如"瓜""桃""李",如"幡幡瓠叶"之"瓠瓜""华如桃李"之"桃"与"李","瓜"之形"椭圆""长圆","桃"之形"卵形""宽椭圆""扁圆""腹缝明显","李"之形"圆而小""球形""卵球形"。就"木瓜""木桃""木李"而言,"木"指其果肉粒粗、木质化,嚼之多渣,故而谓之"楂",这也是"楔榿""榿子"的得名。

经求教有经验的药农,秦巴山区的木瓜大致可分为三种:一种表皮光滑,无沟槽,长椭圆形或近圆柱形,小枝无刺,称为光皮木瓜;一种表皮有沟槽,类似桃之腹缝,干燥后表皮有褶皱,椭圆形或扁圆形,小枝有密刺,称之为皱皮木瓜;还有一种果实较小,近球形或卵球形,称之为和圆子,即榿子,称之为毛叶木瓜。

从生产生活经验来看,这三种木瓜便明了,即"木瓜",即今之蔷薇科木瓜属光皮木瓜,学名 Chaenomeles sinensis(Thouin)Koehne,果实长椭圆形,长10—15厘米,暗黄色,木质,味芳香,果梗短,果皮干燥后仍光滑,不皱缩,

---

① 郝潇."苞苴之礼"辩证与《木瓜》诗旨补说[J].湖北科技学院学报,2021(4):74-78.
② 尹海江,谭肃然.《诗经·木瓜》主旨论析[J].怀化学院学报,2012(1):73-76.

产于山东、陕西、湖北、江西、安徽等①；"木桃"，即今之蔷薇科木瓜属皱皮木瓜，学名 Chaenomeles speciosa（Sweet）Nakai，枝密多刺，果实球形或卵球形，直径4—6厘米，黄色或带黄绿色，有稀疏不显明斑点，味芳香；萼片脱落，果梗短或近于无梗，产于陕西、甘肃、四川、贵州、云南②；"木李"，即今之蔷薇科木瓜属毛叶木瓜，别名榠楂、和圆子，学名 Chaenomeles cathayensis（Hemsl.）Schneid.，果实近球形，直径6—7厘米③，黄色有红晕，味芳香，产于陕西、甘肃、江西、湖北、湖南、四川、云南、贵州、广西。生山坡、林边、道旁、栽培或野生，海拔900—2500米，果实入药可作木瓜的代用品。各地习见栽培，耐寒力不及木瓜和皱皮木瓜。

序号	拼音	正名	学名	科	属	今名
C-037	mù lǐ	木李	Chaenomeles cathayensis（Hemsl.）Schneid.	蔷薇科	木瓜属	毛叶木瓜

《诗经》中诗句出处：

篇序	出处			诗句
064	国风	卫风	木瓜	投我以木李

植物学名鉴定：

出处	名称	学名	科	属	今名
今释	木李	Cydonia oblonga Mill.	蔷薇科	/	榠楂
汇考	木李	Prunus salicina Lindl.	蔷薇科	梅属	李
辞典	木李	Chaenomeles sinensis（Touin）Koehne.	蔷薇科	木瓜属	木瓜
图鉴	木李	Cydonia oblonga Mill.	蔷薇科	/	榠楂

注解：

四专著释"木李"有分歧，从学名的鉴定情况看，《今释》《图鉴》释为榠

---

① 见《中国植物志》第36卷（1974）第350页。其学名已修订为 Pseudocydonia sinensis（Thouin）C. K. Schneid.。
② 见《中国植物志》第36卷（1974）第351页。
③ 南京中医药大学编著. 中药大辞典（下）[M]. 上海：上海科学技术出版社，2014. 3169.

栌，学名为 Cydonia oblonga Mill.；汇考释为蔷薇科科梅属李，学名为 Prunus salicina Lindl.；《辞典》释为蔷薇科木瓜属木瓜，学名为 Chaenomeles sinensis (Touin) Koehne.，见附录"C-036 木瓜"条。

序号	拼音	正名	学名	科	属	今名
C-038	mù táo	木桃	Chaenomeles speciosa (Sweet) Nakai	蔷薇科	木瓜属	皱皮木瓜

《诗经》中诗句出处：

篇序	出处			诗句
064	国风	卫风	木瓜	投我以木桃

植物学名鉴定：

出处	名称	学名	科	属	今名
今释	木桃	Chaenomeles lagenaria Koidz.	蔷薇科	/	贴梗海棠
汇考	木桃	Prunus persica (L.) Batsch Prunus davidiana (Carr.) Franch.	蔷薇科 蔷薇科	梅属 梅属	毛桃 山桃
辞典	木桃	Chaenomeles sinensis (Thouin) Koehne	蔷薇科	木瓜属	光皮木瓜
图鉴	木桃	Chaenomeles cathayensis (Hemsl.) Schneid.	蔷薇科	木瓜属	毛叶木瓜

注解：

四专著释"木桃"有分歧，从学名的鉴定情况看，《今释》释为贴梗海棠，学名 Chaenomeles lagenaria Koidz.①；《汇考》释为毛桃或山桃，学名为 Prunus persica (L.) Batsch 或 Prunus davidiana (Carr.) Franch.；《辞典》释为光皮木瓜，学名为 Chaenomeles sinensis (Thouin) Koehne；《图鉴》释为毛叶木瓜，学名为 Chaenomeles cathayensis (Hemsl.) Schneid.。

---

① 根据植物智（www.iPlant.cn）Chaenomeles lagenaria（Loiseleur-Deslongchamps）Koidzumi 已修订，正名为贴梗海棠 Chaenomeles speciosa，即皱皮木瓜，别名木桃、楸（本草纲目）、贴梗海棠（群芳谱）、贴梗木瓜（中国高等植物图鉴）、铁脚梨（河北习见树木图说），学名为 Chaenomeles speciosa (Sweet) Nakai in Jap. Journ. Bot. 4: 331. 1929.（《中国植物志》第 36 卷（1974）第 351 页）

根据《中国植物志》第 36 卷（1974）第 351 页，贴梗海棠即皱皮木瓜。《图鉴》在"木桃"条释为毛叶木瓜，但在注解中又说木桃亦指另一相关树种，皱皮木瓜或贴梗海棠，学名为 *Chaenomeles speciosa*（Sweet）Nakai。

综上，"木桃"应释为皱皮木瓜，学名为 *Chaenomeles speciosa*（Sweet）Nakai，见"木瓜"条。

序号	拼音	正名	学名	科	属	今名
C-039	niǎo	茑	*Taxillus caloreas*（Diels）Danser	桑寄生科	钝果寄生属	松寄生

《诗经》中诗句出处：

篇序	出处			诗句
217	小雅	甫田之什	頍弁	茑与女萝

植物学名鉴定：

出处	名称	学名	科	属	今名
今释	茑	*Loranthus Yadoriki* sieb.	桑寄生科	/	桑寄生
汇考	茑	*Loranthus Yadoriki* sieb.	桑寄生科	桑寄生属	毛叶桑寄生
辞典	茑	*Viscum coloratum*（Kom.）Nakai	桑寄生科	/	槲寄生
图鉴	茑	*Taxillus sutchuenensis*（Lecomte）Danser	桑寄生科	/	桑寄生

注解：

四专著释"茑"有分歧，从学名的鉴定情况看，《今释》《汇考》《图鉴》释为桑寄生；《辞典》释为槲寄生。

《今释》释"茑"为桑寄生，学名为 *Loranthus Yadoriki* sieb.①，寄生小灌

---

① 根据植物智（www.iPlant.cn）*Loranthus yadoriki* Siebold & Zuccarini ex Maximowicz 名称已修订，正名为灰毛桑寄生 *Taxillus sutchuenensis* var. *duclouxii*，桑寄生科 Loranthaceae 桑寄生亚科 Subfam. Loranthoideae 桑寄生族 Trib. Lorantheae 钝果寄生属 Taxillus 披针裂片组 Sect. Lancilobi 桑寄生 Taxillus sutchuenensis，其变种灰毛桑寄生（变种）【灰毛寄生（云南植物志），湖北桑寄生（湖北）】，学名为 *Taxillus sutchunensis*（Lecomte）Danser var. *duclouxii*（Lecomte）H. S. Kiu in Fl. Yunnan. 3：369. 1983.

木，全株被赤褐色毡毛；叶对生，革质，卵形或椭圆形；果实为黄色浆果，广椭圆形，密布毡毛；寄主为桑科、樟科、山毛榉科、柿树科等木本植物；入药，祛风湿，健筋骨，益血脉。

《汇考》在"莬"条注解说，按《诗》言，"莬与女萝"当寄生在"松柏"之上，即"松寄生"或"柏寄生"，但《小雅》之地无此种。根据陆玑描述，"莬"当为桑寄生科桑寄生属毛叶桑寄生，学名为 Loranthus Yadoriki sieb.，产于秦岭南坡宁陕等县或北坡眉县，寄生于栎、麻栎等树上。并推测说，松柏与壳斗科栎、麻栎有混交林的情况，故"施于松柏"之"莬"实际上指寄生与栎或麻栎上的毛叶桑寄生。

《辞典》在"莬"条"释诂"中所引为《陆疏》《本草纲目》之桑寄生，引陶弘景说"寄生松上、杨上、枫上……各随其树名之"。"解说"中释"莬"为桑寄生科槲寄生，学名为 Viscum coloratum（Kom.）Nakai，寄生于榆、桦、枫、杨、柳、梨、槲、松、柏、麻栎等树上，分布于东北、华北、陕、甘、川、鄂等地，全株入药，中药槲寄生正品，祛风湿、补肝肾、强筋骨、通经络、安胎催乳；种子落在寄主树杈，生根发芽侵入皮下至木质部，吸收水分和营养物质，有害于寄主。另指出释为"桑寄生"不妥，桑寄生[学名 Taxillus sutchuenensis（Lecomte）Danser]与槲寄生同科，多寄生于构、槐、榆、木棉、栎等树上，分布于闽、台、粤、贵、滇等地区，与诗意不符。

《图鉴》释"莬"为桑寄生，学名 Taxillus sutchuenensis（Lecomte）Danser，常见寄主为枫、桑、柿、壳斗科等植物，分别称为枫寄生、桑寄生、柿寄生、槲寄生等；松类也可见桑寄生植物，称为松寄生，与桑寄生同科不同属，并认为还可能包括华北的毛叶桑寄生[Taxillus sutchuenensis（Siebel. ex Maxim）Danser]、槲寄生类（Viscum spp.）等多种寄生植物。

根据《药用寄生》一书记载，桑寄生科常见寄生类植物达252种，其中分布于黄河流域和长江流域且寄生于松杉树的，仅有桑寄生科钝果寄生属松寄生，别名松树寄生，学名 Taxillus caloreas（Diels）Danser，全株入药，生长在900—2800米山地针叶林或针叶阔叶混交林中，寄生于松属、油杉属、云杉属、雪松属植物上，分布西藏错那、云南、贵州、四川、湖北、广西、广东、福建、台湾等地[1]。

综上，《诗》之"莬"应释为寄生科钝果寄生属松寄生，学名 Taxillus caloreas（Diels）Danser。

---

[1] 谭支绍编著．药用寄生［M］．南宁：广西科学技术出版社，1991. 127.

序号	拼音	正名	学名	科	属	今名
C-040	niǔ	杻	*Chionanthus retusus* Lindl. et Paxt.	木犀科	流苏树属	流苏树

《诗经》中诗句出处：

篇序	出处			诗句
115	国风	唐风	山有枢	隰｜湿有杻
172	小雅	南有嘉鱼之什	南山有台	北山有杻

植物学名鉴定：

出处	名称	学名	科	属	今名
今释	杻	*Tilia mandshurica* Rupr. et Maxim.	田麻科	/	辽椴
汇考	杻	*Chionanthus retusus* Lindl. et Paxt.	木犀科	/	流苏树
辞典	杻	/	/	/	/
图鉴	杻	*Tilia mandshurica* Rupr. et Maxim.	椴树科	/	糠椴
		Tiliamongolia Maxim.	椴树科	/	蒙椴
		Tiliachinensis Maxim.	椴树科	/	华椴
		Tiliaamurensis Rupr.	椴树科	/	紫椴

注解：

四专著对"杻"的界定分歧较大，《今释》《图鉴》释为辽椴，《汇考》释为流苏树，《辞典》未明确为何种树木，具体如下：

《今释》释"杻"为"檍"，别名杻子、土橿、万岁、牛筋、糠椴、大叶椴等，田麻科辽椴，学名为 *Tilia mandshurica* Rupr. et Maxim.①，产于东北各省及河北、内蒙古、山东和江苏北部。

《汇考》未对《小雅·南山有台》"北山有杻"之"杻"进行界定，但对《唐风·山有枢》"隰有杻"之"杻"进行了考证：陆玑《诗疏》："杻，檍也。

---

① 根据《中国植物志》第 49 卷第 1 册（1989）第 54 页记载，椴树科 Tiliaceae 椴树亚科 Subfam. Tilioideae 椴树族 Trib. Tilieae 椴树属 Tilia 椴树组 Sect. Tilia 辽椴（中国植物图谱）【糠椴（东北木本植物图志）】，学名为 *Tilia mandshurica* Rupr. et Maxim. in Bull. Acad. Sci. St. Ptersb. 16：124. 1856。

叶似杏而尖，白色，皮正赤，为木多曲少直……材可为弓弩干也。"郭注《尔雅》"杻"，"似棣，细叶，叶新生可饲牛，材中车辋。关西呼杻子，一名土橿"。释"杻"为木犀科流苏树，别名牛筋子，学名为 Chionanthus retusus Lindl. et Paxt.，产于甘肃、陕西、山西、河北、河南以南至云南、四川、广东、福建、台湾，花、嫩叶晒干可代茶，味香；果可榨芳香油；木材可制器具。

《辞典》释"杻"为"檍"，但未能明确具体为何树种，列举了历来诸家的不同意见：女贞、糠椴、橿、小腊树、流苏树、具柄冬青、多毛稠李等，认为这些书中或形态特征与古代记述杻木差异较大，或分布环境与诗歌发源地不符，待考。

《图鉴》释"杻"为椴树科糠椴，别名辽椴，学名为 Tilia mandshurica Rupret Maxim.，产于东北各省及河北、内蒙古、山东和江苏北部。又说也可能是蒙椴（Tilia mongolia Maxim.）、华椴（Tilia chinensis Maxim.）、紫椴（Tilia amurensis Rupr.）。还提到其他学者的看法：何炳棣解为壳斗科麻栎类（Quercus spp.）、吴厚炎解为流苏树。

综上，根据辽椴和流苏树的树种分布，取吴厚炎之"流苏树"为"杻"比较接近陆《疏》和郭《注》的描述。

序号	拼音	正名	学名	科	属	今名
C-041	nǔ luó	女萝	Usnea longissima Ach.	松萝科	松萝属	长松萝
			Usnea diffracta Vain.	松萝科	松萝属	松萝

《诗经》中诗句出处：

篇序	出处			诗句
217	小雅	甫田之什	頍弁	茑与女萝

植物学名鉴定：

出处	名称	学名	科	属	今名
今释	女萝	Usnea longissima Ach.	松萝科	/	女萝
汇考	女萝	Usnde longissima Ach.	松萝科	/	松萝
		Usnde diffracta Vain.	松萝科	/	破茎松萝
辞典	女萝	Usnea longissima Ach.	松萝科	松萝属	女萝

续表

出处	名称	学名	科	属	今名
图鉴	女萝	*Usnea diffracta* Vain.	松萝科	/	松萝

注解：

四专著释"女萝"有分歧，主要是学名表述不一致，《今释》《汇考》《辞典》表述为 *Usnea longissima* Ach.；《图鉴》表述为 *Usnea diffracta* Vain.。①

注解中，最大的分歧在于"女萝"为"菟丝子"还是"松萝"，《汇考》中引郑玄注，"女萝在草曰菟丝，在木曰松萝"。吴其濬《植物名实图考》、冈元凤《毛诗品物图考》均持"《颎弁》女萝是松萝"的观点。

根据学名在必应进行检索，*Usnea longissima* Ach. 在美国使用的频次较高，*Usnea diffracta* Vain. 在植物智在线平台可以检索到标本图片，但无文字记录。在《伏牛山药用植物志》上记载 *Usnea longissima* 为有毒地衣植物，为松萝科长松萝；*Usnea diffracta* 为松萝科松萝，或破茎松萝。

综上，"女萝"当释为松萝科松萝属长松萝，学名为 *Usnea longissima* Ach.；或松萝科松萝属松萝，学名为 *Usnea diffracta* Vain.。

序号	拼音	正名	学名	科	属	今名
C-042	péng	蓬¹	*Erigeron canadensis* L.	菊科	飞蓬属	小蓬草
C-043	péng	蓬²	*Erigeron acris* L.	菊科	飞蓬属	飞蓬

说明："蓬¹"见于《召南·驺虞》，"蓬²"见于《卫风·伯兮》。

《诗经》中诗句出处：

篇序	出处			诗句
025	国风	召南	驺虞	彼茁者蓬
062	国风	卫风	伯兮	首如飞蓬

---

① 根据 www.gbif.org 在线检索，Basionym 为 *Usnea diffracta* Vain.，ACCEPTED name 为 *Dolichousnea diffracta*（Vain.）Articus。

植物学名鉴定：

出处	名称	学名	科	属	今名
今释	蓬	*Erigeron acris* L.	菊科	/	飞蓬
汇考	蓬[1]	*Conyza Canadensis*（L.）Gronq.	菊科	白酒草属	小飞蓬
	蓬[2]	*Erigeron acer* L.	菊科	/	飞蓬
辞典	蓬	*Erigeron acer* L.	菊科	/	飞蓬
图鉴	蓬	*Erigeron acer* L.	菊科	/	飞蓬

说明："蓬[1]"见于《召南·驺虞》，"蓬[2]"见于《卫风·伯兮》。

注解：

四专著释"蓬"有分歧，《今释》《辞典》《图鉴》释为菊科飞蓬；《汇考》释《召南·驺虞》之"蓬"为菊科白酒草属小飞蓬，释《卫风·伯兮》之"蓬"为菊科飞蓬。

结合《中国植物志》在线数据库提供的图片比对，《汇考》分析有理，当从之。

根据《中国植物志》第74卷（1985）第348页，菊科 Compositae 管状花亚科 Carduoideae 紫菀族 Trib. Astereae 白酒草属 Conyza 小蓬草，别名加拿大蓬、飞蓬、小飞蓬，学名为 *Conyza canadensis*（L.）Cronq. in Bull. Torrey Bot. Club. 70：632. 1943.，但根据在线数据库注解，学名已修订为 *Erigeron canadensis* L.，已并入飞蓬属。

根据，《中国植物志》第74卷（1985）第327页，菊科 Compositae 管状花亚科 Carduoideae 紫菀族 Trib. Astereae 飞蓬属 Erigeron 三型花亚属 Subgen. Trimorpha 三型花组 Sect. Trimorpha 飞蓬，学名为 *Erigeron acer* L.，Sp. Pl. 863. 1753，学名已修订为 *Erigeron acris* L. 。

序号	拼音	正名	学名	科	属	今名
C-044	píng	苹	*Anaphalis sinica* Hance	菊科	香青属	香青

《诗经》中诗句出处：

篇序	出处			诗句
161	小雅	鹿鸣之什	鹿鸣	食野之苹

植物学名鉴定：

出处	名称	学名	科	属	今名
今释	苹	*Anaphailsmargritacea* Benth. et Hook.	菊科	香青属	珠光香青
汇考	苹	*Anaphalis sinica* Hance	菊科	香青属	香青
辞典	苹	*Kochia scoparia*（L.）Schrad.	藜科	地肤属	地肤
辞典	苹	*Anaphalis sinica* Hance	菊科	香青属	香青
图鉴	苹	*Anaphalis margaritacea*（L.）Benth. & Hook. f.	菊科	香青属	珠光香青
图鉴	苹	*Anaphalis sinica* Hance	菊科	香青属	香青
图鉴	苹	*Anaphalis aureo-punctata* Lingelsh. et Borza	菊科	香青属	黄腺香青

注解：

四专著均释"苹"为"籁箫"，即"蘱蒿"，但在"蘱蒿"的界定上存在分歧，《今释》释为珠光香青，《汇考》释为香青，《辞典》释为地肤或香青，《图鉴》释为珠光香青、香青或黄腺香青，具体如下：

《今释》释"苹"为多年生草本植物，菊科香青属珠光香青，别名山荻、蘱蒿、蘱萧、薛、毛女儿菜等，学名 *Anaphalis margritacea* Benth. et Hook.①，高1米左右，全株密被棉毛，叶互生，无叶柄，叶身线状披针形，叶缘反捲，小头状花，总苞为珍珠白色。嫩茎、叶可食。

《汇考》将"艾""萧""苹""蒿""莪""蔚"并为一章进行考证。对"苹"之"赖萧"说、"萍"说、"《说文》之萧（艾蒿）"说、"陆生皤（白）蒿"说等四种进行了考证，认为"苹"非"艾"、非"萧"，应取"赖萧"（蘱蒿）说。依据陆《疏》，释"苹"为菊科香青属香青，别名通肠草、籁箫，学名为 *Anaphalis sinica* Hance。"香青"为多年生草本，高20—50厘米，通常不分枝（陆玑谓"茎似箸"），叶被蛛丝状绵毛，或白色，或黄白色（陆玑谓"叶

---

① 根据 GBIF 网站记载，*Anaphalis margaritacea*（L.）Benth. & Hook. f.（Accepted name）has 3 Homotypic Synonyms *Antennaria margaritacea*（L.）DC. in Prodr. 6：270（1838），*Gnaphalium margaritaceum* L. in Sp. Pl.：850（1753），and *Helichrysum margaritaceum*（L.）Moench in Methodus：596（1794）。

青白色"），头状花序，在中国有三个变种①。

《辞典》释"苹"为蒻蒿，指出历来注家对蒻蒿分歧较大，有香青、地肤、艾蒿、浮萍等注解，按鹿所食，释为藜科地肤属地肤，别地麦、落帚、扫帚草、蓬头草、孔雀松等，学名 *Kochia scoparia* (L.) Schrad.。一年生草本植物，高 30—100 厘米。幼苗及嫩茎叶可做菜蔬，果实地肤子入药。又释为菊科香青系香青，别名薜、山萩，学名 *Anaphalis sinica* Hance。此种常被误称为"籁箫""萩"，全体密被绵毛，不能食用。

《图鉴》释"苹"为菊科珠光香青，学名为 *Anaphalis margaritacea* (L.) Benth. & Hook. f.，香青属植物黄河流域产 6 种，就《诗经》所言，除山萩外，还有可能是籁箫（萩，香青，学名 *Anaphalis sinica* Hance）、黄腺蒻萧（学名 *Anaphalis aureopunctata* Lingelsh. et Borze②）。这些蒻萧类嫩枝具有香气，可生食或蒸食，可做牲畜饲料，成熟植株可入药及熏香料，也可做枕头填充物。

香青嫩叶苗可食及入药多有文献记载，《辞典》认为香青不能食用有误。

综上所述，"苹"为菊科香青属香青，学名为 *Anaphalis sinica* Hance。

序号	拼音	正名	学名	科	属	今名
C-045	pú	蒲	*Typha orientalis* presl.	香蒲科	香蒲属	香蒲

---

① 根据《中国植物志》第 75 卷（1979）第 174 页记载，菊科 Compositae 管状花亚科 Carduoideae 旋覆花族 Trib. Inuleae 鼠麴草亚族 Subtrib. Gnaphalinae 香青属 Anaphalis 香青亚属 Subgen. Anaphalis 珠光组 Sect. Margaripes 香青系 Ser. Sinicae Ling 香青（浙江）【通肠香（浙江），萩（尔雅），籁箫（尔雅）】，学名为 *Anaphalis sinica* Hance in Journ. Bot. 12：261. 184.。根状茎细或粗壮，木质，有长达 8 厘米的细匍枝。茎直立，疏散或密集丛生，高 20—50 厘米，细或粗壮，通常不分枝或在花后及断茎上分枝，被白色或灰白色棉毛，全部有密生的叶。产于我国北部、中部、东部及南部。此种与黄腺香青 A. aureo-punctata Lingelsh et Borza 近似，但植株通常较粗壮高大，叶较密集而不仅密集于茎下部，与黄腺香青 A. aureo-punctata 的区别是总苞较小，总苞片较多层，基部浅褐色或灰褐色，上部椭圆形。此种常被误称为"籁萧""萩"。但《尔雅》的籁萧、荻、蓩等，据考证都应为蒿属 Artemisia 植物。有三个变种，密生香青（*Anaphalis sinica* var. *densata*）、棉毛香青（*Anaphalis sinica* var. *lanata*）、疏生香青（*Anaphalis sinica* var. *remota*）。

② 根据《中国植物志》第 75 卷（1979）第 178 页记载，菊科 Compositae 管状花亚科 Carduoideae 旋覆花族 Trib. Inuleae 鼠麴草亚族 Subtrib. Gnaphalinae 香青属 Anaphalis 香青亚属 Subgen. Anaphalis 珠光组 Sect. Margaripes 香青系 Ser. Sinicae Ling 黄腺香青，学名为 *Anaphalis aureo-punctata* Lingelsh et Borza in Fedde, Repert. Sp. Nov. 13：392. 1914.。黄腺香青是一个具强烈芳香的种。产于我国西北部、北部、西部、中部及西南部。

《诗经》中诗句出处：

篇序	出处			诗句
068	国风	王风	扬之水	不流束蒲
145	国风	陈风	泽陂	有蒲与荷
145	国风	陈风	泽陂	有蒲与蕑
145	国风	陈风	泽陂	有蒲菡萏
221	小雅	鱼藻之什	鱼藻	依于其蒲
261	大雅	荡之什	韩奕	维笋及蒲

植物学名鉴定：

出处	名称	学名	科	属	今名
今释	蒲	*Typha latifolia* L.	香蒲科	/	宽叶香蒲
汇考	蒲	*Typha angustata* Borg Chaub	香蒲科	香蒲属	长苞香蒲
		Typha angustifolia L.	香蒲科	香蒲属	狭叶香蒲
		Typha latifolia L.	香蒲科	香蒲属	宽叶香蒲
		Typha orientalis presl.	香蒲科	香蒲属	东方香蒲
		Typha davidiana Hand.—Mazz.	香蒲科	香蒲属	线叶香蒲
		Typha minima Funk.	香蒲科	香蒲属	小香蒲
辞典	蒲	*Typha latifolia* L.	香蒲科	香蒲属	宽叶香蒲
	蒲[1]	*Salix sinopupurea* C. Wang et Ch. Y. Yang	杨柳科	/	红皮柳
图鉴	蒲[1]	/	杨柳科	/	蒲柳
	蒲[2]	*Typha latifolia* L.	香蒲科	香蒲属	宽叶香蒲
	蒲[3]	*Schoenoplectus triqueter* (L.) palla	莎草科	藨草属	藨草

说明："蒲[1]"见于《扬之水》，"蒲[2]"见于《泽陂》《鱼藻》《韩奕》，"蒲[3]"见于《泽陂》《鱼藻》。

注解：

《今释》释"蒲"为"香蒲"（本草经）、"蒲棒"（俗名）。其花粉称"蒲黄"，其根称"蒲白""蒲笋"，皆可入药；其叶可供编织。为香蒲科植物，学名为 *Typha latifolia* L.。

《汇考》将"蒲""莞"并为一章考证：首证《扬之水》之"蒲"：对"蒲"之"水草说""蒲柳说""折衷说"进行了考证，认为三种说法均可，但根据《扬之水》的诗意，三章分别言"薪""楚""蒲"，"薪"为"柴"为"木""楚"为"荆属"（木质较轻之灌木或小乔木）、"蒲"为"草"（轻扬善泛，今反不流），来比喻东周国力日益衰微，每况愈下，可见将"蒲"释为"水草"比"蒲柳"更为恰当。其次证《大雅·韩奕》之"蒲"："维笋维蒲"之"蒲"当可食者，《毛传》释"蒲"为"蒲蒻"，即"蒲之少者"，《周礼·天官·醢人》注、《齐民要术》"蒲菹"条、《唐本草》《图经本草》《本草纲目》对"蒲蒻""蒲菹""香蒲"之嫩根可食用均有记载，故"蒲"为"香蒲"的嫩根茎。最后证《陈风·泽陂》《小雅·鱼藻》之"蒲"亦为"香蒲"。故《诗经》中的"蒲"即香蒲，但其并非一种，可能是以下多种之一：

长苞香蒲，学名 Typha angustata Borg Chaub①；

狭叶香蒲，别名水烛，学名 Typha angustifolia L.；

宽叶香蒲，学名 Typha latifolia L.；

东方香蒲，学名 Typha orientalis presl.；

线叶香蒲，学名 Typha davidiana Hand. — Mazz.；

小香蒲，学名 Typha minima Funk. 等。

《辞典》释"蒲"为香蒲科（Typhaceae）香蒲，在中国的10余种均有可能，最常见的是宽叶香蒲，学名 Typha latifolia L.；又一说，《扬之水》之"蒲"可能是蒲柳，如杨柳科红皮柳，学名 Salix sinopupurea C. Wang et Ch. Y. Yang。

《图鉴》释《扬之水》之"蒲"为蒲柳或旱柳，其他《泽陂》《鱼藻》《韩奕》之"蒲"为香蒲（Typha latifolia L.），又说《泽陂》《鱼藻》之"蒲"可解为"蒲草"，即蔗草或席草，学名为 Schoenoplectus triqueter (L.) palla。

综上，《诗经》之"蒲"当释为香蒲，在中国生长的10余种皆有可能。根据《中国植物志》第8卷（1992）第3页介绍，香蒲，别名东方香蒲，学名 Typha orientalis Presl. Epim. Bot. 239. 1849，经济价值较高，花粉蒲黄入药，叶片用于编织和造纸，幼叶基部和根状茎先端可食，雌花序可作枕芯和坐垫填充物，

---

① 根据《中国植物志》第8卷（1992）第8页，单子叶植物纲（Monocotyledoneae）露兜树目（Pandanales）香蒲科（Typhaceae）香蒲属（Typha）有苞组（Sect. Bracteolatae）长苞香蒲（中国高等植物图鉴）图版 2：8-10 Typha angustata Bory et Chaubard in Exp. Sc. Moree 3：338. 1832。据 www. iplant. cn 网页备注名称已修订为木兰纲（Magnoliopsida）百合亚纲（Liliidae）鸭跖草超目（Commelinanae）禾本目（Poales）香蒲科（Typhaceae）香蒲属（Typha）长苞香蒲 Typha domingensis Persoon。

也用于花卉观赏，与上述考证最为接近。

序号	拼音	正名	学名	科	属	今名
C-046	pǔ	朴	*Quercus serrata* Thunb.	壳斗科	栎属	枹栎

《诗经》中诗句出处：

篇序	出处			诗句
023	国风	召南	野有死麕	林有朴樕
238	大雅	文王之什	棫朴	芃芃棫朴

植物学名鉴定：

出处	名称	学名	科	属	今名
今释	朴	*Quercus acutissima* Carr.	山毛榉科	/	麻栎
汇考	朴	*Quercus glandulifera* Bl.	壳斗科	栎属	小橡子树
辞典	朴	*Quercus dentata* Thunb.	壳斗科	栎属	槲树
图鉴	朴	*Quercus dentata* Thunb.	壳斗科	/	槲树

注解：

《今释》《汇考》均认为"朴樕"与"朴"不同种，《辞典》《图鉴》均认为"朴樕"与"朴"同种；《今释》《汇考》之"朴"仅见于《大雅·棫朴》；四专著均释"朴"为壳斗科植物，但在种名上有分歧，具体如下：

《今释》释"朴"为《唐风·鸨羽》"集于苞栩"之"栩"，山毛榉科乔木麻栎[①]，俗称橡碗树、栎，学名为 *Quercus acutissima* Carr.。木材坚实，供建筑、器具只用宜为薪炭，叶可饲柞蚕，嫩叶可煎饮代茶，皂斗可染皂，种子可济荒

---

① 根据《中国植物志》第 22 卷（1998）第 219 页，山毛榉目 Fagales 壳斗科 Fagaceae 栎属 Quercus 植物麻栎，学名为 *Quercus acutissima* Carruth. in Journ. Linn. Soc. Bot. 6: 33. 1862。

或做饲料，朽木为香菇及白木耳之优良培养基①。

《汇考》将"栎（栩、柞）""棫""朴"并为一章进行了考证，认为"朴"即丛生者"枹"，音孚，今之壳斗科栎属枹栎，别名小橡子树，学名为 Quercus glandulifera Bl. ②。见"朴樕"条。

《辞典》取《本草纲目》卷三十"槲实"，说"槲有二种，一种丛生小者曰枹，音孚。一种高者名大叶栎"。又称"樟栎"，即"朴樕"，今之壳斗科栎属槲树。

《图鉴》将"朴"界定为植物名称，认为"朴樕"是"朴"的一个古代别名，是橡树的一种，今之壳斗科槲树，学名为 Quercus dentata Thunb.。见"朴樕"条。

综上所述，《汇考》的考证可取，即"朴"为小橡子树，即枹栎。

序号	拼音	正名	学名	科	属	今名
C-047	qǐ	苣¹	*Lactuca sativa* var. *ramosa* Hort.	菊科	莴苣属	生菜
C-048	qǐ	苣²	*Setaria italica* (L.) Beauv.	禾本科	狗尾草属	粱

说明：苣¹ 见于《采苣》《文王有声》之"苣"。

苣² 见于《生民》之"苣"。

《诗经》中诗句出处：

篇序	出处		诗句
178	小雅	南有嘉鱼之什 采苣	薄言采苣
244	大雅	文王之什 文王有声	丰水有苣

① 在香菇、木耳等食用菌的人工培养中，培养基并非朽木，而是将活树砍伐后自然丧失部分水分后，接种食用菌菌种，在自然条件下菌丝体发育后生长出菇，菌丝体的发育过程是一种生物发酵的过程，棒木中的营养被菌丝体消耗后逐步腐烂。在野生条件下，野生食用菌的孢子散落到朽木或枯木上，在合适的条件下，菌丝体萌发生长出菇。相对而言朽木中菌丝体萌发相对容易，在发育成熟后可以将菌丝体感染至与之接触的枯木，进而形成野生食用菌的生长群落。

② 根据《中国植物志》第 22 卷（1998）第 233 页，*Quercus glandulifera* Bl. 即短柄枹栎，正名为 *Quercus serrata* Thunb.，枹栎，山毛榉目 Fagales 壳斗科 Fagaceae 栎属 Quercus，产于辽宁（南部）、山西（南部）、陕西、甘肃、山东、江苏、安徽、河南、湖北、湖南、广东、广西、四川、贵州、云南等省区。木材坚硬，供建筑、车辆等用材；种子富含淀粉，供酿酒和作饮料；树皮可提取栲胶，叶可饲养柞蚕。

续表

篇序	出处			诗句
245	大雅	生民之什	生民	维穈维芑
245	大雅	生民之什	生民	恒之穈芑

植物学名鉴定：

出处	名称	学名	科	属	今名
今释	芑¹	*Lactuca denticulata* Maxim. ①	菊科	/	苦荬菜
	芑²	*Panicum miliaceum* L.	禾本科	/	黍
汇考	芑¹	*Lactuca sativa var. ramosa* Hort. ②	菊科	莴苣属	生菜
	芑²	*Panicum miliaceum* L.	禾本科	黍（或稷）属③	黍
辞典	芑¹	*Ixeris polycephala* Cass.	菊科	苦荬菜属	苦荬菜
	芑²	*Panicum miliaceum* L.	禾本科	黍属	白黍
图鉴	芑¹	*Ixeris polycephala* Cass.	菊科	/	苦荬菜
	芑²	*Setaria italica* (L.) Beauv.	禾本科	/	小米
	芑³	*Salix matsudana* Koidz.	杨柳科	/	旱柳

---

① 根据《中国植物志》第80卷第1册（1997）第255页，菊科 Compositae 舌状花亚科 Cichorioideae 菊苣族 Lactuceae 莴苣亚族 Lactucinae 小苦荬属 Ixeridium 抱茎小苦荬，别名为苦碟子、抱茎苦荬菜、苦荬菜、秋苦荬菜、盘尔草、鸭子食，学名为 *Ixeridium sonchifolium* (Maxim.) Shih in Act. Phytotax. Sin. 31: 543. 1993.，正名为尖裂假还阳参，学名为 *Crepidiastrum sonchifolium* (Maximowicz) Pak & Kawano，异名为 *Lactuca denticulata* (Houtt.) Maxim. var. sonchifolia (Bunge) Maxim. in Bull. Acad. Sci. St. Petersb. 19: 530. 1874 et in Met. Biol. 9: 359. 1874.。

② 根据《中国植物志》第80卷第1册（1997）第234页，菊科 Compositae 舌状花亚科 Cichorioideae 菊苣族 Lactuceae 莴苣亚族 Lactucinae 莴苣属 Lactuca 莴苣 Lactuca sativa 的变种生菜，别名玻璃菜，学名为 *Lactuca sativa* var. *ramosa* Hort. 。

③ 根据《中国植物志》第10卷第1册（1990）第202页，禾本科 Gramineae 黍亚科 Panicoideae 黍族 Trib. Paniceae 黍亚族 Subtrib. Panicinae 黍属 Panicum 黍组 Sect. Panicum 稷（本草纲目），【别名：黍（本草纲目），穈（毕氏：中国植物学）】学名为 *Panicum miliaceum* L. Sp. Pl. ed. 1. 58. 1753; Hayata, Icon. Pl. Form. 7: 61. 1918，可知应为黍属。

说明：《图鉴》中苢¹仅见于《小雅·采苢》之"苢"，苢³见于《大雅·文王有声》。

注解：

"苢"作为植物名称而言，分为菜名和谷物名二种解释，《小雅·采苢》《大雅·文王有声》之"苢"（苢¹）为菜名，《大雅·生民》之"苢"（苢²）为谷物名，具体如下：

《今释》《辞典》《图鉴》释"苢¹"为菊科苦荬菜属苦荬菜，《汇考》释"苢¹"为菊科莴苣属生菜，这与陆玑所说"苢""脆科生食"一致，而"苦荬菜"鲜有直接生食的，故吴厚炎考证有理，见"荼"条。

《今释》《汇考》归于"黍（稷、秬、秠、穈、苢）"条、《辞典》释"苢²"为禾本科黍属黍，持"黍""稷"同种的观点，其学名为 *Panicum miliaceum* L.。

《图鉴》归于"粱"条，释"苢2"为禾本科狗尾草属粱，持"黍""稷"不同种的观点，其学名为 *Setaria italica* (L.) Beauv.。另，释"苢³"为杨柳科旱柳，学名为 *Salix matsudana* Koidz.。

笔者认为，邹树文的观点更具说服力，他也持"黍""稷"不同种的观点，肯定了陈启源的观点"秬秠是黍的嘉种，穈苢是稷的嘉种"，通过对"黍""稷"穗形的分辨，提出："黍"，即"秬""秠"，黍子，黄米，*Panicum miliaceum* L.；"稷"，即"穈""苢""粱""榖""粟""粢""禾""苗"，榖子，小米，*Setaria italica* (L.) Beauv.。见"稷"条。

综上，"苢¹"作菜名解，应为生菜；"苢²"作谷名讲，应为小米。

序号	拼音	正名	学名	科	属	今名
C-049	qín	芩	*Dendrobium officinale* K. kimura et Migo	兰科	石斛属	铁皮石斛

《诗经》中诗句出处：

篇序	出处		诗句
161	小雅	鹿鸣之什	鹿鸣	食野之芩

植物学名鉴定：

出处	名称	学名	科	属	今名
今释	苓	*Phragmites japonica* Steud. var. *pumila*	禾本科	/	蔓苇
汇考	苓	*Dendrobium officinale* K. kimura et Migo	兰科	石斛属	铁皮石斛
辞典	苓	*Phragmites japonica* Steud. var. *pumila*	禾本科	芦苇属	蔓苇
图鉴	苓	*Phragmites japonica* Steud.	禾本科	/	蔓苇

注解：

四专著释"苓"有分歧，《今释》《辞典》《图鉴》释为禾本科蔓苇，《汇考》释为兰科铁皮石斛。

《汇考》对"苓"的"石斛"说、"蒿"说、"黄芩"说、"蔓苇"说四种注解进行了考证，结合陆疏、《本草纲目》，释"苓"为兰科植物铁皮石斛。根据《中国植物志》第19卷（1999）第117页记载兰科 Orchidaceae 兰亚科 Subfam. *Orchidoideae* 树兰族 Trib. *Epidendreae* 石斛亚族 Subtrib. *Dendrobiinae* 石斛属 *Dendrobium* 石斛组 Sect. *Dendrobium* 铁皮石斛，学名 *Dendrobium officinale* Kimura et Migo in J. Shanghai Sci. Inst. III. 3：122, t. 6a, 7, 9. 1936，生于海拔达1600米的山地半阴湿的岩石上，这与鹿喜出没于险峻之地相符，故"苓"当释为兰科石斛属铁皮石斛。

序号	拼音	正名	学名	科	属	今名
C-050	sù	粟	*Setaria italica* var. *germanica* (Mill.) Schred.	禾本科	狗尾草属	粟

《诗经》中诗句出处：

篇序	出处			诗句
187	小雅	鸿雁之什	黄鸟	无啄我粟
196	小雅	节南山之什	小宛	率场啄粟
196	小雅	节南山之什	小宛	握粟出卜

植物学名鉴定：

出处	名称	学名	科	属	今名
今释	粟	*Setaria italica* Beauv.	禾本科	/	粱
汇考	粟	*Setaria italica*（L.）Beauv.	禾本科	狗尾草属	粱
辞典	粟	*Setaria italica*（L.）var. germanica（Mill.）Schred.	禾本科	狗尾草属	小米
图鉴	粟	*Setaria italica*（L.）var. germanica（Mill.）Schred.	禾本科	/	小米

注解：

四专著对"粟"之界定争议主要为"粟""粱"是否一物，《今释》《汇考》持二者异名同物观点，《辞典》《图鉴》认为"粟"为"粱"之变种，具体如下：

《今释》中释"粟"为"禾""穀""粱"、穀子、小米，禾本科植物，学名为 *Setaria italica* Beauv.，是我国最古老的栽培农作物，是华北最普遍的粮食作物，统称小米，也称"黄粱"。

《汇考》释"粟"为"禾"。许慎《说文》曰："禾，嘉谷也。""粟，嘉谷实""粱，禾米也。""米，粟实也。"按现代植物学分类，"禾""粟""粱"同"种"；其中，大穗长芒，有毛，粗粒者为"粱"；粒较"粱"细而圆、毛短者为"粟"；"粟"俗称小米、谷子，今之禾本科狗尾草属（*Setaria* Beauv.）植物，学名 *Setaria italica*（L.）Beauv.。

《辞典》释"粟"为"粱"（*Setaria italica*（L.）Beauv.）的一个变种，北方称谷子，学名为 *Setaria italica*（L.）Beauv. var. germanica（Mill.）Schred.。

《图鉴》将"粟"归入"粱"条，释"粟"为谷子、小米，介绍了小米的异名有"粱""粟""禾""苗""粢""稷"等，"粟"为"粱"之不黏者，是粱的变种，学名为 *Setaria italica*（L.）Beauv. var. germanica（Mill.）Schred.。

综上，"粟"应为"粱"（*Setaria italica*（L.）Beauv.）的一个变种，学名为 *Setaria italica*（L.）Beauv. var. germanica（Mill.）Schred.，根据《中国植物志》第10卷第1册（1990）第356页，禾本科 Gramineae 黍亚科 Panicoideae 黍族 Trib. Paniceae 狗尾草亚族 Subtrib. Setariinae 狗尾草属 *Setaria* 狗尾草组 Sect. *Setaria* 粱 *Setaria italica* 粟（变种），学名为 *Setaria italica* var. germanica（Mill.）Schred.。见"稷"条。

序号	拼音	正名	学名	科	属	今名
C-051	suō	蓑	/	/	/	/

《诗经》中诗句出处：

篇序	出处			诗句
190	小雅	鸿雁之什	无羊	何蓑何笠

植物学名鉴定：

出处	名称	学名	科	属	今名
今释	/	/	/	/	/
汇考	/	/	/	/	/
辞典	/	/	/	/	/
图鉴	蓑	*Eulaliopsis binata* (Retz.) C. E. Hubb.	禾本科	拟金茅属	拟金茅

注解：

《今释》《汇考》《辞典》未收录"何蓑何笠"句，《图鉴》释"蓑"为蓑草，具体如下：

《图鉴》释"蓑"为蓑草，即禾本科拟金茅，别名龙须草，学名为 *Eulaliopsis binata* (Retz.) C. E. Hubb.①。特别指出要区分药用龙须草和器用龙须草：药用龙须草主要指灯心草（*Juncus effusus* L.）、野灯心草（*Juncus setchuensis* Buchen.）及其他同属植物；器用龙须草包括莎草科的蔍草或席草，和光果石龙刍或包席草（*Lepironia mucronata* Rich.②）等，禾本科的硬质早熟禾（*Poa*

---

① 根据中国植物志网站（www.iplant.cn）检索，*Eulaliopsis binata* (Retz.) C. E. Hubb. 正名为拟金茅，俗名梭草、羊草、龙须草，禾本科 Gramineae 黍亚科 Panicoideae 高粱族 Trib. Andropogoneae 甘蔗亚族 Subtrib. Saccharinae 拟金茅属 Eulaliopsis 植物。
② 根据中国植物志网站（www.iplant.cn）检索，正名为石龙刍 *Lepironia articulata* (Retzius) Domin，产于我国广东；也分布于越南、斯里兰卡和新加坡。多栽培于池塘中。[《中国植物志》第 11 卷（1961）] 第 202 页，短穗石龙刍 *Lepironia mucronata* var. *compressa*。

sphondylodes Trin.①），以及拟金茅（别名羊草、蓑草、龙须草）等。

释"蓑"为蓑草，即拟金茅，从"蓑"的制作材料上来接或许有一定道理，但是从《诗经》《小雅·无羊》"尔牧来思，何蓑何笠，或负其糇"来看，这里描述的是牧者披蓑戴笠的形象，故"蓑"应释为"蓑衣"，即用草或棕制成的披在身上的防雨用具②，而不应释为草木名物。

序号	拼音	正名	学名	科	属	今名
C-052	tái	台	*Cyperus rotundus* L.	莎草科	莎草属	香附子

《诗经》中诗句出处：

篇序	出处		诗句
172	小雅	南有嘉鱼之什 南山有台	南山有台｜臺｜薹
225	小雅	鱼藻之什 都人士	台｜臺笠缁撮

植物学名鉴定：

出处	名称	学名	科	属	今名
今释	台	*Carex dispalata* Boott.	莎草科	/	皱果薹草
汇考	台	*Cyperus rotundus* L.	莎草科	莎草属	香附子
辞典	台	*Carex dispalata* Boott ex A. Gray	莎草科	薹草属	皱果薹草
图鉴	台	*Carex dispalata* Boott.	莎草科	/	薹

注解：

四专著释"台"有分歧，《今释》《辞典》《图鉴》释为莎草科薹草属皱果薹草，《汇考》释为莎草科莎草属香附子。

《汇考》引陆《疏》《本草纲目》为证，释"台"为莎草科莎草属香附子，其余二专著皆释为莎草科薹草属皱果薹草。

《辞典》在"释诂"中引《本草纲目》卷十四"莎草、香附子"条，在

---

① 根据《中国中药资源志要》（中国药材公司编，北京：科学出版社，1994）第1454页，硬质早熟禾，别名龙须草（内蒙古），生于山坡、草地、路旁，分布于东北、华北、西北及山东、江苏、河南、湖北、贵州。

② 《辞典》，第1342页。

"解说"中却对《本草纲目》中释"薹"为"莎草、香附子"避而不谈,释"臺"通"薹",指薹草,以我国最常见的薹草属植物皱果薹草释之。

《图鉴》引陆《疏》"台,夫须。旧说夫须,莎草也,可为蓑笠"。将常用来编织笠帽、蓑衣、储物袋、坐席等织物的莎草科植物进行列举,包括茳芏(咸草)、包席草、水毛花、莞、蒲(蔗草)等,认为均有可能是《诗》之"台",还认为莎草科的"青莎""香附子"也有可能是《诗》之"台"。

综上,从古籍之记载可知,《本草纲目》中"莎草、香附子"条的整理相对完善全面,后人亦无明确证据证其谬,故采《汇考》之观点,从之,释"台"为莎草科莎草属香附子,学名为 Cyperus rotundus L. 。

序号	拼音	正名	学名	科	属	今名
C-053	táng	堂	*Pyrus xerophila* Yü	蔷薇科	梨属	木梨

《诗经》中诗句出处:

篇序	出处			诗句
130	国风	秦风	终南	有纪有堂

植物学名鉴定:

出处	名称	学名	科	属	今名
今释	/	/	/	/	/
汇考	/	/	/	/	/
辞典	/	/	/	/	/
图鉴	堂	*Pyrus betulaefolia* Bunge	蔷薇科	梨属	杜梨

注解:

《今释》《汇考》《辞典》均未收录"有纪有堂"句,仅《图鉴》收录该句,具体如下:

《图鉴》释《秦风·终南》"有纪有堂"之"堂"为"甘棠",又称"棠",为棠梨中结白色果实的;棠梨中结红色果实的为"赤棠",即"杜"。今之蔷薇科梨属①棠梨或杜梨，学名为 *Pyrus betulaefolia* Bunge。《召南·甘棠》之召伯，周宣王的大臣，其居住地有一株杜梨，他离世后，怀念他的百姓以保护这棵树为纪念，成为"甘棠遗爱"及"甘棠之惠"的典故。

据《汇考》"甘棠"与"杜"一章，"棠""杜"有别，"甘棠"应为蔷薇科梨属木梨②（酸梨、野梨、棠梨），学名为 *Pyrus xerophila* Yü，故"堂"应为蔷薇科梨属木梨。见"甘棠"条。

序号	拼音	正名	学名	科	属	今名
C-054	táng dì	唐棣	*Amelanchier sinica*（Schneid）Chun.	蔷薇科	唐棣属	唐棣

《诗经》中诗句出处：

篇序	出处		诗句
024	国风	召南	何彼襛矣	唐棣之华

植物学名鉴定：

出处	名称	学名	科	属	今名
今释	唐棣	*Prunus japonica* Thunb.	蔷薇科	/	郁李
汇考	唐棣	*Amelanchier sinica*（Schneid）Chun.	蔷薇科	唐棣属	唐棣
辞典	唐棣	*Amelanchier sinica*（Schneid）Chun.	蔷薇科	唐棣属	唐棣
图鉴	唐棣	*Amelanchier sinica*（Schneid.）Chun	蔷薇科	/	唐棣
		Amelanchier asiatica Engl.	蔷薇科	/	东亚唐棣
		Prunus triloba Lindl.	蔷薇科	李属	榆叶梅

---

① 梨属（*Pyrus* spp.）植物全世界有 30 多种，中国原产的有 13 种，其中果实大型的真梨类，包括常见果实沙梨（*Pyrus bretschneider* Rehd.）及白梨（*Pyrus pyrifolia*（Burm.）Nakai）；果实小型的杜梨类，包括棠梨（杜梨）、豆梨（*Pyrus calleryana* Dcne.）等。（潘富俊. 美人如诗，草木如织：诗经植物图鉴[M]. 北京：九州出版社，2018. 147.）

② 根据《中国植物志》第 36 卷（1974）第 363 页，蔷薇科（Rosaceae）苹果亚科（Maloideae）梨属（*Pyrus*）宿萼组（Sect. *Pyrus*）木梨（中国果树志）【酸梨（甘肃土名），野梨（陕西土名），棠梨（山西土名）】，学名为 *Pyrus xerophila* Yü，植物分类学报 8: 233. 1963。本种在我国西北部常用作栽培梨的砧木，深根抗旱，寿命很长，抗赤星病力特强。

注解：

《今释》释"唐棣"为郁李，《汇考》《辞典》《图鉴》释"棣"释"唐棣"为唐棣，具体如下：

《今释》释"唐棣"为郁李，别名栘木、糖棣、雀李、爵李、棠棣、策李、赤棣等，蔷薇科植物，学名为 $Prunus\ japonica$ Thunb.。

《汇考》将"唐棣（棣）""常棣（常）""郁"并为一章加以考证，"常"与"常棣"同，"棣"与"唐棣"同，另根据毛《传》，"棣""唐棣""常棣""常""栘"互指，"常棣"即"唐棣"，但与"郁李"别。

"唐棣（棣）"有三种解释：①"似白杨"或"白杨之类"，②"郁李"，③"唐棣"。释①之佐证之一是李时珍《本草纲目》，其引《本草拾遗》"枎栘"条，"栘乃白杨同类，故得杨名。按《尔雅》'唐棣，栘也。'"其在"郁李"条说："唐棣乃枎栘，白杨之类也"。但《召南·何彼襛矣》描写的是周平王的外孙女、齐僖公的女儿文姜所乘其母王姬始嫁之车①，"唐棣之华""华如桃李"，可见其装饰之富丽堂皇，如以"白杨之华"比喻解释不通。

释②之"郁李"，不产于秦岭南北，此其一；其二，李时珍《本草纲目》"唐棣"条曰，"陆玑以唐棣为郁李者，误矣"。故"唐棣"与"郁李"有别。

释③，唐棣，今秦岭太白山称红栒子，蔷薇科唐棣属，学名为 $Amelanchier\ sinica$ (Schneid) Chun.。根据《中国植物志》网站展示的标本彩色图片，其花"似桃李"，其长条花瓣（左）远观颇似白杨花序（右）（"似白杨"）。

另根据毛《传》，"常棣""唐棣""常""棣""栘"互指，"常棣"即"唐棣"。

"唐棣（棣）"即今之唐棣，秦岭太白山称红栒子，蔷薇科唐棣属，学名为 $Amelanchier\ sinica$ (Schneid) Chun.。

《辞典》释"唐棣"为蔷薇科唐棣属唐棣，学名为 $Amelanchier\ sinica$ (Schneid) Chun.。

《图鉴》释"唐棣"为"扶苏"（《郑风·山有扶苏》"山有扶苏"），别名枎栘，今之蔷薇科唐棣，学名为 $Amelanchier\ sinica$ (Schneid.) Chun。又说，也可能是东亚唐棣，学名为 $Amelanchier\ asiatica$ Engl.；或榆叶梅（耿㦤），学名为

---

① 骆宾基.读《何彼襛矣》三章——古诗新解[J].河南大学学报（社会科学版），1985（2）：42-44.

Prunus triloba Lindl.①。

综上,《汇考》对"唐棣"考证有理,当从其说。故,"唐棣"即蔷薇科唐棣,学名为 *Amelanchier sinica*（Schneid.）Chun.。

序号	拼音	正名	学名	科	属	今名
C-055	tí	荑	*Imperata cylindrica*（L.）Beauv.	禾本科	白茅属	白茅

说明:"荑"为白茅初生嫩苗。
《诗经》中诗句出处:

篇序	出处			诗句
042	国风	邶风	静女	自牧归荑
057	国风	卫风	硕人	手如柔荑

植物学名鉴定:

出处	名称	学名	科	属	今名
今释	荑	/	/	/	/
汇考	荑	*Imperata cylindrica*（L.）Beauv. var major（Nees）C. E Hubb	禾本科	白茅属	白茅
辞典	荑	*Imperata cylindrica*（L.）Beauv.	禾本科	白茅属	白茅
图鉴	荑	*Imperata cylindrica*（L.）Beauv.	禾本科	白茅属	白茅

注解:

《今释》未收录"荑",其他三专著释"荑"一致为白茅初生嫩苗,具体如下:

《汇考》《辞典》《图鉴》均释"荑"为禾本科白茅属多年生草本植物白茅春季初生嫩苗,又称"茅针",白茅的学名为 *Imperata cylindrica*（L.）Beauv.,

---

① 根据《中国植物志》第38卷（1986）第14页,蔷薇科 *Rosaceae* 李亚科 *Prunoideae* 桃属 *Amygdalus* 扁桃亚属 Subgen. *Amygdalus* 有柄组 Sect. *Pedunculatae* 榆叶梅,蒙语名（音）为额勒伯特-其其格,学名为 *Amygdalus triloba*（Lindl.）Ricker in Proc. Biol. Soc. Wash. 30: 18. 1917.,其修订后学名为 *Prunus triloba* Lindl. in Gard. Chron. 1857: 268. 1857,故其学名正名为 *Prunus triloba* Lindl.,归入李属。

见"茅""白茅"条。

《汇考》中记载的"白茅"学名为 *Imperata cylindrica*（L.）Beauv. var major（Nees）C. E Hubb，根据英国皇家植物园邱园官方网站①检索，这一名称是 *Imperata cylindrica*（L.）Beauv. 的同名。

《汇考》中将"荼""荑""白华""菅""茅"并举归于一章，进行了考证："荼"即"茅秀"，指"茅"的花，为穗状圆锥花序上的白色丝状柔毛；"荑"为"茅"之始生嫩芽；"白华"即"野菅"，即"菅"，"菅"与"茅"外观相似，但茎有白粉，秋季开花，为禾本科菅属苞子草［学名为 *Themeda gigantea* Var Caudata（Nees）Keng］的变种 Var Villosa（Poir）Keng（*Themeda gigantea* Var Vrllosa）②；"茅"③ 即"白茅"，引《本草纲目》云"茅叶如矛，故谓之茅"，夏季开花，为禾本科白茅属白茅，学名 *Imperate Cylindrica*（L.）Beauv. var major（Nees）C. E Hubb。

《图鉴》将"荑""茅""白茅"并为一条考证。

综上所述，即"荑"为白茅嫩芽。

序号	拼音	正名	学名	科	属	今名
C-056	tiáo	条	*Sorbus folgneri*（Schneid.）Rehd.	蔷薇科	花楸属	石灰花楸

《诗经》中诗句出处：

---

① https：//powo. science. kew. org/taxon/60462582-2。
② 根据《中国植物志》第十卷第 2 册（1997）：第 250 页，苞子草的学名为 *Themeda caudata*（Nees）A. Camus in Lecomete，Fl. Gen. de L'Indo–chine 7：364，1922；*Themeda gigantea*（Cav.）Hack. var. *caudata*（Nees）Keng，中国主要植物图说·禾本科 845. 图 792. 1959；第 248 页，菅（植物名实图考）的学名为 *Themeda villosa*（Poir.）A. Camus in Lecomte，Fl. Gen. de. L'Indo–Chine 7：364，1922；*Themeda gigantea*（Cav.）Hack. var. *villosa*（Poir.）Keng，中国主要植物图说·禾本科 845. 图 973. 1959。因此，据《中国植物志》"菅"为今为禾本科菅属菅。
③ 李时珍《本草纲目》云："茅有白茅、菅茅、黄茅、香茅、芭茅数种，叶皆相似。白茅短小，三四月开白花成穗，结细实。其根甚长，白软如筋而有节，味甘，俗呼丝茅，可以苫盖，及供祭祀苞苴之用……菅茅只生山上，似白茅而长，入秋抽茎，开花成穗如荻花，结实尖黑……尔雅所谓白华野菅是也。黄茅似菅茅，而茎上开叶，茎下有白粉，根头有黄毛，根亦短而细硬无节，深秋开花穗如菅……香茅一名青茅，一名琼茅，生湖南及江淮间，叶有三脊，其气香芬，可以包藉及缩酒……芭茅丛生，叶大如蒲，长六七尺，有二种，即芒也。"见（明）李时珍. 本草纲目（校点本）[M]. 北京：人民卫生出版社，1975. 811。

篇序	出处			诗句
010	国风	周南	汝坟	伐其条枚
010	国风	周南	汝坟	伐其条肄
130	国风	秦风	终南	有条有梅
239	大雅	文王之什	旱麓	施于条枚

植物学名鉴定：

出处	名称	学名	科	属	今名
今释	条	*Citrus grandis* Osbeck	芸香科		柚
汇考	条	*Sorbus folgneri* (Schneid.) Rehd	蔷薇科	花楸属	石灰花楸
辞典	条	*Catalpa fargesii* Bur.	紫葳科	梓属	灰楸
图鉴	条	*Catalpa fargesii* Bureau	紫葳科		灰楸

说明：

《今释》《汇考》《辞典》中仅对《秦风·终南》之"条"界定为植物专名；《图鉴》中对《周南·汝坟》《秦风·终南》《大雅·旱麓》之"条"均界定为同一植物专名。

注解：

关于"条"的注解，主要分歧在于引陆《疏》者多释为"山楸"，引《尔雅》者多释为"柚"，《图鉴》将泛指枝条之"条"与《秦风·终南》之"条"并举实则不妥，具体如下：

《今释》仅对《终南》之"有条有梅"句中的"条"进行了解释，认为是芸香科的柚，学名为 *Citrus grandis* Osbeck。

《汇考》认为仅在《终南》中的"条"特指蔷薇科花楸属（*Sorbus* Linn）植物石灰花楸 [*Sorbus folgneri* (Schneid.) Rehd]，其余各处的"条"泛指枝条。

《辞典》仅对《终南》中的条进行了注解，认为"条"为紫葳科（Bignoniaceae）梓属（*Catalpa* Scop.）灰楸，学名为 *Catalpa fargesii* Bur.。

《图鉴》认为上述三篇中的"条"均为今之紫葳科灰楸，学名 *Catalpa fargesii* Bureau。

综上，根据《中国植物志》第69卷（1990）第17页记载，紫葳科（Bignoniaceae）硬骨凌霄族（Trib. Tecomeae）梓属（*Catalpa*）灰楸（别名山楸），学名为 *Catalpa fargesii* Bur. in Nouv. Arch. Mus. Hist. Nat. Paris, ser. 3, 6: 195. 1894,

产于陕西、甘肃、河北、山东、河南、湖北、湖南、广东、广西、四川、贵州、云南，木材细致，为优良的建筑、家具用材树种。在第 13 页记载，梓属（*Catalpa* Scop.）植物木材材质优良，心材色深，灰褐色至姜黄色，重量中等，纹理通直，胀缩性小，抗腐性强，为优良家具及装饰用材。这与陆《疏》中"条"之"皮叶白，色亦白"不符。

《汇考》释"条"为蔷薇科花楸属石灰花楸，据《中国植物志》第 36 卷（1974）第 306 页记载，蔷薇科（*Rosaceae*）苹果亚科（*Maloideae*）花楸属（*Sorbus*）落萼组（Sect. *Micromeles*）白毛系（Ser. *Folgnerianae*）石灰花楸〔别名石灰树、白绵子树（江西土名），毛栒子（河南土名），石灰条子（湖北土名），粉背叶（湖南土名），反白树（四川土名），傅氏花楸（经济植物手册），华盖木（中国木本志略）〕，学名 *Sorbus folgneri*（Schneid.）Rehd. in Sarg. Pl. Wils. 2：271. 1915，产于陕西、甘肃、河南、湖北、湖南、江西、安徽、广东、广西、贵州、四川、云南。广泛生于山坡杂木林中，海拔 800—2000 米，乔木，高达 10 米，本种在嫩枝、叶柄、叶片下面和花序上均密被白色绒毛，经久不落，故有石灰树之名。据《热带亚热带优良珍贵木材彩色图鉴》记载：花楸，别名石灰花楸，散孔材，木射线细，心边材区别不明显，木材灰白色，纹理直，结构细，强度中等，硬度中等，干燥快，不开裂，略耐腐，可用于雕刻、单板等用材。① 这与陆《疏》对"条"的描述一致，故《秦风·终南》之"条"应为石灰花楸。

序号	拼音	正名	学名	科	属	今名
C-057	tú	荼¹	*Ixeris chinensis*（Thunb.）Nakai②	菊科	苦荬菜属	山苦荬
C-058	tú	荼²	*Pteroxygonum giraldii* Dammer et. Diels.	蓼科	翼蓼属	翼蓼

说明：荼¹ 见于《谷风》《七月》《绵》之"荼"。
荼² 见于《周颂》"荼蓼"之"荼"。

---

① 徐峰，黄善忠. 热带亚热带优良珍贵木材彩色图鉴［M］. 南宁：广西科学技术出版社，2009. 75.
② 根据《中国植物志》第 80 卷第 1 册（1997）第 251 页，菊科 Compositae 舌状花亚科 Cichorioideae 菊苣族 Lactuceae 莴苣亚族 Lactucinae 小苦荬属 Ixeridium 中华小苦荬，别名小苦苣、黄鼠草、山苦荬，学名（正名）为 *Ixeris chinensis*（Thunb.）Nakai。

《诗经》中诗句出处：

篇序	出处			诗句
035	国风	邶风	谷风	谁谓荼苦
093	国风	郑风	出其东门	有女如荼
093	国风	郑风	出其东门	虽则如荼
154	国风	豳风	七月	采荼薪樗
155	国风	豳风	鸱鸮	予所捋荼
237	大雅	文王之什	绵	堇荼如饴
257	大雅	荡之什	桑柔	宁为荼毒
291	周颂	闵予小子之什	良耜	以薅荼蓼
291	周颂	闵予小子之什	良耜	荼蓼朽止

植物学名鉴定：

出处	名称	学名	科	属	今名
今释	荼	*Sonchus arvensis* L.	菊科	/	苦苣
汇考	荼	*Ixeris chinensis*（Thunb.）Nakai	菊科	苦荬菜属	山苦荬
	荼	*Pteroxygonum giraldii* Dammer et. Diels.	蓼科	翼蓼属	翼蓼
辞典	荼	*Sonchus oleraceus* L.	菊科	苦苣菜属	苦苣菜
图鉴	荼	*Sonchus oleraceus* L.	菊科	/	苦菜

注解：

"荼"大致分为三种解释：菜名、茅或苇之花穗、杂草；对于"荼毒"之"荼"是否释为菜名分歧较大，多数倾向于"荼毒"为引申义"残害""祸乱"；另对"荼蓼"之"荼"的分歧较大，多数释为"陆生杂草"，具体如下：

《今释》释"有女如荼""虽则如荼""予所捋荼"之"荼"为"荻"之花穗（见《卫风·硕人》"葭菼揭揭"，别名荻、蓲、萑、狼尾巴华、芦荻，今之禾本科芒属植物荻，学名 *Miscanthus sacchariflorus* Benth. et Hook f.）。

《今释》释"谁谓荼苦""采荼薪樗""堇荼如饴"之"荼"为"苦""苦菜""苦苣""游冬""褊苣""老鹳菜"等，菊科植物，学名为 *Sonchus arvensis* L.。

《今释》未对《周颂·良耜》"以薅荼蓼""荼蓼朽止"之"荼"进行界

定,将"蓼"释为"水蓼",别名泽蓼、虞蓼、辛蓼、辣蓼等,为蓼科植物,学名为 *Polygonum Hydropiper* L.。

《汇考》释《郑风·出其东门》"有女如荼""虽则如荼"之"荼"为"茅秀",即"茅"开花,其穗状之圆锥花序上的白色丝状柔毛,今之禾本科芒属植物荻,学名 *Miscanthus sacchariflorus*（Maxim.）Benth.之花穗。见"苇"条。

《汇考》将"荼（苦）"与"苣"并为一章加以考证:"谁谓荼苦""采荼薪樗""堇荼如饴"之"荼",别名苦菜,味苦可食,名"苦"(即《唐风·采苓》"采苦采苦"之"苦"),经冬不死,多年生草本,又名"游冬","孟夏之月（四五月）"开黄花,"似菊","叶似苦苣①而细（狭）,断之有白汁","所在有之（南北皆有）",生田野间,非家种;故应为菊科菊苣族苦荬菜属山苦荬,今陕西称"苦菜",又称"小苦苣",多年生草本,学名为 *Ixeris chinensis*（Thunb.）Nakai。另,《小雅·采苣》"薄言采苣"、《大雅·文王有声》"丰水有芑"之"苣"为"菜"、为"草",非"白粱粟",同"荬""苵蓼""苣","似苏②",陆玑云:"苣似苦菜也,茎青白色,摘其叶,白汁樗,脆可生食,亦可为茹（食用）。"宋《嘉祐本草》说:"苦苣野生者名褊苣,今人家常食为白苣。"李时珍《本草纲目》卷二十七"白苣"条,"宜生挼（rua）去汁,盐醋伴食,通可曰生菜……陆玑《诗疏》云:青州谓之苣,可生食……处处有之,似莴苣而叶色白,折之有白汁。正二月下种,四月开黄花如苦荬",因此,"苣"为"白苣",家种,今之菊科莴苣（*Lactuca sativa* L.）的栽培种生菜（var. *romana* Hort.）③。

《汇考》另列一章将"游龙""蓼""荼蓼"并列进行考证:

释《郑风·山有扶苏》"隰有游龙"之"游龙"为"红蓼",又称"茏草"（图经本草）、东方蓼、水荭华,非"马蓼",今之蓼科蓼属植物,学名为 *Poly-*

---

① 据《中药大辞典》（第1286页）,李时珍《本草纲目》"苦苣菜"学名为 *Sonchus Oleraceus* L.。
② 李时珍《本草纲目》草部卷十四"苏"条,"释名"称紫苏、赤苏、桂荏。陶弘景、苏颂、段玉裁、郝懿行等均以"桂荏"为紫苏。
③ 根据《中国植物志》第80卷第1册（1997）第234页,菊科（*Compositae*）舌状花亚科（*Cichorioideae*）菊苣族（*Lactuceae*）莴苣亚族（*Lactucinae*）莴苣属（*Lactuca*）莴苣（*Lactuca sativa* L., Sp. Pl. 785. 1753; DC., Prodr. 7: 138. 1838),莴苣有许多栽培品种,但在分类学上都是作为栽培变种来处理的。如莴笋（var. angustata Irish ex Bremer）,茎粗或极粗,供食用与制备酱菜,叶作蔬菜用;卷心莴苣（var. capitata DC.）,叶圆形,彼此抱卷成甘蓝式叶球;生菜（var. *ramosa* Hort.）叶长倒卵形,密集成甘蓝状叶球,作生菜用。

gounm orientale L.。释《周颂·小毖》"予又集于蓼"、《周颂·良耜》"以薅荼蓼"与"荼蓼朽止"之"蓼"为水蓼,即虞蓼、泽蓼、辣蓼,今之蓼科蓼属植物,学名为 Polygonum hydropiper L.。其中"荼"据《尔雅》释为"委叶","荼"当为《尔雅》之"蒤",可释为蓼科翼蓼属翼蓼,学名为 Pteroxygonum giraldii Dammer et. Diels.。

《辞典》将"荼"分为四种解释:

①苦菜:今之菊科（Compositae）苦苣菜属苦苣菜,别名苦菜,学名 Sonchus oleraceus L.,见于"谁谓荼苦""采荼薪樗""堇荼如饴""宁为荼毒"句。

②茅花,即茅开的花,今禾本科白茅属白茅,学名为 Imperata cylindrica (L.) Beauv.,见于《郑风·出其东门》"有女如荼""虽则如荼"句。

③荻花:今之禾本科荻群荻,学名为 Triarrhena sacchariflora (Maxim.) Nakai。见于《豳风·鸱鸮》"予所捋荼"句。

④泛指陆生杂草,见于《周颂·良耜》"以薅荼蓼""荼蓼朽止"句。

《图鉴》将"荼"分为三种解释:

①将"苦""荼"并列,释为菊科苦菜、苦苣菜,学名 Sonchus oleraceus L.,见于"采苦采苦""谁谓荼苦""采荼薪樗""堇荼如饴""以薅荼蓼""荼蓼朽止"句。

② 泛指陆生草类,也可指苦菜,见于《周颂·良耜》。

③ 指白色的花,即"英荼",指芦苇或白茅的花,以及苦菜花后结实,果实呈头状排列在总苞上,冠毛白色,国序呈毛球状,称"荼",见于《郑风·出其东门》《豳风·鸱鸮》。

《诗经词典》（修订本）"荼"条下列"荼毒",解为残害;祸乱。见于诗《大雅·桑柔》,引程俊英《注析》,"荼毒""引申为残害破坏的行为"。其他三专著未对《大雅·桑柔》"宁为荼毒"之"荼"进行界定。

综上,《汇考》对作为菜名的"荼"及"荼蓼"之"荼"的考证颇有见解,当从之。

序号	拼音	正名	学名	科	属	今名
C-059	tuī	蓷	*Leonurus japonicus* Houtt.	唇形科	益母草属	益母草

《诗经》中诗句出处：

篇序	出处			诗句
069	国风	王风	中谷有蓷	中谷有蓷

植物学名鉴定：

出处	名称	学名	科	属	今名
今释	蓷	*Leonurus sibiricus* L.	唇形科	/	益母
汇考	蓷	*Leonurus heterophyllus* Sweet.	唇形科	益母草属	益母草
辞典	蓷	*Leonurus artemisia*（Laur.）S. Y. Hu.	唇形科	/	益母草
图鉴	蓷	*Leonurus sibiricus* L.	唇形科	/	益母

注解：

四专著释"蓷"基本一致，《今释》《图鉴》鉴定为唇形科益母草属细叶益母草，学名为 *Leonurus sibiricus* L.；《汇考》《辞典》鉴定为唇形科益母草属益母草，又称茺蔚，学名为 *Leonurus artemisia*（Laur.）S. Y. Hu.①。

根据陆《疏》，蓷即药用本草益母草，古时亦称茺蔚，根据《中国药典》记载，益母草的基源植物为 *Leonurus japonicus* Houtt.，即唇形科益母草属益母

---

① 根据《中国植物志》第 65 卷第 2 册（1977）第 508 页记载，唇形科 Labiatae 野芝麻亚科 Lamioideae 野芝麻族 Lamieae 野芝麻亚族 Subtrib. Lamiinae 益母草属 Leonurus 益母草亚属 Subg. Cardiochilium 益母草系 Ser. Heterophylli C. Y. Wu et H. W. Li 益母草，别名益母蒿、坤草（北方各省）、野麻、九重楼、野天麻、益母花、童子益母草（江苏）、益母艾、益母夏枯等，学名 Leonurus artemisia（Lour.）S. Y. Hu in Sourn. Chin. Univ. Hongk. 2（2）：381.1974——*Leonurus heterophyllus* Sweet, Brit. Fl. Gard. 1：197.1823 − 29；Hort. Brit. ed. 1：321.1827。根据植物智注解，名称已修订，正名为益母草 *Leonurus japonicus* Houttuyn。全草入药，有效成分为益母草素（Leonurin），内服可使血管扩张而使血压下降，并有颉抗肾上腺素的作用，可治动脉硬化性和神经性的高血压，又能增加子宫运动的频度，为产后促进子宫收缩药，并对长期子宫出血而引起衰弱者有效，故广泛用于治妇女闭经、痛经、月经不调、产后出血过多、恶露不尽、产后子宫收缩不全、胎动不安、子宫脱垂及赤白带下等症。据国内报道近年来益母草用于肾炎水肿、尿血、便血、牙龈肿痛、乳腺炎、丹毒、痈肿疔疮均有效。嫩苗入药称童子益母草，功用同益母草，并有补血作用。花治贫血体弱。子称茺蔚、三角胡麻、小胡麻，尚有利尿、治眼疾之效，亦可用于治肾炎水肿及子宫脱垂。白花变型功用同益母草。

草①，而非同属细叶益母草（学名：*Leonurus sibiricus* L.），故"萑"应当鉴定为 *Leonurus japonicus* Houtt.。

序号	拼音	正名	学名	科	属	今名
C-060	xiāo	萧	*Artemisia capillaris* Thunb.	菊科	蒿属	茵陈蒿
			Artemisia scoparia Waldst. et Kit.	菊科	蒿属	猪毛蒿

《诗经》中诗句出处：

篇序	出处			诗句
072	国风	王风	采葛	彼采萧兮
153	国风	曹风	下泉	浸彼苞萧
173	小雅	南有嘉鱼之什	蓼萧	蓼彼萧斯
207	小雅	谷风之什	小明	采萧获菽
245	大雅	生民之什	生民	取萧祭脂

植物学名鉴定：

出处	名称	学名	科	属	今名
今释	萧	*Anaphails yedoensis* Maxim.	菊科	香青属	/
汇考	萧	*Artemisia argyi*var. *exima* （Pamp.） Kitam	菊科	蒿属	野艾蒿
辞典	萧	*Artemisia dubia*Wall. ex Bess.	菊科	蒿属	牛尾蒿
图鉴	萧	*Artemisia subdigitata* Mattf.	菊科	蒿属	无毛牛尾蒿

注解：

四专著对"萧"的分歧较大，《今释》释为珠光香青的一个变种，《汇考》释为艾蒿的变种野艾蒿，《辞典》释为牛尾蒿，《图鉴》释为牛尾蒿的变种无毛牛尾蒿，具体如下：

《今释》释"萧"为多年生草本植物，菊科香青属珠光香青的一种变种，

---

① 国家药典委员会. 中华人民共和国中国药典：一部［M］. 北京：中国医药科技出版社，2020. 302.

别名萩、萩蒿、牛尾蒿、艾蒿、香蒿、荻等，学名 *Anaphails yedoensis* Maxim.①，全体密被白色软毛，分枝极多，可用以合香，又供祭祀。

《汇考》将"艾""萧""苹""蒿""莪""蔚"并为一章进行考证：根据《尔雅》《说文》，"萧""萩"互训，为"蒿"，"似艾之蒿"；根据《礼记·郊特牲》郑玄注，"萧，芗蒿也。染以脂，合黍稷烧之。《诗》曰：'取萧祭脂。'"根据陆《疏》，"萧"即"萩""萩蒿""牛尾蒿"；郝懿行认为陆玑所说"萧"即"牛尾蒿"有误，指出"萩蒿叶白似艾而多歧茎，尤高大如蒌蒿，可丈余"；故，吴厚炎释"萧"为菊科蒿属艾的无齿变种，学名为 *Artemisia argyi* var. *exima*（PamP.）Kitam②。

《辞典》释"萧"为菊科牛尾蒿，别名萩、野蒿、紫杆蒿、指叶蒿、水蒿、艾蒿、米蒿等，学名 *Artemisia dubia* Wall. ex Bess.③。嫩苗叶可做牛羊饲料，可

---

① 根据 GBIF 网站记载，*Anaphalis margaritacea*（L.）Benth.（Accepted name）的变种之一 *Anaphalis margaritacea* var. *yedoensis*（Franch. & Sav.）Ohwi（Accepted name）的异名有 *Anaphalis yedoensis*（Franch. & Sav.）Maxim.、*Anaphalis margaritaceae* subsp. *yedoensis*（Franch. & Sav.）Kitam.、*Gnaphalium yedoense* Franch. & Sav.（Basionym）。

② 根据《中国生物物种名录2022版》在线数据库（www.sp2000.org.cn），野艾蒿，接受学名为 *Artemisia lavandulifolia* DC.，异名为 *Artemisia codonocephala*（synonym）、*Artemisia argyi* f. *eximia*（synonym）、*Artemisia clemensiana*（synonym）、*Artemisia codonocephala* var. *maireana*（synonym）、*Artemisia araneosa*（synonym），别名为荫地蒿、野艾、小叶艾、狭叶艾、苦艾等。链接地址为：http://www.sp2000.org.cn/species/show_species_details/T20171000101069。但是根据植物智（www.iPlant.cn）检索，野艾蒿，学名为 *Artemisia lavandulifolia* Candolle，俗名为大叶艾蒿，《中国植物志》中未收录该种。根据 GBIF 在线数据库检索，接受学名为 *Artemisia umbrosa* Turcz. ex DC.，异名有 *Artemisia araneosa* Kitam.、*Artemisia argyi* subsp. eximia Pamp.、*Artemisia argyi* var. *eximia*（Pamp.）Kitag.，1939等。链接地址为：https://www.gbif.org/species/8271521。根据《中国高等植物图鉴》第4册第541页记载，艾蒿，学名 *Artemisia argyi* Lévl. et Vant.，其有不同变种，其中无齿变种 var. *eximia*（Pamp.）Kitam.，叶有宽阔而无齿的裂片，也极广分布。同页还记载了野艾蒿，学名为 *Artemisia lavandulifolia* DC.，与艾蒿的主要差异是：野艾蒿叶裂片下面被灰白色密短毛，艾蒿下面被白色或灰色密茸毛。

③ 根据《中国植物志》第76卷第2册（1991）第247页记载，菊科 Compositae 管状花亚科 Carduoideae 春黄菊族 Anthemideae 蒿亚族 Chrystheminae 蒿属 Artemisia 龙蒿亚属 Subgen. *Dracunculus* 牡蒿组 Sect. *Latilobus* 牛尾蒿系 Ser. *Subdigitatae* 牛尾蒿（植物名实图考）【荻蒿（松村植物名录），紫杆蒿（甘肃），水蒿（陕西、甘肃），艾蒿（青海），米蒿（四川），指叶蒿（河北、内蒙古）】，学名为 *Artemisia dubia* Wall. ex Bess. in Nouv. Mem. Soc. Mosc. 3：39. 1834. 该书作者特别说明：作者查阅本种副模式标本 Blinkwarth, India, Kumaon, Kew！, Wallich Catal. 3307A/417, 1828），发现本种系龙蒿组 Sect. *Dracunculus* Bess. 植物。前人曾将它置于艾蒿组 Sect. *Abrotanum* Bess.，甚至归在五月艾 *A. indica* Willd. 中，这是不当的，应予纠正。

入药，茎枝可做烧柴，干枝叶可做火烛，燃烧有香气，可薰蚊虫，周代祭祀，沾染油脂，"合黍稷烧之"，以敬天法祖。

《图鉴》释"萧"为菊科牛尾蒿，学名为 Artemisia subdigitata Mattf.①，引《周礼·天官·家宰》，"祭祀，共萧茅、共野果蓏之荐"。牛尾蒿以其强烈香气，成为祭祀植物。

根据《中国植物志》第 75 卷（1979）第 174 页记载，菊科（Compositae）管状花亚科（Carduoideae）旋覆花族（Trib. Inuleae）鼠麴草亚族（Subtrib. Gnaphalinae）香青属（Anaphalis）香青亚属（Subgen. Anaphalis）珠光组（Sect. Margaripes）香青系（Ser. Sinicae Ling）香青，学名 Anaphalis sinica Hance in Journ. Bot. 12：261.184.，作者特别注释道："此种常被误称为'籁萧''荻'。但《尔雅》的籁萧、荻、蔍等，据考证都应为蒿属（Artemisia）植物。"故陆说认为"萧"是"珠光香青之变种"有误。

《汇考》中认为"萧"为"艾"的无齿变种，即野艾蒿，根据《中国高等植物图鉴》记载，艾蒿与野艾蒿的叶背面密被白色绒毛疏密长短有差异，作为同种其气味大致是一样的，根据《春官·鬯人·疏》引《王度记》云："天子以鬯，诸侯以薰，大夫以兰，士以萧，庶人以艾。"可见薰兰萧艾皆香草，"萧""艾"以示人的身份有别，其气味当有别，故"萧"做为现代植物学意义上的"艾"之别种的解释值得商榷，应从古代本草文献中艾蒿类植物的角度来释"萧"。

"艾蒿"这一称谓在古代名称使用中相当混乱，在古本草药用中归入艾蒿类的植物多达数十种，加上别名混用，要辨明名实非常困难，林有润对中国古本草书记载的 30 余种艾蒿类植物分十种情况加以考证②：

---

① 根据《中国植物志》第 76 卷第 2 册（1991）第 247 页记载，牛尾蒿变种无毛牛尾蒿，学名为 Artemisia dubia Wall. ex Bess. var. subdigitata (Mattf.) Y. R. Ling in Kew Bull. 42 (2)：445. 1987，与原变种区别在于本变种茎、枝、叶背面初时被灰白色短柔毛，后脱落无毛。作者注释道：作者发现前人发表的一些新种、新变种或变型等［见 Kew Bull. 42 (2)：445.］的体态、叶、头状花序等特征与牛尾蒿 A. dubia Wall. ex Bess. 差异小，区别仅在于茎、枝、叶背面初时被灰白色短柔毛，后脱落无毛，故作者将上述新分类群（同上文献）隶属为牛尾蒿的变种，并选取 A. subdigitata Mattf.（H. Smith 219，BM!）作变种的基名-无毛牛尾蒿（变种）A. dubia Wall. ex Bess. var. subdigitata (Mattf.) Y. Ling。根据《中国高等植物图鉴》第 4 册第 526 页记载，牛尾蒿，别名指叶蒿，学名为 Artemisia subdigitata Mattf.。

② 林有润. 中国古本草书艾蒿类植物的初步考订［J］. 植物研究，1991（1）：1-24.

①白蒿（陆生者）、艾、白艾、艾蒿、野艾蒿；

原植物包括：

艾（野生种），学名 *Artemisia argyi* Lévl. et Van. ；

野艾蒿，学名 *Artemisia lavandulifolia* DC. ；

南艾蒿，学名 *Artemisia cerlotorum* Lamotte；

蒙古蒿，学名 *Artemisia mongolica*（Fisch. ex Bess.）Nakai；

白叶蒿，学名 *Artemisia leucophylla* Turcz. ex Bess. ；

歧茎蒿，学名 *Artemisia igniaria* Maxim. ；

辽东蒿，学名 *Artemisia verbenacea*（Komar.）Kitag. ；

五月艾，学名 *Artemisia indica* Willd. ；

魁蒿，学名 *Artemisia princeps* Pamp. 等。

②白蒿（水生者）、苹、蘋蒿、水蒿、蒌蒿、柳叶蒿、蔄蒿；

原植物包括：

蒌蒿，学名 *Artemisia selengensis* Turcz. ex Bess. ；

无齿蒌蒿，学名 *Artemisia selengensis* var. *shansiensis* Y. R. Ling。

③艾叶、家艾、蕲艾；

原植物包括：

艾（野生种），学名 *Artemisia argyi* Lévl. et Van. ；

蕲艾，学名 *Artemisia argyi* Lévl. et Van. cv. *qiai*；

④牛尾蒿；

原植物包括：

牛尾蒿，学名 *Artemisia dubia* Wall. ex Bess. ；

矮蒿，学名 *Artemisia lancea* Van. 。

⑤草蒿、青蒿、黄花蒿、香蒿、臭蒿、蒿；

原植物包括：

黄花蒿（药用青蒿），学名 *Artemisia annua* Linn. ；

青蒿（花淡青、淡黄色），学名 *Artemisia carvifolia* Buch. ‑ Ham. ex Roxb. 【（基名）*Artemisia apiacea* Hance】。

⑥邪蒿；

原植物包括：

大头青蒿（变种），学名 *Artemisia carvifolia* Buch. ‑Ham. ex Roxb. var. *schockii*（Mattf.）Pamp. 。

⑦茵陈蒿、蓬蒿、野同蒿、紫香蒿；

原植物包括：

茵陈蒿，学名 *Artemisia capillaris* Thunb.；

猪毛蒿，学名 *Artemisia scoparia* Waldst. et Kit.。

⑧牡蒿、齐头蒿、水辣菜；

原植物包括：

牡蒿，学名 *Artemisia japonica* Thunb.。

⑨奄闾子、菴闾子、庵蔄、庵蔄子、庵蔄蒿；

原植物包括：

庵蔄，学名 *Artemisia keiskcana* Miq.；

五月艾，学名 *Artemisia indica* Willd.。

⑩刘寄奴、金寄奴

原植物包括：

奇蒿，学名 *Artemisia anomala* S. Moore.；

泽兰，学名 *Eupatorium japonicum* Thunb.；

华泽兰，学名 *Eupatorium chinense* Linn.；

白苞蒿，学名 *Artemisia lactiflora* Wall. ex DC.。

林有润指出"曰蘈、曰萧、曰荻，皆老蒿之通名，象秋气肃赖之气"①。从《诗》之《采葛》来看，三章分别采"葛""萧""艾"，由此看林释"萧"为老蒿通名过于笼统。让我们再次回到"薰兰萧艾皆香草"这个界定，"萧"与"艾"皆香草，"萧"与"艾"别，这是已定的认知。

林有润先生在1992年撰写了另一篇论文②，对蒿属蒿亚属47种、龙蒿亚属17种共计171个蒿属植物样品的精油化学成分进行了分析研究，发现在蒿亚属精油种主要含单萜类合倍半萜类化合物，在龙蒿亚属精油种主要含倍半萜类化合无合芳香族化合物，这即是证实了蒿属的香气大致可分两类，"艾"和"萧"。根据我国蒿属植物从原始至进化类群的序列，结合《诗经》中出现的典型蒿属植物名称以及《中国植物志》记载的别名，列表考证如下：

---

① 林有润. 中国古本草书艾蒿类植物的初步考订 [J]. 植物研究，1991（1）：1-24.
② 李宝灵，朱亮锋，林有润，陆碧瑶. 中国蒿属植物化学分类的初步研究：精油化学成分与系统分类的相关性 [J]. 华南植物学报，1992（1）：87-100.

蒿属（Artemisia L.）				
蒿亚属（Subgen. *Artemisia*）			龙蒿亚属（Subgen. *Dracunculus*（Bess.）Peterm.）	
蘩	莳萝蒿组（Sect. *Absinthium* DC.）【单萜类化合物】		龙蒿组（Sect. *Dracunculus*）【倍半萜类和芳香族化合物】	
	大籽蒿			
蒿	艾蒿组（Sect. *Abrotanum* Bess.）【单萜类化合物】	萧	茵陈蒿	
	黄花蒿		猪毛蒿	
	青蒿		牡蒿组（Sect. *Latilobus* Y. R. Ling）【倍半萜类和芳香族化合物】	
	艾组（Sect. *Artemisia*）【单萜类化合物】	蔚	牡蒿	
艾	艾蒿	荻	牛尾蒿	
	野艾蒿		无毛牛尾蒿	
	南艾蒿			
	北艾			
	五月艾			
蒌	蒌蒿			
	腺毛蒿组（Sect. *Viscidipubes* Y. R. Ling）【单萜类和倍半萜类化合物】			
	白苞蒿组（Sect. *Albibractea* Y. R. Ling）【倍半萜类化合物】			
艾			萧	

另有经常被"误称为'蘩萧'"的"苹"，菊科香青属植物珠光香青及其变种，即"蘋"。如此，则林先生所认为"蘋""萧""荻"为老蒿之通称可解。

"蔚"之"牡蒿"含挥发油，又代"青蒿"（即黄花蒿）用①。"荻"之"牛尾蒿"经"查阅副模式标本，发现本种系龙蒿组植物，前人曾将它置于艾蒿组，甚至归在五月艾，这是不当的，应予纠正"。这说明"荻"与"艾"从外观和气味上不易区分，容易混淆。"蒌"之"蒌蒿"为菜蔬，气味清香，未入香草之列。"蒿"之"青蒿（即黄花蒿）"又名"臭蒿，气辛臭不可食"，未列入祭祀之香草。"蘩"之"大籽蒿"有香气，水陆俱生，繁茂之象。"艾"自古至今无争议，故"萧"非"茵陈"莫属。另据《中国植物志》第 76 卷第 2 册（1991）第 216 页记载，菊科蒿属龙蒿亚属龙蒿组茵陈蒿，学名为 *Artemisia capillaris* Thunb.，半灌木状草本，植株有浓烈的香气。茎单生或少数，高 40—120 厘米或更长，有不明显的纵棱，基部木质，上部分枝多，向上斜伸展；茎、枝初时密生灰白色或灰黄色绢质柔毛，后渐稀疏或脱落无毛。产于辽宁、河北、陕西（东部、南部）、山东、江苏、安徽、浙江、江西、福建、台湾、河南（东部、南部）、湖北、湖南、广东、广西及四川等。药用"茵陈"除为本种外，还有其近缘种——猪毛蒿 *A. scoparia* Waldst. et Kit.，其嫩苗与幼叶亦称"茵陈"，并入药。幼嫩枝、叶可作菜蔬或酿制茵陈酒。这与吴厚炎所谓"萧""叶白似艾多歧茎""高大如蒌蒿"均吻合，有"土茵陈"之称的猪毛蒿在河北陕西也称香蒿，与郑玄之谓"芗（香）蒿"亦吻合。

综上所述，"萧"为菊科蒿属茵陈蒿或猪毛蒿，学名分别为 *Artemisia capillaris* Thunb. 和 *Artemisia scoparia* Waldst. et Kit.。

序号	拼音	正名	学名	科	属	今名
C-061	xǔ	栩	*Quercus baronii* Skan	壳斗科	栎属	橿子栎

《诗经》中诗句出处：

篇序	出处			诗句
121	国风	唐风	鸨羽	集于苞栩
137	国风	陈风	东门之枌	宛丘之栩
162	小雅	鹿鸣之什	四牡	集于苞栩
187	小雅	鸿雁之什	黄鸟	无集于栩

---

① 《中国植物志》第 76 卷第 2 册（1991），第 241 页。

植物学名鉴定：

出处	名称	学名	科	属	今名
今释	栩	*Quercus acutissima* Carr.	山毛榉科	/	麻栎
汇考	栩	*Quercus baronii* Skan	壳斗科	栎属	檀子栎
辞典	栩	*Quercus acutissima* Carr.	壳斗科	栎属	麻栎
图鉴	栩	*Quercus acutissima* Carr.	壳斗科	/	麻栎

注解：

四专著均释"栩"为壳斗科植物；《今释》《汇考》《辞典》释"栎""柞"与"栩"同种；《汇考》释"栩"为"檀子树"；其余三专著均释"栩"为"麻栎"，详见"栎"条。

综上所述，《汇考》的考证有理，即"栩"为檀子栎。

序号	拼音	正名	学名	科	属	今名
C-062	yáng liǔ	杨柳	*Salix babylonica* L.	杨柳科	柳属	垂柳

《诗经》中诗句出处：

篇序	出处			诗句
167	小雅	鹿鸣之什	采薇	杨柳依依

植物学名鉴定：

出处	名称	学名	科	属	今名
今释	杨柳	*Salix babylonica* L.	杨柳科	/	垂柳
汇考	杨柳	*Salix chaenomeloides* Kimura.	杨柳科	柳属	腺柳
辞典	杨柳	*Salix sinopupurea* C. Wang et Ch. Y. Yang	杨柳科	/	红皮柳
图鉴	杨柳	*Salix babylonica* L.	杨柳科	柳属	垂柳

注解：

《今释》释"杨柳"为"柳"，别名清明柳、垂杨柳，杨柳科植物垂柳，学名为 *Salix babylonica* L.。

《汇考》释"杨柳"为今之杨柳科柳属河柳①，别名蒲柳、蒲杨、水杨等，学名为 *Salix chaenomeloides* Kimura.。

《辞典》释"杨柳"为蒲柳，今之杨柳科（Salicaceae）郝柳组（Sect. *Haoanae* C. Wang）红皮柳，别名蒲柳、蒲杨、水杨、青杨、萑苻、柳条、绵柳等，学名为 *Salix sinopupurea* C. Wang et Ch. Y. Yang。

《图鉴》释"杨柳"即"柳"，今之杨柳科柳属垂柳，学名为 *Salix babylonica* L.。

综上，"杨柳依依"之"杨柳"有离别之意，当为"垂柳"，故"杨柳"即"柳"，今之杨柳科柳属垂柳，学名为 *Salix babylonica* L.。

序号	拼音	正名	学名	科	属	今名
C-063	yāo	葽	*Polygala tenuifolia* Willd.	远志科	远志属	细叶远志
			Polygala sibirica L.	远志科	远志属	西伯利亚远志

《诗经》中诗句出处：

篇序	出处			诗句
154	国风	豳风	七月	四月秀葽

植物学名鉴定：

出处	名称	学名	科	属	今名
今释	葽	*Thladiantha dubia* Roem.	葫芦科	/	赤瓟
汇考	葽	*Polygala tenuifolia* Willd.	远志科	远志属	细叶远志
辞典	葽	*Polygala tenuifolia* Willd.	远志科	远志属	远志
图鉴	葽	*Polygala tenuifolia* Willd.	远志科	/	远志

注解：

四专著释"葽"有分歧：《今释》释为葫芦科赤瓟，《汇考》《辞典》《图鉴》释为远志科远志属远志。

---

① 根据"植物智"网站（www.iPlant.cn），杨柳科（Salicaceae）柳属（Salix）腺柳，别名河柳，学名为 *Salix chaenomeloides* Kimura.。

《今释》释"蕣"为葫芦科赤瓟,又名王瓜、公公鬚,据《本草纲目》记载,王瓜三月生苗,其蔓多须,六七月开花。

《汇考》对"蕣"之"王瓜"说、"狗尾草"说、"远志"说分别进行了考证,指出:"王瓜"六七月开花,与《诗》之"四月秀蕣"的时间上不吻合;"狗尾草"也是秀于六月而非四月,有误;"远志"花期5—7月,这与古历中"四月"大致相合,另"远志"即《尔雅》之蒐绕,清代多家从之,茹许谦、陈启源、王先谦等均以"蕣"为远志,即苦蕣。根据《本草纲目》,远志分大叶、小叶,故"蕣"可能为远志科远志属之细叶远志,学名 *Polygala tenuifolia* Willd.,也有可能之西伯利亚远志(大叶者),学名为 *Polygala sibirica* L.。

《辞典》亦引《本草纲目》"远志"条为证,释"蕣"为远志,学名 *Polygala tenuifolia* Willd.。

《图鉴》释"蕣"为远志,引《本草纲目》"远志"条为证,认为黄花远志(*Polygala arillata* Buch.-Ham.)、瓜子金(*Polygala japonica* Houtt.)、白花远志(*Polygala arvensis* Willd)等均可视为《诗》之"蕣"。

在《中国药典》(2020年版)中"远志"基源植物仅有远志科远志属细叶远志和西伯利亚远志两种,学名分别为 *Polygala tenuifolia* Willd.、*Polygala sibirica* L.①;"瓜子金"的基源植物为远志科远志属瓜子金,学名为 *Polygala japonica* Houtt.②。可见,在释"蕣"中,不宜将"远志"和"瓜子金"混称,即《图鉴》之说以"瓜子金"释"蕣"不妥。

序号	拼音	正名	学名	科	属	今名
C-064	yī	椅	*Catalpa bungei* C. A. Mey.	紫葳科	梓属	楸

《诗经》中诗句出处:

篇序	出处			诗句
050	国风	鄘风	定之方中	椅桐梓漆
174	小雅	南有嘉鱼之什	湛露	其桐其椅

---

① 国家药典委员会. 中华人民共和国中国药典:一部[M]. 北京:中国医药科技出版社,2020. 163-164.
② 国家药典委员会. 中华人民共和国中国药典:一部[M]. 北京:中国医药科技出版社,2020. 116.

植物学名鉴定：

出处	名称	学名	科	属	今名
今释	椅	*Idesia polycarpa* Maxim.	大风子科	/	水冬瓜
汇考	椅	*Catalpa. bungei* C. A. Mey.	紫葳科	梓树属	楸
辞典	椅	*Catalpa bungei* C. A. Mey.	紫葳科	梓属	楸
图鉴	椅	*Catalpa bungei* C. A. Mey.	紫葳科	/	楸

注解：

四专著释"椅"有分歧：《今释》释为大风子科水冬瓜，《汇考》《辞典》《图鉴》释为紫葳科梓属楸。

《今释》释"椅"为大风子科水冬瓜，又名山桐子。

《汇考》对"椅"进行了考证，从《本草纲目》说，释之为"梓之美文者"，即紫葳科梓属楸；并指出"椅"之"山桐子"说甚是蹊跷，古代文献中未见有以"山桐子"释"椅"。

序号	拼音	正名	学名	科	属	今名
C-065	yú	楰	*Catalpa fargesii* Bur.	紫葳科	梓属	灰楸

《诗经》中诗句出处：

篇序	出处		诗句
172	小雅	南有嘉鱼之什	南山有台	北山有楰

植物学名鉴定：

出处	名称	学名	科	属	今名
今释	楰	*Ligustrum lucidum* Ait.	木犀科	/	女贞
汇考	楰	*Sorbus alnifolia* Sieb. er Zucc	蔷薇科	花楸属	水榆花楸
辞典	楰	*Ligustrum lucidum* Ait.	木犀科	女贞属	女贞
图鉴	楰	*Rhamnus davurica* Pall.	鼠李科	/	鼠李

注解:

四专著释"棫"有分歧,《今释》《辞典》释为木犀科女贞属女贞,《汇考》释为蔷薇科花楸属水榆花楸,《图鉴》释为鼠李科鼠李。

《汇考》引《尔雅》、陆《疏》《正义》等释"棫"为"鼠梓",楸之一种,与山楸(条,石灰花楸)异,即蔷薇科花楸属水榆花楸,学名为 *Sorbus alnifolia* Sieb. er Zucc.。并指出《诗经直解》释"棫"为木犀科女贞在植物形态上与"棫"之旧注不合,且多分布长江流域及以南地区,关中不多见。另,以上古时棫、榆均喻母侯部,在名有内在联系;秦岭南坡北坡均产水榆花楸,与《南山有台》之"北山有棫"相合。

《辞典》提及历代注家释"棫"为苦楸、鼠李、女贞等,赞同"棫"为"楸"属;指出"鼠李"为"鼠梓"别称,但形态与"楸"差异较大,为同名异物;释"棫"为木犀科女贞属女贞。

《图鉴》释"棫"为"鼠李",认为可能包括冻绿(*Rhamus utilis* Decne.)、钝齿鼠李(*Rhamus arguta* Maxim.)、黑桦树(*Rhamus maximovicziana* J. Vass.)、圆叶鼠李(*Rhamus globosa* Bunge)等。另,引《尔雅注》、陆《疏》释"棫"为"楸"类植物,与山楸异,或为"黑楸"或"槐皮楸"。

根据《中国植物志》在线数据库的植物图片彩色照片中可以发现,"水榆花楸"的叶子与"鼠李"非常相似,与"楸"差别明显。在《中国植物志》第69卷(1990)第13页记载了紫葳科梓属植物包括楸、灰楸、梓、黄金树、藏楸等,其中广泛分布于陕西秦岭区域的有楸、灰楸、梓等,相较而言,唯"楸""梓""灰楸"的叶片与"桐"最相似,考虑到"楸""梓"古今同字同义,则"棫"最有可能是"灰楸",与陆《疏》描述基本吻合,学名为 *Catalpa fargesii* Bur.。

序号	拼音	正名	学名	科	属	今名
C-066	yù	郁	*Prunus dictyoneura* (Diels) Yü	蔷薇科	李属	毛叶欧李

《诗经》中诗句出处:

篇序	出处			诗句
154	国风	豳风	七月	六月食郁及薁

植物学名鉴定：

出处	名称	学名	科	属	今名
今释	郁	*Prunus japonica* Thunb.	蔷薇科	/	郁李
汇考	郁	*Prunus dictyoneure* Diels	蔷薇科	李属	毛叶欧李
		Prunus glandulosa Thunb	蔷薇科	李属	毛柱麦李
辞典	郁	*Cerasus japonica*（Thunb.）Lois.	蔷薇科	樱属	郁李
图鉴	郁	*Prunus japonica* Thunb.	蔷薇科	/	郁李

注解：

释"郁"为"郁李"几乎成为定论，《今释》《辞典》《图鉴》从之；但《汇考》独具创见，经过考证，认为"郁"应释为毛叶欧李，具体如下：

《今释》释"郁"为"唐棣"，别名郁李、栯木、糖棣、雀李、爵李、棠棣、策李、赤棣等，蔷薇科植物，学名为 *Prunus japonica* Thunb.。

《汇考》将"唐棣（棣）""常棣（常）""郁"并为一章加以考证，"常"与"常棣"同，"棣"与"唐棣"同，另根据毛《传》，"棣""唐棣""常棣""常""栘"互指，"常棣"即"唐棣"，但与"郁李"别。

"唐棣（棣）"有三种解释：①"似白杨"或"白杨之类"，②"郁李"，③"唐棣"。释②之"郁李"，不产于秦岭南北，此其一；其二，李时珍《本草纲目》"唐棣"条曰，'陆玑以唐棣为郁李者，误矣'。故"唐棣"与"郁李"有别。

《汇考》对"郁"进行了考证，指出当前几乎把"郁"释为"郁李"当作定论，主要是依据孔颖达《正义》，但是朱熹、段玉裁仅释"郁"为"棣属"，而不是释"郁"为"棣"。陆玑曰："车下李……其花或白或赤，六月中熟，大如李子，可食。"又说："郁，其树高五六尺，其实大如李。色正赤，食之甘。"陆玑所说"车下李"即指"郁李"，但若认为"车下李"（郁李）即"郁"，则与《诗》之"六月食郁及薁"不符，因为依据商周时期的历法，《诗》之"六月"实际上是现在所说的"七月"，这既是说《诗》之"郁"非"郁李"。吴厚炎认为《诗》之"郁"应为毛叶欧李（学名 *Prunus dictyoneure* Diels）或毛柱麦李（学名 *Prunus glandulosa* Thunb）。毛叶欧李为落叶灌木，高约2米（与"树高五六尺"相符），花萼裂片近卵形，花后反折（"棣"属花的特点），果实球形，直径1—1.5厘米（与"大如李"相符），红色（与"色正赤"相符），花期四月，果期七月（与"六月食郁"相符）。可见毛叶欧李与陆玑所说"郁"

相符。

《辞典》释"郁"为蔷薇科樱属郁李,学名为 *Cerasus japonica*（Thunb.）Lois.①。

《图鉴》释"郁"为"棣""常棣",今之蔷薇科郁李,学名为 *Prunus japonica* Thunb.。

综上,《汇考》对"郁"考证有理,当从其说。另据《中国植物志》第38卷（1986）记载,蔷薇科（*Rosaceae*）李亚科（*Prunoideae*）樱属（*Cerasus*）矮生樱亚属（Subgen. *Microcerasus*）钟萼组（Sect. *Spiraeopsis*）有5个种②,分别是:

毛叶欧李（学名为 *Cerasus dictyoneura*）,花期4—5月,果期7—9月,产于河北、山西、陕西、河南、甘肃、宁夏,生长海拔400—1600米,种仁及根皮供药用,宁夏地区常作郁李仁用。

麦李（学名为 *Cerasus glandulosa*）,花期3—4月,果期5—8月,产于陕西、河南、山东、江苏、安徽、浙江、福建、广东、广西、湖南、湖北、四川、贵州、云南,生长海拔800—2300米,常见栽培品种有粉花麦李 f. *rosea* Koehne,白花重瓣麦李 f. *albo-plena* Koehne,粉花重瓣麦李 f. *sinensis*（Pers.）Koehne 适于促成栽培,作早春切花或盆花,颇有观赏价值。

欧李（学名为 *Cerasus humilis*）,花期4—5月,果期6—10月,产于黑龙江、吉林、辽宁、内蒙古、河北、山东、河南,生长海拔100—1800米,种仁入药,作郁李仁,有利尿、缓下作用,主治大便燥结、小便不利,果味酸可食。

郁李（学名为 *Cerasus japonica*）,花期5月,果期7—8月,产于黑龙江、吉林、辽宁、河北、山东、浙江,生长海拔100—200米,种仁入药,名郁李仁,郁李、郁李仁配剂有显著降压作用。

毛柱郁李（学名为 *Cerasus pogonostyla*）,花期3月,果期5月,产于福建、台湾、江西,生长海拔200—500米。

故,从生长分布情况来看,"郁"应为蔷薇科李属毛叶欧李,学名为 *Prunus*

---

① 根据《中国植物志》在线平台"iPlant 植物智",郁李学名正名为 *Prunus japonica*（Thunb.）Lois.,异名有 *Cerasus japonica*（Thunb.）Lois. 等。

② 根据《中国植物志》在线平台"iPlant 植物智"注释,毛叶欧李（学名为 *Cerasus dictyoneura*）麦李（学名为 *Cerasus glandulosa*）欧李（学名为 *Cerasus humilis*）郁李（学名为 *Cerasus japonica*）毛柱郁李（学名为 *Cerasus pogonostyla*）的学名已修订,正名分别是毛叶欧李（学名为 *Prunus dictyoneura*）麦李（学名为 *Prunus glandulosa*）欧李（学名为 *Prunus humilis*）郁李（学名为 *Prunus japonica*）毛柱郁李（学名为 *Prunus pogonostyla*）。

dictyoneura（Diels）Yü。

序号	拼音	正名	学名	科	属	今名
C-067	yù	棫	*Quercus spinosa* David	壳斗科	栎属	刺叶高山栎

《诗经》中诗句出处：

篇序	出处			诗句
237	大雅	文王之什	绵	柞棫拔矣
238	大雅	文王之什	棫朴	芃芃棫朴
239	大雅	文王之什	旱麓	瑟彼柞棫
241	大雅	文王之什	皇矣	柞棫斯拔

植物学名鉴定：

出处	名称	学名	科	属	今名
今释	棫	*Quercus dentata* Thunb.	山毛榉科	/	槲树
汇考	棫	*Quercus spinosa* David	壳斗科	栎属	铁橡树①
辞典	棫	*Prinsepia uniflora* Batal.	蔷薇科	/	蕤核
图鉴	棫	/	壳斗科	/	/

注解：

《今释》《汇考》《图鉴》均释"棫"为壳斗科植物，但在种名上有分歧；《辞典》释"棫"为蔷薇科"蕤核"具体如下：

《今释》释"棫"为"朴樕"，山毛榉科槲树。

《汇考》对"棫"之"白桵"及"柞"说进行了考证：一是"白桵"即蔷薇科蕤核，虽产于陕西，但在丰、镐二京之地，以及秦岭南、北坡无此"蕤核"；二是"柞"即壳斗科白桸、白拓、柞木，从"柞棫""棫朴"并言，释"棫"亦当为"丛木"，认为"棫"即铁橡树在情理之中。

《辞典》取《本草纲目》卷三十六"蕤核"即"白桵（ruǐ）"，又引《尔

---

① 根据《中国植物志》第22卷（1998）第247页，铁橡树正名为刺叶高山栎，山毛榉目 Fagales 壳斗科 Fagaceae 栎属 Quercus 植物，学名为 *Quercus spinosa* David ex Franch. Plant. David. 1 Part. 274. 1884。

雅》"栜，白桵"，释"栜"为"蕨核"。

《图鉴》在"朴"条提出《大雅·棫朴》中的"棫""朴"都是壳斗科植物，未作进一步区分。

综上所述，《汇考》的考证可取，即"栜"为刺叶高山栎。

序号	拼音	正名	学名	科	属	今名
C-068	zǎo	藻	*Myriophyllum spicatum* L.	小二仙草科	狐尾藻属	穗状狐尾藻
			Ceratophyllum demersum L.	金鱼藻科	金鱼藻属	金鱼藻
			Hippuris vulgaris L.	杉叶藻科	杉叶藻属	杉叶藻
			Potamogeton crispus Linn.	眼子菜科	眼子菜属	菹草
			Potamogeton Lucens L.	眼子菜科	眼子菜属	光叶眼子菜

《诗经》中诗句出处：

篇序	出处			诗句
015	国风	召南	采蘋	予以采藻
221	小雅	鱼藻之什	鱼藻	鱼在在藻
299	鲁颂	鲁颂	泮水	薄采其藻

植物学名鉴定：

出处	名称	学名	科	属	今名
今释	藻	*Hippurus vulgaris* L.	杉叶藻科	/	蕴藻
汇考	藻[1]	*Potamogeton Lucens* L.	眼子菜科	眼子菜属	光叶眼子菜
	藻[2]	*Hippurus vulgeris* L.	杉叶藻科	杉叶藻属	杉叶藻
辞典	藻	*Myriophyllum spicatum* L.	小二仙草科	狐尾藻属	穗状狐尾藻
图鉴	藻	*Potamogeton crispus* Linn.	眼子菜科	/	菹草

说明：藻[1] 见于《召南·采蘋》，藻[2] 见于《小雅·鱼藻》《鲁颂·泮水》。

注解：

四专著释"藻"有分歧，《今释》释为杉叶藻；《汇考》释《召南·采蘋》

之"藻"为光叶眼子菜,释《小雅·鱼藻》《鲁颂·泮水》之"藻"为杉叶藻;《辞典》释为穗状狐尾藻。《图鉴》释为菹草。

《汇考》对"藻"进行了考证:主要引陆《疏》,"藻"有二种,一种,叶如鸡苏,茎如箸;另一种,茎大如钗股,叶如蓬蒿,又称聚藻,皆可食用。从名称上看,"藻"有三,郭璞之"莙"(马藻)、陆玑之"叶如鸡苏"者、毛公和陆玑之"聚藻"。《本草纲目》说藻有二种,水中多者为水藻,叶长二三寸,对生,为马藻;叶细如丝及鱼鳃状,节节连生,即水蕴、鳃草、牛尾蕴、牛藻。《汇考》认为"马藻"有二:轮叶狐尾藻、光叶眼子菜;综言之,"藻"有四,杉叶藻(牛藻、聚藻、蕴藻、牛尾藻)、光叶眼子菜(莙、马藻、叶如鸡苏者、大叶藻)、轮叶狐尾藻、金鱼藻。就《诗》之"藻"而言,《召南·采蘋》之"藻"为光叶眼子菜,学名为 *Potamogeton Lucens* L.;释《小雅·鱼藻》《鲁颂·泮水》之"藻"为杉叶藻,学名为 *Hippurus vulgeris* L.①。

《辞典》释"藻"为聚藻,穗状狐尾藻,学名为 *Myriophyllum spicatum* L.。

《图鉴》释"藻"为眼子菜科菹草,学名为 *Potamogeton crispus* Linn.。在注解中提及历代文献所言之藻,涉及小二仙科、眼子菜科、金鱼藻科、杉叶藻科等,周代藻为祭品,象征柔顺,以示女德;另,藻也象征廉洁,古代三品官以至天子之朝服绣有藻饰。藻为水草,有厌辟火灾的象征意义,屋梁及装饰多用藻纹。认为《诗》之藻还可能指聚藻(穗状狐尾藻,学名 *Myriophyllum spicatum* L.)、金鱼藻(学名 *Ceratophyllum demersum* L.)或杉叶藻(学名为 *Hippuris vulgaris* L.)。

综上,"藻"可能为多种水草,包括小二仙草科狐尾藻属穗状狐尾藻,学名 *Myriophyllum spicatum* L.;金鱼藻科金鱼藻属金鱼藻,学名 *Ceratophyllum demersum* L.;杉叶藻科杉叶藻属杉叶藻,学名为 *Hippuris vulgaris* L.;眼子菜科眼子菜属菹草,学名为 *Potamogeton crispus* Linn.;眼子菜科眼子菜属光叶眼子菜,学名为 *Potamogeton Lucens* L. 等。

序号	拼音	正名	学名	科	属	今名
C-069	zhú	竹[1]	*Phyllostachys bambusoides* Sieb. et Zucc.	禾本科	刚竹属	桂竹
C-070	zhú	竹[2]	*Phyllostachys nidularia* Munro	禾本科	刚竹属	篌竹

---

① 根据《中国植物志》第53卷第2册(2000)第145页记载,杉叶藻科 Hippuridaceae 杉叶藻属 *Hippuris* 杉叶藻,学名为 *Hippuris vulgaris* L.。

续表

序号	拼音	正名	学名	科	属	今名
C-071	zhú	竹³	*Phyllostachys nigra* Var. *henonis* (Mitford) Stapf ex Rendle	禾本科	刚竹属	毛金竹

说明：竹¹ 见于《淇奥》《小戎》；竹² 见于《竹竿》；竹³ 见于《斯干》。

《诗经》中诗句出处：

篇序	出处			诗句
055	国风	卫风	淇奥	绿竹猗猗
055	国风	卫风	淇奥	绿竹青青
055	国风	卫风	淇奥	绿竹如箦
059	国风	卫风	竹竿	籊籊竹竿
128	国风	秦风	小戎	竹闭绲縢
189	小雅	鸿雁之什	斯干	如竹苞矣

说明：《今释》《汇考》《图鉴》未收录《秦风·小戎》"竹闭绲縢"句。

植物学名鉴定：

出处	名称	学名	科	属	今名
今释	竹⁴	*Polygonum aviculare* L.	蓼科	/	萹蓄
	竹⁵	*Phyllostachys edulis* Houze. De Loha	禾本科	/	毛竹
汇考	竹⁶	*Phyllostachys bambusoides* Sieb. et Zucc.	禾本科	毛竹属	刚竹
	竹²	*Phyllostachys nidularia* Munrv	禾本科	毛竹属	篌竹
	竹³	*Phyllostachy nigra* (Lodd) Munro Var. Henonis (Mitf) Stapf ex Rendle	禾本科	毛竹属	淡竹
辞典	竹	*Phyllostachys bambusoides* Sieb. et Zucc.	禾本科	刚竹属	桂竹
图鉴	竹⁴	*Polygonum aviculare* L.	蓼科	蓼属	萹蓄
	竹⁷	*Phyllostachys bambusoides* Sieb. et Zucc.	禾本科	刚竹属	桂竹

说明：竹⁴、竹⁶ 见于《淇奥》；竹⁵、竹⁷ 见于《竹竿》《斯干》；竹² 见于《竹竿》；竹³ 见于《斯干》。

注解:

四专著对"竹"的释名分歧主要是"草名"还是"竹名";若为"竹名",是哪一种"竹",具体如下:

《今释》认为《淇奥》中的"绿""竹"为二物,"绿"为"荩草""菉竹""黄草",自古之有名黄色染料,今之禾本科植物,学名 Arthraxon ciliare Beauv.;"竹"即"萹竹""萹蓄",为蓼科植物,学名 Polygonum aviculare L.。认为《竹竿》及《斯干》中所述"竹"有多种,并注释说汉武时"苞木之竹"因滥伐而绝迹,无法推断具体为何种,故举例以"毛竹"释诗,其学名为 Phyllostachys edulis Houze. De Loha①。另释"筍"为"笋"之统称。

《汇考》对《淇奥》"绿竹猗猗""绿竹青青""绿竹如箦"中"绿竹"之"二物说""草名说""竹说"进行考证,认为三说均可通,但从《诗》意看,朱熹在《诗集传》中解"绿竹"为"淇园之竹"为优,即"竹","绿"为其颜色。吴厚炎进一步解释说,《淇奥》一诗,旨在美魏武公之德,以竹赞颂,比以"荩草""萹蓄"之类矮小草木称颂,更有道理。关于是何种"竹"的问题,吴引晋灼之说"卫之苑多竹、箖"。王氏《广雅疏证》中记载"箭者,竹之别,大身小叶曰竹;小身大叶曰箭"。《尔雅·释草》曰"箖,箭"。由此推断,卫地所产竹之一为箭竹,根据"淇川"地理环境,当地箭竹秆高约3米,直径约1厘米。《水经注·淇水篇》云:"汉武帝塞决河,斩淇园之竹木以为用。"可见,卫地所产竹除箭竹属的箭竹之外,还有毛竹属的毛竹、刚竹等,以及苦竹属的苦竹等。从在北方常见分布及诗意审美价值综合看,毛竹属的刚竹可释《淇奥》之"绿竹",其秆高8—22米,粗3.5—7(13)厘米,茎秆坚硬,绿色或黄绿色,学名为 Phyllostachys bambusoides Sieb. et Zucc.②。对《卫风·竹竿》之"竹

---

① 根据 Royal Botanic Gardens, Kew 在线数据库 Plants of the World Online 检索,学名为 Phyllostachys edulis (Carrière) J. Houz. First published in Bambou (Mons) 1: 39 (1906)。Homotypic Synonyms: Bambusa edulis Carrière in Rev. Hort. (Paris) 38: 380 (1866)。Heterotypic Synonyms: Phyllostachys heterocycla (Carrière) Matsum. in Nippon Shokubutsuzusetsu, ed. 2: 213 (1895); Phyllostachys heterocycla var. pubescens (Pradelle) Ohwi in Fl. Jap. : 77 (1953); Phyllostachys heterocycla f. pubescens (Pradelle) D. C. McClint. in Kew Bull. 38: 485 (1983) 等,可见其所释"毛竹"为《中国植物志》第9卷第1册之禾本科竹亚科刚竹属刚竹组龟甲竹之栽培种毛竹。

② 根据《中国植物志》第9卷第1册(1996)第292页,禾本科竹亚科刚竹属(Phyllostachys Sieb. et Zucc.)刚竹组(Sect. Phyllostachys)桂竹(江苏植物志)【刚竹(中国主要植物图说·禾本科】的学名为 Phyllostachys bambusoides Sieb. et Zucc. 。

（竿）"考证为今禾本科毛竹属篌竹，学名为 *Phyllostachys nidularia* Munrv①；对《小雅·斯干》"如竹苞矣"之"竹（苞）"考证为用于劈篾编结竹器的禾本科毛竹属淡竹，学名为 *Phyllostachy nigra*（Lodd）Munro Var. *Henonis*（Mitf）Stapf ex Rendle②；对《大雅·韩奕》"维笋及蒲"之"笋"考证为今禾本科毛竹属毛竹之竹笋，毛竹的学名为 *Phyllostachy pubescens* Mazel③。

《辞典》在界定植物名称"绿竹"时，取"竹说"，将《卫风·淇奥》《卫风·竹竿》《秦风·小戎》《小雅·斯干》中"竹"释为禾本科（Gramineae（Poaceae））刚竹组（Sect. *Phyllostachys*）桂竹，学名为 *Phyllostachys bambusoides* Sieb. et Zucc，别名斑竹、刚竹、五月竹等，在植物分科和学名上与《中国植物志》一致。将《大雅·韩奕》中"笋"释为"笋"。

《图鉴》对"绿竹"持"二物说"，将《卫风·淇奥》中的"竹"释为蓼科（Polygonaceae）蓼亚科（Subfam. *Polygonideae*）蓼族（Trib. *Polygoneae*）蓼属（*Polygonum* L.）萹蓄组（Sect. *Avicularia* Meisn.）萹蓄（神农本草经，植物名实图考）【扁竹，竹叶草】，学名为 *Polygonum aviculare* L.。将《卫风·竹竿》《小雅·斯干》之"竹"释为禾本科（Gramineae（Poaceae））刚竹组（Sect. *Phyllostachys*）桂竹，学名为 *Phyllostachys bambusoides* Sieb. et Zucc。

综上，关于"绿竹""绿""竹""笋"的界定以吴厚炎说为佳。

---

① 根据《中国植物志》第 9 卷第 1 册（1996）第 304 页，禾本科竹亚科刚竹属（*Phyllostachys* Sieb. et Zucc.）水竹组（Sect. Heterocladae Z. P. Wang et G. H. Ye）篌竹（江苏植物志）【花竹（农林部中央林业实验所研究专刊）】，学名为 *Phyllostachys nidularia* Munro。

② 根据《中国植物志》第 9 卷第 1 册（1996）第 288—289 页，禾本科竹亚科刚竹属（*Phyllostachys* Sieb. et Zucc.）刚竹组（Sect. Phyllostachys）紫竹（李衎《竹谱详录》）学名为 *Phyllostachys nigra*（Lodd. Ex Lindl.）Munro，其变种之一为"毛金竹"（植物分类学报）【淡竹（图经本草）图版 78：1-4】，学名为 *Phyllostachys nigra*（Lodd. Ex Lindl.）Munro var. henonis（Mitford）Stapf ex Rendle。

③ 根据《中国植物志》第 9 卷第 1 册（1996）第 274—276 页，禾本科竹亚科刚竹属（*Phyllostachys* Sieb. et Zucc.）刚竹组（Sect. Phyllostachys）龟甲竹（井坪竹类图谱），学名为 *Phyllostachy heterocycla*（Carr.）Mitford，其栽培种之一毛竹（栽培型）【南竹、猫头竹（中国树木分类学）】，学名为 cv. *Pubescens*，但从生物学的观点来看，毛竹应为原型，其他栽培型都应由毛竹派生出来，但由于植物国际命名法中优先律的限制，毛竹只能作龟甲竹的栽培型处理，龟甲竹的学名反而成为原栽培型了。毛竹另有学名 *Phyllostachys pubescens* Mazel ex H. de Leh.，Bamb. 1：7 1906。

序号	拼音	正名	学名	科	属	今名
C-072	zhú	蓫	*Rumex acetosa* L.	蓼科	酸模属	酸模
			Rumex crispus L.	蓼科	酸模属	皱叶酸模
			Rumex dentatus L.	蓼科	酸模属	齿果酸模
			Rumex japonicus Houtt.	蓼科	酸模属	羊蹄

《诗经》中诗句出处：

篇序	出处		诗句
188	小雅	鸿雁之什	我行其野	言采其蓫

植物学名鉴定：

出处	名称	学名	科	属	今名
今释	蓫	*Rumex crispus* L.	蓼科	/	皱叶酸模
汇考	蓫	*Rumex dentatus* L.	蓼科	酸模属	齿果酸模
		Rumex crispus L.	蓼科	酸模属	皱叶酸模
辞典	蓫	*Rumex japonicus* Houtt.	蓼科	/	羊蹄
图鉴	蓫	*Rumex japonicus* Houtt.	蓼科	/	羊蹄

注解：

四专著均释"蓫"为蓼科酸模属植物：《今释》释为皱叶酸模，《汇考》释为齿果酸模和皱叶酸模，《辞典》《图鉴》释为酸模，都是农田恶草。

就《小雅·我行其野》诗之题材而言，有学者认为是弃妇诗，也有学者认为是弃夫诗①，不论诗中"我"是"夫"还"妇"，所运用"樗""蓫""葍"等恶木劣菜起兴这一手法是可以确定的，象征自己嫁给恶人，暗示自己为人所弃的痛苦心情，由此可知，"蓫"应释为蓼科酸模属植物，所包含的农田恶草并非一种，最为常见的有酸模（学名为 *Rumex acetosa* L.）、皱叶酸模（学名为 *Rumex crispus* L.）、齿果酸模（学名为 *Rumex dentatus* L.）、羊蹄（学名为 *Rumex japonicus* Houtt.）等。

---

① 尚永亮.《诗经》弃妇诗分类考述［J］. 学术论坛，2012（8）：66-74.

序号	拼音	正名	学名	科	属	今名
C-073	zuò	柞	*Quercus baronii* Skan	壳斗科	栎属	槲子栎

《诗经》中诗句出处：

篇序	出处			诗句
218	小雅	甫田之什	车舝	析其柞薪
222	小雅	鱼藻之什	采菽	维柞之枝
237	大雅	文王之什	绵	柞棫拔矣
239	大雅	文王之什	旱麓	瑟彼柞棫
241	大雅	文王之什	皇矣	柞棫斯拔
290	周颂	闵予小子之什	载芟	载芟载柞

说明：《周颂·载芟》之"柞"仅《图鉴》引用，其他三专著未引用该句。

植物学名鉴定：

出处	名称	学名	科	属	今名
今释	柞	*Quercus acutissima* Carr.	山毛榉科	/	麻栎
汇考	柞	*Quercus baronii* Skan	壳斗科	栎属	槲子栎
辞典	柞	*Quercus acutissima* Carr.	壳斗科	栎属	麻栎
图鉴	柞	*Quercus mongolica* Fisch.	壳斗科	/	柞树

注解：

四专著均释"柞"为壳斗科植物；《今释》《汇考》《辞典》释"柞"与"栩"同种；《汇考》释"柞"为"槲子树"；《今释》《辞典》释"柞"为"麻栎"；《图鉴》则释"柞"为"柞树"，具体如下：

《今释》《汇考》《辞典》释"柞"为《唐风·鸨羽》"集于苞栩"之"栩"，详见"栎"条。

《今释》《汇考》《辞典》未对《周颂·载芟》"载芟载柞"之"柞"进行界定。

《图鉴》释《诗经》之"柞"为壳斗科柞树，别名蒙古栎，学名为 *Quercus mongolica* Fisch.。

《诗经词典》(修订本)"柞"条,释①为落叶乔木麻栎树或橡树,通称柞树,读音 zuò,见于《小雅·车辖》"析其柞薪"、《大雅·绵》"柞棫拔矣";释②为砍除树木,读音 zé,引《毛传》曰,"除草曰芟,除木曰柞"。① 故《图鉴》释《周颂·载芟》"载芟载柞"之"柞"为壳斗科柞树有误,此处"柞"为动词,非草木名物。

　　综上所述,《汇考》的考证有理,即"柞"为檞子栎。

---

① 向熹. 诗经词典(修订本)[M]. 北京:商务印书馆,2014. 755.

参考文献

Colin W. Wright. *Artemisia* [M]. London and New York: Taylor & Francis, 2002.

Fletcher, Neil. *Pocker Nature: Wild Flowers* [M]. London: Dorling Kindersley, 2004.

Jameel M. Al-Khayri, Shri Mohan Jain, Dennis V. Johnson. *Advances in Plant Breeding Strategies: Fruits (Vol 3)* [M]. Cham: Springer International Publishing AG, 2018.

Jennings, William. *The Shi King : the old "poetry classic" of the Chinese* [M]. London and New York: George Routledge and Sons, 1891.

Jameel M. Al-Khayri, Shri Mohan Jain, Dennis V. Johnson. Advances in Plant Breeding Strategies: Fruits (Volume 3) [M]. Springer International Publishing AG, 2018.

Khare, P.. *Indian Medicinal Plants* [M]. New York: Spring Science + Business Media, 2007.

Li XH, Shao JW, Lu C, Zhang XP, Qiu Yingxiong. 2012. *Chloroplast phylogeography of a temperate tree Pteroceltis tatarinowii (Ulmaceae) in China* [M]. Journal of Systematics and Evolution, 50: 325 – 333.

Lim. , T. K. *Edible Medicinal and Non-Medicinal Plants (Volume 6, Fruits)* [M]. London: Springer, 2013.

Patil, J. V.. *Millets and Sorghum: Biology and Genetic Improvement* [M]. Wiley, 2017.

Rolf H. J. Schlegel. *Dictionary of Plant Breeding* (2nd Edition) [M]. Boca Raton: CRC Press, 2010.

Schuyler S. Korban. *The Pear Genome* [M]. Springer International Publishing. 2019.

Testolin et al. (eds.), *The Kiwifruit Genome, Compendium of Plant Genomes*

［M］. Switzerland：Springer International Publishing，2016.

Umberto Quattrocchi，F. L. S.. *CRC World Dictionary of Medicinal and Poisonous Plants：Common Names，Scientific Names，Eponyms，Synonyms，and Etymology* ［M］. Boca Raton：CRC Press，2012.

Waley (Translator)，A.，Allen (Ed.)，J. R.，& Allen，J. R.. *The Book of Songs* ［M］. New York：Grove Press，1996.

Wayne D. Shepperd. *Tamarix chinensis Lour.：saltcedar or five－stamen tamarisk. Woody Plant Seed Manual* ［G］. Brewster，James L. Onions and Other Vegetable Alliums. Wallingford，UK：CABI，2008.

Wehner，C. et al.. *Cucurbits*，2nd Edition ［M］. Oxfordshire：CAB International，2020.

（美）A. 巴郎诺夫. 植物分类学基础拉丁语［M］. 赵能译. 成都：四川科学技术出版社，1988.

班柏，汪榕培. 英语词汇学及其新进展——汪榕培教授访谈录［J］. 大连海事大学学报（社会科学版），2017（4）：115-120.

波菲利.《范畴篇》导论［J］. 王路译，哲学译丛，1994（6）：74-80.

陈波. 荀子的名称理论——诠释与比较［J］. 社会科学战线，2008（12）：27-37.

陈国勤. 以美学角度来诠释《诗经》的英译研究［M］. 哈尔滨：哈尔滨工业大学出版社，2019.

陈晓平. 关于摹状词和专名的指称问题：从语境论的角度看［J］. 哲学分析，2012（2）：31-49.

程本学. 专名意义的两种理论及其融合［J］. 华南师范大学学报（社会科学版），2006（6）：14-18.

程本学，何智美，梁豪. 论专名的内涵［J］. 复旦学报（社会科学版），1998（4）：83-86.

程俊英，蒋见元今译. 诗经［M］. 长沙：湖南人民出版社，2008.

（美）戴尔·古德（Dale Good）主编；杨枕旦等编译. 康普顿百科全书 生命科学卷［M］. 北京：商务印书馆，2003.

邓启华. 招婿·赘婿·弃夫：《诗经》赘婚诗刍议［J］. 思茅师范高等专科学校学报，2009（5）：75-79.

佟艳光，刘杰辉. 汉学传播视域下的詹宁斯《诗经》英译研究［J］. 辽宁工业大学学报（社会科学版），2014（2）：54-56.

（清）顾观光辑，杨鹏举校注．神农本草经［M］．北京：学苑出版社，2007．

国家药典委员会．中华人民共和国中国药典：一部［M］．北京：中国医药科技出版社，2020．

郝潇．"苞苴之礼"辩证与《木瓜》诗旨补说［J］．湖北科技学院学报，2021（4）：74-78．

胡相峰，华栋．《诗经》与植物［J］．徐州师范大学学报（哲学社会科学版），1985（2）：63-67．

（西周）姬旦．周礼［M］．钱玄等注译．长沙：岳麓书社，2001．

姜长金．进出口木材手册［M］．昆明：云南科技出版社，1993．

姜在民，贺学礼．植物学［M］．咸阳：西北农林科技大学出版社，2016．

（清）焦循撰，李一忻点校．易经三书（下）［M］．北京：九州出版社，2003．

靳晓白．栽培植物命名法与国际栽培品种登录［J］．现代园林，2015（8）：584-592．

李宝灵，朱亮锋，林有润，陆碧瑶．中国蒿属植物化学分类的初步研究：精油化学成分与系统分类的相关性［J］．华南植物学报，1992（1）：87-100．

李冰梅．韦利与翟理斯在英国诗学转型期的一场争论［J］．外国文学评论，2012（3）：206-220．

李朝红．""与"鲍"辨［J］．古汉语研究，2011（2）：41-42．

（明）李时珍．本草纲目（校点本）［M］．北京：人民卫生出版社，1975．

李时珍，赵学敏．增补本草纲目［M］．北京：中国医药科技出版社，2016．

李湘．《诗经》与中国葫芦文化——论匏瓟应用系列［J］．中州学刊，1995（5）：86-92．

李玉良．《诗经》英译研究［M］．济南：齐鲁书社，2007．

梁高燕．诗经英译研究［M］．北京：知识产权出版社，2013．

梁家勉．中国农业科学技术史稿［M］．北京：农业出版社，1989．

刘鸿翥．中国主要野生纤维植物及其利用［M］．北京：农业出版社，1960．

刘江涛，任继昉．《释名》的思想内容［J］．语文学刊，2020（2）：56-61．

刘莉．蔬菜营养学［M］．天津：天津大学出版社，2014．

刘仁庆，胡玉熹．宣纸润墨性之研究［J］．中国造纸，1985（2）：24-30．

刘洋．试析《山有扶苏》和《泽陂》中的爱情描写［J］．文学教育（上半月），2009（10）：80-82．

刘子静．荀子哲学纲要［M］．北京：商务印书馆，1937．

林有润．中国古本草书艾蒿类植物的初步考订［J］．植物研究，1991（1）：

1-24.

（明）卢和撰；晏婷婷，沈健校注．食物本草［M］．北京：中国中医药出版社，2015．

陆文郁．诗草木今释［M］．天津：天津人民出版社，1957．

路玉章，乔岚．中国树木与木材使用鉴别手册［M］．太原：山西科学技术出版社，2010．

骆宾基．读《何彼襛矣》三章——古诗新解［J］．河南大学学报（社会科学版），1985（2）：42-44．

骆传伟．专名的涵义与指称［D］．上海：上海外国语大学，2011．

马里千．虋与莔——苘麻与贝母——澄清中国古代纺织与药物史上的一个问题［J］．古今农业，1992（4）：31-33．

闫孟莲．《诗经·陈风·墓门》论考［J］．信阳师范学院学报（哲学社会科学版），2006（6）：103-106．

南京中医药大学编著．中药大辞典 第2版 下［M］．上海：上海科学技术出版社，2014．

潘富俊．美人如诗，草木如织：诗经植物图鉴［M］．北京：九州出版社，2018．

齐思和．毛诗谷名考［J］．农业考古，2001（1）：202-224．

尚德君．不可不知的古罗马文明史［M］．武汉：华中科技大学出版社，2020．

尚永亮．《诗经》弃妇诗分类考述［J］．学术论坛，2012（8）：66-74．

孙姣．“衣锦褧衣”与“衣锦尚絅”关系考［J］．牡丹江教育学院学报，2012（4）：19，22．

谭支绍．药用寄生［M］．南宁：广西科学技术出版社，1991．

唐鹏．《山有扶苏》的主题探析［J］．安康学院学报，2018（5）：23-27．

（美）特兰德（Turland，N.）．解译法规《国际藻类、菌物和植物命名法规》读者指南［M］．北京：高等教育出版社，2014．

王策．分析哲学思想的朔源研究——从康德、波尔查诺到弗雷格［D］．西安：陕西师范大学，2017．

汪劲武．种子植物分类学［M］．北京：高等教育出版社，1985．

王丽娜．《诗经》在国外．诗经国际学术研讨会论文集［C］．保定：河北大学出版社，1994. P66-80．

汪榕培．关于翻译与文化—《诗经》英译研究之一．诗经研究丛刊（第二辑）[G]．中国诗经学会编．北京：学苑出版社，2002．

王喜平，孙馨月．语言哲学革命与弗雷格涵义指称理论的价值[J]．理论探索，2014（2）：24-27．

王文采．当代四被子植物分类系统简介（一）[J]．植物学通报，1990（2）：1-17．

王谢，张建华．美国桑树种类及其分布[J]．中国蚕业，2018（1）：47-50．

吴厚炎．《诗经》草木汇考[M]．贵阳：贵州人民出版社，1992．

（清）吴树声．诗小学 下[M]．张华文点校．昆明：云南人民出版社，2018．

夏传才．《诗经》研究史概要[M]．郑州：中州书画社，1982．

夏传才．诗经讲座[M]．桂林：广西大学出版社，2019．

夏传才．诗经学大辞典 上[M]．石家庄：河北教育出版社，2014．

夏传才．诗经学大辞典 下[M]．石家庄：河北教育出版社，2014．

夏南强．类书通论——论类书的性质起源发展演变和影响[D]．华中师范大学．2001．

向熹．诗经词典（修订本）[M]．北京：商务印书馆，2014．

许嘉璐．中国古代礼俗辞典[M]．北京：中国友谊出版公司，1991．

徐纬英．杨树[M]．哈尔滨：黑龙江人民出版社，1988．

许惟贤编著．古汉语小字典[M]．上海：上海辞书出版社，2000．

许渊冲．翻译的艺术[M]．北京：五洲传播出版社，2006．

许渊冲．谈诗歌翻译[J]．中国翻译，2021（2）：102-108．

许渊冲译．许渊冲译诗经·风（汉文、英文）[M]．北京：中译出版社，2021．

许渊冲译．许渊冲译诗经·雅（汉文、英文）[M]．北京：中译出版社，2021．

许渊冲译．许渊冲译诗经·颂（汉文、英文）[M]．北京：中译出版社，2021．

杨家驹，段新芳，卢鸿俊．世界商品木材拉汉英名称[M]．北京：中国林业出版社，2000．

杨赛．荀子正名新论[J]．合肥师范学院学报，2008（3）：58-63．

扬之水．《诗·小雅·楚茨》名物新证[J]．传统文化与现代化，1998（2）：37-47．

叶静渊主编；中国农业遗产研究室编辑．中国农学遗产选集 甲类 第十六种 落叶果树 上编[M]．北京：中国农业出版社，2002．

尹海江，谭肃然．《诗经·木瓜》主旨论析［J］．怀化学院学报，2012（1）：73-76．

余家骥．《诗经》名物训诂史述略［J］．内蒙古师大学报（哲学社会科学版）1992（4）：79-85．

余维发．伍非百正名思想研究［D］．长沙：湘潭大学，2007．

袁克．家居装潢木材原色图鉴［M］．上海：上海科学技术出版社，2008．

袁正洪，杨兴炳．中华诗祖尹吉甫研究［M］．北京：中国文史出版社，2015．

张丽兵译．国际植物命名法规 维也纳法规 中文版 Vienna code［M］．北京：科学出版社，2007．

张力锋．专名的摹状词理论初探［J］．重庆师院学报（哲社版），1999（2）：52-58．

赵培洁，尚建中主编．中国野菜资源学［M］．北京：中国环境科学出版社，2006．

赵中振，肖培根．当地药用植物典（第1册）［M］．上海：上海世界图书出版公司，2007．

赵中振，肖培根．当地药用植物典（第4册）［M］．上海：上海世界图书出版公司，2007．

郑一帆，郑瑾华．植物拉丁学名及其读音［M］．广州：广东科技出版社，2008．

中国科学院植物研究所主编．中国高等植物图鉴．第4册．Tomus Ⅳ［M］．北京：科学出版社，2016．

中国科学院中国植物志编辑委员会编．中国植物志 第7卷［M］．北京：科学出版社，1978．

中国科学院中国植物志编辑委员会编．中国植物志 第9卷第1册［M］．北京：科学出版社，1996．

中国科学院中国植物志编辑委员会编．中国植物志 第9卷第2册［M］．北京：科学出版社，2002．

中国科学院中国植物志编辑委员会编．中国植物志 第10卷第1册［M］．北京：科学出版社，1990．

中国科学院中国植物志编辑委员会编．中国植物志 第10卷第2册［M］．北京：科学出版社，1997．

中国科学院中国植物志编辑委员会编．中国植物志 第11卷［M］．北京：

科学出版社, 1961.

中国科学院中国植物志编辑委员会编. 中国植物志 第21卷 [M]. 北京：科学出版社, 1998.

中国科学院中国植物志编辑委员会编. 中国植物志 第22卷 [M]. 北京：科学出版社, 1998.

中国科学院中国植物志编辑委员会编. 中国植物志 第31卷 [M]. 北京：科学出版社, 1982.

中国科学院中国植物志编辑委员会编. 中国植物志 第36卷 [M]. 北京：科学出版社, 1974.

中国科学院中国植物志编辑委员会编. 中国植物志 第38卷 [M]. 北京：科学出版社, 1986.

中国科学院中国植物志编辑委员会编. 中国植物志 第45卷第1册 [M]. 北京：科学出版社, 1980.

中国科学院中国植物志编辑委员会编. 中国植物志 第48卷第1册 [M]. 北京：科学出版社, 1982.

中国科学院中国植物志编辑委员会编. 中国植物志 第49卷 [M]. 北京：科学出版社, 1989.

中国科学院中国植物志编辑委员会编. 中国植物志 第65卷第1册 [M]. 北京：科学出版社, 1982.

中国科学院中国植物志编辑委员会编. 中国植物志 第67卷第2册 [M]. 北京：科学出版社, 1979.

中国科学院中国植物志编辑委员会编. 中国植物志 第72卷 [M]. 北京：科学出版社, 1988.

中国科学院中国植物志编辑委员会编. 中国植物志 第73卷第1册 [M]. 北京：科学出版社, 1986.

中国科学院中国植物志编辑委员会编. 中国植物志 第74卷 [M]. 北京：科学出版社, 1985.

中国科学院中国植物志编辑委员会编. 中国植物志 第75卷 [M]. 北京：科学出版社, 1979.

中国科学院中国植物志编辑委员会编. 中国植物志 第76卷第1册 [M]. 北京：科学出版社, 1983.

中国科学院中国植物志编辑委员会编. 中国植物志 第76卷第2册 [M]. 北京：科学出版社, 1991.

中国科学院中国植物志编辑委员会编. 中国植物志 第80卷第1册 [M]. 北京：科学出版社, 1997.

中国林业科学研究院林业科学研究所遗传选种研究室编. 杨树 [M]. 北京：中国林业出版社, 1959.

中国药材公司编著. 中国中药资源志要 [M]. 北京：科学出版社, 1994.

周濂. 浅谈我国的麻 [J]. 中国麻作, 1980 (4)：42-44.

朱云会, 胡牧. 亚瑟·韦利《诗经》英译的版本考究与文化翻译新辨 [J]. 南京师范大学文学院学报, 2021 (1)：145-151.

邹树文. 诗经黍稷辨. 农史研究集刊（第二册）[G]. 北京：科学出版社, 1960. 左岩. 《诗经》英译的类型研究 [J]. 广东外语外贸大学学报, 2020 (3)：127-137, 160.

https：//agris. fao. org/agris-search/index. do

https：//education. mdc. mo. gov/

https：//extension. psu. edu/

https：//extension. umn. edu/identify-invasive-species/rough-potato

https：//garden. org/plants/view/128690/Dwarf-Indian-Bean-Tree-Catalpa-bungei/

https：//gd. eppo. int/taxon/LISUM https：//ign. ku. dk/arboretum-hoersholm/plant_ descriptions/august_ catalpa_ ovata/

https：//invasive-species. extension. org/

https：//mortonarb. org/plant-and-protect/trees-and-plants/chinese-catalpa/ https：//pfaf. org/user/Plant. aspx? LatinName＝Metaplexis+japonica

https：//plants. ces. ncsu. edu/find_ a_ plant/

https：//plants. usda. gov/home

https：//plantura. garden/uk/

https：//powo. science. kew. org/

https：//pubag. nal. usda. gov/catalog

https：//sheffields. com/seeds-for-sale/Catalpa/bungei/

https：//species. sciencereading. cn/biology/v/biologicalIndex/122. html

https：//www. tasteatlas. com/most-popular-leaf-vegetables-in-italy

https：//thelostherbs. com/

https：//www. britannica. com/

https：//www. cambridge. org/core/journals/bulletin-of-entomological-⋯tera-pyralidae-in-shandong-china/F3F20A4142285C0F5C06BCFF6105C8E7

http：//www.iplant.cn/frps

https：//www.gbif.org/

https：//www.missouribotanicalgarden.org/

https：//www.nwcb.wa.gov/

https：//www.nature.org/en-us/

https：//www.rhs.org.uk/

https：//www.tnipc.org/invasive-plants/

https：//www.wood-database.com/

http：//www.worldfloraonline.org/

后 记

《〈诗经〉草木名物的英语命名研究》即将出版，本书从收集整理资料到完稿，历时两年有余，是笔者学术研究的第一本专著，是2022年承担的陕西省社会科学基金项目"秦岭终南山世界地质公园语言景观的多模态译写研究"的研究成果，立项号：2022K028。本书的出版得到了陕西省社会科学界联合会的著作出版资助项目（立项号2023SKZZ028）和西安翻译学院的学术著作出版资助项目（立项号23XYZ06）经费支持。本书也是陕西省社会科学基金项目"中国生态美学话语国际传播研究"（项目编号2023K019），西安翻译学院"新时代语言育人协同创新研究团队项目"（项目编号XFU21KYTDB01）、"《诗经》中植物汉英命名的'前世今生'科普推广教育"（项目编号23K11）的阶段性研究成果。

2021年8月，有幸拜读了袁正洪先生等编著的房陵文化研究丛书《中华诗祖尹吉甫研究》《神农武当医药歌谣》，其中关于房县的《诗经》文化和丰富的药用植物歌谣令人印象深刻。十堰市诗经尹吉甫文化研究会袁正洪会长诚邀加入十堰市"历史文化活化工程·诗经文化"课题研究，由于当时承担的学校课程教学及科研任务未能成行，深感遗憾。

这次与《诗经》文化的结缘，促成了后来"雎山《诗经》植物园双语解说牌示系统的设计与实现"的横向科研项目。在项目研究过程中，企业方提出，植物景观解说牌译写中，要将科普旅游与诗经文化展示相结合、植物学特性内容与文化寓意相结合。在与企业沟通后确定解说牌的基本框架，涉及植物的《诗经》名物名称、汉语及英语俗名、植物学名、科名、属名等。在横向项目的实施过程中，逐步形成了本书的基本思路：以荀子的名称理论、专名的"摹状词说"、专名的"历史因果命名理论"为框架，以现代植物学的拉丁语"二名法"为纽带，通过对汉语中古今草木名物的传播使用过程进行考察，以此来追寻其名称"历史因果链条"。

在《诗经》草木名物的植物学名和汉语正名研究中，主要参考了《诗草木今释》《〈诗经〉草木汇考》《诗经学大辞典》《诗经植物图鉴》,这四部近代最具代表性的《诗经》草木名物考证专著在通名、学名、别名、科别的考证中提供了丰富的资料,其中有 101 个名物名称鉴定意见基本一致,有 72 个名物名称鉴定意见存在分歧,考虑到书中正文部分的结构体例,将这一部分相关的调查资料列入附录,以供读者参考。

  本书在成稿过程中,西安翻译学院袁小陆教授、姚宝荣教授、梁根顺教授、王卓慈教授、李志慧教授,以及宁波大学贺莺教授等多位领导和前辈给予了宝贵的建议;另有幸向中国政法大学黄震云教授请教《诗经》成书及篇名类释问题,黄教授慷慨赠送了《经学与诗学研究》《先秦诗经学史》专著,并多次关心书稿的撰写。在此,对为本书长期付出劳动与支持的家人、老师、同事、学校及编辑同志们一并表示衷心感谢!